TARA DUNCAN
contre la Reine Noire

타라 덩컨

검은 여왕

TARA DUNCAN, contre la Reine Noire
by SOPHIE AUDOUIN-MAMIKONIAN

Copyright©XO EDITIONS (Paris), 2011
Korean Translation Copyright©SODAM&TAEIL Publishing Co.Ltd., 2012
All rights reserved.

This Korean edition was published by arrangement with XO EDITIONS (Paris)
through Bestun Korea Agency Co., Seoul

이 책의 한국어판 저작권은 베스툰 코리아 에이전시를 통해 저작권자와의 독점계약으로 (주)태일소담에 있습니다.
저작권법에 의해 한국 내에서 보호를 받는 저작물이므로 무단전재와 무단복제를 금합니다.

TARA DUNCAN
contre la Reine Noire

타라 덩컨

검은 여왕

펴 낸 날 | 2012년 7월 25일 초판 1쇄
　　　　　 2016년 11월 30일 초판 4쇄

지 은 이 | 소피 오두인 마미코니안
옮 긴 이 | 이원희
펴 낸 이 | 이태권
펴 낸 곳 | (주)태일소담
　　　　　 서울시 성북구 성북로8길29 (우)02834
　　　　　 전화 | 745-8566~7 팩스 | 747-3235
　　　　　 e-mail | sodam@dreamsodam.co.kr
　　　　　 등록번호 | 제2-42호(1979년 11월 14일)

ISBN 978-89-7381-281-3 04860
　　　 978-89-7381-857-0 (세트)

• 책 가격은 뒤표지에 있습니다.
• 잘못된 책은 구입하신 곳에서 교환해드립니다.

www.dreamsodam.co.kr

TARA DUNCAN
contre la Reine Noire

타라 덩컨

검은 여왕 9 상

소피 오두인 마미코니안 지음 | 이원희 옮김

소담출판사

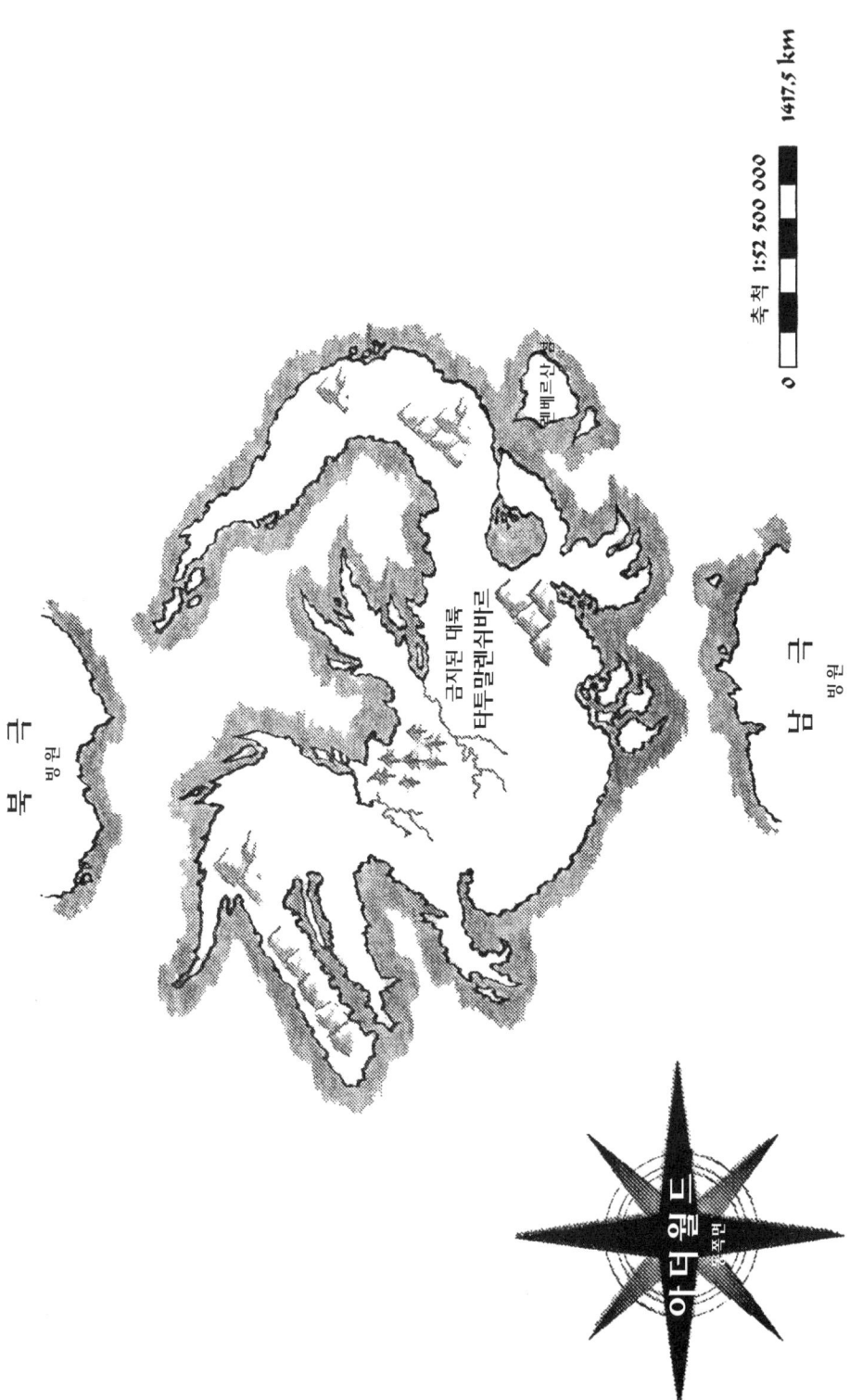

:: 『타라 덩컨 1』, 「아더월드와 마법사들」 ::

    타라 덩컨은 자신의 탄생에 관한 비밀을 모른 채 프랑스의 타공 마을에서 할머니와 평화롭게 살고 있다. 어느 날 갑자기 나타난 마지스터의 공격으로 할머니 이사벨라가 중상을 입으면서 타라는 자신이 마법사라는 것과 아마존 정글에서 바이러스에 감염되어 죽은 줄 알았던 어머니 셀레나가 살아 있다는 사실을 알게 된다.
    한편 마법의 세계를 지배하고, 마법 능력이 없는 인간들을 노예로 만들겠다는 야망에 불타는 마지스터는 악마의 힘을 지닌 사물들을 얻기 위해 타라를 납치하려고 혈안이다. 영문도 모른 채 마스터의 끈질긴 추격을 받는 12세 소녀 타라는 영생하는 마법을 사용하다 잘못되어 사냥개로 변한 증조할아버지 마니투와 마법의 행성 아더월드로 피신한다.
    아더월드의 랑코비트라는 나라에서 살게 된 타라는 페가수스와 정신적으로 결합되는 놀라운 경험을 한다. 아더월드는 수많은 종족의 마법사들과 수시로 풍경을 바꾸는 살아 있는 궁전, 뱀파이어, 키마이라, 하르퀴아, 유니콘 같은 전설의 동물들, 악마…… 등이 버젓이 활개를 치는 무시무시한 세계지만, 다행히 타라는 지구의 친구 파브리스, 공주의 신분인 무아노, 어린 도둑 칼리반 달 살란, 난쟁이 파프니르, 하프엘프 로빈 등을 만나면서 신기하기 이를 데 없는 마법의 세계에 빠져든다.
    데미데루스의 직계 후손인 타라와 오무아 제국의 여제 리스베스만 악마의 힘을 지닌 사물에 접근할 수 있기 때문에 마지스터는 타라를 납치한다. 그러나 소녀 마법사는 친구들의 도움으로 억류되어 있던 어머니를 구하고, '실루르의 옥좌'를 파괴한다.
    마지스터는 사라지기 직전 죽은 것으로 알고 있는 타라의 아버지가 사실은 오무아의 황제 단비우 탈 바르미 압 산타 압 마루이며, 따라서 타라가 아더월드의 오무아 제국을 계승할 후계자라고 밝히는데…….

:: 『타라 덩컨 2』, 「비밀의 책」 ::

    칼이 살인죄로 고소되어 감옥에 갇히자 타라는 하는 수 없이 아더월드로 돌아간다. 땅신령들이 흉악한 마법사에게 억류된 식구들을 구해달라는 조건으로 칼을 탈옥시킨다. 그러나 땅신령들의 함정에 걸려든 칼이 치명적인 벌레에 감염되었기 때문에 타라와 친구들은 악당 마법사와 맞서 싸울 수밖에 없다. 마침내 문제의 마법사를 굴복

시키고 땅신령들을 구하지만 칼의 무죄를 증명하기 위해서는 악마들의 세계 림보에 있는 조각상 재판관이 있어야 한다. 죽음을 무릅쓴 모험 끝에 그들은 목적을 달성하고 무사히 아더월드로 돌아온다.

그러나 이번에는 불과 며칠 사이에 아더월드를 정복한 영혼 약탈자의 기상천외한 공격에 맞서야 한다. 타라의 목숨이 위험해지자 마지스터가 그 싸움에 개입하게 되고, 드래곤으로 변신한 타라와 마지스터는 서로 협력하여 영혼 약탈자를 물리치기에 이른다. 일단 영혼 약탈자를 제거한 뒤에 마지스터는 림보로 홀연히 사라지고, 타라는 마지스터가 죽었다고 생각한다.

한편 자식이 없는 오무아의 여제는 타라가 자신의 후계자라는 걸 알게 되고, 타라를 아더월드로 데려가겠다고 주장한다. 거절하면 지구가 위험에 처하게 되는데…….

::『타라 덩컨 3』, 「저주받은 왕홀」::

폭탄 테러로 어머니가 부상당했다는 소식을 듣고 황급히 아더월드로 돌아간 타라는 림보로 영원히 사라졌다고 믿었던 상그라브들의 보스 마지스터가 돌아왔음을 알게 된다.

공간이동의 문 폭발 사고, 도서관의 좀비 살해 사건 등 테러 행위와 이상한 사건이 잇달아 발생하는 가운데 타라는 오무아의 궁전에서 공식적으로 여제 후계자 수업을 받기 시작한다.

여제를 함정에 빠뜨려서 악마의 힘을 지닌 사물들 중 '저주받은 왕홀'을 손에 넣은 마지스터는 아더월드에 있는 모든 마법사의 능력을 빼앗아버린 데 이어서 악마 군단을 앞세워 오무아 제국을 침략하고 드래곤들을 몰살하겠다고 선전포고한다.

여제와 황제가 포로로 잡혀 있기 때문에 타라는 여제 후계자로서 오무아 제국과 아더월드를 지키기 위해 또다시 온갖 위험을 무릅써야 한다. 하는 수 없이 타라는 각자의 조국으로 돌아가 있는 친구들을 오무아로 불러들이고 의문의 사건들에 얽힌 미스터리를 하나씩 풀어나간다. 그리고 마지스터가 심복인 여자 뱀파이어와 스파이를 궁전에 심어놓았음을 알게 된다.

타라는 이번에도 하프엘프 로빈, 지구 소년 파브리스, 면허 받은 도둑 칼리반, 난쟁이 파프니르, 개로 둔갑한 증조할아버지 마니투, 특히 놀라운 기지를 발휘한 '야수'

무아노의 도움, 그리고 상그라브들의 감옥에서 탈출한 스너피가 전해준 정보 덕분에 마지스터와 가공할 만한 악마 군단을 물리치기에 이른다.
  한편 타라는 자신의 열네 번째 생일파티를 엉망으로 만드는 것을 시작으로 말썽을 일으키고 다니는 쌍둥이 남매가 놀랍게도 친동생들이라는 사실을 알게 된다.
  여러 가지 이유로 타라의 유전자가 조작되었을 거란 의혹이 제기되면서 여제는 정밀분석을 지시한다. 로빈은 마침내 사랑을 고백하기 위해 타라를 만나러 가지만 소녀의 방은 텅 비어 있다. 후계자가 사라진 것이다…….

::『타라 덩컨 4』,「드래곤의 배반」::

  아더월드 오무아 제국의 실험실에서 드래곤과 유전학자가 맞서고 있다. 이 싸움의 결과에 지구의 미래와 어린 마법사들의 운명이 달려 있다. 그러나 학자가 사망하면서 사건은 오리무중에 빠진다.
  한편 아더월드를 몰래 빠져나온 타라는 이집트의 한 박물관에서 양피지 문서를 훔치는 데 성공하지만, 유전자 조작으로 너무 강력해진 마법 능력 때문에 목숨이 위태롭다. 게다가 로빈을 공격한 하르퀴아들에게서 알아낸 정보 때문에 초능력 있는 지구 소년을 구하러 가지 않을 수 없는 상황에 처한다.
  두렵지만 단호하게 결정을 내린 타라는 영국 스톤헨지 유적지로 향한다. 증조할아버지 마니투와 하프엘프 로빈, 난쟁이 파프니르, 야수 무아노, 파브리스, 칼의 도움을 받아 타라는 스톤헨지에 얽힌 비밀로 최대 위기를 맞는 지구를 구하고, 유전자 조작으로 인한 마법 능력의 수수께끼를 풀 수 있을까?

::『타라 덩컨 5』,「금지된 대륙」::

  마지스터가 지구에 사는 타라의 친구 베티를 납치하는 사건이 발생한다. 그런데 베티가 억류되어 있는 곳은 드래곤들이 접근을 금하고 있어서 아무도 들어갈 수 없는 대륙이다. 그러나 마지스터는 마법의 장벽을 넘어 베티를 가둬놓는 데 성공한다. 게다가 하르퀴아의 독에 감염된 베티를 살리려면 후계자의 피가 있어야 한다는데…….
  마법 능력을 잃고 모처에서 비밀리에 요양하고 있던 타라는 지구의 친구를 구하기 위해 오무아의 황궁으로 돌아가고, 랑코비트에 있는 친구들을 소집한다. 그러나 오무아 여제의 음모에 걸려든 로빈이 행방불명된 상태다.
 우여곡절 끝에 마법 능력을 되찾은 타라가 엘프 군단을 이끌고 마침내 금지된 대륙을 향해 출발한다. 그런데 거기서 발견한 것은 붉은 여왕이 지배하는 무시무시한 세계……. 그리고 드래곤들이 비밀에 부치던 끔찍한 비밀을 알게 되는데…….
 타라는 흉악한 붉은 여왕에게서 베티를 구해내고 철천지원수 마지스터를 궁지에 몰아넣을 수 있을까?

::『타라 덩컨 6』, 「마지스터의 함정」::
 셀레나에게 접근하는 자는 누구든 죽이겠다고 선포하는 마지스터. 그 협박 때문에 타라는 마지스터가 유일하게 접근하지 못하는 드래곤들의 행성으로 어머니 셀레나를 피신시킨다.
 그러나 뱀파이어들이 악마의 마법을 연구한다는 이유로 젠드라의 별과 크라에토비르의 반지를 보관하고 있다는 사실을 알게 된 타라는 크라살비로 향한다. 공식적으로는 약혼녀를 구해달라는 드라고쉬 선생님의 청을 받아들여서 셀렌바를 변호하러 가는 것이지만, 실은 크라에토비르의 반지를 훔쳐 마지스터를 제압하기 위해서다.
 우여곡절 끝에 타라는 반지를 손에 넣지만, 이번에는 드래곤들의 여왕으로 선출된 샤름(셈 선생님의 약혼녀)의 대관식에 초청을 받는다. 타라는 오무아 제국의 사절단을 이끌고 드란보우글리스펜쉬르 행성에 도착하지만 쿠데타의 소용돌이에 휘말리게 된다. 위기 상황을 맞은 타라와 친구들은 드래곤들의 행성에 지금까지 알려진 열세 개의 악마의 사물 외에 두 개가 더 있다는 것과 일부 드래곤들이 지구를 정복하려는 엄청난 음모를 꾸미고 있었다는 사실에 경악한다.
 타라에게서 멀리 떠나보내려는 속셈으로 위험천만한 해적 소탕 작전에 로빈을 들러리로 이용하는 여제 리스베스, 티라니크 수상과 마지스터의 관계를 밝히려다 살해당하는 엘레아노라, 짝사랑하던 엘레아노라를 잃은 칼의 슬픔, 마법의 힘이 약해 패밀리어를 잃고 실의에 빠져 있다가 돌연 마지스터와 함께 사라지는 파브리스…… 등 우정과 사랑, 모험과 배신이 얽히고설킨다.
 한편 아버지의 유령을 소생시키겠다는 일념으로 타라는 양피지에 적힌 조제법에 따라 묘약을 만들지만, 중요한 실수를 저지르는 바람에 저승의 문이 열리고 수많은 유령이 분노의 고함을 지르면서 쏟아져 나오는데…….

::『타라 덩컨 7』,「유령들의 습격」::

아버지를 소생시키는 묘약을 만들던 타라의 실수로 수많은 유령들이 습격해오면서 파멸의 위기에 처하는 아더월드.

순식간에 여제, 장관들, 모든 권력자들이 유령에 들리면서 아더월드는 유령들의 세상이 된다. 타라는 화를 면하지만, 타라가 보는 앞에서 로빈이 유령에 의해 죽고 만다.

유령들을 피해서 살아 있는 궁전에 숨어 있는 타라는 자포자기에 빠지고, 칼은 그런 친구에게 삶의 의욕을 불어넣기 위해 온갖 노력을 한다.

유령이 리스베스 여제를 장악하고 있는데 제국의 후계자까지 없다면, 타라의 강력한 마법이 없다면 아더월드를 구할 희망이 사라지는 것이다.

엘프족, 난쟁이족, 뱀파이어족, 인간족은 무자비한 침략자들에 대항하기 위해 레지스탕스를 조직하기에 이른다.

수배령이 내려지고 목에 현상금까지 걸린 타라는 유령들을 퇴치할 방법을 찾아 모험을 떠나는데…….

타라는 아더월드를 구해내고, 살아갈 의욕을 찾을 수 있을까?

::『타라 덩컨 8』,「사악한 여제」::

유령들의 습격으로 아더월드를 위험에 빠뜨린 잘못 때문에 지구로 추방된 타라는 아더월드와 완전히 단절된다. 사랑하는 친구들과도 연락이 끊긴 채 무료하게 지내던 중, 열여섯 살이 되는 생일날 끔찍한 소식을 접한다.

마지스터의 상그라브들이 아더월드의 여러 나라 정부들과 심지어 타라와 절친한 친구들의 집을 동시다발로 공격하면서 부상자들이 속출하고 있다고…….

타라는 마지스터가 자신의 친구들을 없애려는 것이 목적임을 깨닫고 아연실색하지만 사실 범인은 마지스터가 아니었다. 그리고 밝혀지는 진실은 훨씬 최악인데…….

분노와 불안에 사로잡힌 타라는 위험에 빠진 아더월드를 구하기 위해 비밀리에 마법의 행성으로 들어가기로 작정한다. 그러나 공간이동의 문이 모두 봉쇄되어 있기 때문에 악마들의 세계, 림보를 경유해야 아더월드로 갈 수 있다.
  림보에 도착한 그들은 지구처럼 변한 악마의 행성에 이어 인간 모습의 악마들을 보며 경악하는데…….
  타라와 마지스터를 없애려는 자는 과연 누구인가? 타라는 아더월드를 구할 수 있을까?

::『타라 덩컨 9』,「검은 여왕」::
  이 이야기는 이제부터 읽어야지요. 그럼 친애하는 독자 여러분, 재미있게 읽기 바랍니다. 준비하시고…… 읽기 시작!

TARA DUNCAN
contre la Reine Noire

타라 덩컨

검은 여왕 상 | 차례

프롤로그 : 유령		16
1장	마지스터	20
2장	타라 덩컨	33
3장	함정	42
4장	변신	69
5장	고백	86
6장	살해	102
7장	로빈	125
8장	잘못된 해결책	142
9장	사악한 힘	161
10장	검은 여왕	174
11장	모우르무르	195
12장	초원	218
13장	통신	237
14장	전설의 아마존족	263
15장	대이동	281
아더월드의 용어 해설		311

•일러두기
1. 제레미의 풀네임 표기를 제레미 델렝비르 발 드레구스로 수정합니다.
2. 이 책의 본문에 표시된 ＊부분은 뒤페이지의 '아더월드의 용어 해설'에 자세히 설명해두었습니다.

검은 여왕 상

프롤로그 : 유령

유령을 본다는 건 분명히
정상이 아니라는 건데……

*

 미국의 대통령은 잠을 이루지 못하고 있었다. 아주 편안한 침대에 누워 있건만 이리 뒤척이고 저리 뒤척였다.
 민주당 대통령 후보로 나선 팔팔한 젊은이에게 밀릴 수 있다는 걸 알지만, 재당선 여부 때문에 불안한 것이 아니었다. 너무 고단해서, 정말이지 또다시 출마하고 싶은 마음이 없었다.
 나이가 들면서 직무에 대한 열정이 식고 파렴치해지기 시작하면 산골짜기로 들어가 연어 낚시나 하면서 보낼 때가 된 것인데…….
 더군다나 정치보다는 낚시를 훨씬 더 좋아하는 사람이라면.
 안 오는 잠을 자보겠다고 기를 쓸 필요가 있을까. 아내가 깨지 않게 숨을 죽이면서 조용히 일어난 대통령은 크림색 가죽 실내화를 신고, 검은색과 빨간색의 실내 가운을 걸치고 집무실로 향했다.

침실에 딸린 방으로 조용히 갔으면 여러 가지로 좋았을 텐데. 그 방이라면 세계에서 가장 강력한 나라의 대통령이 불면에 시달린다는 사실을 아무에게도 들키지 않았을 것이다. 하긴 잠자는 데 어려움을 겪는 대통령이 어디 이 사람뿐이랴. 대통령이란 직무는 고통이 따르고 대통령=불면증이라는 눈에 보이지 않는 등식이 존재하는데.

침실 문 밖에서 보초를 서는 경호원 존이 속삭이는 소리로 인사했다. 그러고는 재빨리 동료 경호원들에게 '글래디에이터'가 집무실로 향하고 있다고 알렸다. 대통령은 엷은 미소를 머금은 채 푹신한 파란색 양탄자를 밟으며 걸어갔다. 검투사라는 뜻의 '글래디에이터'는 대통령 자신이 선택한 암호명이었다. 굶주린 사자가 우글거리는 원형경기장 안에 있는 느낌이 들기 때문이었다.

한밤중인데도 눈이 말똥말똥해서 대기하고 있는 경호원들이 벌써 4년째 나라를 통치하는, 키가 크고 등이 구부정한 백발의 대통령에게 경례했다. 대통령은 또다시 한숨을 내쉬었다. 어느새 4년이란 시간이 흘렀다니! 나라가 신음하고 있었다. 아니, 지구 전체가 신음하고 있었다. 환경오염에 고갈되어가는 천연자원, 욕심이 한도 끝도 없는 기업들, 지구를 파괴하는 인간들……. 하지만 이 끔찍한 추세를 어떻게 멈출지 아무도 방법을 모르고 있었다.

지구의 상황이 미사일 속도로 파멸을 향해 치닫고 있는데!

경호원이 공손하게 집무실 문을 열어주었다. 대통령은 입술을 실룩거리지 않으려고 꾹 참았다. 뭐야? 혼자 문도 열지 못할 정도로 힘이 없어 보인다는 건가? 하지만 생각만 하고 아무 말도 하지 않았다. 경호원으로서 할 일을 한 것뿐인 젊은이를 상대로 예민하게 반응할 필요는 없었다.

여러 개의 강렬한 조명등이 백악관의 정원을 비추고 있었다. 대통령은 집무실의 전등을 켰고, 안락의자에 털썩 주저앉았다. 그리고 혼자 있게 된 김에 바퀴 달린 의자가 움직이지 않게 중심을 잘 잡은 다음 반들반들한 책상 위에 두 발을 올려놓고는 개구쟁이 소년처럼 즐거워했다.

이렇게 책상 위에 두 발을 올려놓는 걸 아내는 아주 싫어했다. 의자가 넘어져서 다칠까 봐 걱정하는 것이다.

어이쿠, 아내의 말이 맞았다.

정말 넘어졌으니!

그런데 의자 때문이 아니라 유령 때문이었다.

믿을 수 없어서 눈이 휘둥그레진 대통령은 반쯤 몸을 일으켰다. 넘어지면서 어딘가 분명히 다쳤는데 아무 느낌이 없었다.

"하지만…… 어떻게……." 대통령이 우물우물 말했다.

〈꼬마유령 캐스퍼〉에 등장하는 유령과는 분명히 달랐다. 바닥에서 1미터쯤 공중에 떠 있다는 것과 몸이 투명해서 다른 사물들이 비쳐 보인다는 걸 제외하고 이 유령은 아주 단단해 보였다.

이 유령은 사물을 만질 수도 있는 것 같았다. 유령이 벽난로 위에 있는 괘종시계를 들었다가 고개를 끄덕이면서 조심스럽게 다시 내려놓았기 때문이다.

그러고는 타원형 집무실을 돌아다니면서 집기에 관심을 보였다. 의자, 안락의자, 실내장식품, 마룻바닥 위에 깔아놓은 양탄자…….

대통령은 본능적으로 눈을 비볐다. 맙소사, 눈을 다시 떴는데 유령은 그대로 있었다.

저녁에 술을 마시지 않았으니 취한 것도 아닌데……. 맙소사, 환영이 보이는 건가! 뇌종양인가? 대통령은 전화기를 향해 손을 뻗다가 경호원들도 유령을 상대로는 뾰족한 수가 없을 거라고 생각했다. 지금 눈앞에 있는 것이 유령이 확실하다면.

유령이 뭔가 낌새를 챈 듯 힐끔 쳐다봤다. 전화기를 들려던 대통령의 손이 멈췄다. 유령이 고개를 갸웃하면서 대통령을 빤히 뜯어봤다.

그러더니 유령이 아주 이상한 말을 했다.

"안녕하십니까, 놀라게 해서 죄송한데 체중이 몇 킬로그램이십니까?"

마지스터

그토록 탐하던 여자를 잃고 완전한 상실감에 빠졌으니

*

몇 시간 전의 아더월드.

가슴이 찢어지게 아팠다. 꿈에도 생각지 못한 너무나 충격적인 일이라서 마음을 추스를 수가 없었다. 밤이고 낮이고 고통스러웠다.

미칠 것 같고, 죽을 것 같았다.

여러 행성에서 공공의 적 1위[1]인 마지스터가 사랑 때문에 죽는다면 완전 코미디 아닐까?

마지스터는 일어났다. 자이언트 거미의 비단실로 짠, 검은색에 가

---

1. 단순히 공공의 적 1위라는 정도로만 생각한다면, 마지스터는 아직 사태 파악을 못하고 있는 것이다. 마지스터라는 이름만 들어도 부르르 떨면서 간을 생으로 씹어 먹어도 모자라고, 양파와 곁들여 기름에 튀겨 먹어도 시원치 않다고 벼르는 인간, 드래곤, 그 밖의 종족들이 얼마나 많은데…….

까운 잿빛 마법복이 아주 잠깐 펄럭였다. 금빛 마스크가 차츰 어두워지면서 정신적인 고통을 반영했다.

마지스터는 셀레나 덩컨의 시신을 응시했다. 크리스털 의료 기기에 에워싸여 누워 있는 셀레나는 살아 있는 것 같았다. 하지만 살아 있는 게 아니었다. 육신의 껍질에 불과했다. 그녀의 혼은 이미 마법사들이 죽은 뒤에 떠나는 비욘드월드에 가 있었다.

이따금 마지스터는 소리를 지르고 싶었다. 한순간도 분노와 절망에서 벗어날 수 없었다. 비명을 지를 뻔했지만 참았다. 드래곤들의 모진 고문도 견뎌내지 않았던가. 드래곤들이 가했던 고문은 상상조차 할 수 없는 전대미문의 가혹 행위였다. 드래곤들은 갈퀴발톱과 마법을 사용하여 손발을 짓이기고, 이를 부러뜨리고, 턱을 박살 내고, 살갗을 벗기면서 영원한 자국을 남겼다.

마지스터는 고심 끝에 마법을 공급해주는 악마의 셔츠와 연결된 끈을 잘라버렸다.

눈앞에 둥둥 떠오른 셔츠에 갇힌 악마들의 얼굴이 분노로 일그러졌는데 나가겠다고 아우성치는 것 같았다. 마지스터는 악마의 셔츠를 의자에 내려놓았다. 시커먼 천 속에 들어 있는 악마의 영혼들과 접촉한 의자가 바들바들 떠는데 연기가 풀풀 났다.

마지스터는 한순간 비틀거렸다. 마법의 셔츠와 연결되었던 보이지 않는 곳에서 피가 흘러내리고 있었다. 셔츠와 다시 결합될 때까지는 이렇게 피가 흐를 것이다.

마지스터는 거울에 비친 자신의 완벽한 모습을 찬찬히 뜯어봤다. 굵은 목, 근육질의 긴 다리, 나무랄 데 없이 멋진 가슴, 메달리스트 체조 선수가 울고 갈 정도의 복근. 마지스터는 마법이 흘러나가게 내버려두었다. 마스크가 일부분 사라지면서 흉터로 일그러진 입술이 드러났다. 등이 구부정했고, 다리 하나가 약간 휘어 있었다. 거울 앞에는 부상당한 남자가 서 있었다. 파리한 피부에 가득한 흉터는 꾸물꾸물 기어 다니는 핏빛 벌레 같았다. 하지만 이 흉터 밑에서 잘생긴 예전의 모습이 서서히 나타나고 있었다. 마치 복원되려고 애쓰는 것처럼.

"비열한 드래곤들! 너를 이렇게 해놓은 놈들, 언젠가는 내가 꼭 응징해주겠다."

거울에 비친 자신에게 말을 건다는 것이 어찌 정상이라 할 수 있을까? 하지만 모두가 미쳤다고 하는데 정상이 아닌 행동을 마다할 이유도 없었다. 마지스터는 흐릿해지고 있지만 여전히 소름 끼치는 흉터를 뚫어져라 응시했다.

이런 흉한 모습을 본 사람은 두 명밖에 없었다. 마지스터가 오늘처럼 본래의 모습을 드러낸 어느 날 오른팔인 셀렌바에게 들키고 말았다. 그 순간 뱀파이어의 눈에 어린 동정심과 혐오감을 읽으면서 마지스터는 자신의 몸을 부숴버리고 싶은 심정이었다. 하지만 잔혹한 뱀파이어가 너무나 쓸모가 많기 때문에 셀렌바의 머릿속에서 마지스터의 흉측한 모습에 대한 기억을 싹 지워버렸다.

또 한 사람이 지금 눈앞에 누워 있는 셀레나였다. 아름답고 다정하고 연약한 셀레나 덩컨은 마지스터의 끔찍한 모습을 보고도 뒷걸음치기는커녕 도와주려는 듯 그에게 다가왔었다.

그때도 몸을 부숴버리고 싶은 심정이었다. 그래서 셀레나의 머릿속에서도 기억을 지워버렸다. 더는 동정을 받고 싶지 않았다. 그런데 시간이 흐를수록 이상한 사실을 알아차리게 되었다. 드래곤들의 파괴 마법 때문에 원하는 대로 몸을 치료할 수 없었는데 그 파괴력이 차츰 약해지고 있었다.

셀레나를 만나기 전에는 악마의 마법을 사용하지 않으면 걸음을 떼기도 힘들었다. 그런데 셀레나가 일종의 인간 치료제가 되어주고 있는 것이었다. 셀레나가 곁에 있으면서부터 마지스터는 차츰 똑바로 설 수도 있고, 이가 다시 났기 때문에 음식도 마음 놓고 먹을 수 있었다. 더는 죽을 먹지 않아도 되다니…….

등이 펴지고, 다리도 펴지고, 흉터마저 차츰 사라졌다. 셀레나에 대한 관심이 고마움에서 욕망으로, 그리고 사랑으로 변했다. 셀레나의 치료 능력 때문에 그녀에 대한 사랑이 날로 커져만 갔다. 흉터투성이의 육신만큼이나 비뚤어진 사랑이지만 이것도 분명히 사랑은 사랑이었다.

1, 2년쯤 지나면 몸이 완전히 회복될 텐데. 드래곤 공주 아마바쉬 로우쉬바를 매료시켰던 예전의 멋진 모습을 되찾을 수 있을까? 하지만 셀레나가 죽어버렸으니 이제 어떡한단 말인가. 아직 성치 않은 몸으로 그냥 살아야 하는 건가? 마지스터에게 셀레나는 숨 쉬는 데 필요한 공기 못지않게 없어서는 안 될 존재였다. 사랑하기 때문이기도 하고 그를 구해줄 수 있는 유일한 사람이기 때문이기도 했다. 다른 누군가의 도움이 필요하다는 걸 인정하기 정말 싫지만 이제는 고백할 수 있는데……. 나를 구할 수 있는 사람은 셀레나 당신밖에 없다고.

마지스터는 육감적인 입술을 마스크로 감추고 눈을 감았다. 그렇다고 비욘드월드로 셀레나를 찾으러 가기 위해 죽을 수는 없지 않은가. 아드월드뿐만 아니라 지구에서 아직 할 일이 너무 많았다.

복수해야 했다. 나를 절망에 빠뜨렸던 자들을 없애버려야 해. 지구를 정복하고 지구인들의 과학기술을 이용하여 악마들을 물리쳐야 해. 쉬는 건 그다음이야. 즉 악마와 드래곤, 두 종족을 학살한 다음에.

하지만 이 신 나는 계획을 시작하기 전에 마지막으로 꼭 해야 할 일이 있었다. 죽은 자들의 세상에서 셀레나를 돌아오게 하는 것이었다.

그런데 단 한 가지 마음에 걸리는 것은 양아버지가 될 사람으로서 셀레나의 딸에게 너무 서툴게, 아니 너무 못되게 행동한 것이었다. 그래서 타라가 자신을 증오하고 있으니. 솔직히 마지스터는 누군가와 친구가 되려면 어떻게 처신해야 되는지 방법을 전혀 몰랐다.

마지스터는 어깨를 으쓱했다. 방법을 꼭 찾아야 하는데. 아니, 사실은 늘 찾고 있었다.

마지스터는 악마의 셔츠를 다시 입었고, 몸은 다시 완벽해졌다. 결합된 악마의 마법이 끈적거리는 진흙처럼 영혼과 온몸을 뒤덮을 때마다 고통의 비명이 절로 나오지만 감수해야 했다. 멋진 모습으로 돌아오자 마지스터는 안도의 숨을 내쉬었다. 타라 때문에 첫 번째 잿빛 요새를 잃고 새로 지은 요새는 방어를 훨씬 강화한 철옹성이었다. 마지스터는 인간과 협력 관계에 있는 림보의 붉은 악마들 중에서 위험한 에프리트를 고용하여 셀레나의 시신을 지키게 했다. 누군가가 시신을 훔쳐갈까 봐 걱정이 되기 때문이었다. 안티 트란스미투스, 치명적인 함정, 파괴 마법 등으로 보안 장치를 해놓았으니 허락 없이 들어왔다가는 처참한 죽음을 면치 못할 것이다.

마지스터는 셀레나의 구불구불한 머리를 어루만지고 흰색과 빨간색의 멋진 독수리로 변신했다. 그리고 새 잿빛 요새의 창문을 향해 무언의 지시를 내린 다음 멋지게 날아올랐다.

그런데…… 쿵! 열리지 않은 유리창에 부딪쳤으니.

독수리는 유리창을 따라 미끄러지다 바닥으로 쿵, 떨어졌다.

그 순간 셀레나의 굳은 얼굴 위로 그림자가 지나가는 것 같았다. 미소 짓는 그림자? 설마 느낌이겠지.

눈앞에서 뱅글뱅글 돌던 별들이 보이지 않자 독수리는 조심스럽게 발을 움직여보고 넘어지지 않기 위해 날개에 의지했다. 체면을 구긴 독수리는 헝클어진 깃털을 다듬고 나서 주둥이를 열었다.

"셀산티에!" 독수리는 힘없는 소리로 말했다.

누구도 대답하지 않았다. 독수리가 으르렁거렸는데 새들의 세계에서 별로, 아니 거의 사용하지 않는 소리였다. 으르렁은 늑대나 호랑이가 내는 소리인데…….

날개로 머리를 감싸자니 모양이 빠지겠고, 독수리는 하는 수 없이 소리쳤다.

"셀산티에!"

셀레나의 시신을 책임지고 있는 에프리트가 나타났다. 울퉁불퉁한 근육질의 몸뚱이, 이빨과 눈썹, 머리털에 잘 어울리는 샛노란 뿔, 초록색 발톱의 붉은 악마는 독수리로 변신한 마지스터를 알아보지 못하고 등을 돌렸다.

"주인님!" 에프리트가 되돌아오면서 외쳤다.

에프리트는 아무도 없는 걸 확인하고서 다시 소리쳤다.

"주인님, 어디 계세요?"

"더 낮춰!" 마지스터가 말했다.

"주인님, 어디 계세요?" 에프리트가 속삭였다.

독수리는 한숨을 푹 내쉬었는데 허파가 그리 크지 않은 새치고는 한숨 소리가 꽤 컸다.

"소리를 낮추라는 게 아니라 몸을 더 낮추고 밑을 보라고! 창문 아래!" 마지스터가 지친 목소리로 말했다.

에프리트는 몸을 숙이고 뚫어져라 쳐다보다 자신 없는 목소리로 물었다.

"주인님?"

"그래, 나 맞아!" 마지스터가 대답했다. "이마에 혹이 났잖아!"

기계적으로 이마를 만져보려던 에프리트는 1밀리미터만 더 가까이 손을 뻗었으면 손가락 하나가 날아갈 뻔했다. 무슨 놈의 주둥이가 면도칼처럼 날카롭담!

"내 지시에도 창문이 열리지 않아 혹이 생겼다는 뜻이야."

에프리트는 샛노란 눈살을 찌푸렸다.

"주인님의 지시라고 하셨어요? 하지만 저는 어떤 지시도 듣지 못했는데요."

독수리/마지스터는 사람의 발이 아니라 발길질을 할 수 없지만 발톱으로 에프리트의 눈깔을 꽉, 찌르고 싶어 미칠 지경이었다.

"내가 내린 무언의 지시! 머릿속으로 보내는 것이든, 구두로 하는 것이든 내 지시에 복종하기로 계약되어 있지 않나?"

에프리트는 독수리를 쳐다보다가 난처한 표정을 지었다.

"아, 그건…… 저하고는 안 맞아요. 주인님, 제발 저를 믿고 무언의 지시는 하지 말아주세요. 제 이름과 주인님이 원하시는 걸 큰 소리로 말씀해주세요. 그렇게만 하시면 저를 확실히 믿으셔도 됩니다."

"하지만 이 방에 적들이 있는데 눈치채지 못하게 함정에 빠뜨려야 할 경우 큰 소리로 지시를 내리는 건 절대 바람직하지 않다!" 독수리가 퉁명스럽게 대꾸했다.

"물론 지당하신 말씀입니다. 하지만 무언의 지시를 보낸들 제가 듣지 못한다면 그게 무슨 소용이겠습니까?" 에프리트가 제법 논리적으로 반박했다.

독수리는 인상을 쓸 수 없지만, 틀림없이 속으로 눈살을 찌푸리고 있는 것이 느껴졌다.

"그렇지만 계약서를 보면 무언의 지시와 구두의 지시에 응해야 한다고 분명히 명시되어 있다." 독수리가 부르르 떨리는 발톱을 억제하면서 응수했다.

에프리트는 몸을 비비 꼬았다.

"아, 네, 계약서…… 좋지요. 하지만 무조건 믿을 만한 것은 못 되지요. 제가 경력을 좀 위조한 건 인정합니다. 이유는 알 수 없지만 사실 일이백 년 전부터 제 기능 중에서 무언의 지시에 대한 수행 기능이 정지되어 있어서요."

독수리/마지스터는 깊은 생각에 잠긴 것 같았다.

"흐음, 둘 중 하나를 선택하는 수밖에." 독수리가 마침내 말했다. "하나는 너를 죽이고 교체하는 것……."

에프리트는 이 미치광이가 손가락 하나, 아니 깃털 하나만 까딱하는 순간에는 림보로 떨어질 거란 각오를 하면서 뻣뻣하게 굳어버렸다.

"다른 하나는 오해라고 생각하고 이번만은 눈감아주는 것. 나는 할 일이 엄청나게 많은 사람이니까."

바짝 움츠리고 있는 에프리트를 쏘아보는 독수리의 노란 눈빛에는 적의가 어려 있었다.

"내가 지금 몹시 바빠서 운 좋은 줄 알아! 이제 창문을 열어!"

에프리트는 움직이지 않았다.

독수리는 이놈이 아직도 정신을 못 차렸나? 하는 얼굴로 에프리트를 쳐다봤다.

"그러니까요." 에프리트가 감히 말했다. "계약서대로 제 이름을 먼저 부르신 다음에……."

성난 소리를 내면서 일어서는 독수리를 보면서 에프리트는 말끝을 흐렸다. 그러고는 얼른 뛰어 창문을 열었다. 독수리는 몇 걸음 뒤로 갔다가 힘겹게 날아올랐다. 에프리트는 구시렁거리며 창문을 닫았.

이 모든 것이 사촌의 말을 철석같이 믿은 탓이었다. 사촌이 말했었다. "가봐, 정신병자라는데 아무도 찾지 못하는 요새에 살고 있대. 세상에서 그보다 편한 일은 없을 거야. 일할 것도 없이 그냥 놀고먹으면서도 사프란[2]을 마음껏 살 수 있을 텐데."

크리스털 의료 기기에서 나는 소리만 규칙적으로 들리는 가운데 에프리트는 무슨 이상이 없는지 방을 한 바퀴 돌면서 유심히 살폈다.

----

2. 사프란은 악마들이 탐내는 향신료이다. 악마들에게는 금보다 훨씬 더 귀중해서 사프란과 바닷물을 사기 위해 일한다고 말할 정도이다. 악마들에게 바닷물은 술과 같은 효과가 있어서 바닷물을 마시면 취한다.

갑자기 미닫이문이 열리고 빨간색 가죽 팔 하나가 나타났다. 그 팔 끝의 손에 들린 유리병 하나엔 투명한 액체가 가득 담겨 있었다.

"안녕, 셀산티에." 유혹적인 목소리가 말했다. "너에게 작은 선물을 가져왔는데. 자, 받아. 지구에서 방금 갖고 온 바닷물이야!"

팔의 주인이 조심스러운 걸음으로 문 앞에 다가섰고, 얼음같이 차가운 뱀파이어 셀렌바의 얼굴이 나타났다. 빨간 눈, 창백한 피부, 떡 벌어진 어깨, 개미허리. 어느 모로 보나 금지된 것을 위반한 모습이었다. 법을 어기고 인간의 피를 빨아 먹는데도 만족할 줄을 모르는 야만적인 살상 기계로 변해버린 뱀파이어였다.

악마는 노란 송곳니들을 드러내면서 미소를 지었다. 이빨 색깔과 땋은 머리 색깔이 어쩌면 그리도 잘 어울리는지.

"와우, 지구의 바닷물!" 붉은 악마는 화들짝 반겼다. "최고의 선물이에요!"

"얼마 전에 미션이 있어서 지구에 갔다가 인간 서너 명의 피 맛을 보고 쇼핑을 좀 했지."

뱀파이어와 붉은 악마는 씨익, 미소를 지었다. 에프리트는 방어 장치를 정지시키고 셀렌바를 들어오게 했다. 셀렌바가 가볍게 손가락을 까딱하자 올리브 한 알과 칵테일 술잔 하나가 나타났다.

붉은 악마의 얼굴에 기쁨의 주름살이 졌다.

"당신은 정말 사는 게 뭔지 아는군요!" 에프리트는 좋아서 어쩔 줄 몰라했다.

"글쎄, 인간들은 아마 죽이는 게 뭔지 안다고 할걸." 셀렌바가 응수했다.

에프리트는 고개를 끄덕였다. 하긴 그 말도 맞네. 에프리트는 귀한 바닷물을 찔끔찔끔 따라서 코를 킁킁거리며 향을 맡아보고는 몸뚱이를 파르르 떨며 꿀꺽 삼켰다.

"와우, 최고, 최고! 오, 비쇼우트르르르의 내장이여! 셀슈맹과 함께 마시면 얼마나 좋을까! 아더월드의 바닷물이 있다고 그렇게 빼기던 셀슈맹도 지구의 바닷물은 먹어본 적이 없는데……. 아, 안타깝다. 이걸 봤으면 부러워서 죽으려고 할 텐데."

"당연하지." 악마들의 경쟁심을 잘 아는 셀렌바가 부추겼다. "가서 네 친구에게 바닷물을 자랑하고 와. 그동안 여기는 내가 대신 지키고 있을 테니까."

에프리트는 눈살을 찌푸렸다.

"믿어도 돼요? 셀레나 부인에게 무슨 일이 생기면 큰일 나거든요. 주인님이 부인을 지키는 일에 대해서는 하도 간간해서. 계약서 조항 중 몇 가지는 변조할 수 있지만, 중요한 건 너무 표가 나서 안 되는데……."

에프리트는 부르르 떨었다.

"주인님이 아주 마음에 안 드는 조항을 만들었어요. 내가 부인의 시신을 성실하게 지키지 않을 경우 나를 묵사발로 만들어서 삶아 먹겠다고. 난 그렇게 끝장나고 싶지 않아요. 내 말이 무슨 뜻인지 알면……."

"그런 걱정은 하지 말고 가서 바닷물 자랑이나 해. 네 친구들의 코를 납작하게 만들어버려. 부인의 시신은 아무 일도 없을 테니까."

에프리트는 긴가민가하는 표정이지만 손에 들고 있는 병에 대한 유혹을 떨치지 못했다. 에프리트는 셀렌바에게 씨익, 웃어 보이고는 사라지면서 한마디를 남겼다.

"5분 후에 돌아올게요!"

셀렌바는 돌아서서 옴짝달싹 안 하는 시신을 물끄러미 응시했다.

"죽어서도……." 셀렌바는 빈정거리는 목소리로 중얼거렸다. "죽어서도 보스의 마음을 사로잡고 있다니, 이런 제기랄! 대체 너란 여자는 어떻게 생겨먹은 괴물이야?"

얼마나 아이로니컬한가! 셀레나를 괴물로 취급하다니. 말은 바른 대로 해야지, 솔직히 둘 중에서 진짜 괴물은 인간의 피를 빨아 먹는 셀렌바가 아닌가. 하지만 셀렌바는 불행한 뱀파이어였다. 라이벌의 죽음을 목격하면서 그렇게 좋아했는데!

게다가 셀레나를 자기 손으로 죽인 것이 아니라 하늘이 준 선물이 아닌가!

이제야 드디어 마지스터가 이 겁 많은 셀레나가 아니라 셀렌바를 사랑한다는 걸 인정할 수밖에 없을 거라고 믿었거만…….

그런데 전혀 그렇지 않았다. 마지스터는 셀레나를 단념하지 않았다. 죽은 자를 돌아오게 하는 비법이 적힌 양피지를 손에 넣기 위해 오무아의 여제에게 일부러 붙잡히기까지 했다.

마지스터는 실패했지만, 셀렌바는 그가 포기하지 않았다는 걸 알고 있었다. 그렇지 않다면 무엇 때문에 늑대인간들이 지키고 있는 시신—영혼이 없는 육신—을 훔쳐왔겠어?

셀레나의 팔과 다리, 가슴과 연결된 크리스털 의료 기기를 보면서 뱀파이어는 손톱이 날카로운 손으로 튜브를 만지작거렸다.

"만약에 사고가 일어난다면?" 셀렌바가 중얼거렸다. "이 의료 기기 중 하나의 전원을 끄고 당신이 완전히 죽으면 그가 나에게 돌아올까?"

물론 시신은 대답하지 않았다. 셀렌바는 주먹을 꽉 쥐고 잠시 머뭇거렸다.

"안 돼!" 셀렌바는 한숨을 내쉬었다. "보스는 그렇게 어리석은 사람이 아냐. 내가 한 짓임을 금방 알아차릴 거야. 그러면 나는 영원히 그를 잃는 거야."

셀렌바는 생각에 잠긴 채 에프리트가 싱글벙글해서 돌아올 때까지 기다렸다. 붉은 악마가 나타나면서 일으키는 바람에 셀렌바의 긴 백발이 휘날렸다.

셀렌바는 조소를 흘리면서 성큼성큼 방을 나갔는데 몹시 화가 나 있었다. 자기 자신에 대해서, 셀레나에 대해서, 그리고 다른 여자를 사랑하는 남자에게 빠지게 만든 세상에 대한 분노였다.

하지만 셀렌바는 인내심이 강했다. 대낮에는 행동할 수 없었다. 어둠 속에서, 아, 그래! 범죄를 꾸미는 데 제격인 어둠 속에서 필요한 일을 하면 돼.

어쨌든 셀레나는 결국 죽을 것이다.

그리고 죽으면 결정적으로 마지스터는 내 남자가 될 거야.

타라 덩컨
제국을 다스리라는데 어떻게 해야 정중한 거절이 될까

*

벨제부트는 하품을 했다. 어쩌다가 지옥에서 가장 사악한 왕자의 이름을 갖게 되었지만 벨제부트는 장밋빛 새끼 고양이에 지나지 않았다. 물론 악마 세계의 고양이지만 아기였다. 아니, 사실은 이미 열 살이나 먹었으나 절대로 더는 늙지 않기 때문에 아기처럼 보일 뿐이었다.

고양이의 몸뚱이에서 피곤함이 느껴졌다. 고양이에게도 그동안 아주 많은 일이 있었다. 예전에는 우유와 고기를 먹으며 사랑받고 살면서 형제자매들과 장난도 치고, 고양이풀숲에 누워 자기도 했는데……. 지금은 영혼의 동반자가 된 파프니르의 튼튼하고 따뜻한 어깨 위에서 지내고 있었다. 악마의 세계 림보에서 처음 만나서 난쟁이와 고양이가 정신적으로 결합했을 때 파프니르는 공포에 질려서 정말 심하게, 꽤 한참 동안 비명을 질러댔었다.

마법사와 패밀리어는 어느 한쪽이 잘못되면 둘 다 죽을 위험이 있는, 끊어지려야 끊어질 수 없는 관계였다. 그리고 선택하고 말고도 없는 관계였다. 용맹한 전사로 이름난 난쟁이 체면에 장밋빛 고양이를 어깨에 달고 다니는 것이 좀 안 어울리지만 그래도 가까워지는 데는 큰 도움이 되면서 둘 사이에 이내 무조건적인 사랑이 싹텄다.

따라서 벨제부트는 파프니르를 따라 아더월드에 왔는데 아주 흥미로운 종족들이 사는 행성이었다. 림보에도 이상한 사람들과 사물들이 있을 만큼 있기 때문에 악마들보다 이상한 것이 아니라 흥미로웠다. 벨제부트는 특히 뱀파이어가 마음에 들었다. 어떤 면에서 매력적인 큰 고양이들을 연상시켰기 때문이다. 물론 사자와 표범이 섞인 것 같은 두 발 동물 살테렌스도 마음에 들었다. 반면에 거칠고 사나운 인간과 말의 형상을 한 켄타우로스, 너무 뾰족한 뿔 때문인지 심하게 예민해 보이는 유니콘, 그리고 드래곤에게는 경계심을 보였다. 버터 덩어리처럼 생겼지만 평온해 보이는 카훔보움과 머리가 둘인 타트리스족은 호감이 갔다.

오무아 제국의 수도 팅가푸르의 황궁 접견실은 으리으리했다. 까치와 마찬가지로 벨제부트는 번쩍거리는 것을 좋아하는데 여긴 그야말로 거의 모든 것이 번쩍거렸다. 금으로 장식한 조각상과 조각품들, 빈 공간이 없을 정도로 곳곳에 박힌 보석들, 벽면의 장식은 또 어찌나 섬세한지 진짜 레이스 같았다. 오무아의 역대 황제와 여제들의 모험담을 상기시키는 벽화가 있는가 하면, 벽을 스크린 삼아 총천연색 영화도 상영되고 있었다. 팔이 넷인 티그족 친위대원들과 최고 마구스들이 양탄자를 타고 공중에서 경비를 서고 있었다. 침입자가 보이는 즉시 마법이나 화살을 날릴 기세로 궁인들의 머리 위, 주홍빛 지붕을 이루는 루비 천장을 스치듯 날아다녔다. 그중에서도 난쟁이와 엘프 예술가들이 만들어놓은 오무아의 옥좌는 아주 인상적인 걸작품이었다.

거대한 방에 각양각색의 온갖 인간과 동물, 곤충이 가득했고, 안쪽에 오무아의 여제가 있었다. 우아한 몸매를 한층 돋보이게 해주는 하늘하늘한 흰색 드레스, 이날의 의상에 맞춘 은발이 다이아몬드 샌들을 신은 발까지 구불구불 흘러내리는 리스베스 여제는 오무아를 상징하는 100개의 금빛 눈을 가진 주홍빛 공작 옥좌에 앉아 있었다.

벨제부트는 궁전에 있는 한 공원에서 살아 있는 공작을 만났는데 거들먹거리는 폼이 조각가에게 포즈를 취해주는 모델 공작인 모양이었다. 하도 같잖게 굴어서 벨제부트가 꽁무니 깃털 몇 개를 뽑았다. 그랬더니 공작이 아주 생난리를 쳤다. 멍청한 조류 같으니라고! 잡아먹으려는 것이 아니라(그러기에는 너무 크잖아!) 그냥 좀 같이 놀자는 건데. 공작의 깃털을 없애고 있던 벨제부트는 현장에서 성난 경비들에게 붙잡히고 말았다. 수염에 빨간 깃털이 붙어 있는 바람에 아무리 무고하다는 눈빛으로 귀염을 떨어도 통하지 않았다. 경비들은 파프니르에게 데려다 주면서 호통을 쳤다.

다행히 파프니르는 그나마 유머 감각이 아주 조금 있어서 웃게 해주었다. 마침내 경비들이 떠났다.

접견실 안이 술렁거리고 있었다. 흰 머리털이 섞인 금발의 소녀 타라 덩컨은 오무아의 상징인 금빛과 주홍빛의 아름다운 드레스 차림이었다. 하지만 크라에토비르의 반지 조각이 척추에 박히는 공격을 받은 뒤로 걸음걸이에 문제가 있어서 은제 외골격을 걸쳐 입은 상태였다.

리스베스 여제가 방금 황위를 양위한다고 선포하면서 열여섯 살³에 불과한 조카딸 타라를 지명했던 것이다.

타라 덩컨의 반응이 아주 재미있었다.

"아!" 아연실색해서 멍하니 벌리고 있던 타라의 입에서 새어 나온 소리였다.

소녀는 이어서 단호하게 말했다.

"절대 안 됩니다."

접견실을 나가려고 옥좌에서 일어나던 리스베스는 그대로 동작을 멈췄다. 오무아의 황위를 거절해? 야망이 있는 사람이든 아니든 그렇게 쉽게 거절할 것이 아닌데……. 하지만 벨제부트는 이미 타라 덩컨이 범상치 않다는 걸 알아차리고 있었다.

리스베스 여제는 몸을 숙이고 눈살을 찌푸리면서 소리쳤다.

"뭐라고? 절대 안 된다고 했니?"

타라는 상냥하게 미소를 지었다.

"네, 설마 그 말을 못 알아듣는 건 아니죠?"

벨제부트는 재미있다는 듯 고양이 소리를 냈다. 야옹! 타라 덩컨이 예의범절을 안 배운 거야? 여제 앞에서 이건 좀 아닌 것 같은데.

리스베스 여제의 표정이 심상치 않았다.

"어디서 감히 버릇없게!"

---

3. 림보에서 보낸 몇 주는 아더월드 시간으로 1년 반에 해당하기 때문에 현재 타라는 열일곱 살이다. 하지만 타라는 열일곱이라는 나이에 익숙해지지, 아니 받아들이지 못하고 있다.

타라는 당당하게 앞으로 나가려다가 휘청했다. 걸음을 도와주는 외골격이 반응하려면 시간이 좀 걸리는 걸 또 깜빡한 것이다. 머쓱해진 타라는 어깨를 으쓱하면서 발을 조금씩 떼면서 걸어 나갔다. 어깨에 올라앉아 있던 축소된 페가수스가 떨어지지 않으려고 날개를 퍼덕였다. 타라는 페가수스를 다정하게 쓰다듬어주었다.

"저를 끔찍한 자리에 앉히려고 하니까요!"

타라는 날카로운 어조로 대꾸했다.

모두가 리스베스와 타라 사이에 오가는 불꽃 튀는 대화를 지켜보고 있었다. 크리스텔리스트들은 한마디도 놓치지 않았고, 날아다니는 작은 카메라 스쿠프들까지 리스베스와 타라 주위를 왔다갔다하며 어찌나 빠르게 날개를 파닥이는지 미니 폭풍이 일어날 정도였다. 아더월드의 주르날리스트들은 이 흥미진진한 대결 장면을 행성 전체에 전하기에 바빴다.

모든 것이 너무 따분하고 시끄럽다는 생각에 여기저기 둘러보던 벨제부트의 눈에 재미있는 동물이 포착되었다. 꼬리가 둘 달린 빨간 쥐(파프니르의 기억에 있는 이미지에 따르면 뿌익!)가 문짝 사이로 빠져나갔던 것이다. 쥐가 궁전에 들끓지 못하게 없애버리려는 본능이 발동한 벨제부트는 쥐를 사냥하기로 마음먹었다. 고양이는 마법사와 패밀리어를 결합시키는 정신적인 끈을 통해 파프니르에게 놀다 오겠다고 알렸다. 여제와 타라의 팽팽한 말싸움에 정신이 팔린 난쟁이는 건성으로 고개를 끄덕였다. 벨제부트는 파프니르가 리스베스 여제를 원망하고 있음을 느꼈다. 모든 난쟁이가 그렇듯 파프니르는 자유를 박탈당하는 걸 참지 못했다. 리스베스 여제가 타라에게 황위를 물려주는 것은 감옥살이나 다름없어 보였다. 그리고 리스베스가 타라를 대하는 방법이 잘못된 것이라서 내심 재미있었다. 만약 리스베스가 조카와 단둘만 있는 자리에서 다정하게 나라를 다스려달라고 부탁했다면 딱해서라도, 아니 양심의 가책 때문에라도 타라는 받아들였을 텐데. 어쨌든 리스베스가 유령에 들렸던 것도, 반지의 지배를 받았던 것도 따지고 보면 타라 때문이니까.

지금 타라는 재갈을 물리려는 사람에게 대드는 야생 페가수스처럼 뻗대고 있었다. 파프니르는 리스베스 여제가 결국에는 뜻을 이루겠지만 그리 쉽지는 않을 거라고 확신했다.

벨제부트는 파프니르와 같은 생각이었다. 다정하게 대해주는 타라 덩컨이 아주 마음에 들었다. 벨제부트와 시선이 마주칠 때마다 흠칫흠칫 놀라는 멍청한 파브리스와는 달랐다. 금발의 파브리스가 고양이를 두려워한다는 건데 두 발을 가진 키다리와 네 발을 가진 고양이의 키 차이를 생각하면 얼마나 웃기는 일인가. 사실 파브리스는 악마의 마법을 증오하는데 벨제부트가 바로 그 악마의 세계에서 태어난 고양이이기 때문이었다.

파프니르는 고양이를 바닥에 내려놨다. 벨제부트는 고맙다는 표시로 난쟁이의 손을 핥고 뿌익이 나간 쪽으로 쏜살같이 달렸다.

빨간색 쥐가 순식간에 사라지는 바람에 흔적을 찾기 힘들었다. 약속 시간에 늦어서 쥐가 그렇게 부리나케 내뺀 걸까? 벨제부트는 쥐를 따라잡기 위해 속력을 높였다. 마당에 들어서는 순간 초록색 귀가 달린 오렌지빛 므르르르(궁전에 사는 아더월드의 고양이) 한 마리가 뿌익에게 달려들었다. 혼비백산한 뿌익이 또 사라졌다. 휙, 어디로 증발해버린 거지? 이게 어떻게 된…….

잠시 후 또 느닷없이 뿌익이 나타났다. 이번에는 쥐를 놓쳐서 화가 난 므르르르가 사라졌다가 씩씩거리면서 나타났다. 짜증이 난 벨제부트는 한숨을 내쉬었다. 정신 사납게 얘들은 왜 이렇게 나타났다 사라졌다 하는 거지? 므르르르와 뿌익을 관찰하던 벨제부트는 마침내 무슨 상황인지 알아차렸다. 아더월드의 고양이와 쥐가 순간 이동하는 거리가 기껏해야 1미터를 넘지 못하기 때문이었다. 그렇다면 뿌익이 움직이는 방향을 예측해서 미리 길목을 지켜야 잡을 수가 있는데…… 궁전의 고양이는 영리하지 않았다.

므르르르는 번번이 뿌익에게 속았다. 뿌익이 벽을 뚫고 사라지면 므르르르는 두리번두리번 찾기 일쑤였으니. 벨제부트는 한심하다는 듯 울음소리를 냈다. 멍청이는 뿌익이 어디로 도망쳤는지 보지도 못한 모양이었다. 므르르르가 등을 둥글게 하고 여기저기 킁킁거리면서 냄새를 맡았지만 허탕이었다. 벨제부트는 사이렌이 문을 열어주길 조용히 기다렸다가 뿌이익 뒤를 쫓았다. 그리고 쥐의 흔적을 대번에 찾았다. 뿌익은 제 몸뚱이보다 더 큰 동물—아마도 쥐의 일종인 초록색 타크—이 파놓은 구멍으로 빠져나간 것이었다. 장밋빛 털 한 개 남기지 않고 구멍으로 쏙 빠져나간 벨제부트는 스릴이 넘치는 사냥에 흥분이 되었다.

설치류 동물이 파놓은 통로는 많은 방과 연결되고, 오르락내리락 하면서 점점 더 깊이 들어가다 궁전에서 아무도 사용하지 않는 버려진 공간까지 이어졌다. 파프니르가 궁전에는 벌레 방지 주문이 걸려 있다고 말해줬는데 이상했다. 주문이 약해진 걸까? 고양이는 재채기를 했다. 바닥에 두텁게 쌓인 먼지를 보면 뿌익과 작은 동물이 남긴 흔적만 있을 뿐 오랫동안 아무도 지나간 적이 없는 것 같았다.

그래서 인간의 목소리가 들렸을 때 벨제부트는 질겁했다. 호기심이 발동한 고양이는 사냥감을 까맣게 잊고 살금살금 다가갔다.

그리고 목소리가 들리는 구멍으로 들어가서 조심스럽게 주둥이만 내밀었다. 빨간 대리석으로 이뤄진 웅장한 방 한가운데에 키 큰 남자가 잿빛 마법복 차림으로 서 있는데 가슴 부위에 빨간 원이 그려져 있고, 눈이 어릿어릿할 정도로 현란한 금빛과 은빛, 검은빛의 반사경 마스크를 쓰고 있었다. 남자는 크리스털 전광판을 응시하고 있는데 오무아의 여제와 타라를 중심으로 많은 궁인이 모인 접견실이 보였다.

바닥에 동그란 모양의 검은색 철판이 있었다. 남자가 조심스럽게 거리를 둔 철판이 진동하더니 마법이 작동하는 듯 윙윙거렸다.

파프니르의 뇌에 입력된 정보 덕분에 남자가 누구인지 알아차린 벨제부트는 눈이 동그래졌다.

마지스터!

타라 덩컨의 철천지원수.

식겁해서 뒷걸음치던 벨제부트는 상그라브들의 보스에게 발각되었다. 벨제부트가 방어할 겨를도 없이 시커먼 마법의 광선이 날아왔다. 필사적으로 발을 버둥거리던 장밋빛 고양이는 애처로운 소리로 울었다. 정신적인 끈을 통해 고양이의 공포를 느낀 파프니르가 새파랗게 질려서 비명을 지르는 모습이 전광판에 보였다. 비명소리가 어찌나 큰지 여제와 후계자의 대결이 중단될 정도였다.

모두들 잔뜩 긴장하고 있는 가운데 최고 마구스들은 본능적으로 마법을 작동했다. 하지만 아무 일도 없었다. 위험한 조짐조차 없기 때문에 모두 난쟁이 전사를 향해 의혹의 눈초리를 보냈다. 공포에 질린 패밀리어와 교감하는 파프니르는 부들부들 떨고 있었다.

"안 돼!" 난쟁이가 갑자기 고함쳤다. "아프게 하지 마!"

여제와 후계자는 아연실색했다.

"이런, 이런, 이런, 어린 첩자." 마지스터가 뜻밖의 수확물을 살피면서 고양이 소리를 냈다. "가만히 있어, 귀여운 것. 네가 이렇게 나를 도와줄 줄이야!"

마지스터는 마법을 중단하고, 축 늘어진 고양이를 움켜잡아 이상한 기계 위에 올려놨다.

잠시 후, 마지스터와 벨제부트는 오무아의 접견실 한가운데에 유형화되었다.

마법의 화살과 광선이 일제히 날아오자 겁에 질린 벨제부트는 눈을 감았다.

함정

미치도록 사랑한다는 남자에게
어머니는 당신을 사랑하지 않는다는 말을
어떻게 설명해야 위험하지 않을까

*

마지스터는 잠자코 있었다. 벨제부트는 눈을 감았다. 그리고 죽었다고 생각했다. 고통의 비명소리들이 들리는데 아무런 느낌이 없었다. 벨제부트는 살며시 눈을 떴다. 오무아의 최고 마구스들과 티그족 친위대가 마지스터를 향해 발사한 마법의 광선에 맞은 걸까? 궁인들이 여기저기 쓰러져 있었다.

최고 마구스들과 친위대는 가차 없이 공격했고, 여제가 중단시키지 않았다면 공격은 계속되었을 것이다.

"멈춰라! 영상이다! 마법이 빗나가서 애꿎은 궁인들이 쓰러지고 있단 말이다!"

이미 때는 늦었다. 시신이 여기저기 널브러져 있었다. 여제가 새로운 명을 내리자 이내 레파루스 주문이 부상자들을 치료했고, 중상인 경우는 샤먼이 있는 의무실로 실려 나갔다. 흥분이 가라앉으려면 시간이 필요했다. 접견실에 있는 이들의 눈길이 마지스터에게 쏠렸는데 여전히 벨제부트를 품에 안은 채 태연히 지켜보고 있었다. 마지스터의 아들 실버가 창백한 얼굴로 서 있었다. 하지만 아들을 받아들이지 않는 마지스터는 실버에게 눈길도 주지 않았다. 마지스터의 마스크는 타라 덩컨, 오직 한 사람을 향해 있었다.

한편 벨제부트는 가만히 있지만은 않았다. 정신적으로 파프니르를 자신이 있는 곳으로 인도하고 있었다. 다행히 공포에서 벗어난 난쟁이 전사는 도끼 두 개를 뽑아 들더니 친위대장 크산디아르를 강제로 잡아끌었다. 그렇게 해서 난쟁이는 친위대장과 수하의 친위대원 여섯 명과 함께 벨제부트가 있는 곳으로 향했다. 파프니르는 쥐가 다니는 구멍으로 들어갈 수 없어서 벽을 부숴야 하는데 리스베스 여제가 궁전을 훼손하면 노발대발하기 때문에 그럴 수가 없었다. 그래서 그들이 귀중한 시간을 허비하는 사이에 파프니르는 불안에 떨고 있었다. 한두 개의 문은 저항하지 않았다. 저항하는 문은 난쟁이의 도끼에 박살이 났다. 그 뒤로는 문들끼리 서로 연락을 주고받았는지 난쟁이의 도끼가 보이는 즉시 순순히 문이 열렸다. 하지만 벨제부트와 뿌익이 다니는 통로와 다르기 때문에 길을 찾기 위해 수없이 오르락내리락했고, 시간이 좀 걸릴 것 같았다. 벨제부트의 걱정은 얼마나 버틸 수 있을지 모른다는 것이었다.

"이제 끝났나?" 마지스터가 말했다. "히스테리는 끝났니?"

"원하는 게 무엇인가, 상그라브?" 리스베스 여제가 물었다. "어떻게 전광판에 네 모습이 나타나는 것인가? 안티 트란스미투스를 걸어놓았고, 곳곳이 봉쇄되어 있는데."

마지스터는 들은 척도 않고 여전히 타라를 빤히 쳐다보고 있었다.

타라는 눈살을 찌푸렸다.

"고모, 마지스터가 뭘 원하는지 알 것 같아요. 내 어머니 때문에 온 거죠?"

"그 때문만은 아냐." 마지스터가 대꾸했다. "내가 온 건 너 때문이기도 하니까."

타라는 물러서지 않았지만, 금발을 뒤로 넘기는 것으로 보아 절제하고 있는 것이 느껴졌다. 타라 뒤쪽에 서 있던 궁인들이 슬금슬금 비켜섰다.

"영상에 불과하다면 당신은 나를 대적하기가 쉽지 않을 텐데요."

타라는 두려움을 억누르면서 지적했다.

"그건 괜찮아. 싸우러 온 게 아니라 너에게 간청하러 온 거니까."

그러더니 그 오만하고 무시무시한 마지스터가 갑자기 무릎을 꿇었다. 수많은 궁인은 말할 것도 없고 전 세계가 깜짝 놀랄 일이었다!

실버는 딸꾹질을 했다. 이 난데없는 행동에 아연실색한 타라는 눈이 휘둥그레졌다. 마지스터가 나타난 뒤로 타라는 경계를 늦추지 않고 있었다. 하지만 마지스터가 방금 한 말과 행동은 정말 이상했다. 열여섯 살밖에 안 된 소녀에게 인구 2억의 제국을 다스리라고 하는 등 이상한 일이 부지기수로 많은 행성이라지만, 마지스터까지 보탤

줄이야!

"제발 부탁한다, 타라 덩컨." 마지스터가 부드러운 목소리로 말했다. "네 어머니를 죽은 자들 세상에서 돌아올 수 있게 도와줘."

타라가 입을 열려는 순간 리스베스 여제가 끼어들었다.

"상그라브, 부탁을 들어주면 우리가 얻는 것은 무엇이냐?"

아, 적이라고 무조건 내치지 말고 얻을 건 얻어야 한다고 했지, 참! 타라는 미처 그 생각을 못했는데.

마지스터가 믿기지 않는다는 듯 머리를 갸웃했다.

"협상하자는 겁니까? 타라의 어머니에 관한 건데 살아서 돌아온 어머니를 품에 안고 싶은 마음이야 나보다 타라가 더 간절하지 않겠소?"

뭐? 마지스터가 지금 엄마를 안고 싶다고 말한 거야? 그 모습을 상상만 해도 타라는 구역질이 일었다.

"우리는 죽은 사람을 돌아오게 할 수 없어요." 타라는 리스베스 여제가 협상에 들어가기 전에 말했다.

술렁거림이 있는 동안 잠시 생각에 잠겼던 타라가 말을 이었다.

"아니, 소생시키는 비법이 있었죠. 그런데 유령들의 습격을 받은 뒤로 우리는 양피지를 없앴고, 우리의 기억에서도 비법을 지워버렸거든요."

"알아." 여전히 무릎을 꿇은 채 마지스터는 빠져나가려고 몸부림치는 장밋빛 고양이를 꽉 잡으면서 차분하게 대답했다.

"그래서……."

"그러니까 내가 여기 온 것은 너를 위한 것이기도 해, 타라. 네 어머니를 소생시키는 유일한 방법은 악마의 사물들을 이용하게 해주는 거니까!"

윙윙거리는 스쿠프 소리가 간간이 들릴 뿐 죽음 같은 정적이 흐르고 있었다.

"악마의 힘을 이용하면 죽은 마법사들의 영혼이 떠나는 비욘드월드의 장벽을 박살 낼 수 있어. 네 어머니의 영혼을 찾아서 내가 보호하고 있는 육신에 돌려주면 되는 거야. 그리고……."

"안 돼요!" 타라가 말을 자르면서 쪽빛 눈으로 마지스터의 금빛 마스크를 노려봤다. "절대로!"

마스크가 천천히 검은색으로 변했고, 마지스터가 일어섰다.

"그 방법밖에 없다는 건 너도 알잖아!" 마지스터가 소리쳤다.

주홍빛과 금빛 드레스에 외골격을 걸친 타라가 잘그랑 잘그랑 소리를 내며 걸어 나가는데 눈빛이 이글거렸다.

"아니, 난 아무것도 몰라요!" 타라가 응수했다. "내가 아는 건 악마의 사물들이 끔찍하게 위험하다는 것, 그리고 당신과 나의 고모를 미치게 만든다는 거예요. 크라에토비르의 반지가 고모를 장악했을 때를 생각하면 정말……. 따라서 나는 악마의 사물에 관련된 일에 관여하지 않겠어요. 그것이 세상에서 내가 가장 사랑하는 어머니와 아버지를 소생시키는 일일지라도."

타라는 의도적으로 아버지를 포함시켰다. 예상대로 마지스터가 흠칫 놀랐다. 정곡을 찌른 것이었다.

"어머니를 완전히 포기하겠다는 말로 들리는데 제정신으로 하는 말이니?"

"어머니는 이미 돌아가셨어요. 당신이 내 어머니의 시신에게 하고 있는 짓은…… 옳지 않아요. 이제 어머니의 시신을 돌려주세요, 마지스터. 당신은 그럴 권리가 없어요!"

마지막 말은 진심이었다. 마지스터는 지구에서 이사벨라와 늑대인간들이 지키고 있던 셀레나의 시신을 빼앗아갔다. 타라는 어머니의 유령을 만나서 비욘드월드에서 아버지와 행복하게 지내는 걸 확인한 뒤에 마지스터가 셀레나의 생명을 인위적으로 붙들고 있는 마법의 의료 기기를 떼어버리기로 결심했다. 그런데 마지스터가 셀레나를 소생시키겠다고 선수를 친 것이었다. 하지만 남의 말을 들으려 하지 않고 자기 생각에만 갇혀 있는 마지스터는 타라가 왜 거부하는지 이해할 수 없었다. 마지스터는 고개를 흔들었다.

"네가 이해를 못하는구나! 의료 기기를 떼어버리면 시신은 정말 가망이 없게 되는 거야. 악마의 사물들이 있어야 네 어머니를 구할 수 있어!"

"어머니는 이미 돌아가셨다고요!"

타라가 되뇌는데 눈물이 글썽했다.

"셀레나와 내 동생을 소생시키기 위해 악마의 사물들을 사용하게 내버려둔다 치고, 그다음에는 어떻게 되는가?"

리스베스 여제는 차분하게 물었다.

타라는 소스라쳤다. 아버지 단비우가 리스베스 여제에게는 동생이니 보고 싶은 게 당연한데 그 생각을 못했다니…….

"아, 찬성하는군요." 마지스터의 마스크가 약간 밝아졌다. "그 말을 하려는데 타라가 끊어버리는 바람에……. 악마의 사물들을 사용하게 해주면 골칫거리가 없어지지요. 악마의 사물들이 완전히 파괴되는 거니까. 사물 속에 갇혀 있다가 소모되지 않은 악마의 영혼들은 해방이 되어 흩어져버리고요."

"파괴된다……." 타라는 아까부터 머릿속에 맴도는 생각을 정리하려 애쓰고 있었다. "그럼 해방된 악마의 영혼들은 다 어디로 가지……?"

생각에 잠긴 타라가 혼잣말을 하는 것이기 때문에 마지스터는 개의치 않고 리스베스 여제에게 말했다.

"5000년 전에 5인의 최고 마구스들이 압수하면서 없애버리려고 했던 위험한 악마의 사물들이 완전히 사라지는 것이죠. 그렇게 되면 나라는 존재 때문에 시달리는 일도 없어지죠. 나는 아더월드 정복에 대한 꿈을 접고 모두 평화롭게 살게 두겠소. 드래곤들도."

접견실이 희망의 속삭임으로 술렁거렸다. 마지스터의 제안은 그만큼 유혹적이었다. 너무 화가 난 타라는 눈을 감고 머릿속에서 맴도는 생각에 집중했다. 이 악마 같은 작자가 목적을 달성하기 위해 모든 이들을 농락하다니. 마지스터는 거짓말하고 있는 것이 분명했다. 타라는 느낄 수 있었다. 드래곤들을 전멸시키겠다는 것은 마지스터가 존재하는 이유였다. 하지만 마지스터의 제안을 희망으로 받아들이는 사람들에게 함정이라는 걸 어떻게 이해시킬 수 있을까?

"어머니는 지금 아버지와 함께 있어서 아주 행복하세요." 타라는 좀 더 마지스터 쪽으로 다가가면서 말했다. "두 분은 재회했고 비욘드월드에서 아주 즐겁게 지내고 있어요. 두 분을 다시 떼어놓으려고 하지 마세요. 아니면 다음에 우리가 대적할 때 당신을 죽이지 않고 잿빛 시간**4** 속으로 보내서 영원히 무력화시킬 테니까요!"

궁인들은 이런 식의 감정적인 반격을 예상하지 않았다. 리스베스 여제의 능수능란한 대응에 익숙해진 사람들이었다. 또다시 죽음 같은 침묵이 흘렀다.

"이제 말 다 한 거니, 타라 덩컨?" 마지스터가 어찌나 침통해하면서 유감스러워하는 목소리로 말하는지 타라는 등줄기가 서늘했다.

타라는 정신을 가다듬고 빈정거렸다.

"네. 지구를 정복해서 비마들을 노예로 만들고 드래곤들을 커다란 핸드백으로 만들어버리겠다는 상그라브들과의 싸움을 끝내고, 악마의 사물들을 완전히 없애버리기 위해 고모께서 당신과 협상하고 싶어한다는 거 알아요." 타라는 굳은 얼굴로 지켜보는 리스베스 여제를 힐끔 쳐다보면서 말을 이었다. "하지만 협상할 이유가 전혀 없어요. 내 어머니는 지금 있는 곳을 떠나지 않을 거니까요."

"그럼 강제로라도 네가 말을 듣게 만들어야지." 마지스터가 자세를 바로 하면서 말했다. "이놈이 네가 거부한 것에 대한 첫 번째 희생양이다, 타라 덩컨."

마지스터는 말을 끝내기가 무섭게 벨제부트의 목을 뚝 부러뜨렸다.

---

4. 데미데루스는 잿빛 시간 속에서 영원히 살아 있는 형태를 유지하고 있다. 잿빛 시간 속으로 들어가는 것은 까다롭지 않지만, 나들이하듯 함부로 나올 수가 없다.

마지스터와 벨제부트가 있는 마지막 문을 향해 도끼를 쳐드는 순간 파프니르는 정신적인 끈이 사라지는 걸 느꼈다. 마치 유령이 사라지는 것 같았다. 갑자기 심장에 통증을 느낀 난쟁이는 그대로 쓰러질 뻔했다. 하지만 무슨 일인지 알아차리지 못한 파프니르는 공격을 받은 것이라고 생각했다. 그런데 옆에 있는 크산디아르 친위대장은 무사했고, 비칠거리는 난쟁이를 붙잡아주었다.

"파프니르, 왜 그래?" 크산디아르가 놀란 얼굴로 물었다.

파프니르는 팔이 넷인 친위대장의 넙데데하고 투박한 얼굴을 올려다봤다. 크산디아르는 오무아의 색깔인 주홍빛과 금빛의 정복 차림이었다.

"벨제부트가 죽은 것 같아요." 파프니르는 비통하게 말했다. "나와 연결된 끈이 방금 끊어졌어요."

격분한 크산디아르는 씩씩거렸다. 마법사가 패밀리어를 잃는 것이 얼마나 고통스러운지 잘 알고 있었다. 장밋빛 고양이와 난쟁이 전사는 아주 최근에 결합된 사이라 정신적인 끈이 아직은 좀 약하지만 그래도…….

"여기 있어. 우리가 문을 박살 내고 마지스터를 체포할 테니까."

파프니르는 머릿속이 지끈거리지만 자세를 바로 하고 양손에 도끼를 움켜잡았다.

"아니, 나도 같이 가요!" 난쟁이가 매섭게 말했다. "이번에는 기필코 그 쌍놈의 브롤부레5를 붙잡아야 해요. 그래서 죽이는 짓거리를

---

5. 난쟁이들의 욕설. 번역이 불가능하지만 굳이 표현하자면 '우주에서 가장 비열한, 콧물 흘리는 찌질이'라는 뜻. 난쟁이들은 비열함을 경멸하며, 감기에 걸리는 걸 아주 무서워한

밥먹듯 하는 버르장머리를 고쳐주자고요!"

난쟁이의 도끼에 찍힌 마지막 문은 말 그대로 산산조각이 났다. 빨간 대리석의 방은 먼지와 거미줄이 가득했다.

한복판에서 윙윙거리는 검은색 철판 옆에 벨제부트가 널브러져 있었다. 마지스터는 보이지 않았다.

파프니르는 달려가서 도끼를 바닥에 내려놓고 조심스럽게 고양이를 품에 안았다. 황궁 접견실에 있는 크리스털 전광판에 파프니르의 모습이 나타났다. 철판이 계속 작동하고 있어서 이미지를 비추기 때문이었다. 슬퍼하는 모습을 보이고 싶지 않은 파프니르가 뒷걸음치자 전광판에서 난쟁이가 사라졌다. 목구멍이 꽉 막혀오지만 파프니르는 꾹꾹 누르고 있었다. 난쟁이 전사는 절대 울지 않기 때문이었다. 울면 안 돼, 울지 않을 거야……. 하지만 눈물이 주르륵 흘러내렸다. 아! 결국, 눈물이 하염없이 흐르고 있었다.

아연실색한 친위대원들이 방을 뒤지고, 주변을 샅샅이 훑었지만 마지스터는 사라지고 없었다. 무표정한 얼굴의 크사디아르가 고양이를 안고 절망해 있는 난쟁이를 향해 몸을 숙이고 말했다.

"미안해. 더 빨리 왔어야 했는데. 궁전에 이렇게 버려진 데가 있었다니……. 당장 이곳에 경비를 배치할 거야. 이런 일이 다시는 일어나지 않게."

"그는 떠나지 않았어요." 파프니르가 초록색 눈을 닦으면서 말했다. "여기 어딘가에 아직 있어요."

・・・・・・・・・・・・
다. 광산에서 작업할 때 자칫 재채기를 했다가는 수백 톤의 돌 더미에 깔려서 죽는 사고가 일어나기 때문이다.

"뭐라고?"

"마지스터, 그 쌍놈의 브롤부레가 아직 여기 있다고요! 타라를 노리고 있으니까요. 무슨 강박관념처럼 타라의 어머니를 소생시키는 것에 집착하고 있어요. 타라가 있는 곳에 마지스터가 있으니 둘은 떼려야 뗄 수가 없는 관계죠. 둘은 정말 지독한 악연이에요."

크산디아르도 알기 때문에 걱정이 가득한 얼굴이었다. 파프니르의 말은 분명한 사실이었다. 하지만 그 악연이 어디까지 가려는지. 집착 때문에 마지스터는 또 얼마나 나쁜 짓을 저지를까?

"궁전 어딘가에 있겠지? 도망가지 않았으면."

파프니르는 벨제부트를 손바닥에 올려놓고 매서운 눈초리로 일어났다.

"당연히 있죠! 그리고 팅가푸르 황궁 안에 상그라브 첩자들이 많다는 거 알잖아요."

크산디아르는 이맛살을 찌푸리면서 심호흡을 하더니 난쟁이 전사에게 말했다.

"패밀리어가 이렇게 된 것에 애도의 뜻을 표한다. 이제 나는 갈게. 후계자를 지키는 친위대를 더 보강해야겠어."

그렇게 말하고 친위대장은 문 쪽으로 뛰어나갔다.

파프니르가 침통한 눈빛으로 고양이를 쳐다보는데 얼굴에 반드시 응징하고 말겠다는 비장함이 어렸다.

바로 그 순간 머릿속에서 패밀리어와 정신적인 끈이 다시 연결되는 느낌에 파프니르는 하마터면 고양이를 떨어뜨릴 뻔했다.

"오, 어머니의 수염이여! 이게 어떻게 된……."

'아야, 아야, 아야.' 벨제부트가 파프니르의 머릿속에서 앓는 소리를 냈다. '그 멍청한 놈이 나를 너무 아프게 했어!'

"그놈이 네 목을 부러뜨렸어." 난쟁이가 큰 소리로 말했다. "정신적인 끈이 사라지는 걸 분명히 느꼈는데 어떻게 된 거니?"

'림보에서 악마들이 늘 우리를 밟고 다니면서 죽였어.' 벨제부트가 조심조심 목을 가눠보면서 설명했다. 뼈가 맞춰지는 것 같은 소리에 강심장인 파프니르조차 소름이 끼쳤다. '그래서 아르칸즈가 무성생식으로 우리를 아주 많이 복제했지. 그리고 우리가 죽어도 몇 분 후에는 정상으로 돌아와서 살아날 수 있도록 튼튼하게 만들었어. 물론 완전히 짓이겨져서 시간이 지나도 정상으로 돌아오지 않으면 정말 죽은 거야. 이번 경우는 대단한 것이 아니라서 쉽게 회복될 수 있었어. 많이 아팠지만.'

파프니르는 떨리는 손으로 고양이의 장밋빛 털을 쓰다듬었다.

"너를 잃었다고 생각했어."

'응, 나도 죽었다고 생각했어.' 고양이가 심각하게 대꾸했다. '그 누구도 내 목을 부러뜨린 적이 없었는데! 그 나쁜 놈은 뭐야? 나는 자기한테 아무 짓도 하지 않았는데…… 아무튼 아직은! 좀 기다린다고 손해 볼 건 없겠지만 언제고 날 잡아서 놈을 응징하자. 그럴 거지, 나의 파프니르?'

"물론이지!" 너무 기쁜 파프니르는 신이 나서 말했다. "반드시 응징해야지. 아르칸즈를 만나면 고맙다고 안아줘야겠어."

'아! 그러면 너무 놀랄 텐데.' 고양이는 저돌적으로 달려드는 난쟁이의 힘에 휘청거리는 아르칸즈의 모습을 떠올리면서 재미있어했다.

타라 덩컨 53

둘은 냉소적인 눈길을 주고받았고, 파프니르는 고양이가 생각보다 훨씬 생명력이 강하다는 걸 모든 사람에게 보여주기 위해 벨제부트를 어깨에 올려놨다.

하지만 파프니르가 접견실로 돌아갔을 때 고양이가 살았는지 죽었는지는 더 이상 궁인들의 관심사가 아니었다. 갑자기 나타난 마지스터 때문에 모두가 불안에 떨고 있었다. 타라는 모든 관심이 자신에게 집중되어 있는 기회를 이용해서 말했다.

"고모, 이제 아시겠죠? 나를 오무아의 여제로 앉히는 것은 큰 실수예요. 마지스터는 무슨 일이 있어도 나를 공격할 거예요. 엄마에게 집착하고 있으니까요. 그래도 꼭 원하신다면 음…… 부통령처럼 '부여제'는 어떨까요?"

"부여제라니 그런 관직은 존재하지 않아." 리스베스 여제가 말했다. "여제 대행이라면 몰라도."

접견실에 웃음소리가 번졌다.

"그건 아니죠." 타라는 아주 진지하게 말했다. "대행은 원래의 주인이 돌아올 때까지 그 자리를 대신하는 건데 고모가 원하시는 건 그게 아니잖아요. 그럼 공동 여제는 어때요? 고모는 계속 통치하고, 나는 고모 곁에서 여제의 직무를 배우는 거예요. 일단 그렇게 시작한 다음 상황을 두고 보면 되잖아요."

제안은 그렇게 했지만 크게 양보한 것이라 타라는 그리 행복한 얼굴이 아니었다. 리스베스 여제는 잠시 머뭇거리다 고개를 끄덕였다.

"의회의 승인을 받아야 하는데 우리 헌법에 '부여제'에 관한 것이 명시되어 있는지 모르겠다, 타라."

"그럼 의회의 답을 기다린 뒤에 결정해요. 지금은 고모가 통치하시고, 나는 바보 같은 짓을 저지르지 않도록 노력할게요. 그리고 고모가 어떻게 나라를 다스리는지 잘 보고 배울게요."

사실, 이는 타라가 현재 받는 후계자 수업과 별반 다르지 않았다.

대결에서 승리하지 못했다는 걸 의식한 리스베스 여제는 호적수에게 경의를 표하듯 타라에게 고갯짓을 하고 퇴장했다. 마지스터의 움직임에 대한 친위대의 보고를 받기 위해서였다. 빌어먹을 마지스터가 어떻게 궁전에 침투했는지 알아낸 모양이었다.

리스베스가 접견실 안쪽으로 사라지자 타라의 어깨가 축 처졌다. 하지만 자신을 쳐다보는 많은 사람들을 보면서 가슴을 쭉 펴고 친구들에게 따라오라는 신호를 보내고는 재빨리 출구 쪽으로 향했다.

장관들을 비롯한 궁인들과 크리스텔리스트들이 타라에게 모여들었다. 타라에게 충성을 맹세하는 이들이 있는가 하면, 리스베스 여제의 제안을 거절한 것에 비난하는 이들도 있었다. 거동이 불편한 타라는 친위대원들의 호위를 받으면서 마음만은 아더월드에서 가장 빠른 동물 로미네트*보다 빠르게 달아났다.

대리석 복도를 따라 거대한 유리창을 통해 햇살이 비쳐 들어 나무들이 잘 자라고 있었다. 요정들이 조각상들에 앉은 먼지를 털면서 즐겁게 재잘거리고 있었다. 타라를 뒤따르는 호위대가 한층 강화되어 있어서 시선을 끌지 않고 지나가기가 쉽지 않았다. 크산디아르는 리스베스 여제를 경호하기 때문에 친위대장의 아내이자 카무플레 국장 세네가 누구든 후계자에게 접근하지 못하게 삼엄하게 지키고 있었다.

그들은 나무와 꽃들의 가루받이를 책임지는 한 떼의 비즈즈즈를 만나게 되었다. 몇 주 전에 사고가 있었다. 황궁의 한 정원사가 동물원에 주문하면서 저지른 실수로, 침이 없어서 공격적이지 않고 맛있는 꿀을 생산하는 빨갛고 노란 비즈즈즈의 분봉과, 맹독성의 공격적인 빨갛고 노란 곤충 사카트의 분봉이 바뀌었던 것이다. 정원사는 비즈즈즈의 분봉이라고 생각하고 황궁에 풀어놨는데 오는 동안 작은 상자에 갇혀 있었던 것에 성이 난 사카트들이 정원사에 이어서 궁인들에게까지 독침을 쏘아댔던 것이다.

그날, 곳곳에서 터져 나오는 비명소리, 공포에 질려서 도망치는 소리, 고함소리로 황궁은 아수라장이었다.

혹시 또 사카트 공격을 받을까 불안한지 궁인들이 따라오지 못하고 주춤주춤 물러섰다. 그걸 보면서 타라는 묘안이 떠올랐다. 타라는 회심의 미소를 지으면서 비즈즈즈들을 불렀다. 황궁의 복도에 있는 동물과 곤충은 모두 여제와 후계자들에게 복종하는 주문에 걸려 있었다. 자이언트 거미가 방에 들어왔을 때는 그냥 짤막하게 나가달라고 정중하게 부탁하면 되니까 편리했다. 아더월드에서는 정말 곤충인지, 아니면 다른 마법사가 둔갑시켜놓은 곤충인지 알아볼 수가 없었다. 작은 동물이라도 함부로 으스러뜨렸다가는 성난 마법사와 맞닥뜨릴 위험이 있으니.

한 번도 해본 적이 없지만 타라는 조심스럽게 지시를 내렸다.

비즈즈즈 떼가 얌전히 타라 일행을 에워싸자 전진하기가 훨씬 수월해졌다. 친구들이 타라에게 미소를 보냈고, 호위대도 은근히 기뻐하는 눈치였다.

잘그랑거리는 외골격 때문에 타라는 빨리 걷는 것이 힘들었다. 외골격은 세련되지만 아주 민감하게 반응하기 때문에 타라는 비칠거리면서 천천히 걸었다. 양쪽에서 친구들이 균형을 잃지 않게 살펴주어 든든하고 뿌듯했다. 더 빨리 가기 위해 마법을 작동하고 싶은 유혹이 일지만 자신의 마법이 변덕스럽다는 걸 알기 때문에 단념했다. 황궁을 훼손하는 위험을 무릅쓰고 싶지 않았다.

거의 30분이 지나서 그들은 타라의 거처에 도착했고, 호위대는 방문 앞에서 보초를 섰다. 세네가 크산디아르와 합류하기 위해 떠나자 그들은 긴장을 풀 수 있었다.

타라는 의자들을 향해 친구들이 앉을 수 있게 자유롭게 움직이라는 신호를 보냈다. 보라색 안락의자와 소파들이 섬세하게 조각된 나무다리로 빠르게 움직였다.

하지만 친구들은 먼저 타라를 에워싸면서 의자에 앉게 도와주었다. 늑대인간 파브리스(금발에 검은색 눈), 랑코비트의 야수 무아노(구불구불한 긴 머리에 귀여운 눈), 면허 받은 도둑 칼(천사같이 천진한 얼굴에 잿빛 눈), 타라를 다정하게 쳐다보는 은발의 멋진 하프엘프 로빈, 파프니르는 남친(마지스터의 아들인 하프드래곤 실버)이 생긴 뒤로 빨간색 긴 머리를 하나로 땋아 오른쪽 어깨에 걸쳐서 임자 있는 몸이라는 티를 내고 다녔다. '매직갱'의 패밀리어들도 옆에 있었다. 무아노의 은빛 표범 쉬바, 칼의 여우 블롱딘, 타라의 페가수스 갈랑, 로빈의 거추장스러운 히드라 소우르브, 파프니르의 장밋빛 고양이 벨제부트.

빨간색 가죽옷을 입은 파프니르와 검은색 아마로 지은 옷차림의 칼만 빼고 무아노와 로빈, 파브리스는 랑코비트를 상징하는 파란색과 은색의 마법복을 입고 있었다.

타라는 친구들을 빤히 쳐다봤다. 온갖 모험을 함께하면서 동고동락한 친구들이었다. 타라를 슬프게 하는 것은 모험이 끝나지 않았다는 것이었다. 마지스터가 살아 있는 한 그들은 위험에 빠질 것이고, 타라는 누구보다 목숨이 위태로웠다.

크리스털 볼이 계속 울리자 무아노는 통화하기 위해 자리를 떴다. 잠시 후 상기된 얼굴로 돌아오는 무아노의 눈빛이 반짝거렸다.

"실버는 어디 있지?" 칼이 불쑥 물었는데 실은 파프니르의 고양이가 어떻게 살아났는지 수상쩍게 여기는 눈치였다. 하지만 잘못 물어봤다가 이마에 도끼가 날아올까 봐 입도 벙긋 못 하고 있었다.

파프니르는 짜증을 날려버리기 위해 콧김을 불었다.

"그 빌어먹을 아버지가 있는 곳을 찾으러 떠났어." 난쟁이가 내뱉었다. "실버가 왜 그렇게 그 괴물에게 가까이 가려고 애를 쓰는지 난 도무지 이해가 안 돼."

"아버지니까." 얼굴이 다시 하얘진 무아노가 부드럽게 말했다. "그건 부정할 수 없잖아!"

"그렇겠지." 파프니르가 응수했다. "하지만 지금은 내 남친이야. 목숨이 위태로운데도 기를 쓰고 빌어먹을 정신병자한테 가려고 하는 마음을 아주 없애버리고 말겠어!"

타라는 미소를 지었다. 파프니르와 마지스터 사이에서 샌드위치가 되어 있는 실버가 불쌍했다.

"아야, 아야." 타라가 외골격을 거칠게 벗으면서 툴툴거렸다. "이건 정말 마음에 안 들어! 파프니르?" 타라는 오만상을 찌푸리면서 조심스럽게 앉은 다음 칼이 차마 꺼내지 못한 질문을 했다. "괜찮아? 아까는 얼마나 겁이 났었는지 몰라. 하긴 이 행성에 살면서 나는 늘 겁에 질려 있지만. 마지스터가 네 패밀리어를 죽이는 걸 봤을 때……."

타라는 장밋빛 혀로 발을 핥고 있는 고양이를 쳐다봤다.

"그런데 죽지 않았어."

파프니르가 다정하게 쓰다듬자 벨제부트는 세수를 멈추고 야옹거렸다.

"나도 죽은 줄 알았어. 하지만 림보의 악마들에게 짓밟히는 것이 단련이 돼서 튼튼하다고 설명해주면서……."

타라는 페가수스의 주둥이를 쓰다듬다가 말을 끊었다.

"설명해줬어? 하지만 패밀리어들은 말하지 않는데……. 어떻게 설명해줬는데? 이미지를 보여줬어?"

파프니르는 머리털과 똑같이 빨간 눈썹을 움직이면서 말했다.

"아니, 말로 설명했어. 그럼 너는 갈랑과 어떻게 소통하는데?"

"갈랑은 이미지를 보여주거나 감각적인 느낌으로 전달하지. 패밀리어들은 정신적 결합이 되었을 때 자기 이름을 알려줄 때만 말을 해. 그러니까 평소에는 소리를 내서 말하는 게 아냐."

로빈과 무아노, 칼도 고개를 끄덕였다.

파프니르는 놀라는 표정을 지었다.

"하지만 벨은 계속 소리를 내서 말하는데!"

벨제부트가 발끈했다.

'당연히 소리를 내서 말하지. 나는 아더월드의 이 패밀리어들과는 달라! 나는 두뇌가 있거든!'

파프니르의 초록빛 눈이 반짝이는 것으로 보아 분명히 장난기가 돌고 있는데 더는 아무 말도 덧붙이지 않았다. 괜히 쓸데없는 말로 잘난 척하다 벨제부트가 칼의 여우 블롱딘, 무아노의 은빛 표범 쉬바, 타라의 페가수스 갈랑, 로빈의 히드라 소우르브 사이에서 왕따가 될까 걱정되었기 때문이다. 안 그래도 소우르브가 분개하는 울음소리를 내자 갈랑이 애써 진정시키고 있었다.

자신의 활약 덕분에 악마의 반지를 물리쳤고, 마지스터가 파프니르의 패밀리어를 죽이지 못했다는 걸 알고 기분이 좋아진 칼이 웃으면서 말했다.

"넌 정말 독특해, 파프니르! 너는 패밀리어가 있는 유일한 난쟁이일 뿐만 아니라 너의 패밀리어도 여느 패밀리어와는 다르잖아. 그리고 남친도 난쟁이라고 자처하는 하프드래곤이니까 정말 평범하지 않고. 난 너희의 2세가 어떨지 너무 궁금해."

파프니르의 얼굴이 새빨개졌다. 2세라니, 생각해본 적도 없는 말을 던진 칼에게 눈을 흘겼다.

그때 파브리스가 아주 중요한 의문을 제기했다.

"그럼 악마들을 죽일 수 없다는 뜻인가? 죽음을 이겨내는 데 성공했다는 거잖아?"

모두 아무 말도 못한 채 눈이 동그래져서 서로를 쳐다봤다. 이윽고 파프니르가 먼저 입을 열었다.

"벨의 말로는 오랜 실험의 결실인데 절대로 안 죽는 건 아니래. 마지스터는 벨의 목을 부러뜨리기만 했지 댕강 잘라버렸다면 정말 죽었을 테니까."

모두의 얼굴에 안도하는 빛이 역력했다.

"우리 늑대인간들이랑 비슷하네." 약간 안심이 된 얼굴로 파브리스가 한마디 했다. "우리를 죽이는 방법은 한 가지밖에 없으니까."

"그래." 칼이 타라를 쳐다보면서 말했다. "그러니까 악마들을 죽이……(칼은 파프니르와 악마 세계의 고양이를 힐끔 쳐다보면서 표현을 바꿨다) 무찌르기가 굉장히 어렵다는 사실을 새롭게 안 거네, 그렇지? 너의 마지스터는 네 어머니와 악마의 사물에 집착하고 있고."

"나의 마지스터라니!" 타라가 발끈하며 안락의자에게 좀 더 푹신하게 만들어달라고 부탁했다. "이제는 마지스터를 죽일 수도 없어. 엄마가 있는 비욘드월드로 보내면 안 되니까. 마지스터와의 게임이 훨씬 복잡하게 됐어!"

"너는 킬러가 아냐." 무아노가 차분하게 지적했다. "방어하다가 실수로 죽일 수는 있어도. 바로 그래서 마지스터가 아직 살아 있는 것이고. 여러 번 기회가 있었지만 그냥 날려버렸어."

친구들이 고개를 끄덕였다. 타라는 심호흡을 하면서 서서히 새빨간 장밋빛으로 변하는 벽을 둘러봤다. 오무아의 황궁은 으리으리하지만, 랑코비트처럼 살아 있는 궁전이 아니었다. 그래서 건축가들은 벽화와 풍경을 살아 움직이게 만들었고, 특히 타라의 거처는 벽의 색깔을 수시로 변하게 만들었다. 그래서일까, 마치 '색깔이 방울져 떨어지는' 것처럼 현란했다. 마룻바닥을 뚫고 심은 금빛 미모사나무는 감정에 따라 반응하는데 기쁨과 두려움, 불안을 표현하는 분홍색, 갈색, 짙은 초록색이 벽의 색깔과는 어울리지 않았다. 그리고 랑코비트에서 외교적 선물로 보내준, 타라의 아버지 단비우의 그림도 몇 점

걸려 있었다. 색깔과 형태의 유희가 만들어내는 묘한 소용돌이로 시선을 사로잡는 그림이었다.

타라는 속이 울렁거렸다. 정말로 열여섯 살보다는 나이를 더 먹은 느낌 때문에 안락의자에서 몸을 비비 꼬았다. 얼마나 힘들었던가! 악마의 반지 조각을 제거한 뒤로 다시 걸을 수 있게 됐지만, 외골격의 도움을 받는데도 온몸이 격하게 저항했다. 근육이 있는지도 몰랐는데 온몸이 구석구석 아팠다. 그리고 마침내 머릿속에서 맴도는 생각에 집중했다. 그사이에 신경 쓰이는 단계에서 걱정스러운 단계로 발전해 있었다.

"고의든 아니든, 마지스터는 아직 우리의 삶에 나쁜 영향을 끼치고 있어. 근데 당장 그보다 훨씬 두려운 게 있어."

친구들이 깜짝 놀랐다.

"아, 그래?" 칼이 잿빛 눈을 찡그리면서 말했다. "아주 끔찍한 위협인 모양인데……. 그 어느 때보다 최악인 것 같아? 와우! 타라, 너 없는 삶은 얼마나 시시할까!"

"하하하! 그런가? 칼, 악마 얘기가 나왔으니까 말인데 마왕 아르칸즈가 악마의 반지를 파괴했을 때 무슨 일이 일어났는지 봤지?"

칼은 헝클어진 갈색 머리를 끄덕였다.

"아주 쉽게 파괴했지. 그래서 마지스터를 없애달라고 아르칸즈에게 부탁이라도 하려고?"

얼마나 기발한 생각인가! 원수를 둘이나 보내버리는 건데…….

타라는 한숨을 내쉬면서 좀 걸으려고 무의식적으로 일어서다가 근육이 말을 안 듣자 포기했다.

"그럴 수 있다면 유혹을 떨치기 힘들 거야. 하지만 아르칸즈는 림보에 있는 게 낫다고 생각해. 마지스터는 림보의 악마들에 비하면 아무것도 아냐. 악마들을 더 강력하게 만들지 않기 위해서라도 나는 마지스터가 악마의 사물들을 손에 넣게 내버려둘 수 없어. 그리고 나도 악마의 사물 가까이 가지 말아야 해."

타라의 완강한 어조에 친구들이 놀란 듯이 쳐다봤다.

"왜?" 마침내 파브리스가 물었다. "너는 악마의 사물들을 파괴하기 위해 최선을 다했는데……."

타라는 두 손으로 머리를 감싸면서 신음했다.

"내가 왜 그렇게 바보 같았을까!"

친구들은 어안이 벙벙한 얼굴이었다.

"네가 그렇게 말하니까 궁금한데……." 칼이 대표로 나섰다. "무슨 반전이 있는 모양인데 차근차근 설명 좀 해줄래?"

"내가 악마의 사물들을 파괴했잖아."

"그랬지, 그게 왜?"

"악마의 사물에는 수백만의 영혼이 저장되어 있어. 악마들이 마법을 사용해서 우리를 물리칠 수 있는 유일한 방법이니까."

"그거야 그렇지, 그런데?"

"그런데 악마의 사물을 파괴하면 남은 마법의 에너지가 어디로 가는지 한 번도 생각해보지 않았어."

"그러네……."

타라의 말에 충격을 받은 칼이 말끝을 흐렸다.

"맙소사, 내가 생각하는 그거야?"

눈을 비비던 타라는 정성 들인 화장을 망쳐놨다고 신경질적으로 투덜거리는 코디네이터이자 보디가드 역할을 하는 체인지라인을 목덜미에서 떼어버렸다.

"마법의 에너지는 마왕에게 돌아가는 거야. 아르칸즈가 마법을 흡수해버렸잖아! 칼 너도 봤고, 나도 봤어. 그때는 알아차리지 못했지만 명백한 사실이야."

무아노는 타라와 칼이 하는 말을 이해하지 못하는 파프니르와 파브리스에게 설명해주었다. 난쟁이는 마법을 싫어하기 때문이고, 파브리스는 악마의 마법에 대한 관심을 껐기 때문이었다.

"타라가 악마의 사물을 파괴했을 때……."

"그 사물의 마법이 림보로 돌아가서 마왕에게 공급된다는 말이지? 그래서 마왕은 점점 더 강력해지는 것이고."

정적이 감돌았다.

"대단한 거 아니네." 칼이 중얼거렸다.

"응, 전혀." 로빈은 한술 더 떴다. "악마의 사물을 파괴하는 것이 위험하다는 걸 다른 종족들에게 알려야지. 그래야 악마의 반지 같은 시제품이나 완제품을 손에 넣더라도 파괴하면 안 된다는 걸 알 테니까."

"모든 게 악마들이 짜놓은 작전의 일부 같아." 타라는 생각에 잠긴 얼굴로 말했다. "악마들은 지각단층 전쟁 때 악마의 사물들을 빼앗아서 감춰놓은 최고 마구스들을 죽였어. 나의 조상 데미데루스는 죽일 수 없었지. 전쟁이 일어났을 때 돌아오기 위해 잿빛 시간 속에서 기다리고 있기 때문에. 하지만 악마들은 사물이 지닌 힘을 회수하는 방법이 파괴라는 걸 알고 있었어. 내 생각에는 악마들이 마지스터에게 주문을 걸어놓은 것 같아. 사물들의 힘을 찾아오려고. 나 덕분에 그들은 이미 강력한 사물 두 개, 실루르의 옥좌와 저주받은 왕홀의 힘을 회수했어. 악마의 반지는 중요하지 않다고 봐. 시제품이라서 5000년 동안 이미 많은 힘을 소모했으니까."

이쯤에서 가상으로 악마 쪽을 대변하기로 작정한 무아노가 갑자기 끼어들었다.

"네가 잘못 알고 있는 것이라면!"

"뭐라고?"

"그래, 네 말대로 반지를 파괴했을 때 아르칸즈는 '어쩌면'(무아노는 두 손으로 따옴표를 열고 닫았는데 말을 강조할 때 사용하는 지구의 인용 부호가 마음에 쏙 들었던 것이다) 그 사악한 힘을 흡수했을지도 몰라. 하지만 한편으로는 아르칸즈가 파괴적이고, 다른 한편으로는 이 세계에 있었기 때문이기도 해. 타라, 제대로 짚은 거라고 확신해? 이런 말해서 미안하지만 마지스터의 제안은 혹할 만해. 위험한 사물들을 아예 없애버리자는 건데. 물론 네가 어머니와 아버지가 돌아오는 걸 원치 않는다는 말은 그 이유를 아니까 이해해. 하지만 악마의 사물을 파괴하지 않겠다는 말을 우리가 어떻게 이해할 수 있겠어?"

착하고, 온순하고, 이성적인 무아노가 반박하자 타라는 깜짝 놀랐다. 타라는 신랄하게 쏘아붙이려다 입을 다물었다. 무아노는 아더월드를 훨씬 잘 아는 친구가 아닌가. 신중하게 검토할 필요가 있는 추론이었다. 그리고 친구들에게 생각을 강요하지는 말아야 했다.

"나는 악마의 사물을 파괴하기 위해 마지스터가 필요하지 않아." 타라는 천천히 말했다. "실루르의 옥좌와 저주받은 왕홀을 파괴했을 때처럼 하나씩 차례로 없애면 되니까."

무아노는 구불구불한 갈색 머리를 끄덕였다. 그 생각은 하지 않았었다. 다른 사람들도 마찬가지일 텐데.

"아!" 무아노가 혼란스러운 얼굴로 말했다. "그 말도 맞지만 이해가 안 돼. 너는 마지스터가 줄곧 한 가지만 원한다는 걸 알고 있었어. 그렇다면 더 일찍 악마의 사물들을 파괴했어야 되는 거 아냐? 5000년 전에 데미데루스도 없애려고 했잖아. 악마의 사물들이 없다면 마지스터가 너를 못살게 구는 일은 없을 텐데!"

타라는 한숨을 내쉬었다.

"두려워서."

"두려워? 타라 네가?" 이상할 정도로 침묵을 지키던 로빈이 말했다. 유리창으로 비쳐 드는 햇살에 크리스털 눈이 반짝였다. "뭐가 두려워?"

"신전을 지키는 존재들이 두려웠어. 정말 무시무시했어. 나를 죽일 뻔했고. 그리고 로빈, 너도 알잖아. 내가 악마의 마법과 자주 접촉했다는 걸. 그래서 지킴이들이 그걸 느끼고 나를 공격할까 봐 두려웠어. 나는 지킴이들에게 맞서서 대응할 수 없어."

친구들은 눈이 동그래져서 타라를 쳐다봤다.

"그리고 나는 왜 두려워하면 안 되는데? 나도 무섭단 말이야. 무슨 일이 있어도, 설사 내 목숨을 구하는 일이라고 해도 다시는 아틀란티스에 가고 싶지 않아."

타라는 신중하게 여운을 남겼다.

"내가 납득할 만한 엄청난 일이 일어난다면 몰라도."

"맙소사." 칼이 중얼거렸다. "지킴이들보다는 마지스터가 덜 무섭다는 거네? 타라, 너한테 공포증이 있다니!"

타라는 이맛살을 찌푸렸다.

"그래, 나 지킴이 공포증 환자야. 지킴이들을 보면 공포에 떨게 돼. 비둘기, 자이언트 거미, 상어, 개나 뱀을 무서워하는 사람도 많아. 나는 특히 갈퀴발톱과 송곳니가 있는 아티팩트들, 죽일 수 없는 신전의 심판관들이 무서워. 근거가 있는 두려움이라고 생각해. 아무튼 내가 잘못 생각하는 게 아니라고 확신해. 마왕 아르칸즈는 시제품 반지에서 마법의 힘을 분명히 회수했어. 악마의 사물이 여기에 있든, 림보에 있든 우리가 파괴하면, 그것은 아르칸즈가 원하는 걸 해주는 거야. 난 확신해."

무아노는 한숨을 내쉬었다. 타라의 생각에 동의하지 않지만 딱히 해줄 말이 없었다. 친구는 고집이 셌다. 그리고 불행히도 타라의 직감은 대체로 맞는 편이었다. 마지스터가 죽은 여자를 미친 듯이 사랑하는 것도, 악마의 사물들을 원하는 것도 맞는 말이고, 사물의 힘이 합법적인 주인에게 돌아가는 것은 성냥불이 꺼지면서 불의 원소에게 돌아가는 것처럼 비슷한 이치 아닌가. 무아노는 파브리스를 쳐다봤다. 야수의 예민한 감각 덕분에 무아노는 파브리스에게서 두려움을 느낄 수 있었다. 마지스터가 접견실에 나타나는 순간 파브리스가 경직되는 걸 느꼈다. 공포에 떨고 있는 것이었다. 마치 마지스터가 다가오거나 건드리면 자신의 영혼을 앗아간다고 확신하는 것처럼.

"그래서……." 타라가 말끝을 흐렸다.

"그래서?" 칼이 호기심이 동한 얼굴로 물었다.

"그래서." 타라는 자세를 바로 하다가 고통으로 얼굴을 약간 찡그리면서 말했다. "마지스터에게 말해야겠어!"

파브리스는 입을 멍하니 벌렸다.

"그건 왜? 뭐 때문에?"

"마왕에게 농락당하고 있다는 걸 깨닫게 해주려고. 정확하게 말하면 전 마왕이지만, 뒤를 이은 아르칸즈도 악마의 사물들을 파괴하도록 유도하고 있으니까 절대로 파괴하면 안 된다는 걸 알려줘야지."

무아노가 파브리스의 머릿속을 읽을 수 있다면 잘못 생각한 게 아니라는 걸 확인할 수 있을 텐데! 금발의 지구 소년은 질겁해 있었다. 마지스터를 따라가서 지내는 동안 상그라브들의 보스가 얼마나 잔혹하게 굴었으면, 얼마나 미친 짓을 했으면 이럴까. 그래서 파브리스에게 이성을 되찾아주는 것은, 아더월드 사람에게 은유법을 써서 낙타에게 바늘구멍으로 들어가라고 한다거나 드래곤을 암소라고 설득하는 것이나 다름없었다. 잔뜩 긴장한 파브리스는 타라를 뚫어져라 쳐다보면서 친구들 모두가 하고 싶은 의문을 제기했다.

"그래서 어떡할 생각인데?"

타라가 미소를 지어 보였는데 기쁨이라곤 없는 미소였다.

"글쎄, 아직은!"

타라가 칼에게 시선을 옮기면서 갑자기 불길한 미소를 보냈다.

"하지만 나는 칼이 기발한 생각을 해줄 거라고 확신해!"

칼은 어이가 없는 얼굴로 타라를 쳐다봤다. 전적으로 신뢰해주는 친구들에게 해줄 일은 한 가지밖에 없었다.

칼은 신음소리를 냈다.

변신

어떻게 변장해야 사람들에게 결정타를 날릴 수 있을까

*

마지스터는 혼란에 빠진 궁정을 지켜보고 있었다. 온갖 종족이 혈안이 되어 찾고 있는 대상이 자신이라는 걸 알면서도 변장하고 그들 틈에 끼여 있을 때의 묘한 기분을 뭐라고 표현할 수 있을까!

궁전에서 일어난 화재로 어머니가 사망한 데 이어서 남편까지 사고로 사망하자 여제는 피해망상에 사로잡혔다. 그래서 궁전에서는 마법으로 위장하지 말고 본모습을 드러내라는 법을 제정하려고 했다. 젊고 예쁜 여자가 나이 지긋한 부인이나 늙수그레한 남자로 밝혀지는가 하면, 근육질의 전사는 여드름투성이의 비쩍 마른 소년이고 이글거리는 눈빛의 잘생긴 장관들은 비만의 노인들로 드러나자 여기저기서 불만이 터져 나왔다. 모든 사람이 본모습을 가리고 멋지게 변신하고 싶어했다. 리스베스 여제는 결국 명을 거둬야 했다. 오늘 마지스터는 그것이 고마울 따름이었다.

　마지스터는 귀를 기울였다. 흥분한 궁인들이 수군덕거리면서 불평을 늘어놓고 있었다. 한 무리의 켄타우로스들은 후계자가 감히 제국의 수장인 여제에게 도발하는 것을 이해할 수 없다고 했다. 말이나 늑대, 무리를 지어 사는 대다수 동물들과 마찬가지로 켄타우로스 종족은 우두머리—암컷이나 수컷 알파—에게 복종하기 때문에 거역한다는 것은 생각도 할 수 없었다. 그래서 켄타우로스들은 후계자가 고모를 죽이고 여제 자리를 차지할 거라고 예상했는데 유혈 사태는커녕 싸움도 일어나지 않자 약간 당황하고 있었다.

　접견실이나 집회장에 들어가려면 뽑아야 하기 때문에 금빛 뿔 하나 없을 뿐인데 너무 표 나게 매력이 뚝 떨어진 유니콘들은 사나운 성깔(발을 밟혔다가는 누구라도 뿔로 박아버릴 정도였다)에 비추면 켄타우로스들보다는 그래도 타라를 이해해주었다. 하지만 새로 태어난 유니콘의 이름을 결정하는 데만 최소 6개월이 걸릴 정도로 토론을 즐기기 때문에 여제와 후계자의 대화가 너무 짧게 끝나버린 것에는 실망한 빛이 역력했다. 그 밖에도 접견실은 온갖 종족으로 붐비고 있었다. 무의식적으로 누군가를 으스러뜨릴까 조심하는 그린 드래곤과 레드 드래곤, 땅신령들, 전투복 차림의 난쟁이들, 빌랭의 용병들과 수장 바리우스 덩컨 남작, 진실의 입들(통치자들의 명이 있어야 누군가의 생각을 읽기로 서약했는데도 모두 슬금슬금 피했다), 시커먼 아우라가 감도는 뱀파이어들…….

　온갖 종족들, 특히 생각을 폭로할 수 있는 진실의 입들과 섞여 있는 것이 불편한 마지스터는 자리를 옮겼다. 누군가를 찾고 있었다. 아,

드디어 원하는 대상, 국방 장관과 타트리스족 출신의 테오클리스 신임 수상을 발견했다. 반역을 저지른 죄로 경질된 전임 수상 티라니크는 쓸모가 많았는데 애석하게도 피살되었다. 마지스터는 국방 장관과 수상에게 접근했다.

"마지스터의 위협을 받아들일 수 없습니다!" 국방 및 악마의 위협과 공격적인 종족을 감시하는 장관6이 노발대발하고 있는데 얼굴빛이 붉고 콧수염을 기른 남자였다. "마지스터가 미래의 여제를 계속 공격할 텐데 우리가 어떻게 지켜줄 수 있겠습니까?"

테오클리스 수상이 국방 장관을 쳐다봤다. 첫째 얼굴은 까만 눈에 갈색 머리인 반면에 둘째 얼굴은 까만 눈에 금발이었다.

"우리가 지켜주지 않아도 될 겁니다." 첫째 얼굴이 말문을 열었다.

"……그럴 필요가 없으니까요." 둘째 얼굴이 말을 이었다.

"……확실한 방법은……."

"……악마의 사물들을 파괴해버리는 겁니다!" 둘째 얼굴이 미소를 지으면서 말을 맺었다

국방 기타 등등7 장관은 어이가 없다는 듯 두 개의 얼굴을 가진 여성 수상을 쳐다봤다.

"악마의 사물들을 파괴해요? 하지만…… 그건 무기예요!"

무기를 파괴한다는 생각만으로도 끔찍한 고통이라는 듯 국방 장관

• • • • • • • • • • • • • • •
6. 이보다 훨씬 길게 직무를 나열하는 장관들도 있으며, 한 페이지의 절반을 차지할 정도로 긴 경우도 있다.
7. 아더월드에서는 장관들이 여러 개의 직책을 갖고 있어서 '기타 등등'이란 표현이 따라다닌다.

의 얼굴이 일그러졌다.

"네, 무기죠!" 금발의 얼굴이 생각에 잠긴 표정으로 말했다.

"하지만 우리는 사용할 수 없어요." 갈색 머리의 얼굴이 지적했다.

"우리에게는 쓸모없으니……." 금발이 강조했다.

"우리의 여제 후계자 타라 덩컨에게 부탁해야지요……." 갈색 머리가 말을 이었다.

"……파괴해달라고."

그렇게 말하고 나서 수상은 뇌출혈로 쓰러질 것 같은 장관을 향해 두 머리로 우아하게 고갯짓 인사를 하고 돌아섰다.

인간 이외의 종족을 혐오하는 장관이 멀어져 가는 타트리스족 수상을 쏘아보면서 내뱉었다.

"인간도 아닌 것들이! 저런 것들에게 나라를 맡기다니, 나라 꼴이 어떻게 되려고……!"

이 말을 들으면서 숨을 죽이고 있던 마지스터는 좀 더 가까이 가서 국방 장관의 팔을 툭 건드리고는 귀에 대고 속삭였다.

"장관님, 그냥 내버려두지 않을 거죠?"

장관이 소스라치게 놀라서 돌아봤다.

"뭐라고 했습니까? 부인? 아가씨?"

갑옷 차림의 우아하고 멋진 엘프 여전사로 변신해 있는 마지스터가 묘한 미소를 지었다.

"우리 엘프 전사들은 무기의 가치를 알고 있지요." 엘프녀/마지스터가 인상을 쓰는 장관에게 넌지시 말했다. "무기를 없애자고 하는 것은 수상이 무기를 두려워하기 때문이에요. 쯧쯧, 정말 바보 같은 생각이잖아요. 림보의 악마들이 공격해오면 어떻게 맞서려고……?"

장관이 정색하는 얼굴로 엘프녀를 마주 보고 섰는데 경멸하듯 노려봤다. 이런, 유혹 실패!

"우리는 악마의 사물을 건드릴 수도 사용할 수도 없습니다. 그리고 나는 이런 일에 엘프가 왜 관심을 갖는지 모르겠군요('인간이 아닌 주제에'라는 걸 은근히 내비치는 어조였다). 남의 대화를 엿듣는 것도 예의에 어긋날 뿐만 아니라……."

엘프녀에게서 이상한 느낌이 든 국방 장관은 경계하면서 한 발짝 뒤로 물러섰다. 하지만 엘프는 주먹을 꽉 쥐면서 참았다.

"죄송합니다, 장관님. 엿들은 것이 아니라 우연히 옆에 있다가 듣게 된 겁니다. 어쨌거나 우리가 지금 당장은 악마의 사물들을 사용할 수 없지만 나중에도 그렇다고 할 수는 없겠지요."

이상한 엘프녀가 너무 가까이 몸을 들이대자 장관은 눈을 깜박이면서 다시 뒤로 물러섰다.

"마지스터가 갖고 있는 셔츠와 마찬가지로 악마의 반지는 필요할 경우 인간도 악마의 마법을 사용할 수 있다는 걸 보여주었지요. 여제를 통해서 봤잖아요? 따라서 악마의 사물을 어떻게 사용할지 방법을 알아내는 것은 시간문제라고 생각해요. 면밀히 연구하면 되니까. 악마의 사물에게 접근하지 말라는 것은 5000년 전에나 유용한 낡은 법이에요. 그 뒤로 우리의 과학과 마법이 얼마나 눈부시게 발전했는데. 오무아의 연구소는 세계 최고 수준입니다! 악마의 속바지를 갖고 있는 드래곤들이 5000년 동안 아무런 실험도 안 하고 그냥 구경만 했을 거라고 생각하세요?"

생각에 잠긴 장관은 엘프녀를 짜증스럽게 쳐다봤다. 자신의 생각과 전혀 다를 뿐만 아니라 인간도 아닌 주제에 가르치려는 태도가 마음에 들지 않기 때문이었다.

"우주선을 조종하는 드래곤들을 따라가려면 우리는 아직 멀었소. 부싯돌로 불을 피우는 수준이랄까. 아무튼 그래서 나는 특히 드래곤들을 좋아하지도 않고, 무기를 파괴하자는 생각에 찬성하지도 않아요. 드래곤들이 악마의 마법을 사용하는 데 성공하지 못했다면 우리도 성공하지 못하는 겁니다."

맙소사, 정체불명의 엘프녀를 상대로 내가 지금 무슨 얘기를 하는 거지? 장관이 얼른 표정을 바꾸고 마지못해서 정중하게 인사했다.

"의견을 줘서 고맙소. 그대의 마법이 빛나기를!"

의례적인 인사말을 던지고 장관은 멀어져 갔다.

엘프녀보다 인간 남자로 있는 편이 나았을걸. 마지스터는 오만상을 찌푸렸다. 오무아 사람들은 인종차별이 심했다. 아더월드에서 가장 커다란 인간의 제국은 인간이 아닌 종족들을 받아들였지만 존중해주는 건 아니었다.

슬루르크! 잘못된 선택. 마지스터는 자신이 한 말을 장관이 깊이 새기길 바랄 수밖에 없었다. 신전을 지키는 불멸의 존재들의 감시를 뚫고 악마의 사물들을 꺼내왔을 때 가로채야 하는데……. 아니면 손에 넣을 기회가 없었다. 그렇게 되면 아주 복잡한 작전을 수없이 짜야 하고, 결국 죽음 말고는 다른 선택의 여지가 없었다.

마지스터가 생각에 잠겨서 머릿속으로 궁리를 하고 있을 때 갑자기 누군가가 이름을 불렀다.

"마지스터!"

마지스터는 무의식적으로 하마터면 대답할 뻔했다. 정신을 차리고 제때에 입술을 깨물었다. 접견실에 있는 모든 크리스털 전광판에 타라 덩컨의 이미지가 나타나 있었다. 타라는 침실에 딸린 서재의 컴퓨터 앞에 앉아 있었다. 전 세계와 행성 너머까지 메시지가 전파되도록 궁전 내부와 외부의 통신망이 모두 연결된 상태였다.

"마지스터." 전광판에 나타난 이미지가 말하는데 오무아의 연구실에서 조정하는 신기술 홀로그래피 효과 때문인지 보는 사람은 누구나 후계자가 자신을 쳐다보면서 이야기하는 느낌이 들었다. "이건 당신에게 보내는 메시지예요. 마왕 아르칸즈가 크라에토비르의 반지를 파괴했을 때 칼과 나는 반지에 있던 힘이 마왕에게 돌아가는 걸 확인했어요. 따라서 우리는 악마의 사물이 파괴되면 사물에 남아 있는 악마의 영혼들이 림보에 있는 주인에게 돌아간다는 결론을 내렸지요. 당신은 악마의 사물들을 사용해서 그 힘으로 아더월드와 비욘드월드 사이의 장벽을 박살 내겠다고 했어요. 하지만 사물에 있는 악마의 영혼들 중에서 소모되지 않은 영혼들은 해방되어 주인에게 돌아가는 거예요. 아르칸즈가 크라에토비르의 반지를 파괴했을 때 그랬으니까요. 따라서 우리는 악마의 사물을 파괴하면 안 돼요. 계획을 포기하기 바랍니다. 악마의 사물들을 파괴하는 것은 악마들이 바라는 거예요. 훨씬 강력해진 힘으로 우리를 침략하기 위해서."

타라의 이미지가 사라졌다. 마지스터는 인상을 썼다. 이렇게 느닷없이 성명을 발표하는 것으로 한 방을 날리다니. 한마디도 믿지 않지만, 타라가 방금 선제공격을 한 것이다.

성가신 계집애!

아니, 완전히 틀린 말은 아니었다. 사물에 들어 있는 힘을 모두 사용하려면 사물을 파괴해서 악마의 영혼들을 풀어주어야 했다. 그런데 수백만의 영혼이 다 필요하지 않을 경우, 특수 철창에 가둬둔다면 모를까, 소모되지 않고 남은 영혼들이 주인에게 돌아가는 것은 의심의 여지가 없었다.

하지만 마지스터는 개의치 않았다.

태양과 행성을 변형시키기 위해 수십 억 영혼을 파괴한 악마들인데 수백만의 영혼이 돌아간다고 힘이 세지면 얼마나 더 세질 거라고…….

타라의 논리가 일리는 있지만, 정말 성가셨다. 타라의 성명을 믿고 지지하는 이들도 있을 텐데. 타라가 잘못을 저질러서 신망을 잃게 만들어야 하는데……. 마지스터는 멈춰 선 채로 생각에 잠겼지만 당장은 묘수가 떠오르지 않았다. 정신이 온통 크리스털 의료 기기에 에워싸인 셀레나의 시신에 쏠려 있어서였다. 마지스터는 주먹을 꽉 쥐었다. 아니, 타라가 방해한다고 포기할 내가 아니지!

마지스터가 악마의 마법과 타라를 생각하면서 머릿속으로 한 가지 계획을 세우고 있을 때 키가 크고, 은빛 정맥이 불거진 검은빛 엘프가 허리를 감았다. 당황한 마지스터는 하마터면 엘프를 죽일 뻔했지만 자신이 아름다운 엘프녀로 변신해 있다는 것을 기억했다.

"처음 보는군요, 매력적인 전사." 엘프가 치근거렸다. "새로 왔죠? 우리 여왕의 임명을 받고 오무아 군대에 파견됐군요? 당신에 대해 깊이 알고 싶은데 어디 구석진 곳으로 갈까요?"

마지스터는 침을 삼켰다. 엘프들은 마음에 드는 상대가 있으면 환심을 사기 위해 유혹하는 능력이 뛰어난 것으로 유명했다. 모든 사람이 보는 데서 정체가 들통 나면 체포될 위험이 있었다. 아무리 강력한 마지스터라도 수많은 적을 상대할 정도는 아니었다.

셀렌바라면 어떻게 했을까? 머저리의 피를 빨아 먹는 셀렌바의 모습이 떠오르자 얼른 떨쳐버렸다. 안 돼, 셀렌바처럼 하면. 타라의 어머니 셀레나라면 어떻게 했을까? 눈을 깜박이면서 치근거리는 남자를 정신 차리게 할 거야.

마지스터는 눈을 깜박였다. 효과가 있는지 엘프가 약간 물러서면서 말했다.

"눈에 뭐가 들어갔어요? 내가 훅훅, 불어줄까요?"

마지스터는 즉시 멈췄다. 이런, 눈 깜박이는 짓을 하지 말걸. 그럼 좀 거칠게 나가볼까…….

엘프녀/마지스터는 엘프의 따귀를 갈기고 휙 돌아서서 쌩하니 가버렸다. 어리둥절한 블랙 앤드 실버 엘프는 멀어져 가는 엘프를 바라보다가 미소를 지었다.

친구인 바이올렛 엘프가 다가왔다.

"뭐 하는 거야? 세 번이나 불렀는데…… 귀먹었어?"

"친구, 믿을 수 없는 일이 일어났어. 너무 즐기기만 해서 한 번도 없었던 일인데……!"

뭐라는 거야? 바이올렛 엘프가 쳐다봤다.

"뭐?"

"내가 걸려들었어. 사랑에 빠졌다고! 방금 따귀를 얻어맞았는데 그게 무슨 뜻인지 자네는 알잖아!"

"한때는 결혼하고 싶다는 뜻이었지. 그러나 낡은 풍습이라서 요즘은……."

"낡은 풍습이라도 난 마음에 들어! 놓치기 전에 얼른 쫓아가서 '좋다'고 말해야겠어!"

친구가 뭐라고 하기 전에 블랙 앤드 실버 엘프는 아름다운 엘프녀를 뒤쫓아 달려갔다.

추방되었던 후계자가 돌아와서 여제로 승격되는 일은 정말 흔치 않은 일이라서 접견실은 그 어느 때보다 많은 이들로 북적였다. 마지스터는 군중을 뚫고 나가기가 쉽지 않았다. 게다가 머저리 엘프가 쫓아오면서 소리쳐 부를 때는 화가 치밀었다. 그 바람에 이목까지 끌게 되었으니 마지스터는 엘프녀로 위장한 걸 후회하면서(다음에는 곱사등이 타트리스의 모습으로 변장해야지) 하는 수 없이 멈춰 서서 머저리를 기다렸다.

"거기 서요!" 블랙 앤드 실버 엘프가 소리쳤다. "와, 로미네트보다 훨씬 빠르군요."

아름다운 엘프가 불태워 죽일 듯한 기세로 노려보자 블랙 앤드 실버 엘프는 얼굴이 더 환해졌다. 와우, 아름다운 데다 성깔까지! 엘프는 '완전 내 스타일'이라는 얼굴로 몸을 앞으로 숙이면서 엘프녀/마지스터의 엉덩이를 찰싹 때렸다.

"낡은 풍습을 좋아하는 당신에게 주는 내 대답이오."

엉덩이를 맞은 엘프녀는 황당한 표정을 지었다. 엘프들이 옛날에는 청혼을 받아들이는 표시로 이렇게 여성의 엉덩이를 때린다는 걸 마지스터가 알 리 없었다.

블랙 앤드 실버 엘프는 바보 같은 미소를 흘리면서 반응을 기다리고 있었다. 아름다운 엘프녀가 다가서더니 번쩍 들어 올렸을 때 깜짝 놀랐다. 얼굴이 시뻘게진 엘프녀의 눈빛이 분노로 이글거리는데 이상하게도 손에서 시커먼 마법의 광선이 번쩍이고 있었다. 그러다 엘프녀/마지스터는 사람들이 호기심 가득한 얼굴로 쳐다보고 있다는 걸 알아차렸다.

엘프녀/마지스터는 이를 악물면서 블랙 앤드 실버 엘프를 바닥에 내려놨다. 그러고는 갑옷을 매만진 다음 숙소로 데려갈 거라면서 따라오라는 손짓을 했다.

잠시 후, 빈방으로 떠밀었다. 빈방? 아니, 화장실인데……. 블랙 앤드 실버 엘프는 여성치고는 취향이 아주 독특하다고 생각했다.

엘프녀/마지스터는 씨익, 미소를 짓더니 변신하기 시작했다.

그래서 본모습…… 번쩍거리는 갑옷이 시커먼 마법복으로 변하고 마스크가 아름다운 얼굴을 가렸을 때 블랙 앤드 실버 엘프는 뒷걸음쳤다.

마침내 엘프는 얼마나 큰 실수를 저질렀는지 깨달았다.

그리고 죽는다는 것도.

마지스터가 어쩔 수 없이 죽여야 했던 시체를 향해 몸을 숙이고 있을 때 등 뒤에서 문이 열렸다. 방심하고 있었던 걸 자책하면서 돌아서는 마지스터의 두 손이 시커먼 불빛에 휩싸였다.

하지만 앞에 있는 건 적이 아니라 실버였다.

그의 아들 실버.

적이 아니라고? 그건 모를 일이었다. 그래서 마지스터는 마법을 끄지 않았다. 아마바쉬로우쉬바의 아들에 대해 아는 것이 없었다. 아들은 난쟁이 부부의 교육을 받으며 자랐고, 혈검을 갖고 있는 것으로 보아 난쟁이 전사들 중에서도 가장 난폭하고 뛰어나다는 불굴의 전사였다. 마지스터는 좀 전에 고양이의 목을 부러뜨렸는데 아들이 사랑하는 난쟁이 파프니르의 패밀리어라는 걸 알고 있었다. 그래서 복수하러 온 걸까? 실버와 많은 시간을 보낸 건 아니지만 생각보다는 훨씬 순종적이었다. 실버는 아버지에 대해, 그리고 삶에 대해 알고 싶어했지만, 마지스터는 대답을 별로 해주지 않았다. 여전히 정체를 알 수 없는 수수께끼의 인물로 남아 있는 걸 보면.

실버는 마지스터가 움켜쥐고 있는 검은 불을 쳐다보면서 천천히 팔짱을 끼는 것으로 공격할 생각이 없음을 내비쳤다. 마지스터는 비웃음을 꾹 참았다. 감히 내 앞에서 무방비 상태로 있는 멍청한 짓거리를 하다니. 마지스터가 완전히 보내버리는 데스트룩투스와 마비시키는 파랄리수스 중에서 어느 것으로 제압할지 아직 결정을 내리지 못하고 있을 때 실버가 뜻밖의 말을 했다.

"저는 강력한 전사이고, 아버지의 아들입니다. 솔직히 말하면 아버지가 왜 저를 피하는지 이해가 잘 안 됩니다. 제가 두려우십니까? 제가 아버지를 넘어설까 봐 두려우신 겁니까? 하지만 그건 순리입니다. 자식은 성장하면서 결국은 부모를 넘어서기 마련이니까요. 반드시 힘 때문이 아니라 살아가는 동안 자라기 마련이라 때가 되면 부모님을 넘어서는 겁니다…….”

어이가 없는 마지스터는 마법의 불이 꺼지게 내버려두었다. 그러고는 배를 잡고 폭소를 터뜨렸다.

"이렇게 웃어본 지가 얼마 만인지 모르겠구나. 네가? 감히 나를 넘어서?"

그게 포복절도할 정도로 웃기는 말인가? 실버는 좀 과장된 행동이라고 생각했다. 마지스터는 진정하는 데 시간이 좀 걸렸다.

"뭐, 그럴 수도 있겠지. 하지만 그런 건 조금도 신경 쓰지 않아. 내가 너를 거부하는 것은 너를 믿지 않기 때문이야. 내 수하의 상그라브들이야 강력한 힘을 얻기 위해 나에게 붙어서 복종한다지만 너는 왜 나를 죽자고 쫓아다니는지 이유를 모르겠다. 그래서 경계하는 거야."

"아버지에 대한 사랑 때문입니다." 실버가 부드럽게 대답했는데 파닥파닥 날아다니는 브리앙트의 빛을 받아 피부가 반짝거렸다.

마지스터는 실버의 말에 충격을 받은 듯 잠시 침묵을 지켰다.

"네 어머니와 많이 닮았구나." 마지스터가 쉰 목소리로 말했다.

"인간의 모습일 때는 지금의 너 같았지. 그리고 불빛과 붉은빛, 캐러멜빛이 모두 섞인 갈기, 네 눈과 똑같은 금빛 눈, 많이 그립구나."

"하지만 아버지는 셀레나 부인을 사랑하잖아요." 실버는 차분하게 말했다.

마지스터는 마스크에 가려서 실버가 볼 수 없지만 눈살을 찌푸렸다.

"이런 대화가 무슨 의미가 있는지 모르겠다. 다른 사람들이 나를 잡으러 올 수 있게 시간을 끄는 것일지도 모르는데."

실버는 미소를 지었다.

"아닙니다. 저는 아버지를 이해하려고 노력하는 겁니다."

마지스터가 빠른 걸음으로 다가오자 실버는 하마터면 뒷걸음질칠 뻔했지만 억제했다. 거의 동물적인 감각이었다. 어떤 경우에도 약한 모습을 보이지 말아야 했다.

마지스터는 아들을 향해 마스크로 가린 얼굴을 숙였다.

"나를 알고 싶단 말이지? 나를 알려면 복종해야 돼. 무엇이든. 네가 그럴 수 있을까? 난쟁이 파프니르를 향한 마음이 너를 그쪽으로 이끌 텐데?"

실버는 어깨를 으쓱했다.

"네, 제 마음이 선택한 파프니르는 저를 기다릴 겁니다. 그럼 한 가지 청을 해도 되겠습니까, 아버지? 아더월드 시간으로 1년만 곁에서 아버지를 알고 싶습니다. 그리고 사랑하는 파프니르에게 돌아간 뒤로 다시는 아버지를 괴롭히지 않겠습니다."

"조건이 있다." 마지스터가 말했다.

"네, 말씀하세요." 실버는 금빛 눈으로 돌연 시커메진 마지스터의 마스크를 뚫어져라 쳐다보면서 말했다. "저기 널브러진 엘프처럼 저를 언제든 죽이겠다고 하시면…… 네, 그러세요. 저는 막지 않을 겁니다. 설사 왜 그러시는지 그 이유를 모른다고 해도. 하지만 아버지는 바보가 아니십니다."

마지스터는 실버를 불태워 죽일 뻔했지만 꾹 참았다. 맞는 말이었다. 바보가 아닌데 시간을 허비할 필요가 없었다. 이 아이는 분명히 쓸모가 있을 텐데……. 어떻게 하면 완벽하게 써먹을지 벌써 묘안이 떠오르고 있었다.

실버는 마지스터의 생각이 마스크에 반영되는 걸 알았다. 파란색으로 변해 있었다.

"따라와." 마지스터는 엘프녀의 모습으로 다시 변신하면서 말했다. "일단 여기를 나가자."

"트란스미투스를 사용하지 않습니까?" 실버가 놀란 얼굴로 물었다.

마지스터는 대꾸 없이 실버를 나가게 하고 화장실 문을 닫은 다음 '사용 중지'란 표시를 나타나게 했다. 이윽고 마지스터는 실버가 한 번도 가본 적이 없는 쪽으로 향했다. 방치된 곳이 많았다. 궁전이 워낙 커서 절반 정도만 사용하기 때문이었다.

마지스터가 비밀 문을 열자 지하로 내려가는 복도가 나왔다.

"이 지하 통로로 드나들기 때문에 트란스미투스가 필요 없는 거군요!" 실버의 눈이 휘둥그레졌다. "안티 트란스미투스 주문을 걸어놨는데도 아버지가 어떻게 궁전에 침입하는지 알아내려다가 여제가 미칠 지경에 이르는 이유를 알겠어요. 아버지가 아예 주문을 사용하지 않는 것도 모르고!"

"복잡하지 않은 답이 최고의 장소이지." 마지스터가 비웃음을 흘렸다. "이런 지하 통로가 세 개 있어. 네가 나를 배신하고 오무아 정보기관에 알린다 해도 상관없다. 다른 두 개의 통로는 절대 찾지 못할 테니까."

실버는 배신할 생각이 없지만 아무 말도 하지 않았다. 어차피 피해망상에 빠져 있으니 무슨 말을 해도 믿지 않을 텐데.

마지스터와 실버는 관리 상태가 좋은 터널을 꽤 오랫동안 걸어갔다. 수 킬로미터는 되는 것 같았다. 공기는 시원했고, 브리양트들이 날개를 파닥이며 빛을 비추고 있었다. 이윽고 그들은 벽 앞에 이르렀다. 마지스터가 손으로 건드리자 벽이 빙그르르 돌았고, 그들은 궁전 밖으로 나와 있었다. 마지스터는 실버의 어깨에 손을 얹고 재빨리 트란스미투스 주문을 읊었다. 몇 분 후, 그들은 비밀 공간이동의 문 앞에 이르렀는데 숲 속이었다. 드래코-티라노사우루스 한 마리가 갑자기 나타난 사냥감 두 마리에게 달려드는 걸 보면서 실버는 소스라치게 놀랐다. 실버가 정신이 팔려 있는 사이에 마지스터는 새로운 주소를 외쳤고, 눈 깜짝할 사이에 잿빛 요새에 유형화되었다.

실버는 반항하지 않으려고 애를 썼다. 두렵지 않았다. 드디어, 물론 확실한 건 아니지만, 미스터리한 아버지가 자신을 해칠 생각이 없는 것처럼 느껴졌다.

"그럼 이제 네가 어느 정도로 나에게 도움이 되는지 알아봐야지." 마지스터가 말했다. "따라와."

실버는 온순하게 따라갔다. 그들은 한 방으로 들어갔는데 꾸르륵 꾸르륵 소리를 내는 기계가 잔뜩 있었다.

마지스터는 기계들을 가리키며 실버에게 계획을 설명했고, 필요한 것을 준비하느라고 몹시 바쁘다고 말했다.

마지스터가 실버에게 해야 할 일을 말하는 순간, 하프드래곤은 웬만해서 땀이 나지 않기에 망정이지 흠뻑 젖을 뻔했다.

아버지는 미친 인간이었다. 방금 깨달았는데 때가 너무 늦었다.

"거절하면 어떻게 됩니까?" 실버가 물었다.

"선택의 여지가 없다." 마지스터가 대꾸했다.

"선택의 여지는 있기 마련인데……. 그렇더라도 제 대답은 거절입니다."

실버는 이번에 팔짱을 끼지 않았다. 정직한 것이지 바보는 아니었다. 마법의 공격을 방어하기 위해 비늘을 세웠고, 불굴의 전사에게 더는 가까이 오지 말라는 표시로 검을 뽑아 들 생각이었다.

마지스터는 한 발, 두 발 다가왔다. 실버는 싸우고 싶지 않기 때문에 똑같이 한 발, 두 발 뒷걸음쳤다. 바로 그 순간 마지스터가 악마의 모습을 새긴 단검을 꺼냈다. 단검? 실버는 혈검에 상대가 되지 않는다는 걸 굳이 말하지 않았다.

실버는 방어 자세를 취하기 위해 검을 뽑아 들려고 했지만 몸이 움직여지지 않았다.

시선을 내리던 실버는 마지스터가 별 문양 안으로 몰아넣고 움직이지 못하게 만들었다는 걸 알아차렸다. 빠져나가려고 했지만 너무 늦었다.

마지스터가 한 발짝 다가가서 단검을 휘둘렀다.

그리고 단숨에 실버의 목을 찔렀다.

고백

사랑 고백을 어떻게 해야
스파슌으로 둔갑하지 않을까

*

오무아의 여제는 호박색 규방에 있었다. 리스베스는 이 방을 좋아했다. 햇빛이 비쳐 들면 얼굴빛이 해를 머금은 복숭아처럼 보이는 방이었다. 게다가 데미데루스의 직계 후손을 나타내는 흰 머리털이 두드러진 금발에 빨간색 드레스를 입어서일까, 어느 때보다 화사해 보였다. 그녀는 자신이 아름답다는 걸 알고 있었다. 어쩌면 마법의 거울을 볼 때마다 '세상에서 가장 아름답고, 가장 우아하고, 기타 등등, 기타 등등' 이런 말을 계속 듣다 보니 정말 세상에서 최고의 미녀라고 착각하는지도 모르지만…….

예전에는 가장 아름답다는 말을 들으면 즐거웠는데, 오늘은 허무하고 우울하고 서글펐다. 리스베스는 가늘고 긴 손가락을 쳐다봤다. 손가락이 파르르 떨렸다.

권력을 행사하는 것은 세상에서 가장 좋아하는 일이었다. 국민의 삶과 죽음에 완전히는 아니라도 어느 정도 권한이 있다는 것에 사명감 같은 걸 느꼈다.

하지만 지금은 아니었다. 아침에 일어나기가 무섭게 씻고 식사한 다음, 두려움과 불확실함 속에서 정무에 시달리다 보니 아주 많이 지쳐 있었다. 그래서 황위를 양위했던, 아니 양위하려고 했던 것이다. 마지스터의 유령에 이어 악마의 반지가 몸을 장악했을 때는 능욕당한 느낌이었다. 그 끔찍한 느낌을 극복할 수 있을 거라고 생각했는데—어쨌거나 그녀 자신이 저지른 잘못은 아니지 않은가—유령에 이어서 악마의 반지 때문에 누구도 침범할 수 없는 내면의 감정이 산산조각이 나버렸다.

마지스터의 유령과 반지는 강제로 배신하게 했고, 고문하게 했고, 죽이게 했다. 리스베스는 아무것도 할 수 없었다. 타라를 원망하지 않았다. 타라는 훌륭한 여제가 될 자질을 갖추고 있었다. 리스베스가 경험한 것 못지않게 끔찍한 시련을 겪고 있는 타라는 어릴 적부터 후계자로 보호받고 자란 리스베스와는 달랐다. 마지스터에게 장악되었던 때를 제외하면(마지스터조차 예의를 갖추었다) 아무도 감히 리스베스에게 대들거나 모욕하지 못했다.

그런데 지금 리스베스는 두려웠다. 두려움이 다시 시작되고 있었다. 한밤중에 악몽에 시달리다 땀에 흠뻑 젖은 몸으로 비명을 지르며 눈을 뜨기 일쑤였다. 그럴 때는 두려워서 다시 잠을 청하지 못했고, 악몽이 찾아올 겨를이 없을 정도로 아주 잠깐씩 눈을 붙이는 것으로 만족해야 했다. 그래서 고단했다. 리스베스는 이런 식으로 계속 피로에 지치고 두려움에 떨면서 제국을 다스리다가는 자칫 큰 실수를 저지를 것만 같았다.

충성스러운 시종장 리버사이드가 무표정한 얼굴로 방에 들어왔다. 떨리는 손을 책상 밑으로 감추면서 리스베스 여제는 미소를 지었다.

"무슨 일인가, 리버사이드?"

"한 남자가 알현을 청합니다, 폐하. 바리우스 덩컨, 빌랭 왕국의 트리 반트릴 남작이라면서 안전에 대한 중요한 정보를 가져왔다고 합니다."

너무 고지식해 더는 승진할 수가 없는 시종장이 덧붙였다.

"어떤 안전에 대한 것인지 명확히 밝히지 않았습니다, 폐하. 그냥 '안전'이라고만 했습니다."

리스베스는 눈살을 찌푸렸다. 하지만 바리우스에게 했던 일을 생각하면 일단 만나줘야 하는데……. 그게 뭐 대수로운 일이라고! 리스베스는 덜 형식적인 면담이 되도록 자리에서 일어나 책상을 떠났다. 주홍빛 벨벳을 씌운 황금빛 안락의자가 얌전히 뒤따랐다.

"들여보내게."

"네, 폐하."

리버사이드는 신경질적으로 보이는 바리우스 덩컨을 들여보내면서 소스라칠 정도로 우렁차게 이름과 작위를 외쳤다.

"바리우스 덩컨, 빌랭 왕국의 트리 반트릴 남작!"

윤기 흐르는 검은색 머리의 매력적인 남작이 리스베스 여제 앞에서 정중하게 허리를 숙였다.

"남작, 이렇게 다시 만나다니 정말 반갑군요!" 여제가 우아하게 한 손을 내밀자 남작이 자연스럽게 입을 맞추었다. "그동안 잘 지냈습니까?"

"두 번이나 스파슌으로 둔갑된 뒤로 아직도 이따금 씨앗과 구더기를 먹고 싶습니다." 남작이 어설픈 유머를 구사했다. "그것 말고는 아주 잘 지내고 있습니다."

리스베스가 눈살을 치켜 올렸다.

"잘 지내는데 무슨 일로 나를 찾아온 겁니까? 내 시종장에게 안전에 대한 정보를 주겠다고 했다는데……."

바리우스가 미소를 지어 보였다.

"네, 사실은 나의 안전에 대한 얘기를 하러 왔습니다."

리스베스는 어리둥절했다. 시종장이 바리우스가 무엇에 대한 안전인지를 빠뜨렸다고 하더니 뭔가 꿍꿍이가 있었군. 리스베스는 남작이 무슨 수작을 부리는지 지켜보기로 했다. 호기심이 동하고 기분을 좀 바꾸고 싶기도 했다.

"무슨 말인지 모르겠군요. 남작의 안전과 오무아 제국이 무슨 관련이 있나요?"

"청할 것이 있습니다. 하지만 먼저 또다시 나를 깃털 달린 짐승으로 둔갑시키지 않겠다고 약속해주시기 바랍니다. 아직까지도 심각한 정신적 충격에서 벗어나지 못한 터라 이번에 또 그런 일을 겪고 싶지 않아서……."

리스베스는 터져 나오려는 웃음을 간신히 참고 있었다. 입술을 깨물었지만 창백한 얼굴이 붉어지면서 눈빛에 웃음기가 가득했다.

바리우스는 리스베스가 이상할 정도로 창백하고 피곤해 보인다고 생각하면서도 일단 심호흡을 했다. 그러고는 바닥에 무릎을 꿇고 앉았다. 깜짝 놀라는 리스베스를 쳐다보면서 바리우스는 고백했다. 여제가 아니라 한 여인을 상대하듯 아주 과감하게.

"리스베스, 내 사랑을 받아준다면 무한한 영광이겠소!"

리스베스는 눈이 휘둥그레져서 일어났다.
"뭐라고요?"
"당신을 사랑해요."
"어떻게……?"
바리우스는 눈살을 찌푸렸다.
"그야…… 진심으로 사랑하지요."
리스베스는 당황한 표정으로 손사래를 쳤다.
"'어떻게 사랑하느냐'고 물은 게 아니라 '무슨 말인지 모르겠다'는 뜻이었어요."
"아, 그랬습니까? 리스베스, 당신은 머리를 돌게 만드는 재주가 있군요. 그러니까 내 말은 당신을 사랑한다는 겁니다."
리스베스는 그래도 믿기지 않는다는 얼굴로 어떻게 그럴 수가 있냐고 묻고 싶었다. 머릿속이 멍했다.
바리우스는 불쑥 찾아와서 이런 고백을 하게 된 이유를 설명했다.
"당신이 나를 스파슈으로 둔갑시킬 때는 정말 굉장히 화가 났었죠."
리스베스는 이맛살을 찌푸리고 머릿속으로 지난날을 떠올렸다.

"남작, 당신은 나의 올케 셀레나에게 청혼하러 왔었어요. 아름다운 셀레나, 사랑스러운 셀레나 운운하면서…… 당신이 얼마나 무례했는지 그때를 생각하면 지금도……!"

바리우스는 미소를 지으면서 까만 눈으로 리스베스의 쪽빛 눈을 응시했다.

"네, 그랬지요. 그리고 그때는 당신이 질투하고 있다는 걸 깨닫지 못했어요."

리스베스가 성난 표정으로 변하며 어물거렸다.

"하지만 나는……."

바리우스가 잠자코 까만 눈으로 뚫어져라 쳐다보고 있었다. 오늘처럼 피곤한 날이 아니라면 바리우스에게 불의 마법을 날렸을 텐데. 리스베스는 힘도 없지만 거짓말하고 싶지도 않았다.

"그래요, 질투했어요."

"나는 구더기나 씨앗을 찾아다니는 신세가 된 뒤에야 그걸 알아차렸어요."

리스베스의 얼굴이 빨개졌다. 반응이 솔직했다. 바리우스는 말을 돌리지 않고 밀고 나갔다.

"그리고 두 번째로 마지스터가 나를 스파슌으로 둔갑시켰을 때 당신의 실제 모습을 발견할 수 있었지요. 그 새장 우리 안에 갇힌 채 당신 곁에 있으면서 있는 힘을 다해서 싸우는 걸 봤어요. 당신의 멋진 모습을 보면서 그때 사랑에 빠졌지요."

"하지만…… 하지만." 리스베스는 어물어물 말했다. "그때는 유령이 장악하고 있었기 때문에 나는 제국을 다스릴 방법이 전혀 없었는데! 이해가 안 되는군요."

바리우스는 바닥에 깔린 금빛 양탄자가 두꺼워도 무릎을 꿇고 있으니 많이 불편했다. 리스베스가 알아채고 자리에 앉으라고 손짓하자 안락의자가 재빨리 바로 옆으로 이동했다. 리스베스는 웃음을 참았다.

"휴." 바리우스는 편안하게 의자에 앉으면서 말했다. "힘이 약하고 패배했다고 해서 통치자 자격이 없는 건 아니지요. 공격자보다 힘이 세지 않은 것뿐인데. 내가 어렸을 때 용병들의 자식은 나보다 훨씬 키가 크고, 힘도 셌지요. 마법 능력이 생겨서 마침내 방어하게 될 때까지 나는 날마다 두들겨 맞았어요."

리스베스는 호기심이 가득해서 쳐다봤다. 잘생긴 남작이 마음을 솔직하게 털어놓기로 작정한 것 같았다. 정말 뜻밖의 신선함이었다.

"아버지가 보호해주지 않았어요?"

"아버지는 잘됐다고 생각하셨죠. 나를 때린 건 친형 그로그였거든요. 남동생 로리도 나를 샌드백으로 삼았고요."

"하지만 그건……."

"바보 같고 멍청하고 부당한 범죄행위라고요? 네, 그렇죠. 하지만 나는 아주 어렸고, 용병들은 거칠었죠. 모든 사람의 눈에 나는 책을 좋아하는 아이일 뿐 언젠가 나라를 다스릴 가능성이라고는 전혀 없는 존재였죠. 하지만 알다가도 모르는 게 인생이죠. 생각한 대로 흘러가는 게 아니라서……."

메모루스 마법 덕분에 리스베스는 아더월드의 모든 역사를 훤히 알고 있었다.

"두 형제가 사냥을 나갔다가 사고로 죽은 것으로 기억하는데요? 그래서 당신은 아무런 방해 없이 아버지의 뒤를 이었고요."

바리우스는 고개를 끄덕였다.

"네, 그랬죠."

리스베스는 잠시 기억을 더듬었다.

"아니, 사고가 아니었어요."

바리우스는 한숨을 내쉬고는 반들거리는 검은색 머리를 마구 헝클어뜨렸다.

"네, 형제들의 목을 비틀어버리는 상상을 수없이 했어요. 나한테 정말 무자비하게 잔혹한 형제들이었으니까요. 아버지처럼 형제들은 나보다 훨씬 키가 크고 힘이 셌어요. 그걸 이용해 많은 사람을 공포에 떨게 했지만 남작의 아들이라는 이유로 비호를 받았죠. 하지만 그건 사고였어요. 나는 형제들의 끔찍한 죽음에 아무런 책임이 없어요."

바리우스는 잠시 말을 중단하고 생각에 잠겼다.

"나는 아버지가 왜 그렇게 나를 미워했는지 이유를 전혀 몰라요. 형제들이 나를 그토록 심하게 괴롭히는데도 모른 척할 정도로."

리스베스는 검은색 머리와 검은색 눈의 잘생긴 남자를 쳐다봤다. 바리우스의 부모가 기억났다. 바리우스의 아버지는 바이킹의 후손인 빌랭의 많은 용병과 마찬가지로 금발에 파란 눈을 지닌 폭군이었다. 바리우스의 어머니도 금발인데 그런 부모에게서 검은색 눈의 자식이 태어날 가능성은 거의 없었다. 그의 어머니는 원정을 떠난 남편이 돌아오려면 시간이 오래 걸릴 거라고 생각한 것이 틀림없었다. 흠. 리스베스는 그 생각을 입 밖에 내지 않았지만 비밀정보국 국장 세네에게 바리우스가 태어나기 아홉 달 전에 트리 반트릴 남작 부인을 찾아온 남자 손님이 누구인지 확인하라는 메모를 정신적으로 보냈다.

"아버지는 원정 중에 전사하셨죠." 바리우스가 말을 이었다. "그래서 형님이 새로운 남작이 되었지요. 하지만 동생 로리가 몹시 시기했죠. 문제의 날, 두 형제는 크루이크크크 사냥을 나갔죠. 접근 금지 주문을 걸어놨는데도 밭을 황폐하게 만드는 위험한 수컷을 잡으려고."

"크루이크크크한테 형제들이 당했다는 거예요?" 리스베스가 의아한 얼굴로 물었다. "야생 크루이크크크가 성질은 좀 포악하지만 그 정도로 위험한 동물인지는 몰랐는데……."

"무기나 마법을 당해낼 정도는 아닐 겁니다. 사실은 드래코-티라노사우루스의 공격을 받았던 거니까요. 그런데 알 수 없는 것은 사냥꾼들의 안전을 위해 드래코들을 사흘 동안 울타리 안에 가둬놓았는데 그런 일이 일어났다는 거예요. 그날 천둥 번개가 치면서 벼락이 연거푸 떨어졌다는데 그 바람에 울타리가 망가진 모양이에요.[8] 안전을 책임져야 할 사람들은 모두 사망한 상태로 발견되었어요."

리스베스는 바리우스의 눈빛에서 거짓말이 아니라는 걸 읽었다.

"누군가 당신의 형제들이 남작이 되는 걸 원치 않는 사람이 있었군요." 리스베스가 말했다.

바리우스는 고개를 끄덕였다.

"나도 그렇게 생각했지만 지금까지 누가 그랬는지, 또 이유가 뭔지

---

[8] 〈쥐라기 공원〉에서 영감을 얻었다. 앞으로는 아더월드에서 영감을 받는 작가들도 많지 않을까!

알아내지 못했어요. 솔직히 나는 동생 로리가 큰형을 죽이기 위해 그 모든 일을 꾸몄는데 뭔가가 잘못된 거라고 생각해요. 힘만 세지 아둔해서 원하는 건 뭐든 빼앗을 수 있다고 생각하는 형제들이었거든요. 하지만 나는 형제들과 달라요. 치밀하게 행동하려고 노력했지요."

리스베스는 사랑에 빠졌다고 고백하는 남자를 뚫어져라 쳐다봤다.

"나에 대한 마음을 이렇게 솔직하게 털어놓는 것은 치밀한 게 아닌데요." 리스베스가 묘한 쾌감을 느끼면서 지적했다.

"네, 그렇지요." 바리우스는 진지하게 대꾸했다. "당신, 리스베스 틸랑넴에게는 그럴 필요가 없기 때문에 솔직하게 말하는 겁니다."

그러자 리스베스가 이번에는 대놓고 묻기 껄끄러운 질문을 했다.

"그런데 당신은 왜 '배반자'라고 불리죠?"

이상하게도 바리우스의 낯빛이 어두워지기는커녕 밝아졌다.

"아! 그건 가장 영리하다는 뜻이 담긴 영광의 칭호죠. 랑코비트 기습 작전에 동참하길 거부한 것이 문제가 되었죠. 작전에 문제가 있고, 준비가 허술하다고 생각했거든요. 실은 나에게 적대감을 가진 녀석들이 끼여 있어서 혹시라도 내 뒤통수를 칠지도 모른다는 의심이 들어서 거부했던 건데…… 그들 모두 전사하면서 나는 배반자라는 별명으로 불리게 되었죠. 아무튼 참전을 거부한 나만 살고 다 죽었으니 내 판단이 옳았던 것으로 결론이 났죠. 그러자 나를 더는 괴롭히지 않았어요. 나는 기습 부대를 조직하는 대신에 훨씬 진보적인 용병대를 양성했지요. 전에는 전략이라고 해봐야 고래고래 소리를 지르면서 손에 닿는 것은 모조리 죽이거나 약탈하는 것이었는데, 그 과정에서 많은 우군을 잃기도 했죠. 나는 수하의 지휘관들에게 전술을 연구하게 했어요. 물론 아둔한 머릿속에 병법을 주입시키느라 많은 시간이 걸렸지만, 지금 우리 용병대는 세계 최고가 되었지요. 따라서 빌랭에서 배반자라는 칭호는 칭송이나 다름없지요."

이번에는 바리우스가 쪽빛 눈의 아름다운 리스베스를 쳐다보면서 꺼내기 힘든 말을 했다.

"당신이 결혼했었다는 거 압니다."

리스베스의 얼굴이 어두워졌다.

"남편을 사랑했습니까?" 바리우스가 부드럽게 물었다.

이번에는 리스베스가 한숨을 내쉬었다.

"다릴 크라투스는 어머니 엘세스 여제께서 골라준 남자였어요. 오무아의 남쪽, 미카일 해와 가까워서 늘 문제가 발생하는 국경 지역을 다스리던 사람이었죠. 마법이 불안정해서 걸핏하면 사람들이나 물건이 사라져버리는 야생적인 지역인데 500년 전에야 오무아 제국에 병합되었죠. 국경 지역의 백작들이 병합에 저항하면서 투쟁을 벌였지요. 그러던 중 다릴이 반란을 꾀하고 있다는 정보를 입수했지요. 내 어머니는 영리한 분이셨죠. 다릴의 마음을 사로잡기 위해 나와 결혼하면 황제 직위를 주겠다고 제안했지요. 물론 나의 남동생 단비우가 황제를 그만두었을 때 뒤를 잇는 식으로. 그러자 다릴은 권력을 탈취할 기회가 있을 거라고 생각한 거죠."

"정략결혼이었군요." 바리우스가 흡족한 어조로 말했다.

"처음에는 그랬죠." 리스베스가 머리를 쓸어 넘기고 주홍빛 벨벳을 씌운 황금빛 안락의자에 등을 기대면서 말했다. "키가 크고 손에 못이 박인 금발의 전사를 보는 순간 너무 싫었어요. 게다가 나는 그 당시 트론도르의 막시밀리엥 왕자를 사랑하고 있었으니까요."

리스베스는 허공을 바라보면서 안색이 어두워지는 바리우스의 눈을 피했다.

"얼마나 잘생겼는지 내가 본 사람 중 최고의 미남이었죠. 나는 열한 살 때부터 왕자를 좋아했어요. 왕자가 궁전에 와 있을 때는 왕자를 만나려고 마법으로 궁인들을 모두 잠들게 했다가(리스베스는 킥킥거렸다) 어머니한테 몇날 며칠 엄청나게 야단을 맞기도 했죠. 서너 번 만나서 잘생긴 얼굴과 다정함에 눈이 멀었던 것뿐임을 깨닫는 데는 시간이 좀 걸렸지요. 어느 순간 왕자에 대한 환상이 깨졌거든요. 하지만 아직도 그가 미소를 보내면 가슴이 두근거리죠."

리스베스는 못마땅해하는 빛이 역력한 바리우스를 힐끔 쳐다보면서 재빨리 하던 말을 계속했다.

"왕자와는 달리 다릴은 거만하고 영리하고 아주 개혁적이었어요. 우리 오무아 제국의 많은 관습 때문에 처음에는 힘들어했죠. 나는 곁에서 지켜보다가 그의 됨됨이를 차츰 알게 되었어요. 남편은 사람들의 말에 귀를 기울이면서 무슨 문제가 생기면 개선하려고 애를 썼지요. 그리고 우리 오무아와 마찬가지로 국민을 중요하게 생각했어요. 우리의 결정을 이해하지 못했지만 우리의 설명에 귀를 기울였죠. 처음에는 문화 차이 때문에 사이가 멀었지만 원하는 것이 같았기 때문에 우리는 점점 가까워졌어요. 국민이 행복하고 건강하고 무엇보다 안전하기를 원했으니까요. 그러던 어느 날 단비우가 도망쳤고, 우리는 동생이 죽었다고 생각했어요. 그러자 오무아의 군대를 지휘하고 있던 이복오라버니 산도르가 단비우를 대신하여 황제가 되겠다고 나선 거예요. 하지만 다릴이 황제 자리를 차지하기 위해 온 힘을 쏟았기 때문에 두 사람은 사이가 아주 나빠졌죠."

바리우스는 인상을 썼다. 혈통과 오무아 군대의 사령관이라는 특권을 자랑스럽게 생각하는 거만한 산도르 황제와 그 못지않게 거만한 다릴 크라투스의 기 싸움이 얼마나 팽팽했을지 가히 상상이 되었다.

"그러다 다릴이 사냥하다 사고로 목숨을 잃었어요."

바리우스는 이맛살을 찌푸렸다.

"네, 그러네요." 리스베스는 우연의 일치에 놀란 듯 말했다. "사냥하다 보면 사고가 일어나기 십상이겠죠, 안 그래요?"

"나도 남작들에게서 같이 사냥을 가자는 초대를 자주 받지요. 하지만 그런 초대를 받을 때마다 나는 거절하죠. 사냥에서 일어나는 사고로 남작령의 수장이 자주 바뀐다는 걸 알기 때문에……."

리스베스와 바리우스는 고개를 끄덕이면서 시선을 주고받았다.

"다릴 곁에서 보낸 그 몇 년은 정말 격동적이고 열정적이었어요. 나는 그를 사랑하게 되었죠. 그는 내 의견에 반대도 많이 했지만 절대로 나의 지성을 과소평가하지 않았죠."

바리우스는 고개를 끄덕이며 생각했다. 리스베스는 굉장히 날카로운 사람인데 심기를 잘못 건드렸다가는 무슨 봉변을 당할지 모르지.

"나도 리스베스 당신의 지성을 과소평가하지 않아요." 바리우스는 다정하게 속삭였다. "내 마음을 사로잡은 게 당신의 지성인데."

리스베스는 눈살을 찌푸렸다.

"이런 때는 누구도 따라올 수 없는 미모라든가 뭐 그런 찬사를 해야 되는 거 아닌가요?" 리스베스는 서운해했다.

"그거야 물론이지요." 바리우스는 눈을 반짝이면서 말했다. "리스베스, 당신은 지성과 미모를 겸비한 굉장히 아름다운 여인이오."

리스베스는 전율이 일었다. 바리우스의 목소리는 부드럽고 따뜻하고 다정했다. 누군가와 이렇게 마음을 털어놓고 말하는 것이 얼마 만인가. 남편 다릴을 잃었을 때 다시는 사랑하지 않겠다고 맹세했었다. 너무 고통스러웠다. 그리고 세월이 흘렀고, 고통이 누그러들었고, 지금처럼 정신적으로 육체적으로 약해져 있을 때는 든든한 어깨가 절실했다.

"내가 황위를 양위했다는 거 알죠?"

"그런 빅뉴스는 놓칠 수가 없지요. 모든 크리스털 전광판과 온갖 종족의 입소문을 통해 지금쯤 행성 전체가 알고 있을 겁니다. 그리고 어린 타라 덩컨이 당신의 제안을 거절했다는 것도 알아요. 타라 덩컨의 말에 일리가 있어요."

리스베스의 쪽빛 눈이 동그래졌다.

"어머니 엘세스가 돌아가시고 황위를 물려받았을 때 내 나이는 타라보다 그리 많지 않았어요."

"리스베스, 당신은 30대였어요." 바리우스가 반박했다. "그리고 당신은 이 행성에서 성장하고 교육을 받았으니 타라와는 경우가 달라요. 우리 영지에 와서 숨어 지낼 때 타라를 겪어봐서 아는데 사랑스러우면서도 마법 능력이 너무 강력한 아이예요. 새가 두더지처럼 땅속에 구멍을 파기 위해 태어난 것이 아니듯 여제는 타라에게 맞지 않아요."

"타라는 나의 후계자예요. 데미데루스의 혈통이기 때문에 그 아이에게는 선택의 여지가 없어요. 무조건 여제가 되어야 하는 아이예요."

리스베스는 아름다운 미소를 지으면서 무슨 말인가 하려는 바리우스의 말을 막았다.

"오무아 제국이 초신성의 폭발력에 버금가는 엄청난 마법 능력이 있는 아이를 보유하고 있는 걸 달갑게 여기지 않는 나라들이 많죠. 그 때문이라도 나는 자르나 마라보다는 타라를 후계자로 임명할 이유가 있어요. 나는 다른 나라들을 흔들어놓는 걸 아주 좋아해요. 특히 내 선택이 두려워서 흔들릴 때."

이번에는 바리우스가 미소 지을 차례였다. 타라에 대해서 더는 반박할 말이 없었다.

바리우스가 리스베스의 테스트를 성공적으로 통과한 것이었다. 의견이 다를 경우에는 주저치 않고 반박하되 너무 지나치지 말아야 했다.

"좋아요." 조카에 대해 충분히 얘기를 했다고 판단한 리스베스가 말을 이었다. "나도 질문이 있어요, 바리우스 덩컨, 트리 반트릴 남작."

리스베스는 몸을 숙였다. 그러고는 햇볕에 탄 바리우스의 가무잡잡한 손을 가볍게 건드리면서 속삭였다.

"나의 총애를 어떻게 얻을 생각인가요?"

바리우스가 질겁한 얼굴로 쳐다봤기 때문에 리스베스는 터져 나오려는 웃음을 꾹꾹 눌러야 했다.

"글쎄요. 아직은 모르겠지만……. 당신을 유혹할까요? 웃게 만들까요? 해박한 지식으로 놀라게 할까요?"

리스베스는 환한 미소를 지으면서 소곤거렸다.

"키스부터 시작하는 건 어때요?"

바리우스는 이게 무슨 횡재지? 하는 얼굴로 멍하니 쳐다보다가 얼른 정신을 차렸다. 리스베스의 부드러운 입술에 홀린 바리우스가 몸을 점점 숙이고 있을 때였다. 시종장 리버사이드가 사색이 되어서 불쑥 나타났다.

"폐하! 방금 1층 화장실에서 시신이 발견되었습니다!"

살해

광장히 복잡한 음모를 꾸미고 있을 때
훼방꾼이 나타나면 악당은 어떻게 할까

*

    타라는 여제와 거의 동시에 보고를 받고 사건 현장에 도착했다.
    친위대원 두 명이 마주쳤는데 우선권에 관한 새로운 규칙이 아직 정해지지 않았기 때문에 서로 리스베스 여제 또는 타라에게 먼저 알리기 위해 몸싸움이 있었다. 예민해진 리스베스와 타라가 자칫 모든 사람을 두꺼비로 둔갑시킬지 모르는데 흥분을 가라앉혀야 했다. 아직 '부여제'든 '공동 여제'든 의회의 승인이 나지 않았는데 타라는 왜 여제를 수행하듯 호위대가 뒤따르는지 알 수가 없었다.
    그런데 먼 친척인 바리우스가 와 있었다. 타라는 약간 놀라면서 고모 옆에 바짝 붙어 있는 남작을 눈여겨보았다.
    친위대원들이 이미 현장을 통제해놓은 상태였고, 수사관들은 바닥이나 공기에 남을 수 있는 흔적을 찾으면서 시신을 면밀히 검사 중이었다. 작은 병들이 마치 유리 풍선처럼 둥둥 떠다녔다.

타라는 혼자였다. 친구들은 타라의 방에서 마지스터의 계획을 좌절시킬 방법을 궁리하고 있었다. 상대를 알면 그래도 방법을 찾기가 수월할 텐데……. 마지스터는 정체를 알 수 없는 인물이라 정말 쉽지 않았다.

수사를 지휘하는 친위대장 크산디아르가 난감한 표정을 지으며 두 손으로 잿빛 천 조각을 들고, 다른 한 손으로는 짧게 깎은 머리를 긁적이고 있었다. 주홍빛과 금빛 정복이 구겨진 것은 시신을 살피느라고 여러 번 쭈그리고 앉았다는 표시였다.

리스베스 여제와 타라를 보는 즉시 친위대장이 허리를 숙였다.

"폐하, 화장실에는 스쿠프가 없기 때문에 무슨 일이 일어났는지 파악할 수 없습니다."

타라는 새까맣게 탄 시신과 옷을 보면서 침을 삼켰다. 이런 모습에 아직 익숙하지 않은 까닭에 시신에 눈길을 주지 않으려고 애쓰면서 정신을 집중했다.

피해망상이라는 소리를 들을지언정 1퍼센트의 가능성이라도 있다면 짚고 넘어갈 필요가 있었다.

"마지스터가 한 짓이라면? 아까도 파프니르의 패밀리어를 죽였는데……, 아니 죽일 작정이었으니까 어쩌면 우리가 굴복할 때까지 누군가를 계속 죽일지도 모르죠."

크산디아르와 리스베스는 동시에 인상을 썼다.

"그거 재미있는 생각입니다!" 친위대장이 놀리는 어조로 말했다. "그런데 그것으로 마지스터가 왜 이 보잘것없는 엘프를 공격했는지 설명이 될지 모르겠습니다."

그러면서 친위대장이 눈살을 찌푸렸다.

"게다가 왜 엘프입니까? 아무 영향력도 없는 일개 병사일 뿐입니다."

이번에는 타라가 눈살을 찌푸렸다.

"누군가의 신분이나 지위는 전혀 중요하지 않아요, 크산디아르!"

친위대장은 고개를 끄덕이면서 시신을 향해 몸을 숙이고 다시 살폈다.

"그런 뜻이 아닙니다, 폐하. 병사는 군사 계급에서 높은 지위가 아니라는 걸 강조한 것일 뿐입니다. 이 엘프를 잃는 것보다는 엘프 군대의 지휘관을 잃는 것이 훨씬 제국에 타격을 준다는 의미에서 드린 말씀입니다." 친위대장이 정색을 하면서 덧붙였다. "따라서 의문을 제기하겠습니다. 마지스터가 영향력이 없는 엘프를 죽인 범인이라고 가정할 경우 왜 엘프를 죽였을까요? 그리고 왜 하필이면 이 엘프를 죽였을까요?"

한 티그족 여자가 모자 모양의 기구를 머리에 쓰고 다가왔는데 눈이 가려져 티그족 남자가 양손을 잡아주고 있었다. 여자가 시신 앞에 섰고, 남자가 모자를 건드리자 벌처럼 윙윙거리다 갑자기 멈췄다. 모자를 벗고 불안한 표정으로 주위를 둘러보는 여자의 두 눈은 사시가 되어 있었다.

"머리끝에서 발끝까지 온몸이 흔들리는 게 아주 불쾌한 느낌이에요. 이건 악마의 마법이 분명합니다. 몸에 남은 악마의 마법 찌꺼기가 보여요. 범인이 누구인지는 모르지만 마지스터나 악마의 마법에 감염된 상그라브 중 한 명에게 살해된 것이 틀림없습니다."

크산디아르가 고맙다고 하자 여자는 약간 비틀거리면서 멀어져 갔다.

"악마의 마법을 구별해내는 모자를 갖고 있었어요?" 타라가 외쳤다. "그런데 왜 상그라브들을 색출하는 데 사용하지 않죠?"

"안타깝게도 마법의 양을 많이 사용할 때만 작동하는 기구거든요. 마지스터가 악마의 마법에 도움을 청하지 않고 변장하는 정도의 마법을 사용하면 알아낼 수 없습니다. 그래서 우리 과학자들이 지금도 계속 연구하고 있습니다."

타라는 리스베스 여제를 향해 돌아섰다.

"모우르무르가 필요해요."

"뭐라고?"

"모우르무르 덩컨. 저의 증조할아버지(더 정확히는 외외증조부) 마니투의 아내 마젠티 발 아르젠몽 레틸라의 남동생이에요."

"아, 발명가! 그래, 알아. 그런데 덩컨 가문과 상관이 없는 것 같은데 왜 덩컨이라고 하는지 늘 궁금했어."

"덩컨 가문의 먼 친척 하드라 덩컨과 결혼하면서 아내의 성을 따랐기 때문이에요. 천재적인 발명가로 현재 지구에서 외할머니를 위해 연구하고 계세요. 고모의 특별 회견에 참석했다가 다시 지구로 돌아가셨을 텐데…… 아무래도 지금은 여기가 더 그분의 도움이 절실해요."

리스베스는 내색하지 않았지만 눈꺼풀이 미세하게 떨렸다. 정말 좋아하지 않지만 이사벨라 덩컨과 기 싸움을 벌일 공적인 기회가 생긴 걸 은근히 기뻐하는 눈치였다. 그 순간 타라는 외할머니에게 미안한 생각이 들었다. 리스베스는 모우르무르가 오무아의 자원을 자유롭게 사용한다고 뭘 만들어낼 수 있을지 반신반의하는 눈치였다. 타라는 제국을 위해 모우르무르를 불러들이자고 고모를 설득했다.

"그렇게 해. 그가 유용할 거라고 생각한다면."

타라는 전화와 카메라, 네비게이터의 기능을 갖춘 컴퓨터폰을 톡톡 건드리면서 아더월드의 매직넷과 지구의 인터넷을 접속했다. 그래서 살아있는 돌에게 전화 기능을 면제해줄 수 있었다. 지구를 향해 떠난 SMS 문자메시지는 이사벨라의 저택으로 전송되었다.

타라가 메시지 발송을 끝내자 크산디아르 친위대장이 말했다.

"고로 상그라브가 저지른 살해 사건으로 결론을 내립니다. 마지스터가 엘프들과도 동맹을 맺었는지 그것도 수사할 생각입니다. 지금까지 우리가 체포한 상그라브들 중에는 인간만 있었는데 엘프들을 끌어들였다면 정말 골치 아픈 일이 아닐 수 없습니다. 이것이 끔찍한 음모의 시작이라면……."

그때 짧은 금발에 실크 옷차림의 젊은 여자가 뛰어오면서 소리쳤다.

"라브리!"

"와우." 타라가 말했다. "적어도 이름은 알게 되었군요."

"오, 아더월드의 모든 신이시여!" 금발의 젊은 여자가 흐느껴 울었다. "나의 라브리가 살해되다니!"

"무슨 말도 안 되는 소리!" 금발의 여자 뒤에서 날카로운 목소리가 내뱉었다. "당신의 라브리가 아니라 나의 라브리예요!"

검은색 눈에 갈색 머리의 예쁜 여자는 머리끄덩이라도 잡고 싸울 기세였다.

"아! 천만의 말씀!" 가슴골이 드러나는 원피스 차림으로 나타난 포동포동한 세 번째 여자가 폭발했다. "나의 라브리입니다!"

수사관들 뒤쪽에 몰려든 군중 속에서 여자들이 아우성치고 있었다. 리스베스 여제와 타라는 어이가 없는 시선을 주고받았다. 도대체 궁전의 여자들을 몇 명이나……. 라브리는 정말 잘나가는 바람둥이였던 게 분명했다.

타라가 손을 들어서 주목하게 한 다음 친위대장에게 물었다.

"범죄 현장을 구석구석 사진과 비디오로 찍어놨죠?"

"네, 다 찍어놨습니다. 왜 그러십니까?"

타라가 마법을 부르자 모두 슬금슬금 물러섰다. 타라는 속으로 한숨을 내쉬면서 아주, 아주 조심스럽게 마법의 양을 억제하면서 모두 들어올 수 있게 벽을 움직이며 작은 화장실을 크게 넓혔다. 그러자 궁전이 기꺼이 크기에 맞춰주었다. 타라는 마법 조절에 성공해서 불상사 없이 끝난 것에 안도했다.

"자, 그럼 라브리를 아는 아가…… 여성분들은 내 오른쪽에 서고, 아닌 분들은 모두 나가주세요."

타라의 오른쪽에 50여 명의 성난 여자들이 바짝바짝 다가섰다. 갑자기 한 여자가 튀어나와서 시신을 걷어차면서 소리쳤다.

"에이, 배신자 놈아! 나밖에 없고, 네 인생의 빛이라고 하더니!"

"인생의 빛이 이렇게 많아서 훤했군!" 이번에는 갈색 머리 여자가 조롱하면서 시신을 걷어찼다.

크산디아르 친위대장이 나섰다.

"신사 숙녀 여러분, 진정하세요! 시신을 훼손하면 안 됩니다. 시신에 어떤 자국이라도 남겼다가는 용의자로 의심받을 수 있습니다."

"무슨 용의자 말이오?" 한 여자가 소리쳤다. "치정살인죄 용의자가 되는 건가요?"

군중 속에서 시니컬한 웃음소리가 났다. 타라도 웃지 않으려고 입술을 깨물어야 했다.

그때 창백해져서 뛰어온 바이올렛 엘프가 많은 여자들 사이를 비집고 나왔다.

"라브리!"

"맙소사!" 갈색 머리 여자가 혐오스러운 눈초리로 시신을 쏘아봤다. "정말 너무하네! 남자까지?"

여자는 다시 발을 쳐들다가 친위대장의 무서운 눈초리에 멈췄다.

바이올렛 엘프는 질겁해서 몸을 부르르 떨었다.

"무슨 그런 오해를……. 천만의 말씀입니다. 라브리는 좋은 동료였어요. 치마 두른 여성이라면 사족을 못 쓰고 쫓아다니는 경향이 있지만, 치마 입지 않은……."

"옷 타령은 그만!" 리스베스 여제가 짜증스럽다는 어조로 명했고, 타라는 고개를 끄덕였다.

그제야 여제와 후계자가 있는 자리라는 걸 깨달은 바이올렛 엘프는 침을 꼴딱 삼켰다.

"제 말은 라브리가 여자를 아주 많이 좋아했다는 뜻이었습니다. 죽기 직전에도 아름다운 여성을 쫓아갔었습니다. 구체적으로 말씀드리면 라브리에게 따귀를 날린 엘프녀였습니다. 우리 셀렌다의 옛 풍습이거든요. 옛날에는 엘프녀들이 마음에 드는 남성을 만났을 때 따귀를 세게 날려서 비틀거리지 않고 잘 버티는지 확인했지요. 일종의 프러포즈라고 할 수 있습니다."

리스베스 여제와 타라의 눈이 휘둥그레졌다. 이어서 시신 옆에 들러붙어 있는 여자들의 눈도 동그래졌다.

"뭐라고!" 키가 2미터는 될 것 같은 갈색 머리 여자가 소리쳤다. "라브리와 결혼하기 위해서는 따귀를 날리면 되는 거였단 말인가요? 미리 알았다면 좋았을 텐데! 슬루르크! 몇 번이고 따귀를 갈길 뻔했지만 너무 귀여워서 손도 못 댔건만!"

사랑에 빠졌던 여자들의 탄식이 흘러나왔다.

"그럴 수가!" 앙상하게 마른 금발 여자는 어이없어했다. "엘프녀와 결혼할 생각이었나? 브롤부레!"[9]

다른 여자들도 이구동성으로 외쳤다.

"라브리는 늘 그랬듯이 아름다운 엘프녀를 쫓아갔어요." 바이올렛 엘프가 말을 계속했다. "그랬다가 죽은 겁니다. 아무래도 엘프가 아니었던 것 같아요. 라브리가 좀 둔하기는 해도 정말 착한데 좀 치근덕거린다고 죽이다니…… 엘프라면 절대 그러지 않았을 겁니다."

리스베스 여제가 냉랭한 목소리로 말했다.

"따라서 이 사건은 엘프와 상그라브가 연루된 음모가 아니라는 결론을 내릴 수 있소. 친위대장, 마지스터가 잘못 선택한 변신 때문에 일어난 불미스러운 사건이오. 이제부터 마지스터를 찾아야 하오. 블랙 경보를 내리고, 곳곳에 스쿠프들을 배치하여 감시 지역을 확장하

---

9. 원래는 난쟁이족의 욕설인데, 아더월드의 모든 종족이 사용한다.

시오. 세네는 주요 장소에 카무플레 요원들을 배치하고."

오무아의 비밀정보국 카무플레 국장이자 크산디아르 친위대장의 아내인 세네 센스사스는 여제의 명을 기다리지 않았다. 이미 궁전 안팎에 경보를 내리고 안보를 위한 일련의 조치를 취한 상태였다.

크산디아르는 정중하게 대답했다.

"폐하, 실은…… 한 시간 전, 마지스터가 황궁 안에 있을 것이라고 의심되는 순간부터 블랙 경보를 내린 상태입니다. 마지스터를 색출하려면 그 방법밖에 없기 때문입니다. 안내 방송을 했는데 못 들으셨습니까? 폐하의 침실과 집무실에 있는 크리스털 전광판에도 안내 방송이 나갔을 텐데요."

"아?" 얼굴이 살짝 빨개진 리스베스 여제는 옆에 서 있는 바리우스 덩컨을 힐끔 쳐다보면서 말했다. "내가 좀 바빠서 못 들었군."

크산디아르는 무표정한 얼굴로 듣고 있다가 여제를 곤경에서 벗어나게 해주었다.

"안내 방송을 할 때 소리를 좀 작게 했습니다, 폐하. 너무 깜짝 놀라게 하고 싶지는 않았습니다."

그때, 한 티그족 여자가 와서 건네는 크리스털 볼을 받으면서 친위대장은 고개를 끄덕였다.

"아, 기다리던 것이 도착했습니다. 궁전 곳곳을 돌아다니는 스쿠프들 덕분에 화장실에서 사건이 일어나기 직전까지 찍은 필름을 확보했습니다."

친위대장이 부하에게 신호를 보내자 눈앞에 영상이 나타났다. 스쿠프들이 문제의 두 엘프를 찍은 장면이었다. 국방 장관과 이야기를 나누는 엘프녀와 엘프녀에게 접근하는 블랙 앤드 실버 엘프의 모습이 고스란히 담겨 있었다.
　블랙 앤드 실버 엘프가 엘프녀로 변신한 마지스터의 엉덩이를 찰싹 때리는 광경을 보면서 타라는 웃음을 참을 수 없었다.
　"저 질겁하는 것 좀 봐요!" 타라는 토를 달지 않을 수 없었다.
　타라는 고개를 숙이다 시신이 보이자 얼른 영상에 집중했다. 엘프녀가 한 손으로 블랙 앤드 실버 엘프를 답삭 들어 올리는데 다른 손에서 번들거리는 검은 마법의 광선을 보면서 모두 경악했다. 타라의 어깨에 앉은 갈랑이 울음소리를 내면서 날개를 파닥였다.
　"악마의 마법!" 타라가 축소시킨 페가수스를 쓰다듬어주면서 말했다. "그런데 왜 모두 가만히들 있죠?"
　"사람들은 겉으로 드러나는 모습만 보니까." 리스베스 여제가 심각한 얼굴로 말했다. "재미있는 장면을 보느라고 아름다운 엘프의 모습으로 위장한 공공의 적을 보지 않는 거지. 이 필름을 방송으로 내보내야겠소. 마지스터는 이미 다른 모습으로 변신해 있겠지만 그래도 모두 경계하라는 뜻에서."
　"그러면 사람들이 노이로제에 걸릴 거예요." 타라가 지적했다.
　"그래도 죽는 것보다는 낫지." 리스베스 여제가 응수했다.
　타라는 고개를 끄덕였다. 맞는 말이었다.
　리스베스 여제가 갑자기 눈을 가늘게 뜨면서 타라를 응시했다.
　"왜요?" 타라는 신경질적으로 물었다. "제가 또 뭘 어쨌는데요?"
　"그 성명! 악마의 영혼들이 림보로 돌아갈 위험이 있다고 발표한 성명…… 나한테 먼저 말했어야지! 그런 생각이 안 들어?"

타라는 당황했다.

"악마의 사물들을 건드리는 것은 물론이고 파괴하면 절대로 안 된다는 걸 모든 사람에게 알려야 했어요. 되도록 빨리 알리는 것이 중요해서……."

"물론 그렇겠지. 하지만 네가 거절했기 때문에 아직은 내가 여제야. 그런 식으로 나한테 알리지도 않고 적들을 자극하는 걸 금한다. 알아듣겠니? 그렇다고 마지스터가 엘프를 죽인 것이 네 탓이라는 말은 아냐. 하지만 마지스터의 계획은 이제 변경되었을 수도 있어. 더 공격적이고, 더 파괴적이 될 텐데 그건 네가 그런 성명을 발표한 탓이고! 게다가 너는 우리 과학자들과 의논도 하지 않고 혼자 결정했어. 타라, 그건 정말 경솔한 짓이야!"

타라는 항변하지 않았다. 고모의 말이 맞지만, 악마들이 너무 두려워서 생각하고 말고도 없었다. 그리고 타라는 생각보다 행동이 앞서는 경향이 있었다. 많이 생각하는 건 정말 체질적으로 맞지 않았다.

그렇지만 타라는 지난 몇 년 동안 많은 걸 배웠다. 척추에 박힌 쇳조각 때문에 몸이 마비되어 있었던 것도 생각을 많이 할 수 있는 기회를 주었다. 타라는 마침내 마법 능력을 고맙게 생각했지만 그렇다고 마법을 원하지는 않았다. 수많은 사람을 다스리면서 뭐가 좋고 나쁜 것인지 결정하는 것도 프랑스에서 살던 때와는 완전히 달랐다. 민주주의국가에서는 국민이 선출한 대통령이 직책을 잘 수행하면 재선출할 수 있는데.

아더월드에서는 마법 능력이 강력한 사람이 권력을 잡고, 왕이나 여왕, 황제 앞에서는 모두 굽실거렸다. 뱀파이어들의 민주적인 나라

크라살비를 제외하면 인간들의 나라 스파니비아와 타트리스들의 나라 타트란, 이 두 나라만 공화제였다. 타라는 성가신 머리카락을 쓸어 넘기면서 생각에 잠긴 눈으로 고모를 바라봤다. 타라는 지구에서 배운 빈약한 지식을 쥐어짜면서 민주주의가 더 낫다는 걸 설명했지만 고모는 어이가 없다는 얼굴로 쳐다봤었다.

"그래, 나도 민주주의의 원리는 알아. 뱀파이어족이나 타트리스족처럼 자신의 이익보다는 공동의 이익을 먼저 생각하는 이들에게는 민주주의가 통하겠지. 하지만 오무아에서는 그렇지 않아. 상인 조합들이 즉시 반기를 들면서 국민의 이익이 아니라 기업의 이익에 도움이 되는 후보자를 내세우려고 할 테니까. 그렇게 해서 선출된 대통령은 자기를 찍어준 이들을 만족시키기 위해 타협하고 비열한 짓을 계속해야 되겠지. 아무튼 좋은 생각이지만 민주주의는 실현성이 없어, 적어도 여기서는."

타라는 고개를 끄덕이면서도 기업이나 개인이 선거운동에 자금을 대지 못하게 막으면 된다고 반박했지만 고모를 설득하지 못했다

"게다가 지구는 악마들의 위협을 받지 않아." 여제는 힘주어 말했다. "여기서는 가장 강한 데미데루스의 후손들이 침략을 막으면서 옥좌를 지켜야 하지. 바로 그래서 너를 후계자로 선택한 거야. 우리 중에서 네 마법이 가장 강력하기 때문에 우리 군대를 이끌고 침략자들을 무찌를 수 있으니까!"

타라는 유령들이 습격하기 전에 나눴던 이 대화를 똑똑히 기억하고 있었다. 조상 데미데루스처럼 언젠가는 진짜 군대를 상대로 싸워야 한다는 걸 깨달았을 때 몸서리쳤던 기억도 생생했다. 오, 제발, 그

런 날이 가능한 한 늦게 오길!

타라는 오무아 제국의 정치제도에 대해 나름대로 생각하는 것이 있었다. 누구든 한 사람은 이 진흙 구덩이에서 빠져나가야 했다. 생각과 달리 고모를 설득하지 못하면 어쩔 수 없겠지만.

"그럼 마지스터가 우리의 허를 찌를 기회가 더는 없기를 바라야겠습니다." 크산디아르가 정중하게 끼어들면서 여제와 타라를 중재했다. "그리고 타라 폐하의 성명으로 악마의 사물이나 시제품을 지니고 있는 모든 이들, 특히 드래곤들에게 도움이 될 겁니다."

타라는 미소를 감췄다. 브라보, 크산디아르!

리스베스 여제는 친위대장의 중재에도 불구하고 타라를 무섭게 쏘아봤다.

"아, 드래곤들을 잊고 있었네! 타라, 미리 말해두는데 악마의 마법을 해방시키지 말아야 한다는 너의 성명 때문에 드래곤들이 나를 성가시게 하면 네가 알아서 답변해. 너는 그들과 친하니까!"

타라는 입술을 깨물었다. 현재 셈 선생님은 아더월드에 없지만, 맞는 말이 아닌가. 성명을 발표했으니 머지않아 드래곤들은 설명을 요구할 것이 틀림없었다.

타라는 한숨을 내쉬었다.

어쨌든 엘프 살해는 마지스터가 의도적으로 저지른 사건이 아니었다는 것이 확인되었다. 라브리라는 이름의 엘프는 좋지 않은 때에 좋지 않은 장소에서 재수 없이 당한 것이었다.

새로운 임무가 떨어지기 전에 타라는 자신의 방으로 돌아갔다. 할 일이 많았다.

특히 로빈과 할 얘기가 있었다.

서로 사랑하는 사이인데 언제부턴가 둘의 사이가 삐걱거리고 있었다.

호위를 받으면서 방으로 들어간 타라는 너무 놀라서 꼼짝하지 못했다.

방이 비어 있었다. 아니, 한 남자와 뜨겁게 포옹하고 있는 무아노만 있었다. 그런데 무아노의 남친 파브리스가 아니었다!

타라가 질러대는 욕설에 커플이 소스라치게 놀랐다.

"아, 타라!" 무아노는 얼굴이 빨개져서 외쳤다. "미안해, 들어오는 소리 못 들었어."

그런데 무아노는 아주 천연덕스러웠다. 은빛 표범 쉬바마저 아무렇지도 않은 듯 엎드린 채 하품을 했다

타라는 주먹을 불끈 쥐면서 한가운데에 버티고 섰다. 타라의 어깨에 앉은 갈랑은 봉변을 당할까 봐 조심스럽게 날아갔다.

"오, 끔찍한 벤드룩의 내장이여!" 타라가 모욕당한 것 같은 어조로 소리쳤다. "무아노, 너 이게 무슨 짓이야?"

무아노는 어리둥절해서 타라를 쳐다봤다.

"파브리스와 키스하고 있잖아. 왜 그래, 타라? 처음도 아닌데!"

타라는 냉소하면서 떨리는 손가락으로 남자를 가리켰다.

"하지만 파브리스가 아니잖아!"

무아노는 돌아보면서 깔깔대고 웃었다.

"아, 내 정신 좀 봐! 깜빡했네……. 파브리스, 보여줘!"

남자의 얼굴이 마치 징그러운 벌레들이 기어 다니는 것처럼 일렁거리다 뼈들이 새로 맞춰지는 듯싶더니 낯익은 얼굴이 나타났다.

외골격 속에서 무릎이 후들거리는 타라는 눈치껏 뒤에 와서 대기해준 안락의자에 고마워하면서 털썩 주저앉았다.

"파브리스? 이게 어떻게 된 거야?"

눈이 동그래진 타라를 보며 웃던 파브리스가 얼굴을 찌푸렸다.

"아야! 늑대인간들과 얘기하다가 알게 된 거야. 늑대인간들은 마음대로 골격을 변경할 수 있어. 자주 하는 건 아니지만. 에이, 그거 되게 아프네!" 파브리스는 얼굴을 문질렀다.

타라는 입을 멍하니 벌렸다.

"마음대로 얼굴을 바꿀 수 있단 말이야? 말도 안 돼!"

"오랫동안 변해 있을 수는 없어. 일정한 시간이 지나면 뼈가 정상으로 돌아가는 경향이 있거든. 하지만 다른 사람으로 행세할 수 있어. 금발일 경우에만. 머리 색깔과 눈빛은 바꿀 수가 없어. 마법을 사용하면 되겠지만, 내 마법이 얼마나 형편없는지 너도 알잖아."

"머리야 염색하면 되니까 완벽한 스파이 노릇을 할 수 있어." 무아노가 반박했다.

파브리스는 슬픈 미소를 지으면서 심호흡을 했다.

"변신할 수 있다는 것이 나한테 필요할지 모르겠어. 무아노, 너에게 하고 싶은 말은 그게 아냐. 나의 절친 타라도 있는 자리에서 제안하고 싶은 게 있어."

구불구불한 갈색 머리의 무아노는 자세를 바로 하고 예쁜 눈으로 파브리스를 응시했다.

"바룬이 죽은 뒤로 많이 생각했어." 파브리스는 아주 진지했다. "마법의 강력한 힘을 얻기 위해 마지스터에게 붙어서 내가 저지른 잘못에 대해서. (무아노는 눈살을 찌푸렸다. 파브리스가 한 번만 더 〈스타워즈〉에 등장하는 다스 베이더의 '포스', 즉 힘을 언급하면 소리를 지를 것 같았다. 대체 영화감독 조지 루카스가 지구인들에게 무슨 짓을 한 거지? 주문이라도 걸었나?) 그리고 피, 음모, 배신…… 그 모든 것이 나와 맞지 않아."

타라는 목이 메었다. 타라와 마찬가지로 파브리스는 지구에서 자랐기 때문에 마법에 대한 반응이 똑같았다. 그리고 마법이 두려워서 도망치고 싶은 충동을 자주 느끼는 것도 비슷했다.

"이 행성은 나와 맞지 않아." 파브리스가 무아노 앞에 무릎을 꿇고 손을 잡으면서 말을 이었다. "여기서 끊임없이 느끼는 두려움 때문에 나는 생각을 제대로 할 수가 없어. 무엇보다 내가 원하는 인생을 살 수 없어. 내가 어떻게 됐는지 봐! 내 의지와 상관없이 늑대인간으로 변하잖아. 그게 싫어. 마법이 싫기 때문에 이 세계가 너무 싫어!"

충격을 받은 무아노는 얼굴이 창백해졌다. 그리고 버림받는 느낌에 뒤로 물러났다. 하지만 파브리스는 손을 놓아주지 않았고, 남자치고는 속눈썹이 아주 긴 커다란 눈으로 무아노의 금빛이 도는 갈색 눈을 뚫어져라 응시했다.

"지구로 돌아가서 공간이동의 문 보조 문지기를 하겠다고 지원했어. 아버지는 마법 능력이 없는 비마인 데다 나이도 많고, 지난 몇 년 동안 계속된 사건 사고로 부상을 입고 많이 약해지셨어. 랑코비트에서도 웬만한 공격에는 끄떡없는 늑대인간 문지기를 반기는 눈치였어. 오무아에서도 내가 문지기로 지원하자 곧바로 수락했어. 월급도 나오고, 타라와 함께 우리가 처음에 오무아를 구해준 보상으로 여제께서 하사한 돈도 있으니까 편안하게 살 수 있어."

무아노의 눈이 동그래졌다.

"너…… 그 말은……."

"나는 지구로 돌아가고 싶어."

파브리스는 단호하게 말했다.

"그리고 너와 같이 가고 싶어."

무아노는 숨이 막혔다. 작은 별들이 보일 때 깨달았다. 무아노는 심호흡을 하고 눈앞에 있는 소년을 쳐다보면서 손을 뺐다. 큰일은 사소한 것에서부터 시작된다더니……. 언제부턴가 파브리스가 아더월드를 좋아하지 않는다는 걸 느끼고 있었다. 하지만 이렇게 느닷없이 떠난다고 할 줄이야, 정말 상상도 못한 일이었다.

"파브리스…… 마법이 통하지 않는 한참 뒤떨어진 행성에서 살고 싶단 말이야?"

"한참 뒤떨어진 행성이라니!" 타라가 발끈하면서 파브리스를 구원하고 나섰다. "그렇게 말하면 안 되지. 지구의 과학기술은 너희의 마법과 완벽하게 견줄 수 있어. 물론 석유를 사용하는 것 때문에 마법보다 대기를 오염시키는 단점이 있지만 해결책을 찾으면 돼. 그리고 마법을 빼고는 너희가 우리보다 더 낫다고 생각하지 않아."

"문제는 그게 아냐." 무아노가 벌떡 일어나 단호하게 응수했다. "파브리스, 너는 나를 떠나 지구에 가서 살고 싶은 거야. 나는 네 결정을 그렇게 받아들일 수밖에 없어."

"같이 가자고 말했잖아?" 파브리스는 의아한 표정으로 대꾸했다.

무아노는 성난 눈초리로 파브리스를 째려봤다.

"내 가족과 친구들은 모두 아더월드에 살고 있어."

"내 가족과 친구들도, 타라를 제외하고는 모두 지구에 살고 있어." 파브리스가 맞받아쳤다.

"하지만 지구에서는 내가 마법을 거의 쓸 수가 없잖아."

"그건 말도 안 되는 핑계야. 타라가 스톤헨지에서 기계를 파괴한 뒤로 마법은 훨씬 강력해졌어. 그리고 타라의 할머니 이사벨라를 비롯해서 셈샤나쉬들이나 새로운 마법사들이 지구에서 마법을 사용하고 있잖아!"

"파브리스, 넌 나를 내 가족에게서 떼어놓으려는 거잖아!"

"내가 여기 있으면 나도 가족과 떨어져서 사는 거야. 하지만 무아노, 네 부모님이 히믈리아에서 살기로 했을 때 너도 처음에는 난쟁이들의 나라에 살면서 문화적 충격을 받았을 거야. 모르긴 몰라도 지구인들 속에서 사는 것보다는 문화적 충격이 훨씬 컸을 거야."

파브리스는 다가가서 무아노를 포옹했다. 거칠게 뿌리친 건 아니지만 무아노가 단호하게 빠져나갈 때는 숨이 턱 막혔다.

"완전히 달라. 우리 아버지는 엄마에게 마법도 싫고, 행성도 싫고,

생활 방식도 싫다고 하지 않았어!"

"파브리스의 말은 그런 뜻이 아니라…….."

타라가 다시 끼어들었다.

"넌 가만히 있어!" 무아노가 일축했다.

깜짝 놀란 타라는 입을 다물었다. 수줍음이 많은 무아노가 타라에게 이런 식으로 말한 적은 한 번도 없었는데…….

무아노는 파브리스를 보면서 목소리를 높였다.

"파브리스, 그 바보 같은 계획을 고집해도 나는 따라가지 않아. 나는 지구에 가서 할 일이 없어. 더군다나 나와 상의도 하지 않고 결정을 내린 사람하고는. 너는 마지스터를 따라갈 때도 나한테 한마디도 하지 않았어. 그리고 지구로 돌아갈 계획을 세우고 보조 문지기로 지원한다는 것도 말해주지 않았어. 그렇게 중요한 결정을 하면서 나를 완전히 배제했다는 것, 절대로 용납할 수가 없어."

무아노의 어조에 타라와 파브리스는 움찔했다. 무아노는 화가 많이 나 있었고, 눈물까지 흘리고 있었다.

그들은 서로를 뚫어져라 응시했다. 그리고 타라는 무아노의 눈물이 글썽한 눈에서 사랑이 식어가고 있음을 느꼈다.

파브리스는 애원하면서 다가갔지만 무아노는 뒤도 돌아보지 않고 뛰쳐나갔다.

자책감에 사로잡힌 파브리스는 쫓아 나가지 못했다.

"맙소사." 파브리스가 말했다. "맞아. 난 왜 이렇게 멍청할까!"

타라는 문을 쳐다보면서 물었다.

"무아노 갔어?"

문에 나타난 입이 대답했다.

"네, 잠시 내 몸에 기대고 있다가 로미네트처럼 뛰어갔습니다. 내 생각을 말씀드리자면……."

"필요 없어!" 타라와 파브리스가 동시에 외쳤다.

화가 난 목재 문이 눈살을 찌푸렸고, 눈에 이어서 귀와 입이 차례로 사라지고 매끈한 표면만 남았다.

"무아노의 말이 맞아." 타라는 지적했다. "가만 보면 너는 정말 저지른 다음에 용서를 구하는 경향이 있어."

파브리스는 금발을 마구 헝클어뜨렸다.

"그래, 알아. 그럼 나는 어떤 선택을 해야 되는데? 살루와 베티는 지구에 살고 있잖아. 왜 무아노는 그럴 수 없는데?"

어, 왜 글로리아라고 하지 않지? 파브리스는 무아노란 별명을 싫어해서 글로리아라고 부르는데! 좋지 않은 징조였다. 파브리스도 화가 나기 시작했다는 뜻이었다. 타라는 진정시키려고 애를 썼다.

"베티는 지구인이니까 당연하고, 살루는 다시는 드래곤으로 변신할 수 없게 됐잖아. 그러니까 네 경우와 비교할 수는 없어. 파브리스, 무아노에게 생각할 시간을 좀 줘. 무슨 일이 있든 무아노는 늘 너를 지지해주었어. 네가 지구로 돌아가고 싶어하는 것을 자기와 헤어지고 싶은 거라고 생각한 모양이야. 마법을 포기하면서 동시에 자기도 포기하는 것으로 받아들인 거야."

"그건 아니지!" 파브리스가 반박했다. "원하면 언제든 공간이동의 문을 통해 아더월드로 돌아갈 수 있는데!"

"그건 달라." 타라가 지적했다. "무아노에게는 지구에서 사는 것이

구속일 수 있어. 너도 알잖아."

파브리스는 반박하려다 털썩 주저앉았다. 맞는 말이 아닌가. 결정하기 전에 무아노에게 먼저 말해야 했는데 통보가 되었으니. 파브리스는 이맛살을 찌푸렸다. 왜 이렇게 항상 서툴기만 한지…….

파브리스와 타라는 침묵을 지키면서 잠시 생각에 잠겼다.

"그냥 넘어가지 않겠지?"

"모르겠어." 타라가 대답했다.

"나를 깔아뭉개려고 할 텐데." 파브리스는 한숨을 내쉬었다.

"그럼 그렇게 하게 가만히 있어. 무아노가 정말로 깔아뭉개도 잘못했다고, 정말 후회한다고 말해. 다음부터는 화장실에 갈 때도 먼저 물어보고 가겠다면서."

파브리스와 타라는 서로 쳐다보다가 동시에 웃음을 터뜨렸다.

"사랑이란 사람을 바보로 만드는구나!" 파브리스는 결심한 얼굴로 말했다.

"그래서 세상에는 수많은 바보가 있는 거야."

파브리스는 잠시 생각에 잠겼다.

"너는 어때?" 자기 혼자만의 문제가 아니라는 생각이 들었는지 파브리스가 갑자기 물었다. "로빈과 어떻게 되어가는데?"

타라는 깜짝 놀라는 눈초리를 던졌다.

"음…… 좋아. 왜?"

"네가 부여제나 공동 여제가 되면 너희 둘의 사랑도 좀 복잡해지지 않을까?"

타라는 의자에서 자세를 바로 했다.

"내가 읽은 책들에 따르면, 너도 알잖아, 내가 강력한 마법 능력을 얻으려고 한동안 책을 많이 읽었던 거. 여제에게 청혼하는 남자는 일련의 시련을 통과해야 되고, 상원과 하원의 승인을 받아야 해."

타라는 쪽빛 눈을 부릅떴다.

"일련의 시련? 파브리스, 농담이지?"

"천만에. 『궁정 비사』에도 분명히 실려 있을 테니까 잘 살펴봐. 그 사이에 나는 무아노의 방까지 기어가서 용서를 구할게."

"꽃다발을 들고 가." 타라는 무의식적으로 말했다.

"꽃은 안 돼. 야수의 신진대사 때문에 재채기를 해서. 굽실거리면서 기분을 맞춰줘야지. 길에 유리 파편이나 숯불을 깔아놓으면 훨씬 좋아할 거야."

뭐라는 거야? 타라가 믿기지 않는 눈길로 쳐다보자 파브리스는 슬픈 미소를 지어 보이고 방을 나갔다. 타라는 고개를 끄덕였다. 친구들의 사랑은 아주 복잡한 모양이었다. 늑대인간과 야수의 사랑이라서 그런가?

이번에는 타라가 방을 나가려고 할 때 책상 위에 놓인 크리스털 볼이 울렸다.

울림이 없는 이상한 목소리가 들리는데 이미지는 보이지 않았다.

"당신은 나를 모르겠지만, 나는 당신을 잘 압니다. 당신의 도움이 필요합니다. 끔찍한 범죄가 일어나지 못하게 막기 위해서입니다."

고개를 갸웃하는 타라의 얼굴이 굳어졌다. 친한 친구들과 가족 외에는 아무도 이 크리스털 볼의 번호를 모르는데……. 그래서 타라는 경계심 없이 크리스털 볼을 받았다.

"……그래서요?" 타라는 확신을 갖지 못하는 목소리로 물었다.
"우리는 공통된 관심사가 있습니다." 목소리가 말을 이었다.
"아, 그런가요?"
"네."

목소리가 제안하는 것이 어찌나 놀랍고, 이상한지 아연실색한 타라는 한동안 아무 말도 하지 못했다.

그리고 골똘히 생각했다.

"알겠어요." 타라는 바보 같은 짓을 저지르고 있다고 생각하면서 대답했다.

"좋습니다."

"어떻게 연락하죠?"

"당신은 할 수 없습니다. 너무 위험해요. 내가 다시 연락할 테니 기다리십시오."

타라는 손을 약간 떨면서 크리스털 볼을 끊었다.

생각을 정리하기까지 시간이 좀 걸렸다. 타라는 이것저것 차분히 검토하고, 따져보면서 머리를 굴리기 시작했다. 목소리가 한 말은 일리가 있었다. 어떤 잘못도 저지르면 큰일 날 일이었다.

일단 모든 것이 분명해지자, 자세한 사항은 여러 차례 수정하게 될 거라고 생각하면서 타라는 이 이상한 통화를 하기 전의 생각으로 돌아갔다.

오, 아더월드의 신들이여! 로빈은 도대체 어디 있는 거야?

로빈

사랑하는 사이가 아닐 때
여제의 부군이 될 사람을 어떻게 알아볼까

*

로빈은 황궁의 도서관에 있었다. 심하게 공격적이지 않아서 자물쇠로 채울 필요가 없고, 힘센 백과사전이 약한 사전을 집어삼키는 데가 아니라서 위험하지 않은 칸이었다. 빨간 눈에 촉수가 바글거리는 버터 덩어리 같은 모습의 학식이 많은 종족 카흠보움들이 수백만 권에 이르는 책들을 분류하고 있었다.

갑자기 어디선가 폭발이 일어나서 로빈은 소스라치게 놀랐다. 카흠보움들이 소리가 난 쪽으로 뛰어갔다. 로빈이 약간 불안한 얼굴로 뒤따라갈 때 방송이 나왔다.

"유감스럽게도 '사랑에 빠진 인간 연인들의 일상과 풍속'을 읽던 한 카흠보움이 방금 폭발하였기에 앞으로 카흠보움족에게는 이 장르의 책을 읽는 것이 금지되었음을 알리는 바입니다."

로빈은 고개를 끄덕였다. 카흠보움이 무슨 이상한 상상을 했구나. 카흠보움들은 너무 흥분하면 폭발하기 때문에 조심해야 하는데. 두 카흠보움이 스티븐 킹의 책을 읽다가 죽은 뒤에 공포 소설을 모조리 도서관에서 없애버려야 했다.

로빈은 일터에서 쓰러진 사서에게 애도를 표하는 묵념을 짧게 한 뒤에 읽던 책에 집중했다. 팅가푸르 궁전의 황족들만 읽을 수 있는 『궁정 비사』가 아니라 실패한 후보자들의 사례를 기록한 책이었다. 성공한 후보자들의 사례를 기록한 책은 아무리 찾아봐도 없었다. 성공한 후보자들은 비법을 알려주고 싶은 마음이 없을 테니 그런 책은 아예 없었던 것이다.

로빈은 엘프들의 나라 셀렌다 궁정과 격식이 그리 까다롭지 않은 랑코비트 궁정에서 성장했다. 랑코비트의 역대 왕과 왕비들은 서로 원해서 결혼했다. 정략결혼이 전혀 없었던 건 아니지만 나라를 위태롭게 하는 경우가 아니면 대체로 자유롭게 결혼했다.

반면 데미데루스의 오무아에서는 직계 후손들이 악마들을 상대로 싸워야 하는 우두머리로 살아야 하기 때문에 후손의 배우자도 그에 걸맞은 용맹함과 지략을 갖추었는지 확인하는 판단 기준을 만들었다.

로빈은 타라의 공식적인 약혼자가 되기 위해 해야 할 것들을 생각하자 의기소침해졌다. 후보자들이 지켜야 할 의무를 설명한 양피지를 펼쳐봤는데 도서관의 절반을 차지할 정도로 길었다.

"달팽이 알레르기가 있으면 안 된다고?" 로빈은 여덟 번째 의무 조항을 보면서 어이가 없었다.

"오, 데미데루스여,10 달팽이 알레르기가 있든 없든 그게 무슨 상관 있단 말입니까?"

"알레르기가 있으면 좋지 않아." 머리 위에서 어떤 목소리가 냉소적으로 말했다. "명성 높은 우리 가문은 결점이 있는 사람을 받아들일 수 없노라."

깜짝 놀란 로빈이 얼굴을 쳐들었다. 아는 목소리였다. 흰 머리털이 섞인 구불구불한 머리의 소녀가 책장 위에 서 있었다.

"마마." 로빈이 진지하게 인사했다. "잘 지내셨죠?"

"아니, 잘 지내지 못했어." 타라의 동생 마라가 솔직하게 대답했는데 얼굴은 미소를 짓고 있었다. "고모가 어제 후계자 자리를 박탈하지 않는 바람에 빌어먹을 호위대를 따돌리기 바빠서. 그리고 곧 들이닥칠 테니까 얘기할 시간이 20분밖에 없어."

마라는 바보 같은 목소리로 손뼉 치는 시늉을 했다.

"고모의 동물원을 구경 가는 척하다가 내뺐거든."

마라가 이번에는 교활한 미소를 지으며 정상적인 목소리로 말했다.

"호위대는 내가 짐승에게 물리지 않기를 바라면서 아마 사방으로 찾아다니고 있을 거야."

로빈은 미소를 꾹 참았다.

"나를 찾아온 거예요, 마마? 아니면 우리가 우연히 만난 건가요? 그리고 '빌어먹을'은 마마가 입에 담기에는 아주 상스러운 말입니다."

....
10. 오무아 제국을 건국한 최고 마구스이며, 리스베스와 타라, 자르, 마라의 조상이다. 악마들과 전쟁이 일어날 경우 돌아오기 위해 잿빛 시간 속에 갇혀 있다. 5천 살이 넘는 나이치고는 젊어 보인다.

"뭐야, 말하는 훈련하고 있어?" 호기심이 동한 마라가 눈을 반짝이면서 물었다. "아까부터 '마마'라고 부르는 것도 그렇고! 난 우리가 친구라고 생각했는데. 그럼 반말하는 게 자연스러운 거 아냐? 나, 너의 여친 타라의 동생이라고!"

그러면서 로빈이 읽고 있던 실패한 후보자들의 책에 시선을 보내면서 마라는 깔깔대고 웃었다.

"아, 알았다! 왜 이러는지 이제야 이해가 되네. 이것 때문이었어? 갑자기 이상하게 굴어서 깜짝 놀랐잖아!"

로빈이 털썩 주저앉았다.

"끔찍해! 힘이나 민첩함을 시험하는 것은 문제가 없어. 내가 이래 봬도 하프엘프인데. 이거 본 적 있어? 지능에 대한 시험도 있고, 수학도 있어!"

로빈의 눈빛은 공포로 가득했다.

마라의 웃음소리가 커졌다.

"왜 수학을 싫어해?"

"수학이 나를 싫어하지." 로빈이 말했다.

마라는 로빈을 뚫어져라 쳐다봤다. 림보에서 검은 여왕이 로빈을 변신시킨 뒤로 혼혈의 특징인 검은 머리털이 사라지고 없었다. 백 퍼센트 온전한 엘프의 얼굴에 약간 연약해 보이는 아름다움이랄까. 아무튼 로빈은 이전처럼 용맹해 보이지도, 호전적으로 보이지도 않았다. 싸우고 싶은 마음도 없는 것 같았다. 그리고 크리스털 눈은 불안한 빛이 역력했다. 로빈이 갑자기 눈살을 찌푸렸다.

"근데 정말 많이 컸네!"

면허 받은 도둑의 검은색 가죽과 실크로 된 유니폼으로 호리호리한 몸매를 드러낸 마라가 흡족한 얼굴로 말했다.

"여기 없었던 게 1년 반이 넘었잖아. 나이를 한 살 반이나 더 먹었는데. 타라 언니가 또다시 이삼 주 동안 림보에 가 있다 오면 나랑 언니의 실제 나이가 같아질 텐데."

로빈은 멍한 얼굴로 마라를 쳐다봤다.

"오, 젤리소르의 충치여! 난 아직 적응이 안 돼. 림보에서 보낸 시간이 몇 주일밖에 안 되는데 시차가 그렇게 많이 나다니! 그건 그렇고 내 질문에 아직 대답하지 않았어. 나를 찾아온 거야? 아니면 우연히 만난 거야?"

"너를 찾아다녔어." 마라가 로빈의 크리스털 눈을 응시하면서 말했다. "칼과 잘 안 됐어. 그래서 말인데 로빈, 엘프인 네가 칼을 유혹하는 방법을 가르쳐주면 안 될까?"

거의 악몽이나 다름없는 순간이었다. 어린 소녀가 남자를 유혹하는 방법을 가르쳐달라고 하다니.

로빈의 얼굴이 빨개졌다. 엘프들은 얼굴을 붉히는 경우가 거의 없지만, 당황하자 로빈의 인간적인 부분—지금은 육체적으로 드러나지 않고 숨어 있는—이 나타난 것이었다.

"왜 그렇게 얼굴이 빨개져?" 마라가 외쳤다. "내가 무슨 말을 했다고?"

로빈은 헛기침을 하면서 목소리를 가다듬었다.

"누구, 내가? 안 돼. 내 말 잘 들어, 마라. 나는 유혹에 대해 말해줄 자격이 없어. 타라를 쫓아다니느라고 허송세월을 보냈으면서(로빈이 쓸쓸한 미소를 지었다) 결국은 멍청하게 굴다 거부한 걸 생각하면."

마지막 말은 절대로 하지 말아야 했는데. 마라가 힘없는 물고기를 덮치는 굶주린 상어처럼 달려들었다.

"뭐? 뭐라고? 언니를 거부했다고? 그런데 아직 살아 있어?"

"마라!"

"뭐, 왜? 그러니까 무슨 일인지 말해주면 되잖아."

호기심으로 반짝이는 마라의 눈과 마주친 로빈은 한숨이 나왔다. 그냥 넘어가지 않으리라는 걸 깨달았던 것이다. 멍청하기는! 가만히 입 다물고 있지 말은 왜 꺼내가지고!

"직~~~~접들~~~~어!"

마라는 손가락으로 귀를 잡고 마구 흔들었다.

"다시 말해줄래? 내 고막이 잘못된 것 같은데."

"타라가유혹주문에걸려있었다는것때문에내가화를냈어." 로빈이 단숨에 내뱉었다.

달라붙어서 튀어나오는 말들을 떼어서 생각하던 마라는 눈이 동그래졌다.

"말도 안 돼, 농담이지?"

"사실이야. 유혹 주문이 셀레나 부인에 이어서 타라에게……."

"그럼 자르와 나도?" 마라가 물었다.

"아니, 셀레나 부인과 타라만……."

"이런!" 마라가 또 로빈의 말을 잘랐다. "나도 알았다면 칼이 나를 피해 달아나지 못하게 주문을 사용했을 텐데.”

로빈은 손사래 쳤다.

"칼에게는 통하지 않았어. 나와는 달리 유혹 주문의 영향을 받지 않았거든.”

"아, 그래? 어떻게 했는데?”

"그건 칼에게 물어봐야지. 아무튼 난 타라를 많이 원망했어. 타라의 잘못이 아닌데도.”

"하지만 언니를 사랑한 지 몇 년 됐잖아.” 마라가 눈살을 찌푸리면서 로빈은 모르고 지나쳤던 것을 대번에 짚어냈다.

"그래, 알아. 그래서 내가 멍청하다는 거야. 유혹 주문은 그야말로 유혹하기 위한 거라서 많은 시간이 흘렀는데도 여전히 사랑한다면 유혹 주문과는 아무 상관없이 정말 사랑하는 거야. 그런데 난 그걸 깨닫지 못했어.”

"나는 대번에 알겠는데!” 훨씬 어린 마라가 아주 만족스러운 얼굴로 말했다.

"부모님이 공격을 받고, 악마의 반지가 우리를 모두 죽이려고 했어. 그리고 악마의 세계에서 수많은 악마들과 싸워야 했는데 그중 한 악마가 가짜 타라로 변신해서 나를 유혹하고…….”

점점 커지는 마라의 눈을 보면서 로빈은 말끝을 흐렸다.

"어머머!” 마라가 외쳤다. "지금 말하려는 것이 내가 생각하는 그거야?”

로빈은 입술을 깨물었다. 또 쓸데없는 말을 하다니, 냉정함을 잃지 말아야 하는데. 평정심을 잃으면 아무 말이나 하는 경향이 있었다.

마치 특히 좋아하는 비둘기를 찾아낸 고양이처럼 마라의 눈이 가늘어졌을 때 로빈은 짜증이 났다.

"림보에 가 있는 동안 그런 일이 있었구나. 칼은 그런 얘기를 전혀 해주지 않는데. 그래서 어떻게 됐는데? 설마……?"

어쩔 줄 모르는 로빈이 고개를 끄덕였고, 마라는 얼굴을 찌푸렸다.

"타라 언니도 알아? 알았는데도 네가 이렇게 멀쩡한 거라면 언니가 너를 정말 사랑한다는 증거인데."

"그래, 타라도 알아." 로빈이 침울한 어조로 말했다. "악마들의 궁전 일부를 파괴했지만, 나는 봐줬어. 나 같은 멍청이를 타라가 그렇게 사랑해주었는데……."

"멍청하다는 말을 너무 많이 하는 것 같아."

로빈은 고개를 끄덕였다.

"멍청한 게 사실이니까."

"언니에게 뭐라고 했는데? 유혹 주문에 대해 뭐라고 했냐고 묻는 거야. 가짜 타라의 악마와 뭘 했는지가 아니라(마라가 킥킥거렸다). 나도 같이 갔으면 좋았을걸, 아, 아쉽다!"

로빈은 자세를 바로 하면서 애원하듯 마라를 쳐다봤다.

"마라, 타라에게는 아무 말도 하지 않았어. 유혹 주문은 장기적으로 작동할 수 없다는 걸 몰랐다고 말해야 했는데 아직 못 했거든. 그래서 타라는 내가 유혹 주문에도 불구하고 자기를 용서해준 것으로 생각하고 있어."

마라는 몇 걸음 물러서더니 성난 표정으로 긴 머리를 쓸어 넘긴 뒤에 가는 허리에 두 손을 얹었다.

"로빈, 그렇게 중요한 문제를 거짓말했단 말이야? 미쳤구나. 아니면 죽을 각오를 했거나. 언니는 굉장히 강력한 마법사라는 것, 그리고 수많은 사람을 묵사발로 만들었다는 것 잊지 마. 그런 사람에게 거짓말을 했다니 정말 잘못 생각했어!"

"거짓말? 누가 거짓말을 했는데? 그리고 왜?" 잘 아는 목소리가 갑자기 물어서 그들은 소스라치게 놀랐다.

타라가 불쑥 나타났다.

타라의 두 손에 마법의 빛이 번쩍거리고, 두 눈도 이글거리고 있었다.

아주 못마땅한 표정이었다.

로빈은 침을 꼴딱 삼키면서 뒷걸음치고 싶은 충동을 억제하고 엷은 미소를 지어 보였다. 마라는 마법의 빛에 아랑곳없이 타라를 왈칵 끌어안았다. 타라는 동생을 해칠까 봐 아슬아슬하게 마법을 껐다.

"언제 얘기를 나눌 수 있을까 했는데…… 마침내 기회가 왔네." 마라가 반겼다. "그런데 마법은 왜 작동한 거야? 언니가 도서관을 폭발시킨 뒤로 사서들이 굉장히 예민해 있다는 거 잘 알면서!"

타라는 미소를 지었다.

"일부러 그런 게 아니었어. 그때는 마법 조절을 잘 못해서……."

마라가 빈정거리는 시선으로 언니를 쳐다봤다.

"그래, 지금도 조절을 잘하는 건 아냐. 하지만 호위대 때문에 짜증 나 죽겠어."

"언니도 그래?"

"참을 수가 없어! 화장실까지 따라다니려고 한다니까!"

자매는 유감스러운 시선을 주고받았다.

"쉽게 따돌릴 수가 없어." 타라가 말했다. "그런데 누가 거짓말을 했다는 거야? 왜?"

마라는 재미있어하는 얼굴로 대답했다.

"로빈이 언니에게 할 말이 있대."

그렇게 말하고 마라는 두 발짝 물러서서 지켜보겠다는 자세를 취했다.

로빈이 째려봤다.

"마라, 네가 좀 전에 부탁했던 것에 대해 말해주겠는데……."

"뭔데?"

"계속 쫓아다니는 수밖에 없어."

"별것 아니네. 아무튼 지금은 이게 훨씬 재미있겠어. 어떤 의미에서는 둘이 어떻게 해결하는지 보는 것도 도움이 될 것 같아."

안락의자 하나가 뒤에 와서 대기하자 마라는 다리를 꼬고 앉아서 엄숙한 어조로 선언했다.

"자, 이제 시작해도 좋아."

타라는 웃음을 참았다. 마라가 아예 자리까지 잡고 앉자 로빈은 정말이지 난감한 얼굴이었다. 이 영리한 계집애가 또 무슨 짓을 꾸미는 거지?

로빈은 정신을 바짝 차렸다. 용맹한 엘프 전사가 아닌가.

먼저 침착하게 말해야 했다. 로빈은 어떻게 말하는 게 좋을지 곰곰이 생각하다가 느닷없이 타라를 끌어안고(적어도 이렇게 가까우면 타라가 마법으로 공격하지 못할 테니까) 머리에 턱을 대면서 긴 금발에서 나는 라벤더 향을 맡았다.

로빈은 유혹 주문 일과 관련하여 모든 것이 자신의 잘못이라면서 그때 느꼈던 심정과 왜 그렇게 행동했는지 말하면서 배신당하고 조작된 느낌이 들었다고 솔직하게 털어놓았다. 진정한 사랑이었는데 유혹 주문 때문에 타라를 사랑한 거라고 믿었고, 타라 행세를 한 미녀/악마에게 속았던 것도 정말 너무나 어리석었다고 덧붙였다.

타라는 아무런 반응을 보이지 않았다. 로빈은 이걸 좋은 징조로 봐야 할지, 나쁜 징조로 봐야 할지 알 수가 없었다.

고백이 끝나자 로빈은 놀라울 정도로 홀가분해졌다. 마라를 힐끔 쳐다보니 극장에라도 와 있는 듯 커다란 통으로 유형화시킨 캐러멜 팝콘을 냠냠거리면서 이들을 지켜보고 있었다.

로빈은 마라의 목을 조르면 타라가 싫어할지 잠시 의문이 들었다.

타라는 로빈의 품을 빠져나와서 남친을 쳐다봤다. 좀 더 일찍 실토하지 않은 것에 화가 나고, 그토록 매정하게 굴었던 것에 어이없기도 하고……, 정말 착잡한 표정이었다.

타라는 실망했고, 몹시 화가 났다.

할 것이 한 가지밖에 없었다.

타라는 로빈을 꽉 끌어안았다.

하지만 타라는 더 이상 뜨거운 전율이 느껴지지 않았다. 이번에는 안도한 로빈이 포옹했다. 로빈은 어깨 너머에서 마라의 시선과 마주쳤다.

마라가 팝콘을 입에 문 채로 유감스러운 표정을 짓고 있었다.

타라는 몸을 뺐다. 그리고 로빈을 향해 미소를 지었지만 공허감이 밀려왔다. 타라는 어머니에게 착한 로빈과 인생을 함께하고 싶다고 말했었다.

셀레나는 미소 띤 얼굴로 딸의 머리를 쓰다듬어주면서 말했다.

"수많은 소년 소녀가 그랬듯이 너도 열네 살의 사랑이 반드시 열여섯, 열여덟, 스무 살의 사랑으로 이어지지 않는다는 걸 알게 될 거야. 사람은 변해. 청춘 남녀는 훨씬 변화가 심하지. 물론 천생연분을 아주 일찍 만나는 사람도 있지만 드문 경우야. 로빈은 너의 천생연분일 수도 있고, 아닐 수도 있어. 두고 봐야 알겠지."

그때만 해도 타라는 어머니의 말을 강력하게 반박했었다. 그 뒤로 변한 걸까, 타라는 생각에 잠겼다.

"타라, 내가 많이 원망스럽지?" 로빈이 물었다.

"아니, 나는 처음부터 마법을 좋아하지 않았고, 마법에 얽혀서 살고 싶은 생각도 없었어. 따라서 그 일은 전혀 중요하지 않아. 서로 사랑하는 게 중요하니까."

로빈은 '서로 사랑하는 게 중요하다'는 말을 그냥 지나쳤지만, 마라는 아니었다.

갑자기 타라의 시선이 근사한 금빛 책상 위에 놓인 책에서 멈췄다. 제목을 보고 입술을 실룩거리던 타라가 놀라는 눈초리로 로빈을 쳐다봤다.

"나의 배우자가 되는 공식적인 후보가 되려고?"

로빈이 머쓱한 미소를 지었다.

"응, 그래서…… 후보가 되려면 뭘 해야 되는지 목록을 보고 있었어. 근데 네 조상님은 좀 지나친 것 같아."

남이 데미데루스를 비판하는 것이 싫은 타라가 응수했다.

"그 당시는 그럴 만한 이유가 있었겠지. 물론 나는 당시의 조건들을 오늘날에 적용하는 건 무리라고 생각하지만. 그런데 난 네가 공식적인 후보로 나서는 걸 원치 않아."

타라는 시험 목록을 읽느라고 로빈의 표정을 살필 수 없었다. 하지만 마라는 놓치지 않았다.

타라의 동생은 로빈이 차마 하지 못하는 질문을 했다.

"왜?"

"왜냐고?" 타라는 건성으로 대답했다. "열여섯 살에 결혼한다는 것 자체가 말도 안 되기 때문에 공식적 후보가 될 필요가 없어. 로빈은 내 남친인데 이런 시험을 받는다는 것도 웃기고. '달팽이 알레르기는 안 된다'? 이렇게 웃기지도 않는 조항을 만들다니, 데미데루스가 이때 엄청 화가 나 있었던 모양이네."

몇 분 전만 해도 이런 시험을 거칠 필요가 있을까, 의문을 가졌던 로빈은 갑자기 뒤통수를 맞은 것 같았다. 스스로 기권하기 전에 아예 후보로 나서지도 말라니!

"하지만 언니는 열일곱 살이야." 마라가 끼어들었다.

"뭐? 하지만 난……."

"언니가 림보에서 보낸 몇 주일이 아더월드 시간으로는 1년이 훌쩍 넘었단 말이야. 따라서 언니는 열일곱 살하고도 몇 달이 지났어. 정확하게 일곱 달 후에는 언니의 열여덟 살 생일이 돌아와."

타라는 이맛살을 찌푸렸다. 나이에 대한 얘기를 여러 번 들었지만 친구들과 마찬가지로 자꾸 잊어먹었다.

"싫어! 열일곱 살 생일 파티도 안 했는데 열여덟 살로 곧장 넘어가는 게 어디 있어?"

"싫든 좋든, 일곱 달 후에 언니는 열여덟 살이 돼. 그리고 지금은 문제가 있다고 생각되겠지. 하지만 때가 되면 배우자 후보 행렬이 궁정으로 몰려올 텐데 모른 척 넘어갈 수는 없을걸."

"그럼 리스베스 고모한테는 왜 후보들이 없는데?" 타라가 발끈해서 내뱉었다.

"그거야 고모가 불임이니까 그렇지." 마라는 똑 부러지게 대답했다. "내가 후계자가 된 뒤로 고모는 『궁정 비사』를 공부하라면서 언니와 나, 자르, 우리 셋 중 한 사람은 반드시 제국에 후손을 남겨야 한다고 말씀하셨어. 우리 마법의 힘은 국민의 안전을 보증하는 것이라면서. 언니는 선택의 여지가 없어."

타라는 침을 삼켰다. 도대체 얘는 어느 별에서 왔기에 이렇게 이성적인 거야?

누구는 번식용 암소 신세가 되었는데······.

"음매애애!"

로빈과 마라는 놀란 얼굴로 타라를 쳐다봤다. 타라는 방금 왜 그런 소리를 냈는지 설명하지 않았다.

"그럼 나는 가야겠어." 마라는 타라의 눈치를 보면서 말했다. "천장이 무너져 내리기 전에······."

바로 그때 도서관으로 들이닥친 호위대원들 때문에 마라는 말을 맺지 못했다. 호위대원들이 에워싸자 마라는 눈을 치켜떴다. 호위대장이 원망 섞인 잔소리를 쏟아냈는데 공손하지만 단호했다.

"정말 어이가 없군!" 마라가 쏘아붙였다. "내가 분명히 동물원에

갈 거라고 했는데 대체 여긴 왜 온 거죠? 나야 언니를 만나러 잠깐 들른 거지만. 설마 내가 부여제 또는 공동 여제, 아무튼 폐하를 만나는 것도 문제가 되나요?"

마라는 거짓말을 했다고 구시렁거리는 호위대원들을 째려봤다.

호위대원들은 잠자코 마라를 에워싸는 것으로 만족하지만 그들의 눈빛에 두 번 다시 속지 않겠다는 각오가 역력했다.

로빈에게 윙크를 하면서 일어난 마라는 한 번의 우아한 손짓으로 팝콘을 사라지게 하고는 한숨을 내쉬었다.

"그래, 네 말이 맞아, 로빈. 너는 최고의 후보는 아닌 것 같아. 파브리스는 최악의 후보이고……. 다른 사람을 찾아봐야겠다."

타라는 눈살을 찌푸렸다.

"최고의 후보라니?"

마라는 피식 웃었다.

"남자 유혹하는 방법을 가르쳐줄 최고의 후보."

타라는 할 말을 잃었다.

마라의 시선이 눈을 부릅뜨고 있는 호위대장과 마주쳤다.

"크센브릴, 내가 당신을 유혹할 경우 어떤 조언을 해주겠어요?"

팔이 넷 달린 호위대장의 파란 눈이 공포로 가득 찼다.

"마마, 그게…… 무슨 말씀인지요?"

마라가 사뿐사뿐 다가가자 호위대장은 자신도 모르게 뒷걸음쳤다.

"마라!" 타라가 난감한 얼굴로 외쳤다. "죄 없는 대원들에게 장난치면 못써! 누군가 죽이려고 할 경우 너를 지켜주는 이들이 있는 걸 고마워하게 될 텐데."

마라는 한숨을 내쉬었다.

"설마 내가 언니보다야 더 괴상하겠어? 주위에 있는 것들을 모조리 쾅쾅, 폭발시킬 때는 정말…… 휴! 그걸 벌써 잊은 건 아니겠지?"

"그걸 상기시켜줘서 고맙다." 타라가 응수하는데 탄식하는 어조였다. "그리고 원래 괴상하거든!"

"오, 근데 어쩌지요? 예전만큼 괴상하지는 않은데요." 마라가 우아하게 허리를 숙이면서 말했다. "나도 늙으면 괴팍하게 굴지 몰라!"

호위대원들이 숨을 죽였고, 로빈도 바짝 긴장했다. 하지만 타라의 손에서 마법의 빛은 나타나지 않았다. 타라와 마라는 서로 쳐다보다 깔깔대고 웃으면서 팔짱을 끼고 도서관을 나갔다.

로빈은 안도의 숨을 내쉬었다.

"여자들은 정말 모르겠어."

부여제 또는 공동 여제와 후계자를 뒤따르는 호위대장도 로빈의 말에 전적으로 동의한다는 듯 고개를 끄덕였다.

로빈은 책을 사서에게 반납하고 재빨리 타라를 쫓아 나갔다. 타라의 방으로 들어가자 자매가 아무 말 없이 로빈을 쳐다봤다. 로빈은 거북했다. 마라는 언니의 뺨에 입을 맞춘 다음, 로빈의 뺨에도 입을 맞추더니 나가기 전에 한마디 했다.

"고마워, 언니! 나가다 칼을 본다면 언니가 알려준 대로 해볼게."

"칼?" 로빈이 물었다. "무슨 말을 해줬는데?"

타라의 대답은 로빈의 예상을 완전히 빗나갔다.

"너에 대해서." 타라가 짓궂은 표정으로 대답했다.

"아!"

타라가 지어 보이는 희미한 미소에 로빈은 훨씬 불편해졌다. 로빈이 자신과 칼, 마라가 무슨 상관이 있냐고 물어보려는 순간 천장에서 크리스털 전광판이 내려오더니 화면에 리스베스 여제의 이미지가 쑥 나오면서 말했다.

"타라. 지금 와주겠니? 회의실에서 장관들과 비상 각료회의를 하고 있는데 오늘의 의제는 너와 관련된 것이다."

비상 회의? 아더월드에서 '비상'이라고 하면…… 보나 마나 골치 아픈 일이 생겼다는 건데. 타라는 내키지 않았다. 게다가 각료회의에 참석하지 않은 지도 꽤 오래되었는데. 타라는 입술을 깨물었다. 설마 여제의 부군이 될 후보자에 대한 얘기를 하려는 건 아니겠지!

그러나 전혀 다른 의제였다.

"중요한 문제를 두고 토론을 벌이고 있는데 국방 장관과 수상의 의견이 대립하고 있다."

타라는 눈을 치켜떴다.

주홍빛과 금빛 드레스 차림의 아름다운 리스베스 여제가 몸을 약간 숙였다.

"악마의 사물들을 절대적으로 파괴해야 된다는 의견과 파괴하지 말자는 의견이 대립 중이다."

잘못된 해결책

속으로는 '너무 멍청하다'고 생각해도
겉으로는 '전적으로 동의한다'고 말할 줄 알아야 하는데

*

답답하게 왜들 이러지? 타라가 발표한 성명을 듣지 않았다는 건가? 악마의 사물들을 파괴하면 악마들이 훨씬 강력해져서 결국 우리를 침략할 거라고 했건만…….

타라가 반박하려는 순간 이미 전광판에서 리스베스 여제의 모습이 사라지고 없었다. 그때 노크 소리가 났다. 타라는 한숨을 내쉬면서 문에게 열어주라고 지시했다. 호위대장이 얼굴을 들이밀고 말했다.

"지금……."

"각료회의에 가야 된다고?" 타라가 말했다. "알아요. 여제께서 방금 알려주셔서 아니까 곧 나가죠."

외골격을 응시하던 타라는 문득 장난기가 발동해 로빈에게 배시시 웃었다.

"너무 아파…….." 타라는 외골격에 눌린 다리와 허리를 주무르면서 말했다. "모우르무르 삼촌할아버지가 잘 만들었지만 내 몸에 딱 맞지 않아서인지 너무 아파. 회의실까지 나를 부축해줄래?"

로빈은 활짝 웃었다.

"분부만 내리시죠, 나의 공주님. 안고 갈 수도 있사옵니다."

타라는 솔깃했지만 그건 좀 지나치다고 생각했다.

"음, 장관들은 거의 나이 든 분들인데 괜한 소리 듣고 싶지 않아. 이 기구를 벗고 걸어갈 수 있게 나를 부축해주면 그것으로 충분해."

"나를 공식적인 후보로 인정하는 거야?" 타라의 생각을 알고 싶은 로빈이 넌지시 물었다.

"아니." 타라는 솔직하게 대답했다. "넌 나의 남친인데 너까지 후보자 대열에 끼어들 필요 없지. 우스꽝스럽게. 그리고 나는 너무 어려! 모우르무르 삼촌할아버지에게 말해야겠어."

근육이 회복되는 동안 타라가 걸어 다닐 수 있게 해주는 외골격 기구를 벗겨주던 로빈은 깜짝 놀랐다.

"모우르무르 선생님? 왜, 기구를 다시 만들어달라고 하려고? 그리고 우리끼리니까 하는 말인데 타라, 이걸 벗는 건 좋은 생각이 아닌 것 같아. 회의실에 도착할 때까지 굉장히 고통스러울 텐데."

타라는 묘한 미소를 지었다.

"아니, 외골격 때문이 아냐. 삼촌할아버지를 만나서 부탁할 게 있어서 그래. 내가 제국을 물려받는 후계자의 굴레에서 벗어나려면 고모의 불임을 고쳐서 아이를 많이 낳게 하는 방법밖에 없어. 그럴 수 있는 사람이 모우르무르 삼촌할아버지야. 마지스터가 저지른 살해 사건에 대해 메시지를 보냈으니까…….”

"뭐라고?"

아! 로빈은 모르고 있구나. 한쪽에서는 비가 내리는데 다른 쪽에서는 해가 쨍쨍 비칠 정도로 황궁이 굉장히 넓다는 걸 타라가 또 잊은 것이다. 타라는 화장실에서 일어난 엘프 살해 사건에 대해 설명해주었다. 로빈이 불안한 시선을 보냈지만 타라는 머릿속으로 궁리를 하느라고 개의치 않았다.

"그래서 모우르무르 삼촌할아버지에게 아더월드에 와서 도와달라고 부탁했어. 고모 문제도 해결하고."

로빈은 타라가 마지스터에 대해 말하고 싶어하지 않는다는 걸 알아차리고 캐묻지 않았다.

"왜 모우르무르 선생님에게 부탁해? 그분은 과학자이지 산부인과 의사가 아닌데!" 로빈의 얼굴이 빨개졌고, 타라는 웃지 않으려고 입술을 깨물었다.

"엄마에게 걸린 유혹 주문을 풀어준 분이야." 타라가 말했다. "우리는 그런 주문에 걸려 있는지도 몰랐는데. 따라서 모우르무르 삼촌할아버지는 천재이고, 천재들이 다 그렇듯 뭐든지 할 수 있어. 빠른 시일 내에 할 수 있는 최선책이야. 고로 우리에게는 세 가지 미션이 있어. 리스베스 고모의 불임을 고쳐주고, 신랑감을 찾아서 무사히 결혼시키는 거야."

타라는 말을 중단했다가 이었다.

"자식은 한 여섯 명쯤 낳게 해야지!"

타라가 갑자기 수염에 크림을 잔뜩 묻힌 고양이처럼 보였다.

"그럼 나는 해방되는 거야!"

로빈은 조그맣게 휘파람을 불었다.

"휴, 만만한 계획이 아냐! 네 고모의 비위를 맞출 정도로 미친……, 아니 용감한 남자를 어디서 찾겠어?"

"이미 찾은 것 같아. 바리우스 덩컨."

로빈은 타라가 말하는 사람을 알아차리는 데 시간이 좀 걸렸다.

"스파슌?"

타라는 웃음을 참았다.

"맞아, 하지만 벌써 오래전에 정상으로 돌아왔어."

불쌍한 바리우스. 스파슌이라는 별명으로 불리다니! 하긴 두 번씩이나 그에게 일어났던 일을 모르는 사람이 아더월드에 있을까.

"바리우스 남작은 용사 중의 용사이지." 로빈이 아주 진지하게 말했다.

타라는 미소 지었다. 로빈은 용맹하고 착하고 정직하지만, 하여튼 웃기는 것과는 거리가 멀었다. 난쟁이들과 마찬가지로 엘프들이 무기 다루는 솜씨는 뛰어나도 유머는 장기가 아니었다. 너무 진지한 로빈이 그렇게 말하니까 웃음이 나오기는 했다.

타라는 로빈의 얼굴을 보면서 생각했다. 그런데 로빈이 제 딴에는 유머랍시고 한 모양이었다. 진지한 얼굴에 미소가 감도는 걸 보면.

타라와 로빈은 호위를 받으면서 방을 나섰다. 타라는 걸음을 뗄 때마다 아프기 때문에 관절염에 걸린 달팽이처럼 느릿느릿 움직였다. 꼼짝하지 못한 채 누워서 지낸 날들 때문에 근육이 말을 듣지 않았다. 오랜만에 신이 난 갈랑이 앞장서서 날아갔다. 타라는 그동안 덩

달아서 갑갑하게 지낸 페가수스를 자유롭게 풀어주려고 정신적 끈을 끊어주었다. 기뻐하는 소리를 내면서 날아간 페가수스는, 대형 유리창을 통해 비쳐 드는 햇빛과 경쟁을 벌이며 복도를 밝히는 브리앙트들에게 장난을 걸었다.

"아야, 아야." 타라가 고통스러운 신음소리를 냈다. "외골격 기구를 괜히 벗었나 봐. 너무 아파."

"그러게 내가 기구를 벗는 게 좋은 생각이 아니라고 했잖아." 로빈이 떨떠름한 얼굴로 대꾸했다.

"그럼 강력하게 우겼어야지." 타라는 도리어 큰소리쳤다.

로빈은 한숨을 내쉬었다. 500미터쯤 걸어갔을 때 혼잡한 복도에서 마주친 켄타우로스는 타라에게 정중하게 인사를 한답시고 네 다리가 엉키지 않게 움직이는데 어찌나 위태위태한지 하프엘프는 화들짝 놀랐다.

타라가 말릴 겨를도 없이 로빈은 타라를 답삭 안고서 켄타우로스에게 고개를 끄덕여주고는 얼른 자리를 피했다.

타라 일행은 궁전 안을 붕붕 날아다니는 꼬맹이들과 마주쳤다. 아직은 마법 능력이 없지만 어른들이 재미있게 놀라고 공중 부양 주문을 걸어놓고, 사방으로 흩어지지 않도록 보이지 않는 고무줄로 묶어놓은 아이들이었다. 타라를 향해 참새 떼처럼 날아온 꼬맹이들이 사탕을 달라고 졸랐다. 타라는 호위대원들이 눈살을 찌푸리거나 말거나 웃으면서 아이들의 소원을 들어주었다. 사탕 소리를 들었는지 은빛 유니콘까지 난데없이 나타났는데 좀 더 많이 가질 욕심에 마법으로 만든 팔을 네 개나 달고 있었다. 이윽고 사탕이 비 오듯 쏟아지자 아이들이 좋아서 소리를 꽥꽥 질러댔다.

더.

더.

더.

"휴!" 로빈이 우산을 불러내면서 말했다. "벌써 내 발목까지 쌓이기 시작하는데 멈춰야 해, 타라."

타라는 쏟아지는 색색의 사탕을 보면서 한숨을 쉬었다.

"빌어먹을 마법. 양보다 다양한 종류로 사탕을 부탁했는데 산더미같이 쌓아놓을 줄이야! 복도마다 산더미처럼 쌓여야 멈출 거야."

로빈은 눈살을 찌푸렸다.

"좀 더 구체적으로 말할 필요가 있겠어. 이를테면 '많은 종류의 사탕'이라고 말했어야……."

"'맛과 색깔이 다양한 여러 종류의 사탕 천 개'라고 할 걸 그랬어. 그래도 설마 이럴 줄 누가 알았겠어."

터리는 산더미같이 쌓인 사탕 무더기를 가리켰다. 은빛 유니콘은 발목까지 올라온 사탕 더미를 보면서 꼬맹이들과는 달리 별로 기뻐하지 않는 표정이었다.

"또 다른 걸 요구하기 전에 어서 가자." 타라가 말했다.

로빈이 타라를 다시 안고(타라가 마법으로 사탕을 불러낼 때 로빈은 자기까지 '딸기 맛 젤리 타가다[11]'로 변하게 될까 봐 조심스럽게

....
11. 딸기 맛 젤리 타가다는 아더월드와 타딕스와 마딕스, 드란보우글리스펜쉬르에도 공급되어 있다. 독일 제과회사 하리보는 자사 제품인 젤리가 이렇게 먼 곳에서도 유명한지 상상도 못할 것이다.

타라를 내려놨었다) 출발했다. 든든한 하프엘프의 품에 안긴 후계자를 쳐다보는 수많은 시선에는 미래의 여제에게 호의적일 경우 엘프들과 체결할 계약, 협정, 동맹을 상상하는 이해타산적인 눈빛도 있었다.

"타라, 네가 알아차렸는지 모르겠는데 몇 백 미터를 걸어가는 이 짧은 시간에 너는 여러 세대의 상인들을 혼란에 빠뜨렸어." 로빈이 속삭였다. "상인들이 네 마음에 들기 위해서는 엘프들과 동맹을 맺어야 한다고 생각할 거야."

타라는 미소를 지었다.

"알아. 엘프들의 여왕이 제일 좋아하겠지."

무시무시한 타빌라 여왕을 생각만 해도 편치 않은지 로빈이 얼굴을 찡그렸다.

"네가 나와 결혼하지 않으면 그렇지도 않아. 모든 계약이 물거품이 되는 거니까."

"나와 결혼하는 남편의 종족이 오무아의 무역에 영향을 줄 거라고 생각할 정도로 멍청하다면 '세상에서 최고의 상인'이란 말을 들을 자격이 없지." 타라는 매몰차게 말했다.

타라는 이용당하는 걸 좋아하지 않았다. 더군다나 무슨 생각을 하는지 전혀 짐작이 가지 않는 이들에게 이용당하는 것은.

"하지만 가능성이 전혀 없는 건 아냐. 네가 원하든 아니든 영향을 받게 될 테니까. 네 고모가 걱정하는 것이 바로 그거야. 엘프라는 나의 신분이 결국은 네 행동에 영향을 미치고……."

"'영향을 미친다'는 말 한번 유식하게 하네." 아주 가까이에서 목소리가 이죽거렸다.

타라와 로빈은 소스라쳤다. 오는 걸 보지도 못했는데 칼이 호위대장에게 인사하면서 눈앞에 나타났던 것이다. 타라는 활짝 웃는 칼을 보면서 예전처럼 로빈과 키 차이가 많이 나지 않는 것에 깜짝 놀랐다.

"칼!" 타라가 외쳤다. "어디 갔었어?"

"마지스터가 어떻게 시도 때도 없이 이 황궁을 들락거리는지 조사하러." 칼이 피식 웃으면서 대답했다.

"아, 그랬구나. 그래서 알아냈어?"

"그럼, 어렵지 않았어." 칼이 거드름을 피웠다.

그러고는 이내 표정이 어두워졌다.

"어디에 뚫어놨는지 장소를 찾는 데는 실패했지만."

"뭘 뚫었는데?" 로빈이 물었다.

"마지스터가 이 궁전으로 들어오기 위해 뚫어놓은 지하 통로!"

타라의 쪽빛 눈이 휘둥그레졌다.

"아, 지하 통로! 그 생각을 못했네. 궁전에서는 트란스미투스를 하지 못하게 되어 있으니 마지스터가 지하 통로를 이용했을 텐데……. 게다가 일반적으로 지하 통로에는 마법을 감지하는 경보기를 설치하지 않고!"

궁인들이 군주의 의견에 전적으로 동의하는 것은 아니기 때문에, 특히 군주가 사람을 마구 죽이는 위험한 정신병자일 때는 도망칠 방법을 만들어놓아야 하기 때문에 궁전에는 지하에 비밀 통로들이 있기 마련이다. 강으로 곧장 이어지는 통로도 있고, 마법을 이용하거나 그 밖의 여러 방법으로 탈출하는 통로도 있을 것이다. 궁전 지도책에는 기록되어 있어도 쓸모가 없어서 아무도 모르는 지하 통로가 있을 수도 있고…….

"맞아, 그래서 내가 친위대와 상의한 뒤에 내려가서 확인했어. 그리고 궁전을 수리하는 영선과에 들러서 한 타트리스 부인과 얘기를 나눴어. 그런데 해충 방지 주문에도 불구하고 많은 곤충이 궁전 안을 돌아다니는데 어디로 들어오는지 찾을 수가 없다고 짜증을 내는 거야. 그래서 말인데 우리가 모르는 지하 통로가 있다면……."

"곤충이 어떻게 궁전으로 들어오는지 설명이 되는 거네! 브라보, 칼, 넌 정말 대단해! 근데 황족과 정보국도 모르는 지하 통로를 마지스터는 어떻게 알고 있을까?"

칼은 얼굴을 찡그렸다.

"크산디아르 친위대장과 세네 카무플레 국장도 너와 같은 말을 하면서 마지스터가 잃어버렸거나 잊힌, 궁전의 옛 지도를 갖고 있는 것이 틀림없다는 결론을 내렸어. 그래서 도서관으로 갔는데…… 많은 지도책이 없어진 걸 알고 카흠보움 둘이 폭발할 뻔했어. 양피지를 백지로 바꿔치기를 해놨더라고. 내가 먼저 그 생각을 했어야 되는데."

도둑으로서의 재능과 지능에 자부심이 있는 칼은 자존심이 상한 얼굴이었다.

"쥐처럼 몰래 드나드는 마지스터의 사고방식이라면, 비밀 통로는 여러 개 있을 거야. 근데 나를 찾고 있었어?"

"응. 크산디아르와 세네가 궁전을 조사하고 있으니까 칼 너는 필요하지 않을 거야." 타라가 말했다. "난 네가 지구에 가서 모우르무르 삼촌할아버지를 모셔오면 좋겠어."

칼은 이마에 주름을 잡았다. 그 발명가는 베이비시터가 필요하지 않은데 왜 나한테 쓸데없는 일을 시키는 거지?

타라는 어리둥절해하는 칼을 보면서 설명했다.

"파브리스도 지구로 떠날 예정이야. 문지기가 되기로 결정했거든. 떠나는 파브리스와 동행할 친구가 있으면 좋겠는데 난 각료회의에 참석해야 해서……. 파브리스에게 전화를 하거나 가능한 한 빠른 시일 내에 만나러 갈 거라고 전해줘."

칼의 잿빛 눈이 동그래진 걸 보면 이번에는 타라가 친구를 놀래주는 데 성공한 것이다.

"파브리스가 지구로 돌아가겠대? 문지기가 되겠다고? 따분한 직업인데!"

타라는 고개를 끄덕였지만 씁쓸했다. 나는 도무지 쉴 틈이 없어서 미치겠는데 애들은 따분한 걸 걱정하다니.

"파브리스가 원하는 게 그거야." 타라가 설명했다. "아더월드에서는 두려워서 살기 싫어졌대. 지구에 있으면(타라는 '나와 멀리 떨어져 있으면'이라는 말을 굳이 덧붙이지 않았지만 느낌으로 알 수 있었다) 시도 때도 없이 공격받는 일은 없을 거라고 생각해."

"바보!" 칼이 내뱉었다. "악마의 반지가 지구에서 너를 공격했던 건 어쩌고?"

"하지만 반지는 나를 공격한 거지 파브리스가 아니잖아. 슬프지만,

파브리스가 평온한 삶을 원한다면 내게서 멀리 떨어져 있는 것이 나아. 그러니까 잘못 생각한 건 아냐."

불안할 때는 늘 그렇듯 칼은 그렇지 않아도 덥수룩한 머리를 마구 헝클어뜨렸다.

"무아노의 반응은?"

"나빠."

"그래서?"

"응. 무아노는 따라가지 않겠다고 하면서 자기 방으로 가버렸어. 그 뒤로는 어떻게 됐는지 몰라. 나는 고모의 명을 받고 각료회의에 참석하러 가는 중이고, 파브리스는 무아노에게 변명하러 달려갔거든."

"나는 너를 찾으려고 비 오듯 쏟아지는 사탕을 따라왔는데." 칼이 장난스럽게 말했다. "오케이, 파브리스를 찾아서 같이 지구로 갔다가 모우르무르 선생님을 모셔올게. 나중에 봐!" 마지막으로 타라에게 장난기가 가득한 눈짓을 보낸 뒤에 칼은 호주머니에서 꺼낸 막대사탕을 입에 넣더니 쏜살같이 뛰어갔다.

로빈은 빙긋이 웃으면서 백 미터쯤 가다가 회의실 문 앞에서 타라를 내려놨다.

"다 왔습니다, 공주님." 로빈이 호위대원들이 보는 앞에서 열정적인 목소리로 말했다. "너를 안고 올 수 있어서 행복했어. 여기서 기다릴까?"

예의를 깍듯하게 지키는 로빈을 보면서 타라는 아프지만 꾹 참고 까치발을 들어 하프엘프에게 입을 맞췄다.

타라가 눈을 떴을 때 로빈의 눈에는 감격한 빛이 역력했다.

"네가 이럴 때는 숨이 막히고 심장이 터질 것 같아." 로빈이 달뜬 목소리로 말했다.

타라는 공허함이 느껴지지만 미소를 짓고 질문에 대답했다.

"아니, 기다리지 마. 오래 걸릴 것 같으니까. 그리고 호위대원들이 있는데 무슨 걱정이야."

로빈은 컴퓨터폰을 보면서 이맛살을 찡그렸다.

"어머니 심부름을 해야 하니까 이따가 다시 올게. 그때까지 회의가 끝나지 않았으면 여기서 기다리고 없으면 네 방으로 갈게."

타라는 무슨 일이냐고 물어보려다 말았다. 말해줄 만한 것이면 로빈은 묻지 않아도 해줬을 텐데. 집안 일일 거라고 생각하면서 타라는 회의실로 들어갔다. 어깨에 페가수스를 앉힌 채로.

장관들이 모두 참석해 있었다.

흰색 반점이 있는 보라색의 화사한 돌 본데르12로 이루어진 회의실은 반원형이었다. 장관들은 1미터 높이의 공중에 떠 있는 양탄자를 하나씩 차지하고서 서류 받침대까지 달린 푹신한 안락의자에 앉아 있었다. 나팔 소리가 요란하게 울리면서 타라가 등장했을 때 타트리스족 수상 테오클리스 부인이 발언하는 중이었다.

"와우!" 귀가 따가운 타라는 오만상을 찌푸렸다. "나를 귀머거리로 만들고 싶은 거라면 좋을 대로 하세요."

갈랑은 절대적으로 동의한다는 듯 머리를 끄덕였다. 타라보다 훨씬 귀가 예민한 페가수스도 시끄러운 소리가 마음에 들지 않았던 것

....
12. 소리를 증폭하는 특성이 있는 아더월드의 돌이라서 마이크를 사용할 필요가 없다.

이다.

주홍빛과 금빛의 마법복에 금빛 샌들을 신은 타라는 걸어갔다. 체인지라인은 타라의 긴 금발을 틀어 올리되 중간쯤에서 길게 늘어뜨린 머리에 보석 밴드와 진홍색 산호 핀으로 멋을 냈다.

리스베스 여제는 주홍색과 금색이 지겨울 때 이따금 흰색과 검은색, 파란색 옷차림을 했다. 양위를 선언할 때 흰색으로 입었기 때문인지 이번에는 눈빛과 똑같은 쪽빛 드레스였다. 실크와 새틴이 섞인 레이스가 사파이어 무도화까지 늘어져 있었다.

그리고 피부에 아바타를 연상시키는 파란빛을 띠게 한 것은 참신한 변화였다. 아더월드에서도 영화 〈아바타〉가 대단한 인기를 끌었던 것이 분명했다. 타라는 고모가 〈아바타〉 속의 '나비족'보다는 '스머페트'를 닮았다고 생각하지 않을 수 없었다.

"와서 앉아, 타라." 리스베스 여제가 낭랑한 목소리로 말했다. "아더월드의 미래가 걸린 문제인데 네 의견도 들어야 하기 때문에 오라고 한 거야."

타라는 침을 삼켰다. 설마 그뿐일까. 타라가 마지못해서 고모 옆 옥좌를 갖춘 양탄자에 오르자 책상이 앞에 놓였다. 리스베스 여제가 마주 보는 곳의 양탄자 의자에 발언자가 앉아 있었다. 이런 식으로 발언자는 양탄자를 탄 채로 이동할 수 있었다. 테오클리스 수상이 일어서서 정중하게 고개를 숙였다가 제자리로 날아가면서 중앙이 텅 비었다. 아더월드의 다른 나라들과 달리 오무아에는 비인간이 그리 많지 않아서 다른 종족과 인척 관계가 거의 없었다. 트롤들을 제외하고는 누구도 원주민이라고 자부할 수 없기 때문에 타 종족을 차별하는 반응을 보였다가는 언론 매체에 가십 거리를 제공할 수 있었다. 엘프를 사랑하기 때문에 인종차별과는 거리가 먼 타라는 정부에서 일하는 데 중요한 것은 판단력과 능력이라고 생각했다. 아! 인내심도 아주 많이 필요하지. 정치인은 배신과 말 바꾸기가 능하기 때문에 낯가죽이 두꺼울 필요가 있고, 상대보다 빨리 크게 말을 많이 하는 능력도 요구되었다.

이런 점에서 머리가 둘 달린 타트리스족은 확실히 유리했다. 티라니크가 정체불명의 괴한에게 살해되면서 임명된 타트리스족 수상은 많은 논란을 불러일으키면서 해임되었다. 그리고 타트리스족으로서는 두 번째로 수상이 된 현재의 테오클리스 부인은 유능함과 정중함과 단호하게 밀어붙이는 추진력으로 종족에 대한 비판을 마침내 잠재웠다.

리스베스 여제가 흡족한 미소를 지으면서 말했다.

"이제 타라가 참석했으니 악마의 사물들을 어떻게 할지 결정합시다."

아더월드의 미래가 걸린 문제라고 하더니, 이럴 줄 알았다니까! 갈랑이 날개를 펼치면서 동반자의 마음을 대변하자 타라는 페가수스를 쓰다듬어주었다.

"최근까지 우리는 악마의 사물들을 그대로 숨겨놓아야 한다고 생각했소. 그런데 데미데루스께서 사물들을 감춰놓은 장소를 마지스터가 알아내면서 문제가 생겼어요. 여기 있는 타라 덩컨이 우리는 생각해본 적도 없었던 일, 즉 악마의 사물을 파괴할 수 있다는 걸 보여주었지요."

이번에는 여제가 타라를 쳐다보면서 말했다.

"네가 실루르의 옥좌와 왕홀, 그리고 시제품 크라에토비르의 반지를 파괴한 뒤로 두 파가 대립하고 있어. 악마의 사물들을 파괴하자는 파와 너의 감독하에 사물들을 연구하자는 파. 사물들을 분석하는 중에 뭔가 잘못될 경우에는 네가 우리를 보호해줄 거라고 믿으니까."

타라는 공포를 억제하면서 의문을 제기했다.

"내가 이해가 안 되는 것은……." 타라는 손에서 땀이 나지만 차분하게 말했다. "최고 마구스, 드래곤 등 뛰어난 마법사가 그렇게 많은데 5000년이란 세월 동안 왜 악마의 사물들을 그냥 방치해두고 제대로 알아낸 것이 없냐는 겁니다. 난 그게 너무나 이상해요!"

리스베스 여제는 한숨을 내쉬었다.

"사실, 중요한 무기들을 파괴했기 때문에 너는 지탄받을 뻔했어. 드래곤들과 우리의 군(여제가 노려봤지만 국방 장관은 못 본 척했다)에서는 데미데루스께서 압수한 사물들을 없애는 걸 원치 않았지. 네가 친구들과 함께 그 사물들이 있는 곳으로 들어가기 전까지 우리는 신전의 지킴이들이 데미데루스의 직계 후손만 통과시킨다고 생각했어. 따라서 후손과 동행하면 다른 사람들이 들어갈 수 있다는 것도 전혀 몰랐고……."

이번에는 여제가 연구개발 기타 등등 장관을 쩨려봤다. 연구개발 장관은 키가 크고 비쩍 말랐고, 아인슈타인을 연상시키는 헝클어진 백발의 인간인데 국방 장관보다도 더 눈 하나 깜짝하지 않았다.

"그런데 너는 그 누구도 하지 못한 걸 해냈어. 악마의 사물을 파괴하다니! 너의 마법은 인간이 지닐 수 있는 최고의 능력이야. 데미데루스는 당시에 드래곤들을 믿지 않았지. 그리고 그 판단은 틀리지 않앉아. 드래곤들이 아직도 악마의 사물을 보관하고 비밀리에 실험해 왔다는 걸 알았으니까. 그래서 데미데루스께서 욕심 많은 드래곤들과 야심 있는 최고 마구스들의 손에 들어가지 않게 하려고 악마의 사물들을 감췄던 거야. 그리고 너무 위험한 사물들이라서 정말로 없애려고 했지만 데미데루스에게는 그럴 힘이 없었어. 다른 네 명의 최고 마구스들과 힘을 합해도 파괴할 수 없다고 믿었고."

타라는 다리가 아프지만 꾹 참으면서 안락의자에서 몸을 웅크렸다. 아! 그러니까 그것도 전략이었구나. 데미데루스가 그 당시 악마의 사물을 파괴할 정도로 강력하지 않다고 말했다고? 아니, 꼭 그 때문이 아니라는 걸 타라는 알아차렸다. 탐욕스러운 이들에 대한 불신이 문제였던 것이다. 톨킨의 『반지의 제왕』에서 서로 반지를 가지려고 쟁탈전을 벌이는 것처럼 다른 최고 마구스들이 사물들을 가지려고 했던 것이 틀림없었다. 데미데루스는 악마의 사물들이 타락과 고통을 가져다줄 뿐임을 알고 있었던 것이다. 물론 목숨을 구해주기도 했지만.

다리는 성명을 발표하면서 했던 말을 반복할 필요는 없다고 생각했다. 타라가 사물 속에 남은 악마의 영혼들이 림보로 돌아가기 때문에 사물을 파괴하면 안 된다고 주장한 걸 장관들은 모두 알고 있었다. 타라는 너무 매혹적인 아르칸즈를 떠올리는 것만으로도 소름이 끼쳤다. 그런데 소름이 끼치는 이유가 아르칸즈가 두렵기 때문인지, 아니면 매혹적이기 때문인지 잘 모르겠다는 것이 문제였다.

연구개발 장관이 발언했는데 목소리가 냉랭했다.

"나는 사물들을 없애버려야 한다고 생각합니다. 너무 위험한 것들입니다. 우리 정부는 드래곤 정부에 강력하게 항의하여 드래곤들이 지금까지 사물들에 대해 연구한 결과를 받아내야 합니다. 우리의 어린 여제께서 그 일을 맡아준다면 나는 파괴하는 쪽에 찬성합니다."

연구개발 장관은 책상에 있는 초록색 버튼을 눌렀다. 머리 위쪽에 번쩍거리는 글이 나타났다. **연구개발 기타 등등 장관: 찬성.**

얼굴이 보랏빛으로 변한 국방 장관은 책상을 뚫어버릴 정도로 세게 검은색 버튼을 눌렀다. 빨간색 글이 나타났다. **국방 기타 등등 장관: 반대.**

타라는 미소를 지으면서 속으로 말했다. 군인 정신이 투철할 테니 이 장관은 믿어도 되겠군.

"그럴 수는 없습니다!" 국방 장관이 소리쳤다. "다볼, 우리는 이미 의견을 나누지 않았습니까? 무기(장관이 힘주어 말했다)란 말입니다! 악마의 사물을 사용하게 될 경우 우리가 얼마나 막강해지는지 압니까? 아무도 우리에게 대항하지 못할 겁니다! 마음만 먹으면 아더월드를 정복할 수도 있습니다!"

국방 장관은 그 순간 모든 시선이 자신에게 쏠려 있는 걸 깨닫고 흠칫 놀랐다.

"그러니까 내 말은…… 우리는 당연히 그런 마음을 먹지 않지요. 하지만 마음만 먹으면 그럴 수…… 있다는 뜻입니다."

다른 장관들이 국방 장관을 향해 폭군이 되고도 남을 인물이라면서 큰 소리로 야유하거나 비웃었다. 리스베스 여제는 잠자코 있었지만 상황을 주시했다.

타라는 고함치고 싶은 마음을 꾹꾹 눌렀다. 늙은 군인이 너무 흥분한 나머지 과장하다가 손가락질을 받으니! 빨리 수습해야 했다.

"당연히 그럴 일은 없습니다. 정복하는 일은 절대 없습니다!"

타라가 거의 악을 쓰듯 외쳤기 때문에 깜짝 놀란 장관들이 입을 다물었다. 타라는 양탄자에게 가운데로 이동하라고 지시했다.

"하지만 국방 장관이 무기라고 한 것은 맞는 말입니다." 타라가 말을 이었다. "나는 현재 우리의 기술로는 악마의 사물들을 아무런 위험 없이 연구하지 못할 것이라고 생각합니다. 악마의 사물들이 드래곤들에게 어떤 영향을 주었는지 모두들 알고 계실 겁니다. 끔찍한 변이가 일어났지요.13 하지만 우리 후손들이 언젠가는 분명히 악마의 마법을 분석해낼 겁니다. 따라서 다음 세대를 위해 우리는 악마의 사물들을 지키고 보존해야 합니다."

다른 장관들이 속지 않는다는 표시로 입가에 미소를 머금었지만, 타라는 자신의 짧은 발언에 자신이 있었다. 타라는 검은색 버튼을 힘껏 눌렀다. **후계자이자 미래의 여제 타라: 반대**.

리스베스 여제가 고개를 끄덕이더니 초록색 버튼을 눌러서 타라는 크게 실망했다. **리스베스 여제: 찬성**.

"악마의 사물들을 손에 넣기 위해서라면 마지스터는 무슨 짓이든 할 거야." 리스베스는 타라의 놀란 눈을 보면서 말했다. "남은 악마의 영혼들이 림보로 돌아가는 것 때문에 걱정한다는 거 알지만 내 생각은 달라. 나는 악마의 영혼들이 주인에게 돌아가지 않는다고 확신한다. 악마들의 천국으로 갈 거라고 생각해. 어딘지는 몰라도 자유롭게 풀려났으니 안식할 수 있는 곳으로 갈 거야. 그런 의미에서 사물

---

13. 연구하는 과정에서 갑자기 팔다리가 여러 개 생기는 바람에 절단해야 하는 둥 이상한 일들이 발생했다.

들을 파괴하는 것은 한편으로 악마의 영혼들에게는 동정심을 베푸는 것이고, 다른 한편으로 위험 요소를 없애는 거니까 아더월드의 미래를 위해 신중한 처사이기도 해. 고로 나는 찬성이다."

타라는 화가 나지만 참았다. 고모의 발언은 장관들의 지지를 받고 있었다. 고모의 말에 반박하는 주장을 하려면 악마의 반지(도와주기도 하고 공격하기도 했던)를 상대로 싸우면서 죽을 고비를 넘길 때의 이상한 느낌을 설명해야 하는데 쉽지 않았다.

타라가 오무아 제국의 미래라면 리스베스는 현재였다. 장관들이 항상 리스베스 여제의 생각에 동의하는 건 아니지만, 악마의 사물에 관해서는 여러 해 동안 나라를 비교적 잘 다스려온 군주의 발언을 따를 것이 틀림없었다. 타라는 이기지 못할 거란 느낌이 들었다.

"우리는 찬성입니다." 테오클리스 수상의 두 얼굴이 말했다. "너무 위험한 무기들이라서 지킬 수 없다고 생각합니다. 만약 악마들이 쳐들어올 경우 그들은 제일 먼저 그 사물들을 회수하려고 달려들 겁니다. 그러니까 그것들을 파괴해서 아더월드뿐만 아니라 지구를 지킵시다."

모든 장관의 발언이 끝나고 표결 결과가 나왔다.

찬성 22, 반대 15.

타라가 졌다.

사악한 힘

한 번 빠진 함정에는
또다시 걸려들면 안 되는데

*

리스베스 여제는 타라를 쳐다봤다.

"표결은 끝났다, 타라. 이제는 우리도 너만 악마의 사물을 파괴할 수 있는 게 아니라는 걸 알았으니 최고 마구스들과 함께 내가 할 것이다. 네가 신전의 지킴이들을 몹시 두려워한다는 거 알고 있어."

타라는 깜짝 놀랐다. 지킴이들을 두려워하는 걸 어떻게 알지? 불과 몇 시간 전쯤 친구들에게 처음으로 말한 건데 그걸 고모가 안다는 것은 방에 도청 장치를 해놓은 것이 틀림없었다.

쯧. 그렇다면 타라가 고모를 모우르무르에게 진찰을 받게 하고, 남자를 찾아줄 생각이라는 것도 알고 있다는……. 타라는 침을 꼴깍 삼켰다. 조카를 감시하다니! 단둘이 있을 때 고모에게 꼭 짚고 넘어가야 할 일이었다.

도청 장치는 칼에게 제거해달라고 부탁하면 되고, 지금은 훨씬 중요하고 급한 문제부터 해결해야 했다. 마지스터의 도발로 야기될 초강력 악마들의 침략으로부터 아더월드를 지켜야 하는데.

타라는 빠르게 머리를 굴렸다. 칼의 방식으로 하면? 아냐, 악마의 사물들을 훔친다는 건 말도 안 돼. 생각만 해도 공포가 엄습했다. 흉측하고 무시무시한 지킴이들과 맞서야 하고, 설사 지킴이들이 무사히 통과시켜준다 해도 악마의 사물에 너무 가까이 가지 말아야 해. 너무 위험했다. 사악한 마법과 결합되면 언제 또 검은 여왕으로 둔갑될지 모르는데…….

그때를 생각하면 지금도 소름이 끼쳤다.

그럼 파프니르의 방식은? 움직이는 것은 닥치는 대로 두들겨 패고, 움직이지 않는 것은 닥치는 대로 도끼로 찍어버려? 안 돼. 전면전이라면 몰라도 이 경우에는 적절하지 않아. 파브리스의 방식은? 악마의 마법과 타협하고 혼자 도망치는 것? 그것도 아냐. 아더월드 사람들이 악마들과 타협하게 내버려둘 수 없어. 절대로.

무아노의 방식은? 방법을 찾을 때까지 수많은 책을 뒤지며 읽고 또 읽는 것? 하지만 시간이 없어. 아니, 더 치밀한 방법을 찾아야 했다. 덩컨 식의 유일무이한 방법.

한편 리스베스도 조카의 동태를 살피고 있었다. 타라가 찡그리는 걸 보면서 뭔가를 꾸미고 있음을 알아차렸다. 한 시간 전쯤, 회의실에서 장관들의 얘기를 건성으로 듣던 리스베스는 조카딸이 후계자가 되지 않을 생각으로 고모의 배우자를 찾고, 불임을 고쳐주려 한다는 말을 할 때(한쪽 귀에 조카를 정탐하는 이어폰을 끼고 있었다) 당장 타라의 방으로 달려갈 뻔했다.

세상에! 맹랑하기가 이를 데 없군!

하지만 억지로 화를 가라앉히면서 이런저런 궁리를 하던 리스베스는 그리 나쁠 것도 없다는 생각이 들었다. 모우르무르의 명성은 익히 들어서 한때 불러들일 생각도 했었다. 하지만 당시에 모우르무르는 자신이 날린 주문에 영원히 갇혀 있기 때문에 죽은 사람이나 다름없는 것으로 알고 있었다. 리스베스는 임신할 수 없는 자신의 납작한 배를 만졌다.

불임 선고를 받았을 때는 얼마나 참담한지 정신적으로는 거의 죽은 거나 다름없었다. 아이를 가질 수 없는 것, 대를 잇지 못하는 것, 그리고 무엇보다 아기를 품에 안고 천사 같은 얼굴에 뺨을 대볼 수 없는 걸 알고 얼마나 실의에 빠졌는지 건강까지 안 좋아졌었다. 스스로 허약함을 용납할 수 없는 리스베스는 마음을 독하게 먹었다. 하지만 단념이 되지 않았다. 아이를 가질 수만 있다면! 밤에도 불현듯 그 생각이 떠오르면 벌떡벌떡 일어나서 잠을 이루지 못했다. 리스베스는 바리우스를 생각했다. 좋은 남자였다. 든든한 남자였다. 그런 남자가 느닷없이 찾아와 사랑에 빠졌다고 고백하지 않았던가. 리스베스를 두려워하지 않다니, 좀처럼 없는 일이었다. 그래도 리스베스는 엘프들의 여왕 타빌라만큼 무시무시하지는 않았다(타빌라도 자식이 없고, 공동으로 통치해줄 왕이 없는 상태였다). 리스베스는 타빌라가 탕딜루스 망질을 선택했었다는 소문을 들은 적이 있었다. 하지만 탕딜루스는 도망쳐서 인간과 결혼했다. 그런 이유로 타빌라가 탕딜루스의 아들인 하프엘프 로빈 망질을 그토록 미워하는 것이었다. 타라의 목숨을 여러 번 구하면서 로빈이 아더월드의 영웅이 되었는데도 불구하고.

리스베스는 타라가 어떻게 하는지 지켜보기로 했다. 잘되면 서로에게 좋은 '윈윈 전략'이 아닌가. 리스베스는 그토록 꿈꾸던 아이를 갖고, 타라는 자신이 원하는 대로 자유로워지는 것이니…… 아무튼 지금보다는 좀 더 자유로워지는 거니까. 물론 타라가 강력한 마법사이자 오무아 제국의 후계자 중 한 사람인 것은 변함이 없지만.

타라도 고모를 살피고 있었다. 고모의 시선을 느낀 타라는 재빨리 표정을 지웠다. 무엇보다 무슨 궁리를 하는지 들키지 말아야 했다. 아니면 고모는 성층권을 뚫을 정도로 까마득히 높은 탑에 조카를 가둬버리고도 남을 사람이었다. 그런데 갑자기 고모의 얼굴이 밝아졌다. 무슨 좋은 계획이 떠오른 걸까? 혹시 지킴이들과 악마의 사물들과 관련된 것이라면……. 타라는 얼굴을 찡그렸다.

타라는 목소리를 가다듬었다.

"고맙습니다, 고모. 하지만 나한테 맡기세요. 나의 외외외종조부 모우르무르 덩컨이 나를 돕기 위해 오실 거예요. 대단한 천재니까 악마의 영혼들을 추적하는 기계를 발명해서 나의 추측을 입증해줄 거예요."

호기심이 동한 국방 장관이 끼어들었다.

"표결 결과에도 불구하고 나는 여전히 반대하는 입장이지만 악마의 사물을 파괴하면 그 영혼들은 자기들의 천국이나 지옥으로 사라질 겁니다. 그런데 어떻게 존재하지도 않는 것을 추적할 수 있겠습니까?"

타라는 마치 동의하는 것처럼 고개를 끄덕이다가 반박했다.

"하지만 나는 악마의 영혼들이 림보로 돌아가며, 그 에너지는 자취를 남긴다고 생각해요. 따라서 그 영혼들이 어디로 가는지도 알 수 있다고 생각합니다. 그 영혼들이 마왕에게 돌아가서 에너지를 공급하는 것으로 확인될 경우에는 악마의 사물을 파괴하는 것이 아주 위험하다는 내 말을 받아들이기 바랍니다."

국방 장관이 확신을 얻은 듯 고개를 끄덕였다.

"정말 기발한 생각입니다, 마…… 아니, 폐하."

다른 사람의 생각을 이용해서 내 것으로 만드는 것도 능력이었다. 어린 후계자가 묘안을 내놓지 않는가.

"가능한 한 작은 사물로 시험해볼 필요가 있겠습니다. 예를 들어 크라에토비르의 반지처럼 작은 사물에는 크뢰의 이중 도끼나 그루이그의 검보다 영혼의 수가 적게 들어 있으니까요."

타라는 미소를 지었다.

"네, 당연하죠. 악마들에게 필요 이상의 영혼을 돌려보내지 말아야 하는데. 아무튼, 모우르무르께서 악마의 영혼을 추적하는 기구를 만들기만 한다면……."

리스베스 여제는 흡족했다. 그 방법은 마음에 들었다. 이번만은 타라가 놀라울 정도로 이성적이었다. 사실 리스베스는 조카딸이 악마의 사물을 훔칠 계획을 꾸미는 게 틀림없다고 생각했다.

"이로써 결론은 내려졌다. 타라, 너는 지구의 아틀란티스로 가. 악마의 사물을 파괴해야 하니까."

타라는 목이 메었다. 하마터면 고모도 악마의 사물에 접근할 수 있으니까 직접 하라고 말할 뻔했다. 하지만 단지 두렵기 때문에 작전을 망칠 수는 없었다.

그리고 두려운 정도가 아니라 공포였다. 신전 지킴이들의 갈퀴발톱이 얼마나 무시무시한데……. 타라가 그런 존재들을 두려워하는 것이 칼이 생각하는 것처럼 비정상적인 것은 분명히 아니었다.

"모우르무르가 영혼을 추적할 수 있는 기계를 발명해서 악마의 영혼들이 사라지는 것이 아니라 림보로 돌아가는 것으로 판명이 나면 우리는 이 작전을 중단한다. 타라, 너의 두 번째 미션은 마지스터를 체포하는 거야. 네 어머니를 소생시키려 하기 때문에 악마의 사물에 접근하려면 너를 따라다닐 게 틀림없어. 그러니까 너는 정말 조심해야 한다. 자기가 원하는 것을 얻기 위해서라면 무슨 짓이든 할 사람이니까."

이런 걸 절묘한 타이밍이라고 해야 하나. 회의실에 설치된 여러 개의 대형 전광판에 수십 대의 항공모함과 함선, 군인뿐만 아니라 민간인들까지 운집한 바다가 나타났다. 그런데 태양이 하나였다.

"무슨 일이오?" 리스베스 여제와 타라가 동시에 물었다.

아주 황당한 표정의 크산디아르 친위대장이 화면에 나타났는데 실물과 똑같이 입체적으로 보이는 홀로그램 이미지였다.

"회의를 방해해서 죄송합니다, 두 분 폐하. 방금 지구에서 일어난 사건에 대한 뉴스를 입수했습니다. 지구에 있는 나라(친위대장이 메모를 읽느라고 시선을 내렸다), 미국의 함선들입니다."

타라의 심장이 콩닥콩닥 뛰었다. 지구에 얼마나 중대한 사건이 일어났기에 각료회의를 중단시키는 걸까?

화면에 현지 특파원이 나타났는데 헬리콥터를 타고 작전지역 상공을 돌고 있었다.

타라는 특파원의 말을 알아들을 수 있지만, 다른 사람들은 트라둑투스 주문이 필요했다. 특파원의 얼굴에서 긴장감이 읽혔다. 촬영 때문에 열어놓은 문을 통해 바람에 흩날리는 짧은 갈색 머리가 보였다. 특파원이 설명했다.

"오늘 아침 일찍 미국의 고든 대통령이 대규모 작전을 시작했습니다. 수많은 배와 비행기들이 원인도 모르게 사라졌던 버뮤다 삼각지대에 함대가 출동해 있습니다. 이 삼각지대는 플로리다 연안과 푸에르토리코, 버뮤다제도 사이에 위치해 있습니다."

타라와 리스베스 여제는 시선을 주고받았다. 배와 비행기들이 왜 사라졌는지 잘 알고 있었다. 악마의 사물들이 일으킨 영향이 틀림없었다.

"미국 대통령이 직접 현장에 나가는 경우는 아주 이례적인 일입니다(흥분한 특파원이 침을 튀기며 말했다). 우리가 입수한 정보에 따르면 대통령이 바다 깊숙이 잠수함 여러 척을 급파해서 뭔가를 찾고 있는 것 같습니다. 하지만 우리는 삼각지대에 접근할 수 없기 때문에 아직은 무슨 일인지 알아내지 못했습니다. 아! 지금 현장 가까이 나가 있는 배에서 촬영기사가 신호를 보내고 있는데……. 네, 보십시오! 방금 폭발이 일어났습니다!"

장관들도 자세히 보려고 전광판 앞으로 다가섰다. 정말로 이상한 폭발이 일어났고, 마치 거인이 수면을 휘젓는 것처럼 바다가 출렁거렸다. 그런데 폭발 색깔이 수상쩍었다. 빨간색이나 노란색이 아니라 검은색이라는 건…….

"오, 끔찍한 벤드룩의 내장이여!" 국방 장관이 말했다. "저건 마법…… 마법에 의한 폭발입니다!"

탄식이 쏟아졌다. 지구에 있는 누군가가 대규모 마법 작전을 수행하고 있는 것이었다.

비마들이 보는 앞에서!

리스베스 여제가 명했다.

"지구의 감시인들에게 연락해서 즉시 상황을 보고……."

말을 끝낼 겨를도 없이 옆에 있는 또 다른 전광판에 타라의 외할머니 이사벨라의 얼굴이 나타났다. 거만한 표정의 이사벨라가 화면에서 쑥 나왔는데 실물 크기의 이미지였다. 고양이 눈처럼 반짝이는 초록빛 눈의 차가운 얼굴, 늘 단정하던 은발이 평소와 달리 좀 헝클어져 있는데 몹시 화가 나 있고, 불안한 표정이었다. 24개의 전광판들과 연결된 다원 방송장치 덕분에 아더월드의 주요 국가 수도로 뉴스가 중계되고 있었다. 시차로 인해 잠자던 중에 소스라치게 놀란 몇몇 군주는 애써 깨어 있었던 표정을 지으면서 잠옷을 사라지게 했다. 뱀파이어들의 나라 크라살비의 대통령은 허겁지겁 딸기[14] 무늬 실크 파자마를 사라지게 했다.

"여기는 블랙코드." 이사벨라가 냉랭한 목소리로 말했다. "방금 대서양에서 일어난 마법에 의한 폭발을 녹화했습니다. 미국의 두 감시인을 통해 보고받았는데 미국 대통령이 수색 작업을 하고 있답니다.

---

14. 뱀파이어는 직접 체내로 흡수되는 식물성 영양물을 식용할 수 없지만, 간혹 인간처럼 먹는 뱀파이어도 있다. 딸기를 좋아하는 대통령의 여친이 딸기 무늬 파자마를 선물했는데 그는 이를 부드득 갈면서도 꾹 참고 입었다.

아틀란티스 바로 위에서!"

"네, 우리도 방금 확인했습니다." 테오클리스 수상이 대답했다.

"하지만 누가 무슨 이유로 저지른 것일까요?" 둘째 얼굴이 말을 이었다.

"그건 정보가……." 첫째 얼굴이 말을 받았다.

"……부족한 상황이라서……."

"……그리고 감시인들이 수많은 언론 매체가 있는 앞에서……."

"……그 모든 걸 숨길 수 없을 텐데 보통 일이 아닙니다."

이사벨라는 입술을 비죽거렸다.

"감시인들의 직무가 바로 감시하고, 망가진 걸 복원하는 겁니다. 가스 포켓(가스로 채워진 암석 가운데 있는 포켓 모양의 통로를 말하며, 이 가스 포켓에 미연 가스가 정체한 경우 가스 폭발이 일어나기 쉽다―옮긴이)이 폭발한 거라고 언론에 말할 겁니다. 마법에 의한 폭발 사고가 일어날 때마다 가스 포켓 탓으로 돌렸으니까요."

"마지스터의 짓이 틀림없어." 타라가 중얼거렸다.

"그래, 분명해." 리스베스 여제가 단언했다. "그자는 악마의 사물들을 이용하여 네 어머니를 소생시키겠다는 미친 계획을 절대로 포기하지 않아. 그 점에 있어서는 마지스터에게 연민을 느껴. 오늘날에 정말 찾아보기 힘든 순정이야."

타라가 반박하려다 입을 다물었다. 고모의 농담이겠지……. 아닌가? 이사벨라는 한숨을 내쉬었다.

"그렇게 해서 내 딸 셀레나를 소생시킬 수만 있다면 나는 마지스터의 계획을 찬성하고 싶은 것이 솔직한 심정이오. 하지만 확실치도 않은 희망을 위해 림보의 악마들이 쳐들어오게 할 수는 없어요. 내 손주들의 목숨이 위태로워질 텐데."

타라는 미소를 지었다. 할머니가 손녀를 믿어주니 좋은 현상이었다.

아프다는 걸 잊고 일어서던 타라는 근육이 말을 듣지 않자 그제야 깨닫고 몸을 떨었다. 그러고는 정말 생각지도 않은 말을 툭 내뱉었다.

"지구로 가야겠어요. 당장!"

이사벨라 옆에 칼의 이미지가 나타났다. 약속한 대로 파브리스와 함께 지구로 갔고, 모우르무르를 만나러 이사벨라의 저택에 가 있었다.

"여러분, 모두모두 잘들 지내시죠?" 칼이 넉살 좋게 인사했다.

장관들이 무표정한 얼굴로 아무도 인사를 받아주지 않자 칼은 얼굴을 찌푸렸다.

"타라, 언제 기병대를 이끌고 올 거야? 여기 문제가 좀 생겼는데……. 모우르무르 선생님이 폭발을 본 뒤로, 정확하게 2분 전부터 아더월드로 가지 않겠다고 하시거든. 짐을 싸다 중단했어(칼의 찡그린 얼굴을 보면 짐이 얼마나 많았는지 상상이 갔다). 지금은 지구를 도와야 할 때라면서 여기 있는 게 낫다고 생각하셔."

"내가 갈 거니까 거기 그냥 계시라고 해. 내가 지구에 가서 도움을 받을 거라고."

"나도 가겠다." 타라 뒤에서 활기찬 목소리가 말했다. "마지스터가 내 어깨에 칼을 꽂았으니 결판을 지어야지."

타라는 갑자기 움직이지 않으려고 천천히 돌아섰다. 산도르가 서 있었다. 금빛과 주홍빛의 갑옷을 입은 황제의 금발이 어깨 위에서 찰랑거렸다. 머리에 오무아 제국의 군대 통수권 왕관을 쓰고 있었다.

무능할 경우는 선거 때마다 바뀌는 것이 국방 장관이기 때문에 군대 통수권은 황제에게 있었다.

타라는 미소를 보냈다. 지독한 훈련으로 너무 힘들게 한 이복삼촌을 좋아하지 않지만, 그런 훈련 덕분에 몇 번이나 목숨을 잃지 않은 것은 고마웠다.

"함께 갈 필요까지는 없을 것 같은데……."

"아니, 갈 거야." 산도르 황제가 말을 끊었다. "내가 필요할 거라고 생각한다. 나도 악마의 사물들을 파괴하지 말아야 한다고 생각해. 악마의 영혼들이 주인이 있는 림보로 돌아가는지, 뭐 그건 모르겠다만, 아무튼 무기잖아. 언젠가 우리 국민에게 꼭 필요한 초강력 무기들이니까. 악마의 마법에 감염되지 않고 사용할 수만 있다면 악마들을 물리치는 부메랑으로 이용할 수 있을 거야."

타라는 소름이 돋았다. 황제의 어조가 음산하게 느껴져 어깨를 으쓱했다.

"마음대로 하세요. 고모가 괜찮다고 하시면 저야 당연히 좋지요. 삼촌이 옆에 계시면 든든한데."

와우, 살다 보니까 타라가 저런 말도 할 줄 아네! 화면 속의 칼이 깔깔대고 웃으면서 앞으로 나와 정중하게 허리를 숙여 인사했다.

"산도르 황제 폐하, 황궁의 보물을 지키는 책임이 있는 것으로 아는데요." 면허 받은 도둑이 탐욕의 미소를 지으며 말했다. "조심하십시오. 폐하가 지구에서 악당들과 싸우는 사이에 제가 아더월드로 돌아가서 어쩌면……."

이사벨라는 한숨을 내쉬면서 한심한 대화를 중단시켰다.

리스베스 여제가 스머프처럼 파란 얼굴을 흔들었다.

"저 아이가 지금 지구에 있는지는 몰랐네. 타라, 어차피 잘됐다! 황제께서 너와 함께 가주겠다고 하니 나는 걱정을 덜 수 있어서 기쁘구나. 여섯 시간마다 나한테 상황을 보고하기 바란다. 친위대장?"

"네, 폐하?"

"세네와 함께 타라를 따라 지구로 가시오. 친위대장이 우리 황실에 얼마나 충성스러운지 내가 잘 아니까 타라를 지켜주리라 믿어요."

크산디아르는 오히려 모든 사람을 지켜주는 사람은 타라라고 대답할 뻔했지만 공손하게 답변했다.

"네, 폐하, 분부대로 세네에게 당장 알리겠습니다."

국방 기타 등등 장관과 연구개발 기타 등등 장관도 동행하라는 여제의 명이 떨어지자, 연구개발 장관은 떨떠름한 표정을 지었다.

타라는 충동적으로 행동하지 않으려고 꾹 참았다. 장관들도 각자 경호원이 있을 텐데 타라의 경호원들까지 합치면……. 이러면 작은 군대가 출동하는 것이나 다름없지 않은가. 군대를 이끌고 가면 어떻게 지구인들의 눈에 띄지 않을 수 있을까. 더군다나 팔이 넷이나 되는 티그족 친위대원들까지 있는데…….

그 순간, 국방 장관의 보좌관 중 한 명이 서류를 조회하다가 발언했다.

"죄송합니다만, 폐하, 출발하시기 전에 한 가지 질문해도 되겠습니까?"

리스베스는 기계적으로 대답하려다가 자신이 아니라 타라에게 하는 질문이라는 걸 알아차렸다. 흐음, 아직 승인이 나지도 않았는데 모두가 부여제로 대하는 분위기이니 타라에게 마땅한 칭호를 찾아야 겠군.

"뭡니까?" 타라가 남자를 향해 돌아서면서 대꾸했다.

"주위에 있는 악마의 마법을 흡수하기 위해 읊었던 아주 특별한 주문이 스파…… 뭐라고 했는데……."

"아, 맞아요, 스파리담." 타라가 무의식적으로 대답했다. "그건 왜……."

말을 채 끝내기도 전에 끈적거리는 사악한 에너지가 타라를 후려쳤다.

뭔지 알아차린 타라는 공포의 비명을 질렀다.

검은 여왕

두세 개의 팔이나 다리가 더 달리는 사고 없이
본래의 모습으로 돌아오는 방법도 모르면서
어떻게 변신할까

*

타라의 비명에 장관들과 친위대, 그리고 여제는 아연실색했다. 공포에 질린 절규라고 할까. 모두가 기계적으로 마법을 작동했다. 회의실 여기저기서 불덩이들이 번쩍번쩍했다.

한가운데서 시커먼 마법의 빛으로 빛나던 타라가 안개 같은 것에 휩싸여서 사라졌다.

그리고 다시 나타났는데…… 더 이상 타라가 아닌 검은 여왕이 장악한 낯선 타라였다.

모두 입을 멍하니 벌린 채 소름 끼치는 아름다움을 지닌 검은 여왕을 바라봤다. 매력적인 소녀의 모습은 온데간데없었다. 쳐다보는 것만으로도 소름이 돋는 얼음 같은 얼굴, 타라보다 키가 크고, 은과 크리스털이 박힌 검은색 갑옷 차림의 검은 여왕. 악의 화신! 푸른 광채가 날 정도로 시커먼 머리에 그 특유의 흰 머리털이 또렷했다. 잿빛 피부에 새까만 눈빛, 송곳니 같은 이빨, 강철 갈퀴 같은 손톱……. 이런 걸 치명적인 아름다움이라고 하나, 검은 여왕/타라는 눈이 부셨다.

어깨 위에 앉은 갈랑도 피에 굶주린 송곳니와 갈퀴발톱, 시커먼 털의 괴물로 변해 있었다.

"이 가증스러운 계집애가 나를 절대로 해방시켜주지 않을 줄 알았는데!" 검은 여왕이 기지개를 켜면서 말하는데 타라의 85B컵의 평범한 가슴 대신에 110E컵의 풍만한 가슴이 눈길을 끌었다.

검은 여왕이 머리를 숙이고 경악해서 쳐다보는 사람들을 살폈다.

"뭐지, 이것들은? 아! 나를 숭배하려고 다 모여 있는 건가?" 검은 여왕이 달콤한 어조로 말했다.

산도르 황제가 입을 열었는데 자신이 없는 목소리였다.

"타라?"

"삐이이이!" 검은 여왕이 조롱하는 목소리로 말했다. "틀렸다! 하도 깊이 파묻혀서 굴착기로 파내야 할걸. 가만있어보자, 타라의 기억을 들여다봐야겠군. 아! 산도르 황제! 안녕, 귀여운 것."

검은 여왕이 이맛살을 꿈틀거렸다.

"내 앞에서 무릎을 꿇어라!"

산도르 황제는 자신도 모르게 무릎을 꿇었다. 산도르는 전략이 뛰어난 사람이었다. 위력이 얼마나 대단한지 전혀 모르는 상대와 무작정 싸우는 것만큼 무모한 짓은 없지. 산도르는 별 감정 없는 얼굴로 무릎을 꿇은 채 일어나려고 하지도 않았다.

"좋아아아." 검은 여왕이 중얼거렸다. "순한 놈이로군."

검은 여왕이 주위에 있는 사람들을 둘러보면서 말했다.

"음, 각료회의 좋지. 나한테 필요한 게 바로 이거야. 내가 제국을 접수했으니 이제부터 너희들을 고통 속에서 죽여야겠다. 그래야 내가 즐거우니까……."

리스베스 여제가 냉소하면서 손짓을 했다. 머리 위에서 친위대원들을 가리고 있던 인비지빌루스―타라도 알아보지 못했다―가 사라지고 히믈리아의 철로 짠 두꺼운 그물이 덮치면서 검은 여왕은 갈랑과 함께 갇혀버렸다.

"이런 첼프*의 똥 같으니라고!**15**" 격분한 검은 여왕이 소리쳤다. "이까짓 걸로 나를 가두겠다? 이런다고 내가 네 놈들의 가죽을 못 벗길 줄 알아? 흥, 꿈 깨시지!"

검은 여왕이 분노의 마법을 방출했지만 그물은 끄떡도 하지 않았다. 성난 갈랑의 갈퀴발톱도 소용없었다.

"타라가 검은 여왕으로 변했을 때의 상황에 대해 친구들이 작성한 보고서를 읽으면서 면밀히 분석했지." 리스베스 여제가 말하는 사이에 산도르 황제가 벌떡 일어섰다. "황제와 나는 이런 재앙의 불씨를 구경만 하고 있지 않기로 결정했다. 타라가 어떻게 왜 검은 여왕으로 변하는지 모르지만 한 가지는 확실히 알지. 당신은 절대로 이 그물에서 벗어날 수 없다는 것! 당신을 위해 특수 제작한 거니까."

검은 여왕은 리스베스의 말을 듣지 않고 있었다. 엄청난 마법을 방출했지만, 히믈리아의 철로 만든 그물은 끄떡도 하지 않았다. 검은

----

15. 림보의 동물로 액체가 가득 찬 풍선 형태를 하고 있다. 악마들은 첼프 향기를 좋아하는데 검은 여왕이 이렇게 첼프를 욕설로 사용한다는 것은 타라에 더 가깝다는 표시이다.

여왕 안에 갇힌 타라도 자신을 장악한 끔찍한 존재의 마법을 소모시키기 위해 있는 힘을 다하고 있었다. 타라는 검은 여왕이 권력과 죽음을 갈망하고 있다는 걸 잘 알았다.

계속되는 격한 공격에 그물이 차츰 녹기 시작하자 장관들이 창백해졌다. 그런데 동시에 검은 여왕의 피부빛이 연해지고 있었다. 새까만 머리가 금발로 변하고, 까만 눈이 푸른빛으로 변하는 사이에 갈랑도 회색을 띠고 있었다. 타라가 모습을 드러내려고 사투를 벌이고 있는 것이었다.

'스파리담'을 말하게 하는 것으로 타라를 검은 여왕으로 변하게 만든 남자가 자신의 손을 내려다보고 있는데 고통으로 얼굴이 일그러졌다. 마지스터에게서 받은 악마의 셔츠 조각이 에너지를 모두 소모하고 파괴되면서 남자의 손이 타들어가고 있었다. 남자는 잔뜩 불안한 얼굴로 레파루스 주문을 읊었지만 아무 소용없었다. 이상하다는 생각에 친위대원 둘이 탐색하는 얼굴로 다가가자 남자가 물러섰다. 손의 통증이 점점 심해지더니 팔까지 아팠다. 이제는 팔다리에서 연기까지 나고, 손이 시커메지자 공포에 사로잡힌 남자는 고통의 비명을 지르기 시작했다. 검을 뽑아 든 친위대원들과 최고 마구스들이 남자의 머리 위와 주위를 에워쌌다.

유심히 지켜보던 테오클리스 수상이 마지못해 퉁명스럽게 물었다.
"왜 그러는 거요?"
"아악!" 남자가 외쳤다. "내 몸이 타고 있어!"

친위대원들이 미처 막을 겨를도 없이 마치 타라에게 구원을 바라듯 남자는 비틀비틀 다가갔다. 그러고는 몸의 절반이 새까맣게 탄 남자가 그물을 건드렸다. 치지직…….

연기가 사라졌을 때 리스베스 여제와 장관들은 철 그물이 녹아 없어졌다는 걸 깨닫고 경악했다.

검은 여왕과 패밀리어는 사라지고 없었다.

로빈이 셀렌다에서 어머니를 위해 장을 보고 있을 때였다. 뒤쪽에서 울리는 폭발음에 깜짝 놀란 로빈은 스플루프*의 알들을 떨어뜨렸다.**16** 스플루프의 알을 사려고 수천 킬로미터나 떨어진 멀리까지 온 건데! 로빈이 돌아서자 위험을 감지한 릴란드릴의 활도 즉각 로빈의 어깨에 유형화되었다. 알이라면 사족을 못 쓰는 히드라가 깨진 알들을 보면서 신음소리를 냈다.

하프엘프는 갑자기 눈앞에 나타난 검은 여왕을 보고 심장이 멎을 뻔했다. 다시 말해 검은 여왕으로 변신한 타라. 더 정확히 말하면 검은 여왕과 타라가 반반씩 섞인 모습이라 속이 뒤집어질 것만 같았다.

"타라?" 로빈이 불안한 얼굴로 말했다. "무슨 일이야?"

"함정에 빠졌어." 검은 여왕/타라가 공포에 질린 어조로 말했다. "로빈, 검은 여왕이 이기게 내버려두면 안 돼. 그렇게 되면 네가 즉시 나를 죽여!"

갈랑이 늑대 울음소리를 냈는데 고통스러워하는 것 같았다.

---

16. 엘프들의 나라 셀렌다의 숲에 서식하는 빨간 도가머리의 은빛 새 스플루프의 알은 값이 아주 비싸다. 그런데 로빈이 방금 몽땅 깨뜨렸으니 어머니한테 굉장히 혼날 텐데…….

로빈의 아름다운 크리스털 눈이 휘둥그레졌다. 사랑하는 타라를 죽이라니! 로빈은 활에게 어디인지는 모르지만 나타나기 전에 있던 곳으로 돌아가라고 말했다.

"타라, 악마의 마법을 사용한 거야? 어쩌다가 그런 정신 나간 짓을! 왜?"

"마지스터 때문이야." 타라는 갈랑을 쓰다듬어주면서 신랄하게 말했다. "상그라브가 국방 장관의 보좌관으로 위장해 있었어. 각료회의에 상그라브를 들여보냈을 줄이야! 그 보좌관이라는 자가 느닷없이 내게 악마의 마법을 흡수할 때 하는 주문이 뭐냐고 물어보는 거야. 난 정말 아무 생각 없이 '스파ㅇㅇ'이라고 말해버렸어. 그 순간 악마의 마법에 휩싸이면서 검은 여왕이 나를 장악했는데……."

타라가 말을 중단했다. 머리와 눈빛이 새까맣게 변하는 걸 보면서 로빈이 경악할 때 타라는 사라지고 검은 여왕이 나타났다.

"……얼마나 오래 기다리다 나온 건데 이것들이 난리야." 검은 여왕이 냉랭한 목소리로 말을 이었다. "이 조그만 행성은 이름에 걸맞은 통치자가 필요해!"

"아, 정말 그럴까요?" 뒤에서 싸늘한 목소리가 말했다. "그래서 당신은 그럴 능력이 있다? 난 그렇게 생각하지 않는데."

로빈이 뒷걸음쳤다. 최악의 상황이 일어났다. 엘프들의 무시무시한 여왕 타빌라가 방금 타라 바로 뒤에 유형화되었으니! 하프엘프는 침을 삼켰다. 검은 여왕과 타빌라 여왕 중 누가 더 무시무시할까? 하나로 땋아 늘인 은빛 머리에 금빛 갑옷 차림의 타빌라 여왕을 보면서 로빈은 숨이 멎을 뻔했다. 좋지 않은 징조인데……. 불길한 징조.

위협을 느낀 검은 여왕이 뱀처럼 빠르게 휙 돌아섰다. 엘프 여왕은 키가 더 크고, 강력해 보였다. 검은 여왕보다 강력하진 않지만, 이미 검은 여왕은 그물과 싸우고, 궁전에 걸린 안티 트란스미투스에도 불구하고 빠져나오느라고 악마의 에너지를 많이 소모한 상태였다. 그래서 가능한 한 빨리 악마의 사물들이 있는 데로 가서 에너지를 받아야 하는데 멍청한 계집애가 강제로 남친 앞에 유형화했으니. 지구로 가는 공간이동의 문이 그리 멀지 않기 때문에 거기까지만 가면 되는데……. 그래서 검은 여왕은 일단 모습을 지우고 타라의 몸속에 숨어서 웅크렸다.

깜짝 놀란 타빌라가 침입자를 향해 마법의 불을 날리려는 순간 검은색 갑옷의 실루엣이 작아지더니 머리가 황금색으로 변했다. 타라가 흐리멍덩한 눈으로 나타났고 어깨 위에는 은빛으로 돌아온 갈랑이 앉아 있었다.

타라는 마치 귀가 떨어져 나가지 못하게 하려는 듯 두 손으로 머리를 부여잡았다.

"아야, 아야, 너무 아프다!"

"타라 덩컨 여제?" 타빌라 여왕이 경계를 늦추지 않고 물었다.

"오, 좀 작게 말해주세요. 머리가 울려서……." 타라는 오만상을 찌푸렸다. "네, 맞습니다. 하지만 검은 여왕은 아주 가까운 데에 있고, 악마의 힘을 모조리 소모한 것이 아니라서 말씀을 조심하셔야 합니다. 검은 여왕도 들으니까요."

몸속에 이런 존재가 있다는 것은 정말 끔찍했다. 악마의 반지 조각이 척추에 박혀 있을 때와 비슷했다. 다른 점이 있다면 이번에는 검은 여왕의 정체를 잘 모른다는 것이었다. 외부에서 온 존재일까? 아니면 타라 자신의 마음속 깊은 곳에 숨은 욕망의 표시일까? 알 수가 없었다.

타빌라 여왕이 머리를 갸웃하면서 쳐다보는데 까부는 쥐새끼를 어떻게 해줄까 노려보는 고양이 같았다.

"여긴 우리밖에 없다." 여왕이 주변을 가리키면서 지적했다.

정말이었다. 갑옷 차림의 엘프 전사들이 우글거려야 하는데 아무도 없었다. 타라는 엘프들의 여왕이 아무도 대동하지 않고 혼자 움직이는 걸 본 적이 없었다.

설마 근처에 있겠지. 타라는 손을 떼고 귀를 기울였지만 조용했다. 그래서 로빈을 쳐다봤는데 겁먹었나, 눈썹 하나 까딱하지 않고 정중하게 허리를 굽히고 있었다. 타라는 몸에 너무 큰 검은색 갑옷이 아직 사라지지 않은 상태라서 허리를 굽혀 예를 갖추는 것이 쉽지 않았다. 타라는 체인지라인을 불렀고, 짧은 원피스와 샌들을 만들어주자(날씨가 좀 더웠다) 안도의 숨을 내쉬었다. 페가수스의 갈퀴발톱으로부터 보호하려고 사용하는 안장도 어깨 위에 나타났다.

"아…… 네, 안녕하세요, 전하. 이런 식으로 셀렌다에 침입한 걸 용서하십시오. 본의 아니게 이렇게 됐습니다."

"무단 침입을 했으니 너를 죽일 수도 있다, 어린 여제." 엘프들의 여왕이 냉랭하게 지적했다. "그렇게 한들 아무도 나를 비난하지 못할 것이다. 내가 제거한 사람은 타라가 아니라 검은 여왕이니까."

이런, 갑옷을 그냥 입고 있을걸……. 바짝 긴장한 페가수스는 당장이라도 공격할 기세였다.

로빈이 소스라쳤고, 히드라의 일곱 머리가 분노의 울음소리를 냈다. 타빌라 여왕이 알아차리고 덧붙였다.

"하프엘프가 비밀을 누설할 경우에는 죽음을 면치 못할 것이다. 그러면 아더월드에서 골칫거리 둘을 동시에 없애버리는 것이지."

여왕의 목소리가 얼굴 못지않게 차가웠다. 타빌라는 모기 두 마리 죽이겠다는 것처럼 너무 간단하게, 거리낌 없이 말했다. 아주 조금의 가책도 없이. 타라는 앞으로는 아무리 하찮은 모기라도 함부로 죽이지 말아야겠다고 처음으로 생각했다.

그 순간 로빈이 믿어지지 않는 행동을 했다. 활이 유형화되더니 곧장 여왕의 심장을 겨누는 것이 아닌가. 감히 여왕에게 맞설 용기가 있는 엘프가 있을 줄이야. 타빌라도 적잖이 놀란 얼굴이었다.

"여왕님께 충성하고 복종해야 한다는 것을 잘 압니다." 로빈이 이맛살을 찌푸리면서 말했다. "하지만 방해했다거나 잠정적인 위협이 될 수 있다는 이유만으로 무고한 사람을 둘이나 죽인다면 그냥 보고만 있지 않겠습니다."

로빈은 괜한 허세가 아니었다. 엘프들은 인간과 달리 허세를 부리지 않았다. 엘프들의 여왕은 현란한 손놀림으로 단검 두 개를 뽑아 들었다.

"좋다. 네 화살이 내 단검보다 더 빠른지 어디 보자."

질겁한 타라가 개입하려는 순간 로빈의 활에서 희뿌연 형체가 나왔다. 타라는 뻣뻣해졌다. 유령! 모조리 추방했는데 어떻게 또 유령이!

타라는 자신도 모르게 뱀파이어로 변신했다. 몸속에서 검은 여왕이 키득거리는 웃음소리가 들렸다. 검은 여왕이 얼마나 여러 가지 모습으로 변신할 수 있는지 몹시 궁금해하자 타라가 무언의 대답을 했는데 아주 거칠었다. '아가리 닥쳐!' 자존심이 상하지만 검은 여왕은 일단 후퇴했다.

갑자기 나타난 뱀파이어에 놀라면서도 타빌라는 아무런 반응을 보이지 않았다. 이미 활에서 나온 유령에 홀린 얼굴이었다.

로빈이 상세하게 묘사했던 것이 기억난 타라는 그제야 누군지 알아차렸다.

릴란드릴!

아더월드 역사상 가장 무시무시했던 엘프 여왕, 가장 명성이 자자했던 엘프 전사 릴란드릴. 그런데 싸움터에서 장렬하게 전사한 것이 아니라 독 가시가 목에 걸려서 죽었으니. 너무나 분한 릴란드릴의 유령은 임무를 아직 다하지 않았다는 생각에 활 속으로 숨어들었다. 로빈은 활의 주인인 릴란드릴의 존재를 안 뒤로 애정(활은 여러 번 로빈의 목숨을 구해주었다)과 분노(릴란드릴의 가학적이고 냉혹한 훈련은 최악의 교관도 벌벌 떨 정도였다)를 동시에 느끼고 있었다.

타빌라는 얼마든지 상대해주겠다는 자세로 몸을 약간 웅크렸다. 릴란드릴이 가슴을 부풀리면서 고함을 질렀다.

"오, 벤드룩의 내장이여! 타빌라, 그 단검을 치우지 못할까! 내가 화를 내기 전에!"

타빌라는 흠칫 놀랐지만 단검을 그대로 손에 쥔 채로 거만하게 입술을 실룩거렸다.

"유령? 내가 한낱 유령 따위에게 복종할 거라고 생각하다니!"

어디선가 날아온 화살이 타빌라의 두 발 사이에 꽂혔다. 타빌라와 로빈이 아연실색해서 동시에 유령을 쳐다봤다.

"다음 화살은 네 심장에 꽂힐 것이다!" 유령이 으름장을 놓았다. "그리고 그까짓 가슴받이로는 어림없지. 활은 내 기대를 저버리지 않거든. 물론 화살도."

타빌라는 눈을 가늘게 뜨고 활에서 유령의 풍만한 가슴으로 시선을 옮겼다. 엘프녀들은 대체로 날씬한데…… 갑자기 타빌라의 두 눈이 휘둥그레졌다.

"릴란드릴?"

"이제야 알아보는군. 그래, 나다."

이런 조무래기들이 뭐라고, 하는 얼굴로 타빌라가 외쳤다.

"왜 얘들의 편을 들어주지? 무엇보다 이 잡종 인간은 죽어야 한다. 그리고 계집아이는 더 나빠. 아더월드를 위험에 빠뜨렸는데!"

릴란드릴이 다가가서 그 거대한 가슴을 타빌라의 갑옷에 대면서 내뱉었다.

"엘프들이 언제부터 인간들을 보호할 임무를 저버렸나?"

타빌라는 얼굴을 찡그렸다. 로빈은 숨을 죽였다. 보호할 임무라니? 타빌라는 릴란드릴을 뚫어져라 응시하면서 대꾸했다.

"5000년 전부터."

"하지만 데미데루스는 이 행성을 독차지할 수도 있었다. 우리 엘프족도, 드래곤족도 하지 못한 걸 해냈고 악마의 사물들을 압수했으니까. 그렇게 해서 전쟁은 끝났고, 우리는 나라를 잃었다(그때의 슬픔이 고스란히 배어 있는 목소리였다). 하지만 데미데루스는 좋은 사람이었지. 악마들에게 패배하여 영원히 떠돌며 살게 된 모든 종족을 이 행성에서 살게 해주었다. 우리를 받아들였고, 우리는 그 대가로 충성을 약속했다. 그걸 모른다는 말은 하지 마. 우리의 법에 명시되어 있는데! 그 약속은 파기될 수 없다. 네가 임무를 저버리기 위해 인간들의 수명을 줄이고 기억을 지워버린다면 몰라도?"

아주 신랄한 비난이었다. 타빌라는 뒷걸음쳤다. 로빈은 활을 내리지 않은 채 숨을 죽였다. 공포에 사로잡히는 여왕을 본 적이 없었다. 당황하고 겁먹은 얼굴이었다.

"그런데 나는 네가 왜 탕딜루스의 아들을 미워하는지 안다." 릴란드릴이 말을 이었다. "탕딜루스가 너를 거부하고 인간과 사랑에 빠졌기 때문이지. 그리고 아이까지 낳았다는 걸 용서할 수 없으니까. 그래서 자존심이 상하자 그 오점을 지워버리려는 것이고. 네가 탕딜루스의 아들을 죽이려고 한 것이 처음이 아니라는 걸 알아. 그래서 이번에는 내가 개입하는 것이다."

코앞으로 바짝 다가온 유령을 쳐다보느라고 타빌라의 눈이 사시가 되었다.

"나의 임자를 건드리지 마라!" 성난 릴란드릴이 호통쳤다. "내 보호를 받고 있으니까. 어떤 방법으로든 또다시 그랬다가는 죽음을 면치 못할 것이다. 알았나?"

격분해서 경련을 일으키는 타빌라는 아무 대답도 하지 않았다. 발밑에 박혀 있던 화살이 윙윙거리며 올라오더니 타빌라의 목에 닿는 순간 한 줄기의 피가 흘러내렸다. 유령이 화살을 좀 더 누르면서 반복했다.

"알았나?"

엘프들은 현실적이었다. 기어코 복수를 하겠다면 수명이 너무 많이 단축되는 것보다는 일단 수명을 연장하는 쪽을 택해야 했다. 타빌라는 항복했다.

"네."

릴란드릴에게는 그것으로 충분했다. 화살이 사라졌다. 릴란드릴은 로빈에게 미소를 보내고, 아직도 멍한 얼굴인 타라에게 윙크를 보낸 뒤에 활과 함께 사라졌다. 그런데 너무 갑자기 사라지는 바람에 로빈이 중심을 잃고 넘어질 뻔했다.

엘프들의 여왕은 자신의 목을 살며시 만져봤다. 손에 묻은 피를 맛보며 미소를 흘리는 모습에 타라는 소름이 돋았다.

"네가 아주 대단한 지원군이 있구나, 하프엘프. 그런데 릴란드릴이 너를 죽이면 내게 죽음을 면치 못한다고만 했지……."

또다시 활이 로빈의 팔에 갑자기 유형화되는 바람에 이번에는 히드라가 자빠질 뻔했다.

"……아, 내가 빠뜨렸군. 나를 소지하고 있는 임자의 여자친구와 그 가족을 비롯하여 가깝든 멀든 지인을 괴롭혔다가는 가만두지 않겠다. 명심해!" 릴란드릴의 목소리가 말했다.

활이 다시 사라졌다. 로빈은 여왕의 노기 띤 시선과 마주치지 않으려고 고개를 돌렸다. 뱀파이어로 변신한 타라의 얼굴은 태연했다. 타빌라는 로빈을 공격할 수 없기 때문에 타라에게 분풀이를 했다.

"또다시 검은 여왕이 행성을 위협하게 내버려두면 내가 너를 죽일 거야. 릴란드릴이 간섭을 하든 안 하든. 알아들었지?"

"네, 아주 잘 알아들었습니다." 타라는 무릎이 후들거리지만 내색하지 않으려고 애쓰면서 대답했다. "이제 우리 다른 데로 갈까, 로빈? 우리가 방해를 너무 많이 한 것 같은데. 트란스미투스 주문은 네가 해줄래? 지금은 마법을 너무 많이 사용하면 안 되거든."

로빈은 기꺼이 응했다. 즉시 주문을 읊었고 타라와 함께 사라졌다.

둘이 사라진 자리에 남은 깨진 스플루프 알들을 쳐다보면서 타빌라 여왕이 구시렁거렸다. 이것으로 끝난 게 아냐. 탕딜루스를 괴롭힐 방법을 찾아야 하는데…….

그들은 랑코비트에 있는 로빈의 집에 유형화되었다. 하프엘프의 깜짝 놀라는 얼굴을 보면서 타라는 이렇게 멀리 갈 생각이 아니었다는 걸 알아차렸다. 릴란드릴의 유령이 도움을 준 것이 틀림없었다. 장거리를 가려면 공간이동의 문을 이용하거나 트란스미투스를 여러 번 사용해야 했다.

타라는 주위를 둘러봤다. 강력한 레비투스 주문으로 공중에 떠 있는 엄청나게 많은 책들, 포근하고 아늑한 거실, 파란색 장미로 덮인 한쪽 벽면, 짙은 파란색 소파, 노란색 안락의자, 배치가 잘된 브리양트들……. 책 읽는 이들에게는 그야말로 쾌적한 공간이었다.

로빈의 인간 어머니 메보라가 기다리고 있었다. 탕딜루스는 아들이 집에 유형화되는 즉시 알려주는 신호기를 설치해놓았던 것이다. 메보라가 달려와서 아들을 품에 안았는데 몹시 흥분해 있었다. 어머니의 얼굴에서 불안을 느낀 로빈은 깜짝 놀랐다.
"엄마? 무슨 일……."
"다시 떠나야 해, 로빈!" 메보라가 말했다. "물론 당장은 아니지만 가능한 한 빨리! 너 때문에 아버지가 랑코비트와 오무아의 외교 분쟁에 연루되면 안 돼. 타라가 위험인물로 선포되었거든."
로빈은 항변하려고 했지만 메보라가 막았다.
"알아, 알아, 난 너를 믿어. 그리고 타라도 믿어. 하지만 검은 여왕으로 변신한 모습이 공개되었어."
메보라가 벽을 향해 돌아서서 외쳤다.
"화면! 타라 덩컨, 최근 뉴스!"
즉시 크리스털 전광판이 켜지고, 행성에서 가장 유명한 타트리스 주르날리스트 쥘과 짐의 두 얼굴이 나타났다.
"우리 여제께서는 정말 고민이 많습니다." 첫째 얼굴 짐이 말했다.
"어린 후계자의 지위를 박탈하고 추방했다가 다시 복귀시키고 공동 여제, 아니 부여제로 임명했는데 말입니다." 둘째 얼굴 쥘이 말을 이었다.
"그것이 불과 몇 시간 전의 일이건만 새로운 부여제가 악마의 마법에 감염되어 쿠데타를 일으켰습니다. 이 장면을 보면 알겠지만, 짐, 정말 설명이 필요 없습니다."
타라의 모습이 나타났는데 정말로 타라가 한 말인지 누구도 알 수 없게 소리를 죽여놓았고, 입술로도 읽을 수 없게 입의 윤곽이 희미했다. 하지만 검은 여왕으로 변한 모습은 또렷했다. 메보라와 로빈이 동시에 부르르 떨었다. 타라는 침을 삼켰다. 정말이지 무시무시한 모습이 아닌가.

맙소사, 타라가 권력을 잡고 모든 사람에게 고통을 주겠다고 선언하는 순간에는 소리를 죽이지 않은 상태였다.

타라가 그물에서 어떻게 빠져나갔는지는 보여주지 않았다. 쥘과 짐은 붙잡혔지만 외부의 개입으로 도망치는 데 성공했다는 것만 언급했다.

행성 전체에 타라 덩컨 수배령이 내려져 있었다.

또!

그래도 감옥에 갇혀 있지 않아서 다행이었다. 시도 때도 없이 갇히는 바람에 이제는 익숙해질 때도 되었지만.

"지구로 가야겠어." 타라가 말했다.

마지스터는 해가 갈수록 수법이 치밀해지고 있었다. 정말 기막힌 방법으로 타라를 함정에 빠뜨렸으니.

메보라는 뱀파이어로 변신한 타라의 창백한 얼굴과 핏빛 눈, 하얀 머리를 살펴보면서 이맛살을 찡그렸다. 아들이 엘프와 결혼하는 걸 반대했는데 지금은 후회가 되었다. 사랑하는 인간을 만났는데 이렇게 걸핏하면 목숨이 위태로우니 차라리 엘프가 낫겠다는 생각이 들었다.

"인간의 피를 빨아 먹는 뱀파이어의 모습으로 변신해봐야 아무 소용없어. 모든 공간이동의 문 데이터베이스에는 너의 DNA가 입력되어 있으니까. 어떤 모습으로 위장하든 통과하지 못해."

타라는 무슨 말을 하려다 바로 눈앞에 있는 메보라의 목에서 냄새를 느꼈다. 이런, 배가 고파왔다. 질겁한 타라는 로빈의 어머니에게 달려들어 목을 깨물기 전에 재빨리 본모습으로 변신했다. 진짜 타라로 돌아오자 근육통이 되살아났다.

"그럼 다른 방법을 찾아봐야겠어요. 물론 림보를 경유할 수는 없어요. 아르칸즈와 나는 사이가 아주 나빠서……."

로빈이 얼굴을 찌푸렸다. 타라로 위장한 악마의 함정에 빠진 뒤로 아르칸즈라면 치가 떨렸다. 타라는 더 이상 그 일을 거론하지 않았지만 로빈은 굴욕을 느꼈다.

"그러니까 공간이동의 문에 입력된 데이터를 지워야지요." 로빈은 머릿속에서 어른거리는 유혹의 이미지를 떨쳐내면서 말했다. "타라가 무사히 통과할 수 있게."

메보라는 빨리 떠나보내야 하는 위급한 상황인 걸 알지만 몇 가지 질문을 하지 않을 수 없었다.

"떠나기에 앞서 어떻게 된 일인지 말해주고 가. 정확하게 무슨 일이 있었니? 영상을 보면 타라가 무슨 말인가 하자마자 바로 검은 여왕으로 변하던데……."

타라는 스파리담(물론 소리 내어 말하지 않았다) 덕분에 타라의 마법과 악마의 마법이 합쳐져 검은 여왕을 불러낸 것이라고 설명했다.

"흐음, 알겠어. 그럼 검은 여왕이 다시는 나타나지 못하게 악마의 힘이 완전히 소모될 때까지 어딘가로 피신해 있는 게 어떨까?"

타라는 검은 여왕이 흥분하는 걸 느꼈다. 마음에 들지 않는다는 뜻이겠지.

"아니, 그건 불가능해요." 타라가 대답했다. "마지스터를 체포할 수 있는 사람은 아마 나밖에 없을 거예요. 마지스터는 내 어머니를 소생시키기 위해서 악마의 사물들을 원하니까요. 마지스터가 해방시키는 에너지는 림보로 돌아가서 악마들에게 힘을 공급한다고 생각해요. 물론 확인한 건 아니지만(타라는 정직하게 고백했다). 바로 그 때문에 마지스터가 나를 함정에 빠뜨린 거예요. 악마의 마법을 사용하면 내가 검은 여왕으로 변한다는 걸 마지스터는 알거든요. 검은 여왕으로 변하면 고모가 나를 체포하리라는 것도 알고요. 하지만 모든 정신병자들이 그렇듯 마지스터는, 나를 함정에 빠뜨렸던 남자를 통제하는 데 실패했어요. 상그라브라는 것이 들통 났으니까요. 상그라브는 악마의 힘을 소진하면서 나를 향해 걸어왔어요. 내가 자기를 구해줄 거라고 생각하는 것처럼. 그러고는 히믈리아의 철로 짠 그물 위로 쓰러졌고 폭발했죠. 그래서 나는…… 그러니까 검은 여왕은 그 틈에 도망칠 수 있었어요."

갑자기 화면이 바뀌면서 새로운 영상이 나타났다. 여제와 황제가 공간이동의 문 대합실에서 스쿠프들 앞에 서 있었다.

무릎 바로 위까지 내려오는 스커트에 가슴골이 훤히 드러난 셔츠, 몸에 딱 맞는 투피스 차림의 여제가 설명했다.

"우리는 지구로 갑니다. 우리 오무아 제국과 아더월드를 상대로 음모를 꾸미는 마지스터를 저지하기 위해서입니다. 우리는 마법에 관련된 비밀을 지켜야 합니다. 그리고 곧 돌아올 겁니다."

리스베스 여제는 얼굴 윤곽이 드러나도록 머리를 단정하게 틀어 올렸고, 상의 깃에 미국 국기가 선명한 카드를 핀으로 고정하고 있었다. 백악관에서 발급하는 공식 카드였다. 타라는 입술을 깨물었다. 여제와 황제는 버뮤다 삼각지대로 가는 것이 분명했다. 마지스터가 놓은 함정에 뛰어드는 것이었다. 리스베스 여제 옆에 서 있는 산도르 황제도 아주 세련된 차림이었다. 여제는 성난 벌 떼처럼 주위에서 윙윙거리는 스쿠프들 앞에서 인사한 다음 지구로 가는 빛의 원으로 들어섰다.

로빈은 대합실에서 하나둘 사라지는 이들을 유심히 살폈다. 대부분 공무원처럼 민간인 복장인데 같은 양복점에서 맞춘 옷이 아닌지 각양각색이었다. 하지만 그중 장군들은 군복 차림이었다. 여제는 정확하게 무엇이 필요한지 모르기 때문에 해군과 육군, 공군을 비롯하여 심지어 해안 경비병의 군복까지 갖추게 했다. 어쨌든 마법으로 속이면 인간들은 아무것도 알아채지 못할 텐데.

"마지스터가 너를 이용하는 거야." 마침내 로빈이 말하는 순간, 질겁한 타라는 뇌 기능이 정지되는 느낌이 들었다. "마지스터가 움직이면 너는 선택의 여지없이 쫓아갈 수밖에 없잖아. 하지만 타라, 이번만은 쫓지 않는 게 어떨까? 네 고모는 바보가 아냐. 그게 함정이라는 걸 잘 알고 있어. 내 생각에 마지스터는 여제를 두려워해. 오무아의 여제 리스베스는 강력해. 잘 봐(로빈이 여제를 따르는 친위대를 가리켰다), 여제는 오무아 군대의 거의 절반에 가까운 군사를 거느리고 있잖아. 눈 깜짝할 사이에 배를 나포할 것이고, 마지스터는 꼼짝 못할 텐데 네가 가서 뭘 더 할 수 있겠어? 너는 강력하지만 수십 명의 최고 마구스보다 더 강하지는 않아."

타라는 입술을 깨물었다. 맞는 말이었다.

그리고 틀렸다. 마지스터와 여러 번 싸우다 보니 타라는 정신병자의 머리가 어떻게 돌아갈지 예측할 수 있었다. 악마의 사물에 접근하기 위해 마지스터가 선택한 사람은 리스베스였다. 번번이 계획을 망친 타라를 아더월드에 묶어두고, 여제를 지구에 오도록 머리를 쓴 것이었다.

그래서 타라 역시 마지스터를 속이기로 계획을 세웠다. 하지만 메보라에게 말하지 않았다. 로빈의 어머니까지 끌어들여 위험에 빠뜨릴 필요는 없었다.

"미안하지만 나는 달리 방법이 없어." 타라는 로빈에게 말했다. "고모는 악마의 사물들을 파괴하는 것에 찬성했어. 그리고 안전상 악마의 사물들을 감춰놓은 곳을 비밀에 부쳐야 해서 지구에 가는 이유를 명확하게 밝히지 않았어. 하지만 고모가 가는 이유는 두 가지 목적을 이루기 위해서야. 악마의 사물들을 파괴해 마지스터와 검은 여왕이 접근하지 못하게 하려는 거지. 나는 무슨 수를 써서라도 그걸 막아야 해. 모우르무르 삼촌할아버지는 고모와 생각이 달라. 내 생각에 고모는 연락도 하지 않았을 거야. 고모는 악마의 사물들을 파괴하는 걸 반대한 나를 이미 검은 여왕의 지배를 받고 있었던 거라고 생각하니까. 따라서 고모는 모우르무르에게 악마의 사물들을 파괴했을 때 그 영혼들이 어디로 가는지 추적하는 기구를 발명하라는 부탁도 하지 않을 게 뻔해. 고모는 아무런 의문도 제기하지 않고 파괴해버릴 거야…… 그러면 아르칸즈만 신 나겠지. 우리를 정복하는 데 필요한 것을 얻으니까."

메보라는 회의적인 표정이었다. 타라가 악마의 사물들이 지닌 힘을 불안해하는 것은 이해되지만, 림보에서 겪은 일에 대해 로빈이 해준 이야기에 따르면 새로운 마왕은 힘이 더 필요할 것 같지 않았다.

행성을 지구처럼 만들고 태양을 변형시키기 위해 수십억의 영혼을 희생시켰는데 수백만의 영혼쯤 돌아온다고 성공이 보장되는 건 아닐 텐데……. 하지만 메보라는 다른 추론에도 귀 기울일 필요가 있었다. 알고 있는 사실보다는 확실한 증거에 근거해야 했다.

"하지만 지구에 무사히 갔다고 해도 리스베스 여제는 너희를 눈에 띄는 즉시 체포하고 엄중히 감시할 거야."

메보라는 차분하게 지적했다.

맞는 말이었다. 하지만 메보라는 아주 사소하지만 상황의 판도를 바꿔줄 만한 것, 그들의 절친 중에 지구인 문지기가 있다는 걸 모르고 있었다. 타라는 필요 이상으로 메보라를 끌어들이고 싶지 않아 더는 말해주지 않았다.

"무슨 일에나 때가 있죠." 타라는 한숨을 쉬고 호주머니에서 아더월드 마법의 저장소인 살아있는 돌과 초강력 컴퓨터폰을 꺼냈다. "먼저 불법 노선 전문가에게 의견을 물어본 다음 어떻게 할지 우리 생각해보자."

메보라가 잠자코 입술을 오므리고 있자 로빈이 고개를 끄덕였다. 메보라는 '우리'라는 말이 마음에 안 들지만 아들이 타라를 포기하지 않으리라는 걸 알고 있었다.

"정보국장을 남편으로 둔 사람의 직감으로 믿을 만한 사람이 있는 모양인데…… 그 전문가가 누구니?"

살아있는 돌은 연락할 사람이 누구인지 물어볼 필요가 없었다. 대화에 귀를 기울이고 있었기 때문에.

'칼, 착한 칼에게 걸게.' 살아있는 돌이 기뻐했다.

모우르무르
전문가라고 반드시 모든 걸 안다는 보장은 없는데

*

칼은 지구에 있는 이사벨라의 저택에 있었다. 더 구체적으로 말하면 저택의 지하 실험실**17**에서 모우르무르와 의논하고 있을 때 크리스털 볼이 울렸다. 칼이 매직컴 탁자 위에 크리스털 볼을 올려놓자 타라의 이미지가 나타났다. 칼의 잿빛 눈이 휘둥그레졌다.

칼은 누가 보는 사람이 없는지 주위를 살펴본 뒤에 속삭였다.

"타라! 왜 이제 해? 얼마나 마음을 졸이면서 네 연락이 오기만 기다렸는데!"

"그게…… 검은 여왕으로부터 40분 전에야 겨우 빠져나와서 더 빨리 연락할 수가 없었어."

---

17. 발명하는 과정에서는 걸핏하면 폭발 사고가 일어나기 때문에 지하실에 실험실을 차려 놓고 조심하는 수밖에 없다.

"아, 그랬구나. 함정에 빠졌던 거야? 악마의 마법 때문에? 오, 젤리소르의 충치여! 다시는 그 무시무시한 검은 여왕을 볼 일이 없을 줄 알았는데. 그래서 공간이동의 문을 통과할 수가 없어서 나한테 연락한 거지?"

척하면 척, 칼과는 이렇게 잘 통한다니까. 칼은 혼자 질문하고 혼자 대답했다. 타라는 고개를 끄덕였다.

"응, 모든 공간이동의 문 데이터베이스에 내 DNA가 입력되어 있어서 통과할 수가 없어. 무슨 방법이 없을까?"

"없어." 칼이 대답했다.

실망하는 타라의 얼굴을 보면서 칼은 영악한 미소를 흘렸다.

"하지만 너의 외외외종조부께서 발명한 기구들을 무게로 치면 500킬로그램도 넘는데 설마 무슨 방법이 없겠어? 잠깐 기다려봐."

칼이 모우르무르와 알 수 없는 눈짓을 주고받았다. 모우르무르는 고개를 끄덕이면서 칼에게 매직컴에 있는 크리스털 볼을 갖다 달라고 손짓했다. 그러고는 크리스털 볼을 마법복 주머니에 집어넣고 외쳤다.

"*트란스미투스!*"

잠시 후, 발명가와 칼은 어딘가로 이동해 있었다.

칼은 손에 쥐고 있던 크리스털 볼로 주변을 보여주었고, 타라는 타공의 브주아 지롱 백작의 성에 있는 공간이동의 문 대합실이라는 걸 알아봤다. 느닷없이 나타난 두 사람을 보면서 파브리스의 눈이 동그래졌다.

"휴, 간 떨어질 뻔했네. 내가 지구에 온 건 조용히 살고 싶어서야.

제발 부탁인데 이렇게 불쑥불쑥 나타나지 좀 마!"

칼이 미소를 지었다.

"하지만 우리가 없으면 따분해서 미칠 텐데!"

"아니, 난 절대 따분하지 않아! 이번엔 또 무슨 일인데?"

칼은 크리스털 볼에 홀로그램처럼 투영된 타라의 이미지를 보여주었다. 파브리스는 깜짝 놀랐다.

"타라? 괜찮아? 검은 여왕으로 변해 있는 뉴스를 봤어. 무아노와 많이 걱정했는데!"

"무아노가 거기 있어?"

"응, 마지스터가 버뮤다 삼각지대에서 벌이는 일로 네가 즉시 지구에 올 거라고 생각했어. 그래서 무아노도 여기 와 있는 것이고(파브리스의 흡족해하는 얼굴로 보아 상황이 뒤집어진 것을 기뻐하고 있었다). 거기 어딘데?"

"트라비아." 타라가 대답했다. "로빈의 부모님 집에 있어."

타라가 어떻게 합류할지 설명하자 파브리스는 금발을 헝클어뜨리고 까만 눈을 찡그리며 한숨을 내쉬었다.

"내가 지구에서 문지기로 살겠다고 결심한 것은 평온하게 살고 싶어서야. 쿠데타를 조장하고, 공간이동의 문을 조작하기 위해서가 아니라고!"

칼이 깔깔대고 웃었다. 파브리스가 원래 이렇게 불평이 많았던가? 완전 투덜이가 됐네.

"파브리스, 네가 지금 한 말, 정말 그렇게 생각하는 거 맞아? 네가 유럽에 있는 공간이동의 문을 지키는 문지기라서 우리에게 얼마나 다행인데! 아주 절묘한 타이밍이었어. 너 정말 감각 있다."

파브리스는 신음소리를 냈다. 타라도 빙긋이 웃었다. 오, 불쌍한 파브리스! 파브리스는 처음부터 마법을 싫어했고, 마법에 대한 욕심 때문에 저지른 잘못은 평생 잊지 못할 죄책감으로 남을 것이다. 그건 타라도 비슷하지만.

"뭘 꾸물거려?" 귀에 익은 목소리가 말했다. "못된 놈들을 해치우러 가자! 너무 오랫동안 얌전하게 지냈더니 몸이 근질근질해서 죽겠어. 용맹한 난쟁이라는 이름에 걸맞게 살아야지."

칼은 타라가 파프니르의 모습을 볼 수 있게 크리스털 볼의 방향을 바꿔주었다. 매직갱이 전원 모였네! 타라는 파프니르가 무아노와 같은 생각으로 지구에 갔다는 걸 알고 정말 기쁘고, 또 고마웠다.

"문을 조작한다, 문을 조작한다……." 모우르무르가 그들 뒤에서 쉰 목소리로 말했다. "녀석들, 그렇게 단박에 되는 게 아냐. 생각 좀 해야겠다."

엉뚱한 발명가의 시커먼 재가 묻은 얼굴이 갑자기 클로즈업되었을 때 타라는 움찔했다. 헝클어진 백발의 모우르무르는 투덜거리는 어조지만 도전을 즐거워하는 눈치였다.

"타라, 공간이동의 문으로 가야 해." 모우르무르가 말했다.

"살아 있는 궁전으로 가." 칼은 타라가 이해를 못했을까 봐 구체적으로 말했다.

"이곳과 너희가 있는 곳을 연결해놓을 거니까." 모우르무르가 톡 나서는 칼을 째려본 다음 말을 이었다. "그다음 두 문에 입력된 정보를 지우고 수동으로 이동시킬 거야. 그러면 도처에서 경보가 울리겠지만 너희는 통과할 수 있어."

"좋아요, 지금 당장 살아 있는 궁전으로 출발할게요." 타라가 일어서면서 말했다. "준비하는 데 얼마나 걸릴까요, 모우르무르 삼촌할아버지? 외외외종조부보다 삼촌할아버지가 더 간단하고, 듣기도 편하고…… 좋으시죠?"

모우르무르는 마음에 든다는 표시로 싱글벙글했다. 오랜 세월 아무도 그렇게 불러준 사람이 없었는데.

"이미 준비됐어. 대학 다닐 때 발명한 건데 무단 외출할 경우……."

눈을 반짝거리는 칼을 발견한 모우르무르가 얼른 덧붙였다.

"……흠흠, 대륙 이동의 단거리에는 완벽하게 작동하는데 은하계 사이에서도 가능하게 힘을 변경시켜야 해. 너희가 궁전에 도착하는 사이에 준비는 끝나. 아, 물론 에너지의 양을 정해야 하지만! 그래야 계속 떠 있거든. 아마 그게 가장 까다로운 작업일 거야."

칼은 타라에게 아주 약간 불안한 미소를 보냈다.

"여기서 뭔가 폭발하기 전에 서둘러. 살아 있는 궁전에게 너희가 갈 거라고 알릴 거니까 지난번처럼 눈에 띄지 않게 궁전 뒤쪽에 있는 지하 통로로 들어가. 궁전의 문지기 외눈 거인 맑은시냇가수줍은꽃에게도 연락해놓을게. 아마 아무 문제없을 거야. 아, 그리고 경비들이 너희를 공격해도 제발 부탁인데 죽이지는 마. 적이 아니라 명령에 복종하는 것뿐이니까."

타라는 어이가 없는 얼굴을 했다.

"칼, 그야 두말하면 잔소리지!"

그때 살아있는 돌이 타라의 눈앞에 둥둥 떠올라서 못마땅한 투로 물었다.

"착한 칼, 잘생긴 칼을 만나러 지구에 간다고?"

"응……." 타라는 한숨을 내쉬었다.

살아있는 돌이 빛을 발하지 않아서 거의 시커멨다.

"살아있는 돌은 지구 싫어. 마법 마음대로 사용 못해."

"알아. 하지만 우리는 마지스터를 잡아야 해. 신명 나는 싸움이 벌어질 거라고 약속할게."

기분이 좋아진 살아있는 돌이 번쩍거리기 시작했다.

"오, 좋아! 힘을 줄게! 하, 하, 하!"

살아있는 돌이 기뻐하면서 타라가 벌려주는 호주머니 안으로 쏙 들어갔다.

"내가 생각해봤는데 타라 네가 자꾸 싸움판에 끼어드는 게 아무래도 친구들 때문인 것 같아." 로빈이 진지하게 말했다. "친구들이 거의 다 피에 굶주린 전사들이라서. 너의 살아있는 돌도 그렇고!"

타라는 미소를 지었다. 맞는 말이었다. 온화한 무아노조차 미녀와 야수의 후예로서 송곳니와 갈퀴발톱이 달린 괴물로 변신할 수 있다는 걸 안 뒤로 함께 싸우는 걸 좋아하고 있으니. 파브리스만 거의 죽지 않는 늑대인간으로 변할 수 있는데도 싸움을 좋아하지 않았다.

타라가 일어섰다. 타라와 로빈이 친구들과 통화하는 사이에 메보라는 그들의 계획을 듣지 않으려고 방을 나가주었다. 잠시 후, 로빈의 어머니가 파란 눈을 찡그리면서 돌아왔는데 걱정이 가득한 얼굴이었다.

"고맙습니다, 부인. 그리고 이렇게 불쑥 찾아온 걸 용서해주세요.

이제 떠나겠습니다."

"떠나기 전에 나에게 민투스 주문을 날려서 오늘 너희 둘을 본 기억을 지워야 해." 메보라는 단호했다. "조사받을 경우 나는 거짓말하고 싶지 않아. 내 아들은 스플루프 알을 사러 셀렌다에 갔고, 타라는 이틀 전에 본 것으로 기억해야 되니까. 그리고 소메이우스 주문을 덧붙여. 한잠 자고 나면 민투스 효과가 강화되니까."

로빈은 미소를 지으면서 어머니를 포옹했다. 메보라는 공중에 떠 있는 책들 밑에 놓인 소파에 누워 눈을 감았다. 로빈이 민투스와 소메이우스 주문을 연달아 날리자 어머니는 평온하게 잠들었다. 발꿈치를 들고 살금살금 집을 나가자마자 타라와 로빈은 내달렸다. 겨우 몇 초가 지났을까. 근위병들이 집에 거의 돌격하는 수준으로 들이닥쳤다. 하지만 메보라가 깊이 잠들어 있어서 목이 쉬어라 소리를 질러봤자 헛수고였다.

로빈은 트라베스티수스 주문을 날려서 타라를 짧은 머리에 까무잡잡한 청년으로 변신시켰다. 갈랑은 커다란 개로 변해 있고, 자신은 온전한 엘프의 얼굴로 바꾸었다. 인간의 피를 받은 표시인 검은 머리털이 사라진 상태지만 그래도 얼굴이 알려져 있기 때문이었다. 근위병들은 위장술을 감지해내는 안경을 쓰고 있어서 둘은 요리조리 피해야 했다. 다행히 거리에는 사람이 아주 많았고, 아무도 관심을 갖지 않았다. 손님을 불러 모으는 행상인들, 연극이나 영화를 보여주면서 행인들을 유혹하는 장사꾼들, 절대 마법이 아니라 기막힌 재주라고 주장하는 곡예사들……. 아더월드에 훨씬 익숙한 로빈은 군중에게서 불안한 눈빛과 불만이 가득한 입을 알아볼 수 있었다. 악마라면 누구나 벌벌 떠는데 검은 여왕이 출현했다는 소식에 몹시 불안에 떨고 있는 것이 틀림없었다.

로빈과 마찬가지로 타라도 트라비아를 좋아했다. 랑코비트 왕국의 수도 트라비아는 아기자기하게 꾸며놓은 도시였다. 오무아 제국의 시끌벅적한 팅가푸르와는 사뭇 다르게 트라비아는 조용한 편이었다. 살아 있는 궁전은 동화 속 성이라기보다 무시무시한 요새의 모습을 하고 있었다. 유령들의 습격으로 곤혹을 치른 것이 그리 오래전이 아니므로 똑똑한 궁전으로서는 당연한 선택이었다.

타라와 로빈은 조심스럽게 궁전의 정문을 피했다. 둘은 인적이 드문 작은 길을 따라가다 페가수스들이 둥지를 트는 강철나무 그늘에 숨어서 슬그머니 궁전 뒤로 갔다. 성벽에 가까이 다가선 타라는 위장한 모습을 사라지게 했다. 체인지라인이 면허 받은 도둑들의 복장을 입혀주었고, 머리를 하나로 땋아주었다.

궁전이 정말로 칼의 연락을 받았는지(칼이 어떻게 살아 있는 궁전과 의사소통을 하는지는 미스터리였다) 궁전의 정신을 상징하는 유니콘이 벽에서 꿈틀 움직였다.

유니콘은 타라를 뚫어져라 쳐다보더니(살아 있는 궁전은 칼과 타라를 아주 많이 좋아한다) 이내 성벽의 일부분이 빙그르르 돌았다. 타라는 미소를 지었다.

"고마워, 궁전." 타라가 속삭이면서 로빈에게 들어가자는 눈짓을 보냈다.

유니콘이 살아 있는 궁전의 몸속에 나 있는 굽은 길로 안내했다. 궁전은 궁인들이 타라와 로빈을 보지 못하게 복도의 방향을 계속 바꾸고 있었다. 타라는 호주머니 안에 궁전을 넣고 다니면 정말 편리할 거라고 생각했다. 그들은 아무도 마주치지 않았다.

수줍은꽃은 공간이동의 문 대합실 부근의 방에서 기다리고 있었다. 유령들이 습격했을 때 트라비아를 방어하고 저항을 도와주었던 빨간 머리의 외눈 거인이 의기소침한 얼굴로 두 손을 비비 틀었다. 늘 그렇듯 타라 앞에서 정중하게 인사했다. 타라가 검은 여왕이 아니라 정상적인 모습으로 돌아와 있어서 안도하는 눈치였다.

"마마, 오, 이게 어떻게 된 일입니까?" 수줍은꽃이 기어드는 목소리로 말했다. "칼한테서 이쪽으로 오실 거란 연락을 방금 받았는데 행성 전체에서 마마를 추적하고 있다는 뉴스도 나오고……. 어찌해야 될지 정말 모르겠습니다."

타라는 미소를 지었다.

"수줍은꽃. 실은 나도 몰라요. 어쨌든 마지스터가 악마의 사물들을 파괴하지 못하게 막으려면 내가 지구로 가야 해요. 하지만 공간이동의 문에는 나에 대한 정보가 입력되어 있어서 통과시키지 않을 거예요. 타공에 있는 공간이동의 문은 모우르무르 발명가께서 알아서 할 건데…… 한 30분 동안만 나를 궁전의 대합실에 있게 해줄 수 있어요?"

외눈 거인의 얼굴이 창백해졌다. 얼마나 공포에 떨고 있는지 눈빛이 머리 색깔처럼 빨개졌다.

"30분이요? 그건 안 됩니다! 우리 왕국에는 수많은 대사들이 수시로 왕래하고 있습니다. 한밤중에도 고위급 관리들이 드나들어서……."

로빈은 싸우게 될지도 모른다는 생각에 머리를 묶으며 제안했다.

"공간이동의 문이 일시적으로 고장이 났다고 말하면 되죠."

외눈 거인은 한숨을 내쉬었다. 칼의 연락을 받고 이럴 줄 예상은 했지만……. 외눈 거인은 하는 수 없이 고개를 끄덕였다. 타라는 다정하게 거인의 팔을 잡았다. 유령들이 습격했을 때 칼과 타라를 숨겨주면서 목숨을 구해줬는데 또 신세를 지게 되다니.

"고마워요, 수줍은꽃. 너무 오래 난처하지 않도록 빨리 떠날게요."

갑자기 그들 뒤에서 유니콘이 딸꾹질 같은 소리를 냈고, 문이 열렸다. 소스라치게 놀란 타라와 로빈, 수줍은꽃은 뒷걸음쳤다. 랑코비트의 베어 왕과 티타니아 왕비가 서 있는데 표정이 심상치 않았다. 왕비는 틀어 올린 쪽 찐 머리에 꽃 모양의 다이아몬드와 사파이어가 박힌 황금 왕관을 썼는데도 키가 작았다. 랑코비트를 상징하는 파란색과 은색 마법복 차림의 왕은 키는 작아도 위엄이 있어 보였다.

"방금 들은 말에 따르면 어쩐지 반역의 냄새가 나는 모의 같지 않아요?" 티타니아 왕비가 남편에게 가볍게 말하는데 얼굴이 붉게 달아오른 것으로 보아 화가 나 있었다.

베어 왕은 유령에 들려서 호되게 당한 뒤로 자라게 내버려둔 수염을 가다듬으면서 엄숙하게 말했다.

"수줍은꽃, 자네가 이럴 줄은 정말 상상도 못했네. 외눈 거인들은 충신이라고 믿었건만."

하얗게 질려서 부들부들 떨던 수줍은꽃이 유령들과 맞설 때의 용맹함을 되찾고 공손하게 고했다.

"전하, 타라 덩컨 마마의 행동에 분명한 이유가 있다는 걸 알았기 때문입니다. 하지만 마지스터는 우리 행성에서 가장 위험한 인물이라 전하를 연루시키고 싶지 않았습니다. 그래서 그 위험한 반역자를 체포할 수 있게 도우려면 타라 덩컨을 빨리 지구로 보내주는 것이라고 생각했습니다."

와우, 수줍은꽃이 검은 여왕에 대해서도, 악마의 사물들에 대해서도 언급하지 않고 이런 식으로 정리해버리니까 상당히 합리적으로 느껴졌다. 공공의 적 1위를 붙잡는 문제인 만큼 직감에만 의존하는 수사로는 안 된다는 것을 넌지시 강조하는 말이 아닌가. 타라는 나중을 위해 새겨두었다.

베어 왕과 티타니아 왕비는 냉정한 얼굴로 그들을 쳐다봤고, 타라는 무릎이 후들거렸다. 왕비와 왕이 지금 당장 감옥에 가둔다면 모든 것이 실패였다.

갑자기 왕비가 한숨을 내쉬었다. 스파이들로부터 궁전이 뭔가 일을 꾸미고 있다는 보고를 받았을 때 왕비는 무슨 일인지 짐작이 갔다. 영리한 궁전과 결탁할 수 있는 사람은 거의 없었다. 타라 덩컨과 칼리반 달 살란을 제외하고는. 왕비는 칼이 지구에 가 있다는 걸 알기 때문에 타라밖에 없다는 결론을 내렸다.

외눈 거인의 말이 맞았다.

"너 자신 있지?" 왕비가 타라에게 물었다. "마지스터가 사물을 파괴하면 남은 악마의 영혼들이 힘을 공급하기 위해 림보로 돌아간다고 생각하니?"

이런, 이런! 왕비는 다 알고 있잖아. 당연히 뉴스를 봤을 텐데 그 생각을 못하다니. 그리고 다른 군주들과 마찬가지로 악마의 사물이 어디 있는지도 알고 있었다.

"모르겠어요." 타라는 정직하게 대답했다. "크라에토비르의 반지를 파괴했을 때 악마의 마법이 마왕 아르칸즈에게 돌아가는 걸 봤어요. 어쩌면 가까운 곳에 악마의 사물이 없어서 그랬을지도 모르니까 추측에 불과할 수도 있어요. 악마들은 수십억의 동족을 죽이고 그 영혼들을 에너지로 사용하여 행성들을 지구처럼 만들었어요. 이미 수십억의 영혼을 사용했기 때문에 너무 많은 생명을 희생시켰다는 인상을 받았어요. 따라서 5000년 이상 갇혀 있는 수백만의 영혼이야말로 그들에게 부족한 것을 채워주는 아주 중요한 것일지도 모른다는 생각이 들었어요. 확인한 건 아니지만 나는 그렇다고 확신하고 있어요."

티타니아 왕비는 생각에 잠겨서 고개를 끄덕였다. 궁전을 통째로 살테렌스의 붉은 산으로 이동시키는 바람에 낮잠 자다 혼쭐이 빠진 뒤로 타라를 두려워하는 왕과 달리 왕비는 타라를 아주 좋아했다. 랑코비트의 왕비는 타라를 믿었다. 타라가 비록 늘 전대미문의 모험에 끼어들고 있지만 올곧고 정직하다는 것을 알았다. 그래서 타라에게 증거 불충분에 의한 무죄 추정의 특전을 주기로 했다.

"알았다, 타라. 여보, 지금부터 30분 동안 공간이동의 문은 사용할 수 없는 거예요. 통신원들에게 알립시다."

"수줍은꽃?" 이번에는 베어 왕이 말했다.

"네, 전하." 수줍은꽃이 이번만은 비밀리에 하지 않아도 된다는 것에 후련해진 듯 활짝 미소 지었다.

"타라와 로빈에게 필요한 것은 무엇이든 다 해주게. 아! 그리고 수줍은꽃……."

"네, 전하."

"다음에 또 몰래 뭔가를 할 때는 감옥살이를 하게 될 테니 명심하게, 알았나?"

"네, 전하. 고맙습니다, 전하."

베어 왕은 미소를 지으면서 왕비와 함께 방을 나갔다. 유니콘이 불안한 표시로 뿔을 흔들었다.

"정말 잘됐다." 로빈이 말했다. "근위병들을 두꺼비로 둔갑시킬 필요도 없고, 공간이동의 문까지 가기 위해 싸울 필요도 없고, 이동하는 순간까지 필사적으로 몰려오는 병사들도 없고……. 뜻밖에도 너무 이러니까 싱겁다."

타라는 눈살을 찌푸렸다. 하프엘프가 칼을 생각나게 했다. 어설프지만 나름 칼의 유머를 흉내 낸 것이었다.

"휴!" 외눈 거인은 불안에 떨고 있었다. "전하께서 나를 몹시 원망하시겠죠?"

"아니, 그렇지 않아요." 타라가 안심시켰다. "내 생각에는 두 분이 이 궁전에서는 멋대로 아무 짓이나 하면 안 된다는 걸 일러주신 거예요. 통치권자의 위엄을 보여주신 거죠. 극적이고 효과적인 방법으로. 이제 갈까요?"

수줍은꽃은 안도의 숨을 내쉬면서 타라와 로빈을 공간이동의 문 대합실로 안내했다. 궁전이 계속 그들을 지켜주어 이번에도 아무도 마주치지 않았다. 대합실에 들어서자 수줍은꽃이 잠시 기다리게 했다. 궁전이 타라와 로빈을 구석진 곳에 숨겨주는 사이에 수줍은꽃은 모든 사람을 나가게 했다. 공간이동의 문은 텅 비었고, 제어판이 반짝이고 있었다. 외눈 거인이 요정과 꼬마도깨비 파보, 거인, 드래곤 등 아더월드의 종족을 표현한 다섯 장의 화려한 양탄자 중 하나에 이동의 왕홀을 끼워 넣을 준비를 했다. 타라와 로빈은 제어판 뒤에 가서 섰다. 접속이 이뤄지는 동안 타라는 살아있는 돌을 들고 칼에게 걸었다.

살아있는 돌이 지구에 있는 브주아 지룡의 성 공간이동의 문을 보여주자 타라가 말했다. "우리는 준비 다 됐어."

살아있는 돌이 비춰주는 랑코비트의 공간이동의 문을 보면서 칼이 눈을 부릅떴다.

"어? 어떻게 된 거지? 시체도, 불탄 자국도, 격렬하게 싸운 흔적도 없다니! 타라, 너 또 무슨 짓을 한 거야? 궁전을 통째로, 아니 도시를? 아니 대륙을 통째로 재워버린 거야?"

타라는 이를 부드득 갈면서 아무 설명도 해주지 않기로 했다. 궁금해서 속 좀 터지게 만들어야지.

"대충 알아서 했어." 타라는 얼버무렸다. "그쪽은 준비됐어?"

칼이 인상을 쓰면서 고백했다. "모우르무르 선생님의 빌어먹을 거시기가 빌어먹을 거시기를 낳았어."

로빈이 웃었다.

"모우르무르 선생님의 빌어먹을 거시기가 빌어먹을 거시기를 낳았다고? 칼, 넌 왜 자꾸 이상한 말을 만들어? 그냥 알아듣기 쉽게 말해주면 될 텐데."

칼은 하프엘프를 째려보면서 말했다.

"빌어먹을 기구가 빌어먹을 결과를 낳았어. 이제 됐냐? 지금은 내가 멀쩡하지만 좀 전까지 형광등이었거든."

타라는 참을 수가 없었다.

"괜찮아, 칼. 네가 얼마나 반짝이는지 잘 아니까!"

"자 자, 애들아." 모우르무르가 말했다. "그만 재잘거리고 천재를 잘 봐야지. 로빈, 통과하고 싶으면 갈랑을 붙잡아. 내가 모든 시스템을 고장 내기만 하면 너는 이미 이쪽으로 넘어와 있을 테니까."

외눈 거인이 파랗게 질렸다.

"'모든 시스템을 고장 내기만 하면'이라니요? 그런 말은 듣지 못했는데……. 이건 또 무슨 얘기예요?"

모우르무르는 크리스털 볼을 향해 힐끔 눈길을 주었지만 대답하지 않았다. 로빈은 시키는 대로 페가수스와 히드라를 양쪽 어깨에 올려놓고 이동의 문 중앙에 섰다. 타라는 갈랑의 눈을 보면서 이렇게 헤어지는 걸 아주 못마땅해하고 있다는 걸 알았다.

수줍은꽃은 마지못해 이동의 왕홀을 양탄자의 중앙에 끼워 넣었다.

"이따 봐, 타라." 하프엘프는 손짓 키스를 보내면서 말했다.

손이 오글거리는 행각에 칼은 토하는 시늉을 했다.

"지구, 디콩, 브주아, 지룡의 성!" 로빈이 외쳤고, 폭발하는 빛 속으로 사라졌다. 잠시 후, 로빈이 칼 앞에 나타났다.

"멀쩡한 거야?" 칼이 로빈을 찬찬히 뜯어보면서 말했다. "손, 발이 떨어져 나간 것이 없는지 잘 봐. 보이지 않는 데도……."

로빈이 눈을 흘겼다.

"칼, 그만큼 까불었으면 이제 됐다." 모우르무르가 나무랐다. "자, 이제 타라를 통과시켜야지. 가능한 한 온전하게."

타라는 가슴을 두근거리며 한가운데에 섰고, 심호흡을 하고 나서 외쳤다.

"지구, 타공, 브주아 지룡의 성!" 그 순간 엉뚱한 생각이 스쳤다. 성대결절로 목소리가 안 나오면 마법사들은 어떻게 할까?

타라는 왕홀과 양탄자들이 분출하는 빛에 휩싸였다.

두 가지 상황이 동시에 일어났다.

타라는 아무런 변화 없이 그 자리에 꼼짝 않고 있었다.

그리고 요란한 경보가 울리기 시작했다. 소리가 어찌나 큰지 타라는 두 손으로 귀를 틀어막아야 할 정도였다.

"궁전!" 공포에 질린 수줍은꽃이 외쳤다. "경보를 멈춰, 당장!"

하지만 궁전은 아무것도 할 수 없었다. 경보는 공간이동의 문 소관이라서 궁전은 사람들이 놀라지 않게 요란한 소리가 건물 전체로 퍼져 나가지 않게 막는 것으로 만족했다. 그래서 이동의 문에서는 귀청이 떨어져 나갈 것 같은 경보가 계속 울렸다.

"흠, 알겠어." 모우르무르가 말했다.

타라는 그 말이 들리지 않지만 입술의 움직임으로 알았다. 모우르무르가 앞에 있는 뭔가 빛을 발하는 기구를 건드리자 경보가 멈췄다. 갑자기 고요해졌다. 안도의 숨을 내쉬면서 타라는 귀에서 두 손을 뗐다.

"이건 뭐, 내가 통과하는 게 정말 싫다는 얘기죠?" 타라는 몹시 불쾌한 어조로 말했다. "삼촌할아버지, 칼이 말한 거시기가 통하지 않는가 본데 이제 어떡하죠?"

발명가는 아주 난처한 표정이었다.

"이상해. 아무것도 폭발하지 않았어."

타라는 칼의 얼굴을 보면서 웃음을 참을 수 없었다.

"왜요? 무언가 폭발해야 되는 거였어요?"

"응, 그쪽 공간이동의 문 제어판에 합선이 일어나야 내가 조정할 수가 있는데……."

바로 그때 타라가 있는 방과 모우르무르가 있는 방에서 불빛이 가물거리더니 지지직거리는 소리가 들렸다. 이윽고 작은 폭발이 일어나고 깜깜해졌다.

살아 있는 궁전이 항의의 표시로 우르릉거리자 불빛이 돌아왔다. 아연실색한 수줍은꽃이 시커먼 줄무늬로 얼룩진 제어판 주위를 한 바퀴 돌았다.

"모우르무르, 무슨 짓을 한 것이오? 전하께서 나를 살려두지 않을 텐데!"

지구의 방도 훤해졌고, 살아있는 돌이 통신을 끊지 않았기 때문에 타라는 평소보다 훨씬 더 시커멓게 그을음이 앉은 모우르무르의 얼굴을 볼 수 있었는데 만족스러운 표정으로 손가락을 빨고 있었다.

"어휴, 감전사할 뻔했네." 모우르무르는 고개를 설레설레 저으면서 중얼거렸다. "자, 이제 어떻게 되는지 보자……."

발명가가 빛을 발하는 기구를 만지작거리자 수줍은꽃의 제어판이 다시 작동하면서 지지직거렸다. 타라는 웃음이 싹 달아났다.

"한가운데에 자리를 잡아, 타라." 모우르무르가 지시했다.

"네, 근데…… 자신 있죠?"

"아니." 모우르무르는 솔직하게 대답했다. "네 몸의 반쪽만 이곳으로 오고, 나머지 반쪽은 아더월드에 남아 있을 확률이 50프로야."

타라는 시키는 대로 한가운데에 서서 말했다.

"오! 나는 그렇게 반반씩……."

말을 끝내기도 전에 타라는 칼과 로빈 앞에 와 있었다.

"……나눠고 싶지 않은데." 하고 말을 맺으면서 타라는 황당하게도 로빈이 아니라 칼의 품에 왈칵 안겼다. 전혀 예상도 않고 있던 칼은 벌렁 자빠질 뻔했다.

"와우! 타라, 나도 이렇게 만나서 엄청 기뻐. 괜찮아?"

타라는 안도의 숨을 내쉬었다. 대체 왜 로빈이 아니라 칼의 품에 안겼을까? 로빈에게 뭔지 모를 불편함을 느끼고 있었다. 이제는 뜨거운 열정이 느껴지지 않았다. 로빈을 위해서라면 목숨을 걸게 했던 열정이 더 이상 느껴지지 않았다.

아무튼 타라는 더 이상 사랑에 빠져 있지 않았다. 그리고 아주 귀찮았다. 하지만 타라는 열정이 회복되길 바라면서 내색하지 않았다.

"응, 난 괜찮아." 타라가 대답하자 안심한 갈랑(겁에 질려 있었다)이 어깨에 올라앉았다.

로빈이 와서 포옹을 했는데 타라는 가만히 있었지만 약간 뻣뻣했다. 하프엘프는 눈살을 찌푸리면서 잠자코 있었다. 파브리스와 무아노, 파프니르도 타라를 얼싸안았고, 또 한 번 마지스터의 계획을 망치기 위해 모인 걸 모두 기뻐했다.

타라가 모우르무르를 돌아봤다.

"고맙습니다, 삼촌할아버지. 정말 대단하셨어요. 각료회의에서 악마의 사물에 갇혀 있던 영혼들을 추적할 목적으로 사물 하나를 파괴하러 지구에 가기로 결정했어요. 참고로 내가 검은 여왕으로 변하기 전에 결정된 거예요. 나는 그 영혼들이 어디론가 가서 갇혀 있다가 다시 사용된다고 생각하거든요. 그러다 마지스터의 함정에 빠져서 검은 여왕으로 변했지만, 그 계획은 포기하지 않을 거예요."

모든 전략이 모우르무르에게 달려 있기 때문에 타라는 말을 잠시 중단하고 뜸을 들이다가 덧붙였다.

"그게 가능할까요?"

모우르무르는 덤덤한 얼굴로 말했다.

"영혼들을 추적하는 거 말이니? 에너지를 추적하는 건 쉬워. 어디까지?"

"림보까지요."

모우르무르는 어안이 벙벙해서 타라를 쳐다봤다. 잠시 후, 발명가의 얼굴이 환해졌다.

"아하! 마침내 이 천재가 도전할 만한 일이 생겼구나. 다른 세계로까지 추적의 범위를 확장하는 것……. 아주 좋아. 물론 해봐야지."

타라는 미소를 지으면서 긴장을 약간 풀었다. 불가능한 일일수록 모우르무르는 의욕이 충천했다. 이것도 집안 내력인가? 타라도 불가능한 미션에 뛰어들기 일쑤인데…….

타라는 두 번째로 중요한 질문을 했다.

"악마의 사물들에 접근하려면 버뮤다 삼각지대에 가야 해요. 가장 가까운 공간이동의 문이 푸에르토리코에 있는데 우리를 보내줄 수 있어요? 아니면 비마들의 비행기를 타고 가야 하나요?"

모우르무르는 꾀죄죄한 손수건을 꺼내서 얼굴을 닦더니 자신의 마법복을 가리켰다. 호주머니에 신기한 발명품, 폭발물 등 수백 개의 기구가 들어 있었다.

"내가 같이 갈 거고, 이렇게 마법복 호주머니에 실험실을 넣고 가는 거나 다름없는데 당연히 할 수 있지. 물론 매직컴도 가져갈 거고. 어디를 가든 파자마와 칫솔만 챙기면 되니까 나는 준비됐다!"

타라는 무슨 말을 하려다가 입을 다물었다. 모우르무르는 니트로글리세린(다이너마이트의 주요 성분으로 강력한 폭발성을 지닌다—옮긴이)처럼 불안정하고 언제 폭발할지 몰라서 아주, 아주 위험한데. 하지만 무슨 문제가 생기면 당장 해결해줄 능력이 있으니까 꼭 필요한 사람이기도 했다.

현장으로 어떻게 갈지 결정이 되었으니 이제 계획을 말해야 했다. 브주아 지롱의 성에 있는 그들만의 비밀 장소에서 타라는 상황을 설명하고, 오무아 사람들에게 악마의 사물이 얼마나 위험한지 설득하든 못하든 감행할 작전을 밝혔다.

모우르무르의 인생에서 영감을 받은 작전이었다. 만족스러우면서 동시에 답답한 인생이었다. 수많은 실수를 저질렀지만 그게 모두 헛된 것이라는 생각은 1초도 하지 않았다.

타라는 발명가의 승부욕을 건드리는 좋은 질문들을 했고, 그 질문들이 모우르무르의 창의력을 자극했기 때문에 타라를 기쁘게 하는 대답이 나왔다. 모우르무르는 천재일 뿐만 아니라 전 세계, 아니 우주를 구할 수도 있게 되는 것이 아닌가.

타라의 작전을 보강하기 위한 여러 가지 좋은 의견이 나왔다.

귀담아들으면서 곰곰이 생각하던 칼이 휘파람을 불었다.

"타라, 네가 하려는 것은 너무 과감해. 하지만 일리가 있다고 생각해. 아무리 위험한 생각이라도 확실히 아주 기발하단 말이야!"

"악마의 영혼들이 림보로 돌아가는 것이 맞다는 전제하에 할 수 있는 작전이야." 타라가 상기시켰다. "그렇지 않고 영혼들이 그저 흩어져버리는 거라면 아무 소용없어. 고모가 악마의 사물들을 파괴하게 내버려두는 수밖에. 그리고 마지스터를 체포하면 목숨이 위태로울 일도 없는 것이고."

모우르무르는 어찌나 골똘히 생각하는지 귀에서 연기가 풀풀 날 것 같았다.

"그 작전을 하려면 많은 걸 발명해야겠다. 다행히 필요한 걸 거의 갖고 있으니까 그건 됐고. 그런데 일단 푸에르토리코에 도착한 다음 작전을 실행하려면 좀 기다려야 해. 네가 원하는 걸 만들려면 며칠이 걸릴 거야. 영혼 추적기 말이다."

1분 1초가 아까운 긴박한 상황이지만 타라는 고개를 끄덕였다. 타라의 작전은 믿을 수 없을 정도로 위험해서 뛰어난 기구 없이는 절대 해낼 수 없었다. 따라서 참고 기다려야 했다.

모우르무르가 흡족한 얼굴로 두 손을 비볐다. 이 아이는 정말이지 기상천외한 것을 만들게 하는 탁월한 재주가 있었다.

모두들 타라가 제안한 그야말로 미친 작전을 나름대로 정리하느라 깊은 침묵이 흐르고 있었다.

파브리스가 마지못해서 말했다.

"나도 같이 갈게." 파브리스는 한숨을 내쉬었다. "너희가 또 끔찍하게 위험한 상황에 놓였잖아. 퇴로를 마련하고 목숨을 구해줄 사람이 필요해."

무아노가 놀라는 얼굴로 파브리스를 빤히 쳐다보다가 날카로운 목소리로 내뱉었다.

"마법과 상관없이 평온하게 살려고 지구에 온 거라면서!"

"버뮤다는 지구에 있잖아." 파브리스가 차분하게 말했다. "아빠에게 며칠만 더 문지기 역할을 해달라는 쪽지를 남기면 돼. 그동안 상황은 종료될 테니까. 그리고 내가 문지기를 선택했다고 친구들까지 버린 건 아냐. 내가 친구들이야 죽거나 말거나 모른 척할 거라고 생각했단 말이야?"

무아노는 멀거니 입을 벌리고 쳐다봤다.

"에이, 한 쌍의 비둘기, 구구 구구구, 사랑싸움은 나중에 둘이서만."

"칼, 자꾸 비둘기, 비둘기 하지 마. 그냥 커플이라고 하면 될걸!"

타라가 핀잔을 주었다.

"한 쌍의 비둘기나 한 쌍의 커플이나 그게 그거지, 뭐."

무아노는 웃음을 터뜨렸다. 파브리스와 함께 갈 생각에 반짝이는 무아노의 눈과 탁자 위에 쪽지를 놓고 고개를 들던 파브리스의 눈이 마주쳤다.

"그럼 이제 꾸물거릴 필요 없잖아요?" 무아노가 말하자 표범도 신이 나는지 울음소리를 냈다. "가죠?"

"그래, 가자." 모우르무르가 말했다. "모두 가운데로 와서 서. 그리고 마법을 작동해. 오무아의 친위대와 병사들을 때려눕혀야 할 거다. 여제의 명으로 지키고 있을 게 틀림없으니까."

그들은 마법을 작동했다. 타라는 불안한 눈길로 이동의 왕홀을 힐끔 쳐다보고 끔찍한 경보가 또다시 울릴 걸 대비해 두 귀를 틀어막았다. 하지만 이번에는 모우르무르가 제대로 한 모양이었다.

그들은 사라졌다.

그리고 다시 나타났다.
하지만 푸에르토리코는 아니었다.
어디지?

초원

어딘지도 모르고 아무것도 없는 곳에서는
이내 무료해지는데

*

초원이었다.
또.
림보에 갔을 때처럼.
하지만 얼핏 봐도 림보 같지는 않았다. 지금으로서는.
공간이동의 문이 이따금 원하는 목적지가 아닌 어딘가로 데려간다는, 그 일이 벌어진 건가?
비행기를 탔어야 했나?
초원을 휩쓰는 바람 소리가 천둥소리처럼 요란했다. 타라는 바람이 뼛속을 파고드는 것 같았다. 질겁한 체인지라인이 타라에게 전투용 갑옷을 입혀주었다. 타라는 군대도 아닌데 아무짝에도 소용없는 지휘관 모자에다 검까지 허리에 차고 있어 인상을 썼다. 아무도 없는 거대한 땅덩이에 이런 것들은 정말이지 쓸모없는데…….

갑옷 차림의 타라를 보면서 친구들도 무장하려고 주문을 읊었는데 마법이 제대로 작동하지 않는 것 같았다. 왜 그런지 모르겠지만 속도 불편하고 느낌이 좋지 않았다. 친구들은 하나둘 마법의 빛을 껐다.

모우르무르가 호주머니에서 강철과 크리스털로 이뤄진 기구를 꺼내서 안테나를 길게 뽑자 삐삐, 소리가 났다.

"흠흠, 흠흠."

"흠흠이 괜찮다는 뜻이죠?" 칼이 공손하게 물었다. "아니면 흠흠이 빌우모죽인가요?"

모우르무르는 넉살 좋은 칼이 묻는 말에 신경 쓰지 않고 한두 번 더 흠흠, 하고 내뱉다 문득 이상한 말을 들은 것 같은지 눈썹을 치켜 올렸다.

"뭐라고 했니? 빌우모죽…… 그게 뭐니?"

"어디서든 튀고 싶어서 칼이 만든 말이니까 신경 쓰지 마세요." 무아노가 말했다. "빌우모죽은 '빌어먹을, 우리 모두 죽는구나'의 약자예요. 선생님, 얘는 자기가 굉장히 웃기다고 생각하거든요."

칼은 입술을 비죽거렸다. 웃기다고 생각하는 게 아니라 정말 유머가 넘치는데.

"제발, 림보에 와 있다는 말은 하지 마!" 파브리스가 울상을 지었다. "아르칸즈는 한 번 보는 것으로 충분하단 말이야."

오, 타라는 속으로 뜨끔했다. 나만 그렇게 생각하는 게 아니구나.

"아냐, 아냐." 모우르무르가 말했다. "여기는 림보가 아니야. 이 매직미터기를 보면 우리는 그렇게 많이 움직이지 않았어. 그러니까 내 말은 다른 행성에 와 있는 건 아닌 것 같아. 저 위에 보이는 것은 하늘이 아냐."

하늘이 아니라고 하는 것을 향해 모두 얼굴을 들었는데…… 하늘이랑 똑같았다. 구름이 몽실몽실 떠 있는 파란 하늘, 노란 태양. 하늘이잖아.

타라가 빙긋이 웃으면서 말했다.

"'이것은 하늘이 아니다'라는 말을 들으니까 르네 마그리트의 그림이 생각나네('인간의 눈으로 보는 것만이 다가 아니다'를 그림으로 표현한 벨기에 출신의 초현실주의 화가[1898~1967]. 사과 그림 밑에 '이것은 사과가 아니다'라고 쓰여 있다―옮긴이)."

타라의 말에 파브리스만 입술을 비쭉거릴 뿐, 지구의 화가를 모르는 아더월드의 친구들은 아무 반응이 없었다. 칼이 모우르무르에게 시선을 옮기면서 말했다.

"타라, 아무래도 이 여행으로 모우르무르 선생님이 충격을 받으신 모양이야."

"타라를 통과시키기 위해 문에 합선을 일으켰더니……." 모우르무르가 말했다. "우리가 통과한 이동의 문이 푸에르토리코로 보내지 않고 일종의……."

모우르무르가 뭐라고 설명하는데 도무지 알아들을 수가 없었다.

"그러니까 한마디로 정리해서 여기가 어디냐고요?" 도끼를 움켜잡은 파프니르가 누구든 나타나기만 하면 휘두를 기세로 물었다.

모우르무르는 난쟁이 한 번 쳐다보고, 하늘 한 번, 초록색 풀 한 번 다시 쳐다보고 나서 솔직하게 대답했다.

"모르겠다. 이 매직미터기가 이상한 건지……." 모우르무르가 머뭇거리다가 말을 이었다. "아무튼 이게 정확하다면, 이것이 가능한 일이라면 여기는 지구야. 단정할 수는 없지만."

모우르무르는 훨씬 단호한 어조로 덧붙였다.

"하지만 저건 하늘이 아냐."

타라는 유유히 흘러가는 구름을 바라봤다.

"네, 알았어요. 하늘이 아니에요. 그럼 뭘까요?"

"거대한 돌 더미."

파프니르는 도끼를 거두고 쭈그리고 앉아서 정신을 집중하려는 듯 눈을 감고 냄새를 맡았다.

"얘는 뭐 하는 거야?" 칼이 구시렁거렸다. "볼일 보고 싶은 거면 여기서 이러지 말……."

"선생님의 말이 맞아." 파프니르가 쭈그리고 앉은 채로 말하자 벨제부트는 아주 가까워진 땅바닥을 보면서(다른 사람들의 어깨 높이에 비하면 지면에 가까운 편이지만) 펄쩍 뛰어내려 향기로운 풀밭에서 기지개를 폈다. "갇혀 있는 느낌이 들어. 냄새로 알 수 있어."

파프니르는 초록빛 눈을 뜨고 일어나서 손을 털었다.

"어마어마하게 큰 동굴 속이야!"

무아노가 뭐라고 중얼거리는데 무슨 계산을 하는 것 같았다.

"말도 안 돼." 무아노는 단정적으로 말했다. "이렇게 커다란 동굴은 없어! 타딕스나 마딕스**18**에 있는 것도 아냐. 달에서는 중력이 작아서 붕 떠다녀야 하는데 그렇지가 않잖아(무아노는 둥둥 떠오르지 않는다는 걸 보여주기 위해 펄쩍 한 번 뛰었다). 그리고 허공에 저렇게 거대한 돌 더미가 떠 있다는 것도 말이 안 되고. 벌써 오래전에 무너져 내렸어야 하는데…….”

모우르무르가 금속 막대기 같은 것을 여기저기 흔들면서 말했다.

“떠받쳐주는 주문이 걸려 있는 게 틀림없어. 보이지는 않지만 분명히 존재해. 여기는 많은 마법이 작용하고 있는 게 느껴져. 내가 ‘느낀다’고 말할 때는 내 기구들이 확인시켜주는 거야. 어떤 마법들이 작용하는지는 전혀 모르겠지만……. 아무튼 다 비정상이야.”

칼은 타라를 쳐다보면서 눈을 찡긋했다.

“그렇지 않아요. 우리랑 다니면 무슨 일이 생기는 게 정상이거든요.” 장난기가 발동한 칼이 능청스럽게 말했다. “그러니까 금지된 대륙에 갔을 때처럼 하면 돼요. 혹시 끔찍한 폭군이 장악하고 있으면 타라가 한두 번 폭발시킨 다음 압제에 신음하는 국민을 해방시키고, 우리는 룰루랄라 집으로 돌아가면 되거든요. 하지만 타라, 이번에는 조심해야 할 거야. 아니면 네가 보여준 만화**19**처럼 머리 위로 하늘이 무너져 내릴지 모르니까!”

친구들의 시선이 쏠리자 타라는 얘가 아무 말이나 막 하는 거야, 하는 얼굴로 어깨를 으쓱했다.

∙∙∙∙∙∙∙∙∙∙∙∙∙∙∙∙∙∙

18. 아더월드의 두 위성.
19. 『아스테릭스』에 나오는 묘약 이야기는 아더월드 마법사들의 관심을 끌었다. 등장인물로 나오는 파노라믹스를 신고되지 않은 마법사로 의심하고 있다.

"칼, 미안하지만 금지된 대륙과는 달라." 파브리스가 한숨을 푹 내쉬면서 말했다. "그때는 거기가 어딘지도 알고, 탈출할 방법도 있었어. 하지만 지금 여기는 공간이동의 문이라고는 없어. 압제에 신음하든 안 하든 아예 아무도 없다고."

"꼭 그렇지는 않아, 파브리스." 모우르무르는 여전히 요란하게 삐삐, 삐삐 울리는 기구를 움켜잡은 채로 말했다. "공간이동의 문은 어딘가에 분명히 있어. 무슨 일이 일어난 건지 대충 알 것 같다. BG의 문(모두 의아한 얼굴로 쳐다보자 모우르무르는 BG는 '브주아 지롱'을 가리킨다고 말했다)과 푸에르토리코, 즉 PR의 문을 연결했을 때 우리는 PR에 도착한 게 틀림없어. 하지만 이동의 문 대합실에 유형화되기가 무섭게 곧장 어떤 트란스미투스에 의해 이곳으로 내던져진 거야. 어찌나 순식간인지 우리가 알아차릴 사이도 없이 자동으로 다시 이동한 것 같아."

"그럼 그곳을 찾아서 돌아가면 되는 거예요?" 무아노가 물었다.

"정확해."

로빈이 안도하는 얼굴로 미소를 지었다.

"아, 다행이네요. 그럼 해결책이 있는 거잖아요?"

엘프들은 아무 계획이 없다는 것 자체를 아주 끔찍해했다.

모우르무르는 고개를 끄덕였다.

"근데 그게…… 말이 그렇다는 거야. 아주 멀리 있어서 단거리 이동의 트란스미투스를 여러 번 사용하면 시간을 좀 벌 수는 있겠지. 무슨 이유인지 모르지만 여긴 마법이 썩 잘 통하는 것 같지 않아서."

"얼마나 먼데요?"

모우르무르가 어떤 기구를 건드리자 탁탁, 소리가 났다.

"이 매직미터기에 나타난 수치로 약 5000킬로미터."

모두 놀란 토끼눈으로 발명가를 쳐다봤다.

"5000킬로미터요?" 칼이 외쳤다. "에이, 농담하지 마세요! 그렇게 큰 동굴은……."

칼은 모우르무르의 얼굴을 보고 말끝을 흐렸다.

"농담이 아니군요. 오, 트라둑의 똥이여! 그러면 몇 달은 걸릴 텐데!"

"하루 24시간인 지구의 척도로 계산해서 하루에 20킬로미터씩 가면 250일쯤 걸리겠지. 트란스미투스를 이용하여 100킬로미터씩 연속으로 갈 수 있다면 물론 시간이 훨씬 단축될 것이고."

"그럼 트란스미투스로 가요." 걷는 거라면 질색하는 칼이 너스레를 떨었다. "나는 '도시남'이라 이런 시골 공기에는(칼은 이 말을 하면서 부르르 떠는 시늉을 했) 적응이 안 되는 몸이라서."

모두 트란스미투스를 이용하는 데 찬성했다. 그러자 여우 블롱딘과 표범 쉬바가 칼과 무아노에게 딱 달라붙었고, 히드라 소우르브는 로빈의 목에 휘감겼고, 장밋빛 고양이 벨제부트와 페가수스 갈랑이 각각 파프니르와 타라의 어깨에 올라앉았다. 마법이 가장 강력한 타라는 모우르무르가 가리키는 방향을 향해 정신을 집중하면서 트란스미투스를 외쳤다.

그들은 펄쩍 뛰었다.

그리고 100킬로미터쯤 떨어진 거리에 와 있었다. 그런데 타라의 얼굴이 풀 색깔처럼 시퍼레져 있었다.

"으음……." 타라가 신음소리를 냈다. "속이 너무 안 좋아."

부리나케 뛰어가던 타라는 미처 멀리 가지도 못한 채 속에 있는 걸 모두 토했다.

불안해진 무아노가 마법복 주머니에서 물병을 꺼내 들고 뛰어갔다. 타라는 입을 헹구고 물을 뱉었다.

"고마워, 무아노."

"갑자기 왜 그래?"

"너무 쉽게 생각했나 봐." 타라는 머리를 땋고 있어서 다행이라고 생각하면서 울상을 지었다. "뭔가 좀 이상한데……."

그들은 타라가 토한 장소에서 멀리 떨어졌다.

"속이 막 뒤틀렸어." 아직도 얼굴이 시퍼런 타라가 설명했다. "마치 누군가 창자와 위를 마구 휘젓는 것처럼. 좀 더 멀리 가려고 마법을 강화하는데 속이 안 좋더니……. 그러니까 나한테 마법을 사용하라고 하지 마. 못 하겠어."

기온이 따뜻한데도 타라는 온몸이 덜덜 떨리고, 서 있는 것도 힘들었다. 로빈이 든든한 어깨를 빌려주었다.

"뱀파이어로 변신하는 게 좋겠어." 뱀파이어 모습의 타라를 그렇게 싫어하면서도 하프엘프는 넌지시 말했다. "뱀파이어는 비위가 좋잖아. 그리고 뱀파이어로 변신하는 건 마법이라기보다는 유전자 변형이니까 덜 힘들 거야."

타라는 마법이라는 말만 들어도 얼굴이 다시 시퍼렇게 변했다. 타라는 로빈에게서 떨어져서 비틀비틀 열 발짝을 떼다가 심한 위경련 때문에 배를 움켜잡았다.

"안 되겠는데……. 선생님, 어떡하죠?" 로빈이 걱정스러운 얼굴로 물었다.

난관에 봉착한 모우르무르는 문제를 해결하려는 열의에 불타고 있었다.

"타라가 쉬어야 할 것 같으니까 조금만 더 가서 야영하자." 모우르무르가 제안했다. "우리도 뭘 좀 먹어야 하고(그 말에 타라는 다시 안색이 시퍼레져서 후닥닥 뛰어갔다). 일단 앉아서 어디에 와 있는지, 무슨 일이 일어나고 있는지 생각 좀 해야겠다."

아직은 아무도 피곤하지 않지만, 나이 든 발명가가 숙고하려면 휴식이 필요하다는 걸 이해했다. 몇 킬로미터쯤 걸어가는 동안 시원한 바람 덕분인지 타라의 뺨이 발그레했다. 갑옷이 무겁기 때문에 타라는 체인지라인에게 편안한 반바지에 소매 없는 티셔츠, 튼튼한 워킹화를 부탁했다. 타라의 목덜미에 찰싹 달라붙어 있는 체인지라인이 부르르 떨면서 기분이 상했다는 표시를 했지만 복종했다. 몇 미터쯤 걸어가던 타라는 티셔츠가 번쩍거리고 생각보다 무겁다는 걸 알아차렸다. 고집이 센 체인지라인이 기어코 쇠사슬 갑옷 티셔츠로 바꿔놓았던 것이다.

타라는 미소를 지었다. 체인지라인이 진심으로 보호해주려고 이러는 건데 하는 수 없지. 악마의 반지가 공격하는데 보호해주지 못해서 타라가 죽을 뻔했던 일로 불안에 빠져 있기 때문에 더욱 그랬다. 오랫동안 마비되었던 것으로 인한 통증이 차츰 근육통으로 바뀌고 있었다. 아직 여기저기 아프지만 걸을수록 근육이 점점 풀리면서 다리에 힘이 생겼다. 잃기 전에는 그것이 얼마나 중요한지 결코 깨닫지 못한다는 걸 타라는 이번 기회에 새삼 절감했다.

풍경은 너무나 단조로웠다. 까마득히 펼쳐진 초원, 띄엄띄엄 외로이 서 있는 나무 몇 그루, 하늘, 태양.

그들은 적당한 장소를 찾아 야영지로 정했다. 모우르무르는 마법복 주머니에서 실험실을 꺼내놓고 기구의 수를 셌다. 초원에서 삐삐, 부르릉, 윙윙…… 온갖 소리를 내는 기계들이 번쩍번쩍하자 제법 그럴듯한 연구소로 보였다.

모우르무르는 여러 가지 작전을 위한 작업을 동시에 진행하고 있었다. 물론 타라가 제안한 작전인데 이 낯선 환경에 맞춰서 다시 연구하는 중이었다.

실험 대상이 되기 일쑤인 조수가 없기 때문에(발명가는 조수들을 데려오려고 했지만, 그들은 아더월드에서 수배령이 내려진 도망자를 돕는 작전에 연루되기를 거부했다) 짜증이 난 모우르무르는 욕설을 내뱉는 것으로 화풀이를 했다. 칼이 수첩을 꺼내서 받아 적을 정도로 별의별 욕설이 다 있었다.

칼도 마법복 주머니에 넣어온 것들을 꺼냈다. 텐트, 침대, 욕실. 칼이 배치하기 위해 마법을 사용했을 때 속이 울렁거렸다. 타라만큼 심한 건 아니지만 입을 틀어막아야 할 정도였다.

"트란스미투스를 사용할 때만 이러는 게 아냐. 마법을 사용하면 무조건 속이 울렁거리는 주문이 걸려 있나 봐."

"특히 너와 타라." 파프니르가 말했다. "그러게 내가 말했잖아, 빌어먹을 마법은 아무짝에도 소용없다고. 걱정할 것 없어. 걸어가면 되니까!"

광산에서 워낙 많이 걷기 때문에 파프니르에게는 전혀 문제가 되지 않았다.

로빈도 개의치 않았다. 어딘지도 모르는 곳에 와 있지만 그래도 타라와 함께 250일을 보내면 둘 사이에 흐르는 어색함이 없어질 거란 기대로, 친구들과 초원을 걷는 것이 아주 마음에 들었다.

한 가지 괴로운 것이 있었다. 이상하게도 발라의 이미지들이 머릿속을 떠나지 않았다. 로빈은 너무 치근거려서 괴롭기도 했지만 목숨을 구해줘서 고맙기도 했던 바이올렛 엘프가 그리웠다. 너무 집요해서 피곤하고, 너무 오만해서 거부감이 있었는데 정말 이상한 일이었다. 로빈은 발라의 모습을 떨쳐내려고 타라에게 정신을 집중했다. 속이 진정되었는지 한결 나아 보이는 타라가 안락의자에 앉아 눈살을 찌푸리면서 하늘을 바라보고 있었다.

"타라!" 무아노가 말했다. "그거 좀 그만하지?"

타라는 어리둥절한 얼굴로 친구를 쳐다봤다. 구불구불한 긴 머리의 무아노가 미소를 지으면서 말했다.

"그렇게 계속 눈살을 찌푸리면 주름이 자글자글해진단 말이야!"

타라는 어안이 벙벙했다.

"주름살……. 하지만 무아노, 나는 그런 걸 걱정할 나이가 아냐!"

"쯧쯧, 쯧쯧." 무아노가 손가락을 까딱까딱하면서 말했다. "엄마가 말씀하셨어, 문제를 피하는 데 너무 이른 건 없다고."

무아노는 짓궂은 표정으로 로빈을 쳐다봤다.

"엘프와 결혼할 사람이면 그렇게 생각하면 안 되지." 하프엘프가 말했다. "엘프들은 수명이 훨씬 기니까 주름은 신경을 좀 써야지."

"헤이, 여자들." 칼이 참견했다. "잠옷 차림으로 얼굴에 팩을 붙이는 단계로 넘어갈 때 나한테 미리 좀 알려주라. 나도 옆에서 꼽사리 끼게. 특히 아주, 아주 짧고 얇은 잠옷을 입고 있을 때!"

로빈과 무아노, 타라가 동시에 칼을 쩨려봤다. 칼이 깔깔대고 웃었다. 타라는 한숨을 내쉬었다.

"내가 눈살을 찌푸린 건 태양이 움직이지 않기 때문이야." 타라가 말했다. "아까부터 태양이 계속 똑같은 자리에 있어. 정상이 아냐."

"그래, 제대로 봤구나." 깊은 생각에 잠겨 있던 모우르무르가 말했다. "인공 태양이야. 그리고 이 초원에는 마법을 방해하는 주문이 걸려 있어. 살테렌스[20]처럼 마법을 완전히 사용할 수 없는 건 아니고."

"따라서 우리는 세상에서 가장 큰 동굴 안에 있는데 인공 하늘과 인공 태양이 있다, 그 말이죠?" 파프니르가 명쾌하게 정리했다.

"그래." 모우르무르는 기구들을 다시 한 번 확인하고 말했다. "아까 말한 대로, 너희들이 내 말을 귀담아들었는지 모르겠는데 여기는 지구야!"

∙∙∙∙∙∙∙∙∙∙∙∙∙∙∙

20. 살테렌스들의 나라. 노예제도를 주장하는 종족으로 사자와 표범의 잡종인 두 발 동물이며, 붉은 산에 있는 마법의 소금 광산을 개발한다. 공격적이고 위험한 살테렌스족은 사막에 마법을 사용할 수 없는 주문을 걸어놓았다. 소금 광산에 끌려가서 다음과 같은 소리를 지르지 않으려면 살테렌스는 절대로 가지 말아야 하는 곳이다. "어떤 멍청한 놈이 살테렌스에서 바캉스를 보내는 것이 아주 좋은 생각이라고 말한 거야?"
참고: 영악한 살테렌스족은 순진한 관광객을 유혹하기 위해 '아더월드 최상의 낙원, 아름다운 태양 빛에 반짝이는 모래가 광활하게 펼쳐진 백사장, 친절하기 이를 데 없는 원주민'이라고 선전한다. 그리고 바겐세일 여행이라는 문구, 아름다운 야자수와 크리스털 같은 바다를 배경으로 찍은 사진들에 현혹되지 말아야 한다. 야자수들 뒤에는 상어, 흡혈 곤충, 관광객을 노예로 붙잡아두려는 살테렌스들이 도사리고 있다는 걸 명심해야 한다.

타라와 파브리스는 의혹의 눈초리로 쳐다봤다. 아더월드에서 온 친구들과는 달리 둘은 지구를 아는데 인공 태양이 있는 동굴이란 존재하지 않았다.

디즈니랜드에도 없었다.

"말도 안 돼요!" 타라와 파브리스가 동시에 외쳤다.

그러자 모우르무르는 뭔지 모를 도표를 잔뜩 꺼냈다. 모우르무르의 말에 따르면 그 도표들이 입증하는 것은 다음과 같았다. 1)그들은 지구에 있다. 2)정확하게 어디라고 정의를 내릴 수 없다.

"우리는 아주, 아주 밑에 있어." 모우르무르가 말을 끝마치자 도표가 사라졌다.

여섯 명의 매직갱은 드래곤에게 한 방 얻어맞은 암소 같은 표정을 지었다.

칼은 파프니르 때문에 벽을 뚫고 들어가는 경험을 한 뒤로 밀폐된 공간을 몹시 싫어했다.

"아주, 아주 밑이라면?"

모우르무르는 손가락을 꼽으면서 열거했다.

"움직이지 않는 인공 태양, 인공 하늘, 머리 위에 떠 있는 거대한 땅덩이, 나트륨 함량이 아주 높은 H_2O."

"오, 내 조상들이시여!" 무아노가 공포에 질린 듯 중얼거렸다. "바다 밑바닥에 있는 거야."

타라는 침을 꼴딱 삼키면서 가짜 하늘을 쳐다봤다. 틈새 같은 게 없나? 물이 폭포처럼 쏟아지면 실감이 날까?

"정확하게 수심 2605미터 지점." 모우르무르가 말했다. "지구의 대양 중에서 가장 깊은 대서양 해저. 내 매직미터기에 따르면 대서양의 평균 깊이가 4000미터가 넘으니까 우리는 2000미터쯤 위에 있다고 봐야지. 가짜 하늘의 높이는 1000미터에서 1500미터 사이로 추정돼. 여기는 500미터에서 최고 1000미터 사이의 아주 깊은 해구가 틀림없어."

이번에는 모두 더 두려운 얼굴로 하늘을 올려다봤다.

"여기가 덥다고 놀랄 일은 아냐." 모우르무르는 덧붙였다. "내 생각에 우리는 용암 호수 위에 떠 있는 것 같아. 그리고 더운 건 태양 빛으로 인한 열기 때문이고."

맙소사, 해저에 있는 것으로도 모자라서 용암 호수 위에 떠 있다니.

"내가 아까 말한 대로 여기서는 마법을 절대로 사용하면 안 되겠어, 타라." 칼이 한숨지었다. "저 가짜 하늘이 아주 약해서 한 방이면 우르르……."

타라는 칼에게 눈을 흘기고 지리 시간에 배웠던 걸 떠올렸다.

"트란스미투스 주문이 우리를 버뮤다 삼각지대와 반대 방향으로 보낸 모양이야. 내 추측이 맞는다면 타공에서 그리 멀리 와 있지 않아. 이동의 문이 우리를 땅 밑으로 보낸 거야. 수직으로는 깊지만, 수평으로는 많이 움직인 게 아냐."

"아니, 그렇지 않아." 모우르무르가 반박했다. "우리는 분명히 문제의 지역에 도착했어. 그런데 탁구공처럼 튕겨 나간 거야. 아, 탁구 얘기를 하니까 정말 치고 싶구나! 아주 재미있는 운동인데."

모우르무르는 타라의 외할머니 이사벨라의 집에 머물며 배운 탁구에 푹 빠져 있었다.

"나 탁구공 아니거든요." 칼이 화난 표정을 지으면서 너스레를 떨었다. "그러니까 다시 말해서 누군지 모르지만 우리가 삼각지대에 너무 가까이 오지 못하게 내동댕이쳤단 얘기죠?"

모두 고개를 끄덕이면서 한마디씩 했다.

"그런 주문이 걸려 있다면 걸어서 가야 한다는 건데……."

"이게 함정이 맞다면 우리를 삼각지대 쪽으로 오지 못하게 하는 것이 목적일 거야. 그렇다면 트란스미투스를 이용하여 타공으로 돌아가는 건 아무 문제가 없는 거잖아."

타라가 벌떡 일어났다.

"우리가 할 일이 바로 그거야. 공간이동의 문을 사용할 수 없다면 비행기를 타면 돼. 몇 시간이면 푸에르토리코에 갈 수 있고, 거기서 배를 타고 마지스터가 일을 꾸미는 현장으로 가는 거야."

크리스털 볼을 만지작거리던 무아노가 고개를 갸웃하며 말했다.

"타라, 외할머니 이사벨라와 연결이 되는지 한번 걸어볼래? 내 크리스털 볼은 먹통이야. 살아있는 돌은 강력하니까."

자기를 찾는다는 걸 느낀 살아있는 돌이 타라의 호주머니에서 톡 튀어나왔다.

"이사벨라에게 연락? 내가 연결할게." 살아있는 돌이 즐거워했다.

하지만 이내 살아있는 돌의 빛이 가물거렸다.

"안 돼, 안 돼……. 연결 안 돼. 아무도 받지 않아."

깜짝 놀란 살아있는 돌 위로 친구들의 크리스털 볼 번호를 비롯한 수많은 번호가 떠다니고 있었다. 하지만 어떤 크리스털 볼도 울리지 않았다. 15분쯤 후, 타라는 살아있는 돌에게 그만하라고 말했다. 살아있는 돌은 화가 났지만 아무것도 할 수 없었다. 통신을 가로막는 주문이 걸려 있는 게 틀림없었다.

타공으로 돌아가기 위해 트란스미투스를 작동했는데 그들은 여전히 초원에 있었다.

"이젠 놀랍지도 않아." 칼이 말했다. "항상 똑같잖아. 마법을 사용할 수 없는 곳에서 꼼짝 못하고 있는데 우리를 죽이려는 것들은 떼거리로 몰려오고……. 하여튼 너무 식상해!"

칼의 예측과는 달리 막막한 초원에는 아무도 없었다. 그들은 긴장을 약간 풀었다.

"칼, 네가 뛰어난 도둑인 건 맞는데……." 파브리스가 놀렸다. "설인이라고 불리는 존재의 첫 글자, 마라가 타라를 부르는 호칭 첫 글자, 길이를 재는 도구, 이 세 글자를 더하면? 예, 언, 자. 네가 예언자가 아니라서 천만다행이다. 죽이려고 몰려오는 떼거리는 없으니까."

"문자 수수께끼를 내는 걸 보니까 이제야 진짜 파브리스 같네." 칼이 능청을 떨면서 손사래 쳤다. "하지만 문자 수수께끼가 그리웠다는 말은 절대 아니다!"

태양이 미동도 하지 않으니 밤이 되었는지 알 수가 없었다. 그럼에도 그들은 잠잘 준비를 하고 일단 쉬기로 했다. 한편으로는 모우르무르가 초원에 늘어놓은 50톤에 이르는 실험 기구들을 거두려고 하지 않았고, 또 한편으로는 트란스미투스를 사용한 뒤로 모두 속이 좋지 않기 때문이었다. 특히 타라는 아주 심했다. 타라는 움직일 때마다 위가 배를 뚫고 나올 것만 같았다.

아주 불쾌한 느낌이었다.

로빈은 이 기회에 타라에게 다가갔다. 로빈이 샤워를 도와주겠다면서 장난을 걸었는데 칼까지 등을 밀어주겠다고 나서는 바람에 산통을 깨버렸다.

눈치가 없는지, 아니면 너무 영리한 건지……. 그래놓고서 칼이 얼마나 재미있어하는지 로빈은 한참을 노려봤다. 이렇게 놀려먹는 대신 타라의 사랑을 되찾을 수 있게 도와줄 것이지!

로빈은 어찌할 바를 몰랐다. 뭐라고 말하지? 칼은 끼어들지 않는 게 나은데……. 여자친구가 없는 칼에게서는 사실 기대할 게 없었다.

얼마 후, 빛이 기울기 시작했다. 하늘에서 이상한 별들이 반짝이고, 움직이지 않는 태양이 보름달로 변했다. 작은 동물이 있는지 보이지는 않아도 수풀 속에서 바스락거리는 소리가 분명히 들렸다. 파브리스와 무아노는 늑대와 야수로 변신해서 주변을 살펴보고 당황해서 돌아왔다.

킁킁거리며 맡아봤지만 동물의 냄새가 나지 않았다. 전혀.

정상이 아니었다. 소리를 분명히 들었는데 아무것도 없다니.

그래서 그들은 교대로 불침번을 서기로 했다. 2시간씩 캠프를 지키기로 하고 모우르무르는 불침번에서 면제해주었다. 발명가는 실험하는 데 정신이 팔려서 위험을 감지하지 못할 가능성이 있었다. 모우르무르가 보초를 서겠다고 우겼지만 매직갱은 고집을 꺾지 않았다.

얼마나 잤을까. 몇 분밖에 잠을 못 잔 것 같은데 로빈이 와서 다음 차례인 타라를 깨웠다. 그러고는 잠자리로 가지 않고 보초를 서는 데까지 타라를 따라왔다.

타라는 로빈이 심각한 얘기를 꺼낼 것 같은 예감이 들어 가슴을 졸이면서 물었다.

"안 잘 거야?"

"응, 둘만 있을 때 얘기 좀 하려고. 타라, 왜 이러는데?"

타라는 하프엘프를 쳐다봤다. 몇 년 동안 인생의 중요한 부분을 함께한 잘생기고, 용감한 로빈.

타라는 지구인들이 엘프에 대해 갖는 이미지 때문에 선입견이 있다는 걸 미처 깨닫지 못했었다. 톨킨이 『반지의 제왕』 속 '중간계'에 사는 엘프 종족을 아름답고 강인한 너무나 완벽한 존재로 미화한 탓도 있었다. 타라의 눈에 로빈은 영웅이었다. 하지만 타라가 그렇게 본 것은 톨킨과 상관없이 로빈이 정말로 영웅다운 행동을 했기 때문이었다.

그런데 림보에서 있었던 일은 그 완벽한 이미지를 깨뜨렸다.

타라는 도저히 용납할 수가 없었다. 어떤 변명도 소용없었다.

로빈은 뭔가 좋지 않다는 걸 직감적으로 알았다. 엘프들은 육체적 관계를 대수롭지 않게 여기는 경향이 있었다. 엘프들에게는 샤워하거나 숨 쉬는 거나 다름없었다. 그래서 로빈은 타라의 마음이 멀어지는 이유를 전혀 알 수가 없었다.

오늘 밤에는 정말 이유를 알아낼 작정이었다. 로빈은 정면공격을 피해 돌려서 말하기로 했다.

"내가 실패한 후보자들의 책을 읽는 걸 보고 너는 뜻밖이라는 듯 깜짝 놀랐어. 내가 얼마나 너를 사랑하는지 알면서. 난 너와 살고 싶어. 너 없이는 숨 쉴 수 없다는 걸 너도 알잖아. 너는 내 목숨이고, 내가 존재하는 이유라는 걸 너도 알잖아, 타라."

타라는 애원하는 듯한 로빈의 목소리가 너무 싫었다. 어둠 속에서 로빈의 타원형 얼굴과 은빛 머리만 보였다. 하프엘프를 안심시키고 괜찮아질 거라고 말하려는 순간 타라는 갑자기 울화가 치밀어서 내뱉었다.

"제발 부탁인데 그런 식으로 말하지 마, 로빈. 상황을 더 힘들게 만들지 마." 타라의 뺨을 타고 눈물이 주르륵 흘러내렸다. "난…… 안 되겠어."

"뭐가 안 되는데?" 로빈이 물었다. "타라, 나한테 화나 있다는 거 알아. 유혹 주문에 대해서 내가 멍청하게 굴었어. 진정한 사랑이었는데 그걸 깨닫지 못하고 내가 바보같이 너를 거부했어. 질투에 사로잡혔고, 어리석었고, 편협했고, 완전히 바보였어. 하지만 타라, 나를 원망하지 않는다고 했잖아, 이해한다고 했잖아! 그리고……."

"악마랑 잤잖아!" 도저히 슬픔과 분노를 참을 수 없는 타라가 폭발했다. "어떻게…… 네가 어떻게 그런 짓을 저지를 수 있어! 그런 너를 어떻게 믿을 수 있겠어? 아무리 엘프들이 그렇다지만, 나라고 위장하면 아무 여자나 네 침대로 들어갈 수 있다는 건데!"

통신

어떻게 해야 잠간이라도 외부 소식을 알 수 있을까

*

　로빈은 따귀를 맞은 것처럼 비틀거렸다. 너무 충격이 커서 타라가 방금 한 말을 이해하는 데 시간이 걸렸다.
　"뭐라고? 그래서 나를 원망하는 거야? 하지만 타라, 그 상황에서 네가 아니라는 걸 어떻게 알 수 있었겠어?"
　타라는 의자에서 일어나 삿대질을 했다. 제정신이 아니었다. 그렇게 솔직히 말할 생각은 아니었는데……. 하지만 일단 내뱉고 나자 속이 후련했다. 그래서 이왕 시작했으니 끝까지 가보기로 했다.
　"나는 그런 행동을 하지 않으니까! 나는 그런 여자가 아니라는 걸 정말 몰라서 그래? 더군다나 수백만의 악마들이 우리를 잡아먹고 이용할 생각밖에 없는 곳이었는데 그 짓을 한다는 게 말이 돼?"
　또다시 충격을 받은 로빈이 뒤로 물러섰다.

"그런 여자가 아니라니. 어떻게 그런 말을? 타라, 어떻게……."

"그건 아주 중요한 문제야." 타라가 꾸짖듯 말했다. "우리 지구인들에게 '첫 경험'은 아주 중요해. 너희 엘프들에게는 코 푸는 것처럼 간단한 일이겠지만. 특히 우리 여자들에게는 아주 중요해. 그걸 문화 차이나 낡아빠진 가부장제의 문제라고 하면 어쩔 수 없지만."

로빈은 파랗게 질렸다. 전혀 생각도 못한 것이었다. 로빈에게 그 일은 악마들의 세계에서 일어난 좀 특별한 일화에 불과했다. 더군다나 지옥이라고 생각한 곳에서 천국에 있는 듯한 느낌이 들었기 때문에…….

"미안해…… 내가 잘못했어." 로빈이 주눅 들린 목소리로 말했다.

타라는 눈물을 닦았다.

"나도 미안해, 로빈."

그렇게 말하고 타라는 등을 돌리고 캠프 주위를 살피러 갔다. 로빈은 따라가지 않았다. 타라를 만나면서 배운 게 있다면 이런 때는 혼자 놔두는 것이었다.

갑자기 휘파람 소리가 나서 로빈은 소스라쳤다.

"잘못 시작했어." 왼쪽 무릎 높이에서 나는 목소리였다.

로빈이 코를 실룩이면서 냄새를 맡았다. 그렇게 감각이 예민한 로빈이 가까운 데 누가 있는 것도 몰랐다니. 타라 때문에 정신이 멍해지는 바람에 전혀 알아채지 못하고 있었다.

엎드리고 있던 칼이 일어났는데 얼굴이 까맣고, 머리와 옷도 시커메서 거의 보이지 않았다.

"너 여기서 뭐 하는 거야?"

"너희 둘이 하도 소리를 질러대서 무슨 일인지 보러 왔지. 그래가지고 잘 되겠냐?"

로빈은 머리를 긁적였다. 심한 두통이 일어나는 것 같았다. '그럼, 다 잘될 거야' 하고 대꾸할 생각이었는데 가슴속이 뜨거워지면서 자신도 놀랄 정도의 말을 내뱉었다.

"아니, 미치도록 사랑하는데 계속 상처만 주고 있어."

"그래도 여러 번 목숨을 구해줬는데 설마 조금 지나면 화가 풀리겠지." 칼이 어디선가 꺼낸 단도로 손톱을 다듬으면서 말했다.

"너보다는 아니지." 로빈이 차분하게 말을 받았다. "타라 덩컨을 구출하는 데는 네가 챔피언이잖아. 타라가 사랑하는 사람은 너야, 내가 아니라. 틀림없어."

칼은 너무 놀라서 하마터면 손을 벨 뻔했다.

"너 돌았냐? 마라가 쫓아다니는 것만으로도 지겨운 사람이야, 내가. 후계자는 나하고 안 맞아!"

칼은 잠시나마 로빈을 웃게 만드는 데 성공했다. 하지만 하프엘프는 이내 침울해졌다.

"타라와 이렇게 끝나는 건 아니겠지?"

칼은 단도를 집어넣으면서 고개를 끄덕였다.

"여자들과 사귀어본 내 경험으로 보면……."

로빈이 비웃는 눈초리로 쳐다보자 칼이 얼른 말을 바꿨다.

"알았어, 알았어. 여자들과 사귀어본 나의 아주 짧은 경험으로 보면 끝난 게 아니야. 타라가 좋아하는 사람들을 죽이지만 않으면 언제든 타라를 되찾을 수 있어. 너를 믿게 하는 것이 가장 중요하니까 끝까지 포기하지 말고 노력해봐."

칼의 말에 솔깃한 로빈은 후회할 말이라는 걸 알면서도 물었다.

"너라면 어떡하겠어? 이제는 나를 믿지 않는데 어떻게 타라를 설득하지?"

칼은 입술을 깨물면서 궁리를 했다.

"너희 엘프들은 토끼 같잖아."

"동물에 비유하는 건 이제 듣기만 해도 짜증이 나려고 해." 로빈이 심드렁하게 말했다. "비둘기, 토끼…… 오, 끔찍한 벤드룩의 내장들이여! 너희들은 왜 자꾸 나를 동물에 비유하는데? 그리고 토끼는 또 뭐야? 타라도 언젠가 토끼 어쩌고 하더니."

칼은 빙긋이 웃었다.

"토끼는 엘프처럼 번식력이 장난이 아니거든. 그래서 '뜨거운 토끼'라고 하면 여자를 밝힌다는 뜻이야."

로빈은 격분했다.

"뭐라고? 그러니까 내가 여자를 밝힌다고? 타라가 나를 그렇게 생각한단 말이야? 말도 안 돼! 난 아무도 덮치지 않았어. 덮치고 싶었지만 안 그랬어. 발라를 덮친 적도 없어. 다른 엘프들은 오래전부터 그랬지만. 그것도 여러 번!"

"워워!" 칼이 말했다. "설득해야 하는 사람은 내가 아냐! 그래서 말인데 내 생각에는 암호를 하나 정해놓는 게 좋을 것 같아. 너희 둘 중 하나가 좀 너무 섹시할 때 신원을 확인하기 위한 암호를 미리 정하는 거야. 다정한 대화를 나눌 때 나올 가능성이 전혀 없는 단어로. 예를 들어서 '오이' 같은 것도 괜찮고."

하프엘프는 흐릿한 눈으로 칼을 쳐다봤다.

"오이?"

"응. 너희 둘의 대화가 아주 이상하게 흘러가지 않는 한 생뚱맞게 오이란 단어가 나올 일은 없을 테니까. 타라로 위장한 여자가 너를 유혹할 경우 암호를 물어보란 말이야. 여자가 오이라고 대답하면 타라가 맞는 거잖아. 여자가 다른 걸 말하면 악마가 유혹하는 것이고. 그리고 여자가 마음에 안 들면 나한테 보내. 내 마음에는 들지도 모르니까!"

로빈은 이맛살을 찌푸리고 있다가 천천히 말했다.

"괜찮은 생각 같은데 타라에게 암호 얘기를 해볼게. 누군가 내 모습으로 위장해서 타라에게 접근하는 일도 일어날 수 있으니까. 암호는 타라에게도 필요할 거야. 고마워, 칼."

"천만에. 물어보고 나한테도 알려줘. 타라의 반응을 알고 싶으니까. 타라가 내 생각을 어떻게 받아들일지 정말 궁금하단 말이야."

칼은 잠자리로 돌아갔다. 심심했는데 타라와 로빈 커플의 사랑싸움 때문에 즐거웠다. 좀 유치한 방법을 몇 가지 더 알려줄 수도 있지만 나 즐겁자고 너무 착한 친구의 혼란을 이용할 순 없었다.

다음 날 아침, 타라와 로빈의 초췌한 얼굴에 대해 모두 모른 척했다. 밤새 코를 드렁드렁 골던 모우르무르와 파프니르를 제외한 다른 친구들은 커플이 싸우는 소리를 들었기 때문이다.

로빈이 타라에게 오이에 대해 얘기할 기회를 잡지 못하자 칼은 몹시 실망했다. 파프니르는 실버와 연락이 되지 않는 것 때문에 투덜거렸다. 아더월드를 출발하기 전에 가능한 한 빨리 합류하라는 음성 메시지를 실버에게 남겼다. 하지만 아무 연락이 없었다. 지금은 이렇게 외부와 통신이 차단된 곳에서 오도가도 못하게 되었으니 실버가 오고 싶어도 합류할 방법이 아예 없었다. 슬루르크! 게다가 속 시원하게 한바탕 싸움이라도 하면 좋겠는데 그러지도 못해서 실버가 원망스럽기만 했다. 빌어먹을 아버지를 뒤쫓아가더라도 연락이라도 좀 하고 갈 것이지!

그들은 다시 걷기 시작했고, 하루에 수 킬로미터를 가야 하기 때문에 해 질 녘에 트란스미투스를 사용하기로 했다. 단조로운 풍경, 꽤 높은 기온, 약해지지 말고 전진해야 한다는 스트레스 때문일까. 대화가 거의 없었다.

무아노는 의견을 묻지도 않고 지구에 가서 문지기를 하기로 결정한 파브리스를 아직 원망하고 있었다. 파브리스는 무슨 말로 용서를 빌어야 할지 몰라서 잠자코 있었다. 불행한 로빈은 머릿속으로 수없이 사과의 말을 하면서 타라도 오이를 가장 적당한 암호로 생각할지 궁금했다.

모우르무르는 열심히 계산하고 있었고, 파프니르는 벨제부트와 정신적 느낌을 주고받으면서 고양이와 교감이 어느 정도까지 가능한지 시험했다. 칼은 트란스미투스를 사용하면 타라처럼 먹은 것을 전부 토해내는 건 아닐지 불안해하면서 속이 울렁거리는 이유가 뭔지 골똘히 생각했다. 평소와는 달리 그들 모두 입을 굳게 다물고 있어서 아주 조용했다. 미동도 않는 태양 아래 점심을 먹기 위해 행진을 멈췄을 때 갑자기 하늘이 흐려지더니 폭우가 쏟아졌다. 춥지 않기 때문에 계속 걸어가기로 했다. 불안한 눈초리로 하늘을 쳐다보던 타라는 입술을 핥아보고 짠물이 아니라는 걸 알고 일단 안심했다.

온종일 폭우가 내렸다. 칼은 트란스미투스 주문을 읊었다. 타라가 사용했을 때만큼 많이 이동하지 못했고, 걱정했던 대로 지독하게 메스꺼워서 한동안 얼굴빛이 시퍼렜다. 칼이 너무 가엾어 레파루스 주문을 날려준 무아노도 토해야 했다. 어두워질 무렵에는 다행히 마치 수도꼭지를 잠그듯 비가 그쳤다.

선견지명이 있는 칼이 마법복 주머니에 넣어온 장작으로 모닥불을 피웠다. 연기 때문에 멀리서도 눈에 띄겠지만 그들은 가까이 모여 앉을 필요를 느꼈다.

파프니르는 난쟁이들의 대표 음식 중 하나를 선보였다. 그런데 음식에 대한 친구들의 평이 신랄했다. 둥둥 떠 있는 건더기는 마치 먹는 사람을 노려보는 것 같다고 할까. 파브리스는 고깃덩어리가 깨물려고 했다면서 오만상을 찌푸렸다.

"음, 맛있다! 엄청, 엄청 맛있어!" 파프니르는 자기도 맛이 끔찍한지 호들갑을 떨었다.

"이렇게 지독하게 맛없는 건 처음 먹어본다." 무아노가 말했다. 평소에 그토록 예의가 바른데 노골적으로 말하다니…….

파프니르가 숟가락을 든 채로 눈이 동그래져서 쳐다보자 질겁한 무아노는 얼른 손으로 입을 막았다.

"아, 그래? 그 정도야?" 난쟁이는 좀 뜻밖이라는 얼굴로 말했다. "갬볼 가루가 좀 모자랐나……."

"무아노의 말이 맞아." 파브리스가 끼어들었다. "심하게 맛없어."

파브리스도 자신의 입에서 나온 말에 깜짝 놀라는 것 같았다.

난쟁이는 어깨를 으쓱했다. 전투라면 누구에게도 지지 않을 자신이 있지만, 음식 솜씨는 형편없다는 걸 알고 있었다. 그리고 실은 실버에게 이 음식을 만들어줘도 될지 알아보려고 시험해본 건데 친구들의 얼굴을 보면 이건 '영 아니올시다'였다.

칼이 접시를 멀찍이 밀어놓더니 눈살을 찌푸리면서 말했다.

"여기서는 이상한 일이 일어나고 있어. 무아노, 아까 지독하게 맛없다고 했을 때 정말 그렇게 말하고 싶었어? 평소의 너는 절대로 그런 식으로 말하지 않는데."

무아노의 눈빛이 흐려졌다.

"난쟁이들이 히블리아의 광산에서 즐겨 먹는 음식이라고 설명하려고 했어. 그런데 지독하게 맛없다는 말이 툭 튀어 나간 거야. 아무리 맛이 없어도 그렇게 솔직하게 말해본 적이 한 번도 없었는데."

로빈이 손가락 마디 꺾는 소리를 내면서 말했다.

"나도 그랬어! 지난밤에 칼에게 타라와 잘될 거라고 말하려고 했는데 입은 사실을 말하고 있더라고. 정말 이상하지 않아?"

그들은 주위를 둘러봤지만, 인공 달/태양 아래 광활하게 펼쳐진 초원에는 움직이는 것이라곤 없었다.

"빌어먹을 주문 때문인 것 같아." 칼이 갑자기 말을 빠르게 했다. "하늘은 노…… 파랗다. 이것 봐, 말을 빨리 하면 잘못 말할 수도 있는데."

그들은 진심을 표현하는 정도를 평가하는 방법에 대해 토론을 벌였다.

깊은 생각에 잠긴 모우르무르는 하늘을 향해 기구들을 휘두르고 있었다. 타라가 부탁한 것 중에서 하나는 이미 해결한 발명가는 이제 다른 것에 열중하면서 깜짝 놀라게 해줄 거라고 말했다. 아주 가벼운 흰색 막대기로 땅바닥에 뭔가를 그렸는데 정육면체였다.

타라는 사실이든 거짓말이든 개의치 않았다. 이제껏 친구들에게 거짓말을 하지 않았다. 친구들의 목숨을 구하는 일을 제외하고는. 아무튼 또 이런 암담한 상황에 친구들을 끌어들였다는 것 때문에 타라는 화를 간신히 억누르고 있었다. 여기서 시간을 보내는 동안은 마지스터와 싸우지 않아도 되니까 그 점은 나쁘지 않았다. 하지만 누구와도 연락이 안 되기 때문에 타라는 최악의 상황을 상상하고 있었다. 마지스터가 악마의 사물들을 이미 파괴해서 악마들에게 에너지를 공급했다면……?

그리고 어머니를 소생시키는 데 성공했다면?

그게 아니라 고모가 먼저 악마의 사물들을 파괴했다면……?

타라는 생각에 잠겨서 모닥불을 응시하고 있었다. 마음이 복잡했다. 어머니가 아버지 없이 혼자 사는 것보다는 아버지와 함께 비욘드 월드에 있는 걸 더 행복해한다는 사실을 확인했다. 물론 이성적으로는 충분히 이해하면서도 감성적으로는 어머니가 많이 그리웠다. 따뜻한 포옹, 부드러운 속삭임, 어머니의 사랑이 그리웠다. 이기적이라는 걸 알지만 어쩔 수 없었다. 어머니를 다시 보고 싶었다.

갑자기 타라는 벌떡 일어나서 호주머니에서 돌멩이를 꺼냈다. 이상한 광채를 번쩍이는 흑요석 조각이었다. 악마들이 만든 경이로운 조각상 재판관이 이 돌멩이를 주면서 뭐라고 했더라? 위급한 상황에 죽은 마법사들의 영혼에게 꼭 하고 싶은 말이 있을 때 재판관을 부르라고 했는데……. 타라는 지금이 바로 그런 상황이라고 판단했다.

"재판관이여, 내 부모님을 나타나게 해주소서!" 타라는 흑요석 조각을 들고서 외쳤다. 느닷없이 주문을 외치는 소리에 친구들이 소스라쳤다.

흑요석이 진동하기 시작했다. 타라는 성난 벌 한 마리를 잡고 있는 것 같았다. 진동이 어찌나 심한지 손이 너무 아파서 놔야 할 정도였다. 그런데 흑요석이 바닥에 떨어지지 않고 공중에 떠 있는 상태로 윙윙거렸다.

질겁한 친구들이 뭐 하는 거냐고 물을 겨를도 없이 떡 벌어진 어깨에 쪽빛 눈의 금발 남자와 틀어 올린 갈색 머리에 금빛이 도는 초록색 눈의 여자가 나타났다. 타라는 숨을 죽였다. 아버지와 어머니! 저녁 식사 중이었는지 자기 그릇과 크리스텔 잔 등의 근사한 식기 세트, 촛불로 로맨틱한 분위기를 연출한 식탁이 보였다.

평소와 달리 그 모든 것이 하트 모양의 핑크빛 구름에 올라앉은 모습이었다.

"아버지와 어머니가 정말 재회하셨구나!" 칼이 말했다. "럭서리하고 로맨틱한 저녁 식사, 와우!"

타라는 대답하지 않고 부모를 뚫어져라 살폈다.

"아빠, 엄마! 휴, 고맙습니다, 아직 거기 계셔서!"

"사랑하는 내 딸!" 눈앞에 나타난 타라의 모습을 보면서 셀레나와 단비우가 동시에 외쳤다(셀레나는 옷이 흔들리는 느낌이 들어서 살피다가 재판관이 준 흑요석 조각이 진동하는 걸 알아차렸다).

그들의 목소리에서 불안이 느껴졌다. '우리 딸이 이번에는 또 무슨 일을 저질렀기에, 뭘 잘못했기에 우리를 찾은 걸까?'

"아직 거기 있냐니, 그게 무슨 말이니?" 눈살을 찌푸리면서 말하던 셀레나는 타라가 있는 주변을 살피면서 물었다. "타라, 너 지금 어디 있는 거니? 잘 지내는 거야?"

"아직 거기 계시냐고 한 것은 엄마가 아더월드로 돌아오셨을까 봐 걱정했기 때문이에요. 마지스터가 엄마의 시신을 훔쳐가더니 악마의 사물들을 손에 넣으려고 혈안이 되어 있어요. 사물의 힘으로 엄마를 소생시키겠다면서! 그리고 여기가 어디냐고요? 타공에서 수 킬로미터 떨어진 지하에 있는데 마지스터가 악마의 사물들을 빼돌리려고 하는 지각단층으로 접근할 방법이 전혀 없어요. 그래서 생각다 못해 엄마와 아빠를 부르기로 한 거예요. 재판관 덕분이죠. 어쨌든 엄마가 거기 계시다는 건 마지스터가 아직 성공하지 못했다는 거니까 정말 다행이에요."

타라는 얼마 전부터 이모텝 역의 마지스터와 아낙수나문 역의 셀레나가 리메이크하는 영화 〈미라〉를 보는 느낌이 들었다(왕의 여자 아낙수나문과 사랑에 빠진 승정원 이모텝, 들통이 나자 도망가는 이모텝과 자결하는 아낙수나문. 부활시키기 위해 아낙수나문의 시신을 훔치는 이모텝…… 여기까지는 모티브가 흡사하다―옮긴이). 영화에서 '죽음은 시작일 뿐이다……'라고 했는데 현실에서는 어떨지 두고 보면 알겠지.

깜짝 놀란 셀레나가 벌떡 일어난 바람에 식탁 위의 물병과 잔이 빙그르르 돌았다.

"뭐? 뭐라고? 마지스터가 뭘 어쨌다고? 어머니와 틸이 내 시신을 지키고 있는 게 아니란 말이니?"

이런, 타라는 어머니가 그 사실을 모른다는 걸 깜빡 잊고 있었다.

지난번에 만났을 때는 타라도 마지스터가 시신을 훔쳐갔다는 걸 알기 전이었는데.

"네, 미안해요, 엄마. 틸은 엄마의 시신을 지키지 못했어요. 마지스터가 엄마의 시신이 손상되지 않도록 크리스털 의료 기기로 보존하고 있는데 순간이동 장치까지 설치해놨으리라고는 아무도 생각 못했거든요."

"그래서 그자가 내 시신을 훔쳐갔다고?" 셀레나는 분통을 터뜨렸다. "대체 나를 가만 내버려두는 날이 오기는 할까! 마지스터도 나에 대한 사랑이 유혹 주문 때문이라는 걸 알 거 아니냐?"

"근데 그게……." 타라는 로빈을 힐끔 째려본 뒤에 말했다. "말 그대로 유혹 주문일 뿐이었어요. 세월이 많이 흘렀는데도 사랑에 빠져 있으면 정말 사랑하기 때문이니까 주문과는 아무 상관없는 거예요."

단비우와 셀레나는 시선을 교환했다. 그럼 10여 년이란 세월이 흘렀으니 마지스터의 사랑이 진정한 사랑이라는 건데……. 좋지 않은 소식이었다.

"그냥 주문 때문이었으면 좋았을걸." 셀레나가 내뱉었다.

"그러게요." 심적 고통이 심한 로빈이 맞장구를 쳤다.

칼은 반짝이는 눈으로 모두를 지켜보면서 속으로 말했다. 암만 생각해도 타라 덩컨은 딱 내 취향인데. 같이 있으면 심심할 일은 절대로 없을 테고!

"어떻게 해서든 내가 아더월드로 가서 놈을 죽여야겠다." 믿을 수 없는 소식에 단비우는 치미는 울화를 억누르면서 말했다. "놈이 이곳으로 오면 제압하기도 쉽고."

셀레나는 어깨를 으쓱하면서 근육질 가슴을 쑥 내미는 남편의 품에 안겼다. 그 모습에 무아노는 웃음이 나왔다. 파브리스도 미소를 지었다.

"당신의 어머니 엘세스에게 붙잡히지 않고 용케 아더월드로 돌아가는 데 성공하더라도 당신은 유령인데 뭘 어떻게 하려고요? 쫓아다니면서 소리라도 지르려고요?"

"아니." 단비우는 차분하게 말했다. "놈의 몸을 장악하여 실수인 것처럼 불구덩이에 넘어진 다음 지글지글 타기 시작하면서 놈이 살아날 가망이 전혀 없다는 확신이 들 때 나는 재빨리 놈의 몸에서 빠져나와야지."

타라는 침을 삼켰다. 아더월드 사람들이 고문과 죽음에 대해 거침없이 말할 때마다 타라는 충격을 받았다.

셀레나는 감탄하는 눈초리로 남편을 쳐다봤다.

"오! 드디어 감성적인 화가의 모습 속에 감춘 황제의 위상을 드러내는군요."

"그자가 나를 이렇게 만들었으니 원수를 갚을 때가 오길 기다리고 있었지. 놈은 나를 죽였어. 그래놓고서 의도적인 것이 아니었다고 말했지. 하지만 달라질 건 없어. 나는 죽었고, 따라서 원수를 갚지 않을 이유가 없어. 우리를 조용히 살게 내버려뒀다면 나도 이런 생각을 하지 않겠지만, 그렇지가 않으니……."

완전히 홀린 얼굴로 이들의 대화를 듣고 있던 모우르무르가 타라와 부모 사이에 오가는 말에서 뭔가를 알아내려는 듯 주섬주섬 몇 가지 기구를 꺼내놓았다.

그러고는 갑자기 머리를 마구 헝클어뜨려서 폭풍에 휩쓸린 새둥지보다 더 엉망이 되었다. 몸이 정말 있는 듯 단단해 보이는 두 유령의 주위를 절룩절룩 걸어 다니는 발명가의 얼굴이 심상치 않았다. 뭔가 폭발할 때의 얼굴이라고 할까. 모우르무르에게 폭발은 일상적인 일이지만.

"말도 안 돼! 비욘드월드와 바로 연결되다니! 돌 조각 두 개만 갖고! 마법과 과학의 법칙을 깨버리다니. 이건 있을 수 없는 일이야! 어여쁜 셀레나, 내가 질문할 게 정말 많은데……. 거긴 어떠니? 원하는 건 모두 할 수 있는 것 같은데 유령들은 왜 아더월드로 돌아오고 싶어하지? 재판관이 어떻게…….."

"재판관이 어떻게 하든 알려고 하지 마라, 마구스." 갑자기 우렁차고 단호한 목소리가 말했다. "이 아이와 부모가 대화하게 놔두고, 아더월드와 비욘드월드를 바로 연결하는 비밀을 알아내려고 하지 마라. 아니면 지금 당장 저승으로 보내줄 테니까!"

아, 뭐 그렇게 사적인 대화도 아니건만…….

공포에 질려서 뒷걸음치던 모우르무르는 뒤에 있는 의자에 발이 걸리면서 뒤로 벌렁 나자빠졌다.

애도 아닌데, 외외종조부의 '어여쁜 셀레나'라는 표현이 거슬리는 셀레나가 단호하게 말했다.

"내 딸과 얘기하는 중인데 이런 식으로 계속 방해하시면 당장 지구로 달려가서 목덜미를 잡아 바다에 빠뜨릴 겁니다, 아시겠어요?"

"그리고 유령들은 비욘드월드에 있고, 산 사람들은 아더월드와 다른 행성에 있어야 한다. 단비우도 예외가 아니다. 비욘드월드를 떠날 생각을 하지 마라, 알았나? 산 사람들의 일은 산 사람들에게 맡겨. 간섭하는 것은 죽은 자들의 역할이 아니다!"

재판관과 같이 있을 때는 정직하게 행동해야 했다. 마지스터를 새카맣게 태워 죽일 수 없는 것이 유감스러운 아버지의 얼굴을 보면서 타라는 하마터면 웃을 뻔했다. 하지만 어머니는 너무 걱정이 되었다.

"죄송하지만 꼭 알아야 하는 것이 있습니다." 모우르무르는 간청하는 목소리로 말했다. "내가 바로 그 문제의 쓰레기통을 발명했던 사람입니다."

"뭐라고?" 재판관이 외쳤다.

"아내는…… 뭐라고 표현해야 할지 모르겠지만 우리가 사는 이 공간 안에 있는 평행우주 공간에 빠져 있습니다. 우선 보기에는 완전히 비어 있는 공간이죠. 아무것도 탐지하지 못했으니까요. 어느 날, 아내가 그곳에 내동댕이쳐진 겁니다, 본의 아니게. 아내는 내 실험실에 있었는데…… 내 발명품을 만지면 안 된다는 걸 잘 아는 사람이었어요. 그러니까 아내는 실수로 그만 쓰레기통 안으로 넘어진 게 틀림없습니다. 당시 상황을 정확하게는 모르지만."

모우르무르가 말을 이었다.

"아내에게 꼭 해야 할 말이 있습니다, 제발 부탁입니다. 재판관, 제발, 제발, 내 아내 하드라 덩컨을 만나게 해주세요."

재판관이 너무 오래 잠자코 있어서 거부하는 것이라고 생각할 때 갑자기 셀레나와 단비우 옆에 중년의 여자가 나타났다. 갈색 눈에 희끗희끗한 머리, 사랑스러운 얼굴의 여자는 군인처럼 부동자세를 취하고 있었다.

"내 사랑 모우르무르." 여자가 발명가에게 인사했다.

"오, 내 사랑, 얼마나 후회했는지 모르오. 나는…… 나는……."

"당신 잘못이 아니에요." 하드라는 냉정하게 말했다. "내가 스스로 택한 죽음이에요. 왜 그랬는지는 당신도 알고, 나도 알아요. 통증을 낫게 해줄 온갖 레파루스와 칼무스 주문을 사용했지만 낫지 않은 것…… 기억나죠? 샤먼들도 가망이 없다고 했잖아요. 그것은 나 같은 군인에게는 도저히 견딜 수 없는 일이었죠. 그래서 통증이 없는 빠른 죽음을 선택한 거예요. 나는 소용돌이 쓰레기통에 빨려 들어서 죽었어요. 내 육신은 공간 속에 영원히 보존되어 있어요. 하지만 당신의 말은 틀렸어요. 평행우주 공간이 아니라 우리 세계의 가장 깊숙한 공간, 태양과 행성에서 아주 멀리 떨어져 있어서 기온이 절대영도에 이르고, 공간을 데워주는 것이라곤 아무것도 없는 곳이죠. 묘지로는 가장 완벽한 곳이기 때문에 나는 아주 만족해요. 당신에게 고맙다는 말을 하고 싶어요. 그 쓰레기통은 타이밍이 아주 좋았어요."

아! 설에 따르면 모우르무르가 발명한 쓰레기통을 사용하다 소용돌이에 빨려 들어간 사람은 누나 마젠티(마니투의 아내)였는데 사실은 그의 아내 하드라였던 것이다! 게다가 방금 한 말은 자발적으로 소용돌이 쓰레기통에 빨려 들어갔다는 것이 아닌가.

하드라가 몸을 숙이고 유령의 손으로 모우르무르의 얼굴을 쓰다듬었다. 그 모습에서 남편에 대한 사랑을 느낄 수 있었다.

"인생을 다시 시작해요, 내 사랑. 이건 명령이에요! 내가 죽은 걸 받아들이고 다시 사랑하면서 행복하게 살아야 해요. 다시 만날 날이 있겠죠, 그럼 안녕!"

모우르무르가 찢어지는 가슴으로 무슨 말을 덧붙일 겨를도 없이 하드라는 사라졌다. 모우르무르는 사라진 유령을 향해 내밀고 있던 손을 힘없이 내리고, 눈물이 그렁그렁해서 털썩 주저앉았다. 무아노도 눈물을 글썽이며 발명가의 어깨를 잡고 위로해주었다.

"선생님이 뭘 하면 안 된다는 걸 이제는 모두 알았어요." 칼이 목멘 소리로 말했다. "그럼 이 함정을 어떻게 빠져나갈 수 있는지 누가 알려주죠? 재판관께서 알려주실 건가요?"

칼은 사람들의 머릿속을 읽고 진실을 꿰뚫는 재판관이 마음에 들지 않았다. 하지만 도와줄 수 있는 존재는 재판관밖에 없었다.

"대답하기 전에 주의를 주겠다." 재판관이 못마땅한 어조로 말했다. "마지스터가 악마의 사물들을 파괴하게 놔두지 마라. 악마들이 너무 강해질 것이고, 너희의 세계와 악마들의 세계는 난폭해질 것이다. 난폭한 걸 싫어하지 않지만, 그럼 내가 할 일이 너무 많아진다는 뜻이다."

재판관이 마치 피곤한 것처럼 한숨을 쉬었다. 공포에 질려서 머리가 멍한 타라는 돌 조각상이 어떻게 피곤할 수 있는지 의문이 들었다. 그리고 자신의 예상이 맞았다는 걸 알고 소름이 끼쳤다. 전대미문의 가장 위험한 작전을 꾸미고 있는 타라에게 재판관이 힘을 실어준 것이다.

하지만 타라의 생각에 의문을 갖고 있던 무아노가 끼어들었다.

"왜요? 악마의 사물들에 축적되어 있는 영혼은 수백만에 불과해요. 아르칸즈는 행성을 지구처럼 만들기 위해 수십억의 악마들을 희생시켰어요. 그런 아르칸즈가 그까짓 수백만의 영혼이 돌아온다고 해서 얼마나 더 강력해지겠어요?"

"5000년 전에 축적된 힘은 아르칸즈가 죽인 악마들의 돌연변이 몸뚱이에서 얻는 힘보다 훨씬 완벽하다. 옛날 영혼 백만의 힘은 새로운 영혼 십억의 힘에 해당하기 때문이다. 다시 말해서 힘이 백 배로 센 것이다."

칼은 조그맣게 휘파람을 불었다.

"맙소사!" 칼이 혼잣말하듯 중얼거리다 목소리를 높였다. "그럼 정말 위급한 상황인데 서둘러야 해요. 마지스터가 악마의 사물들을 파괴하지 못하게 막으려면 우선 여길 나가서 지각단층으로 빨리 가야 하는데 어떻게 해야 됩니까?"

"맙소사! 나는 너희들의 세계에서 일어나는 일을 도와줄 수 없다. 그곳에 진실의 주문과 마법을 방해하는 주문이 걸려 있는 것이 느껴진다. 물론 내 마법은 제외하고(재판관의 목소리에서 흡족해하는 억양이 느껴졌다). 목적지에 이르려면 걸어가는 수밖에……."

칼이 유감스러운 듯한 신음소리를 냈다.

"……또는." 재판관이 말을 이었다. "최고 마구스가 발명하고 있는 기계를 이용하라."

실의에 빠져 있던 모우르무르가 너무 강한 빛으로부터 보호하려는 듯 눈을 찡그리면서 얼굴을 닦은 뒤에 일어났다.

"오, 끔찍한 벤드룩의 내장이여! 그걸 어떻게……."

"나는 다 안다." 재판관이 거드럭거리는 목소리로 대답했다. "그리고 신들을 부르면서 맹세하는 일은 삼가야 한다. 이따금 그들이 들으면……."

말끝이 길게 늘어지는 목소리가 먼 곳으로 가는 것처럼 점점 희미해졌다.

"…… 응답하니까……."

깜짝 놀란 타라는 벌리고 있던 입을 다물었다. 잠시 후, 타라가 말하려는 순간 칼이 빨랐다.

"슬루르크! 진실 주문에 걸려 있을 줄 알았어! 거짓말할 수가 없는 것이 이상하더라니!"

타라의 부모는 말없이 다정한 눈길로 딸을 쳐다보고 있었다.

"타라." 셀레나가 말했다. "다른 사람들처럼 평범하게 살 수 있는 날이 반드시 올 거야. 이 모든 건 마지스터가 사라지는 즉시 끝날 거야. 알았지, 타라? 선택하느냐 마느냐 그런 문제가 아니라 어쩔 수 없는 일이야."

아, 그건 타라도 잘 알고 있었다. 어머니가 방금 철천지원수를 죽이라고 허락한 것이다. 다시 말해 비욘드월드로 보내라는 것이었다. 하지만 아더월드인들은 지구인들이 사람을 죽이지 않는다는 걸 모르고 있었다. 물론 몇몇 야만인이나 정신병자, 권력에 굶주린 인간들을 제외하고. 그런데 타라는 미치광이 부류에 속하지 않았다. 그리고 아더월드에서 몇 년을 보냈지만 타라는 자신을 지구인이라고 생각하고 있었다.

그렇지만 마지스터와 싸울 때는 자신의 목숨, 가족과 친구들의 목숨을 지키기 위해 전력을 다해야 했고, 참지 않기로 했다. 악연을 끊고 종지부를 찍어야 하기 때문에.

"네, 엄마, 알아요." 타라는 차분하게 대답했다.

아버지가 고개를 끄덕였다. 비욘드월드에 그 더러운 코빼기를 보이는 날, 마지스터는 제대로 임자를 만나는 것이었다. 단비우는 입을 꾹 다물었지만 놈의 머리를 어딘가에 감춰버리고 몸뚱이가 머리를 찾으러 다니게 만들 생각을 굳히고 있었다.

단비우는 복수심에 불타는 분노를 꾹꾹 눌러야 했다.

친구들은 타라가 부모와 사적인 이야기를 할 수 있도록 멀찍이 떨어지면서 눈치 없는 파프니르와 모우르무르의 팔을 잡아끌었다.

친구들의 배려 덕분에 타라는 아버지, 어머니와 조용히 이야기할 수 있었다. 부모는 자르와 마라의 안부를 묻고 아더월드에 무슨 일이 있는지 물었다. 타라가 갑자기 나이를 건너뛰는 바람에 이제 곧 열여덟 살이 될 거라고 말하자 셀레나보다 단비우가 더 걱정했다.

그리고 고모가 양위를 제안했다는 말을 덧붙이자 단비우는 거의 경악하는 얼굴이었다.

"리스베스 누님이?" 단비우는 서너 번 더 반복했다. "리스베스 누님이?"

"네 아빠가 굉장히 충격을 받은 모양이다." 셀레나가 재미있어했다. "하긴 그 매서운 누님이 권력을 포기할 줄이야. 그건 정말 상상도 할 수 없는 일이지. 권력을 조금 내려놓는 것도 아니고 황위를 양위한다고 했으니 멍할 수밖에!"

셀레나와 타라는 웃음 지었다. 오랜만에 어머니와 얘기를 나누면서 기분이 좋아진 타라는 눈빛이 반짝이고 얼굴이 환해졌다. 그렇게 밝은 모습을 멀리서 지켜보는 로빈은 그동안 타라를 너무 마음 아프게 한 것 같아 괴로웠다.

"그리고 고모에게 구혼자가 생겼어요." 타라가 짓궂게 덧붙였다.

충격을 받은 단비우의 눈빛이 흐려졌다.

"설마?" 셀레나의 눈이 동그래졌다.

"사실이에요. 먼 친척인 바리우스 덩컨이니까 아빠도 알 거예요."

단비우는 이맛살을 찌푸렸다.

"배반자? 빌랭의 용병? 하지만 여제에 비하면 한낱 남작에 지나지 않아. 거의 평민이나 다름없어서 그럴 수는 없는……."

단비우의 눈이 셀레나의 번득이는 시선과 마주쳤다.

"뭘 그럴 수는 없어요?" 셀레나의 목소리는 냉랭했다. "당신 집안과 우리 집안의 결합이 처음도 아닌데. 평민……? 나도 평민인데! 그게 문제가 되나요?"

"아니, 그럴 리가." 갑자기 겁이 덜컥 난 단비우가 재빨리 말했다. "바리우스 덩컨, 그래, 아주 좋은 남자지. 능력도 있고, 자형으로 손색이 없어."

"흥……." 셀레나가 새침한 얼굴로 콧방귀를 뀌었다.

셀레나는 여전히 하트 모양의 핑크빛 구름에 올라탄 상태로 타라를 향해 몸을 숙였다.

"타라, 사나흘에 한 번씩은 우리에게 소식을 전해주렴. 아직도 나를 위해 네가 싸워야 하다니 걱정이 많이 되는구나."

"오로지 엄마를 위해 싸우는 건 아니에요." 타라는 솔직하게 말했다. "엄마의 시신을 찾아오기 위해 최선을 다하는 것은 곧 우리 세계 전체를 위해 싸우는 것이기도 하니까요."

그들은 마지못해서 헤어졌다. 타라는 조심하겠다고 약속했고, 서로에게 큰 도움을 줄 수 없지만 안심시켰다. 부모의 유령이 사라지고 혼자 버려진 느낌이 들 때 친구들이 타라를 에워싸면서 따뜻하게 위로해주었다.

한 시간쯤 후, 로빈은 타라와 단둘이 얘기할 기회를 잡았다. 타라는 긴장을 풀고 편안한 얼굴로 하프엘프가 하는 말을 들어주었다.

"뭐, 오이?"

"응, 오이." 로빈이 되뇌었다. "어떻게 생각해? 그러면 어느 누가 너처럼 위장해도 절대로 속는 일이 없을 텐데, 괜찮은 생각 아냐?"

웃음도 나오고 놀랍기도 한 타라는 정색을 하고 로빈을 쳐다봤다.

"이 웃기는 암호는 네가 생각한 거야?"

로빈은 거짓말하고 싶었지만 불가능했다.

"아니, 칼의 생각이야."

"그럴 줄 알았어. 로빈, 암호가 오이든 아니든, 나는 지금 네가 악마와 잤다는 사실을 참는 것도 힘들어. 그러니까 오이 얘기는 나중에 다시 하자."

"멍청한 짓을 했다는 거 알아." 로빈이 한숨을 내쉬면서 타라를 끌어안았다. "타라, 내가 단념하지 않으리라는 거 알지?"

타라는 아까부터 터져 나오려는 웃음을 참느라고 대답할 수가 없었다. 로빈은 타라가 아직은 화나 있어서 대답하지 않는 거라고 생각하고 놓아주었다.

그리고 나서 실수를 저질렀다. 로빈은 느닷없이 타라를 다시 포옹하면서 열렬하게 키스했다.

갑자기 로빈은 타라의 몸이 변하는 걸 느꼈다. 몸이 커져 있었다.

로빈은 눈을 뜨다가…… 2미터쯤 뒷걸음치다 넘어져서 엉금엉금 기어서 물러났다.

검은 여왕에게 키스를 하고 있었다니. 얼음장같이 차가운 얼굴, 시커먼 불빛이 이글거리는 눈, 검은색 갑옷의 여왕이 로빈을 흥미롭다는 듯 쳐다보고 있었다.

"냠냠." 검은 여왕이 입맛을 다셨다. "이 몸뚱이를 완전히 장악하는 날 너는 맛있는 간식이 될 거야. 하지만 그날까지는 이 계집애가 너의 키스를 원하지 않을 것 같단 말이지. 나를 불러내는 걸 보면, 엄청나게 화가 났다는 얘기지."

검은 여왕이 살벌한 미소를 흘렸다.

"또 보게 될 거야, 나의 토끼!"

검은 여왕이 사라졌다. 타라의 몸이 다시 변했고, 갑옷이 없어지자 체인지라인이 으르렁거리면서 재빨리 반바지에 쇠사슬 갑옷 티셔츠를 입혔다.

맥박이 빨라지면서 심장이 쿵쿵 뛰는 하프엘프는 타라가 검은 여왕 뒤로 피할 정도로 자신에게 화나 있다는 것이 믿어지지 않았다.

"왜 그래? 무슨 일 있었어?" 타라가 약간 당황한 얼굴로 물었다.

"네가 검은 여왕을 불러냈어. 그래서 내가 검은 여왕에게 키스를 했다고!"

로빈은 입술을 닦고 싶은 마음을 억지로 참고 있었다. 왜 이렇게 어이없는 상황이 계속되지? 로빈은 정말 미칠 것 같았다.

"뭘 했다고?"

"타라 너에게 키스를 하는데 펑! 하면서 네가 정신병자 킬러로 변해버렸어!"
 타라는 하얗게 질렸다.
 "내가 그런 게 아니잖아?"
 로빈은 일어나서 흙을 털었다.
 "그래, 알아. 정말 얼마나 놀라고 무서웠는지 몰라. 아주 끔찍했어. 그 정도로 네가 나한테 화나 있을 줄은 생각도 못했어. 하지만 걱정 마 타라. 앞으로는 네 허락 없이 키스하지 않을게."
 로빈은 주뼛거리다 타라의 이마에 입맞춤을 한 뒤에 돌아섰다. 얼떨떨한 타라는 멍하니 서 있었다.
 "휴, 너 이제 화나면 너무 무섭다." 오른발 쪽에서 목소리가 속삭였다.
 타라는 소스라쳤다. 시커멓게 입은 칼이 타라 앞에 나타났다. 염탐하기 위해 수풀 속을 기어 다니는 것에 재미를 붙인 것 같았다. 타라는 한숨을 내쉬었다.
 "정말 일부러 그런 게 아냐. 불쌍한 로빈. 내가 로빈과 키스를 하고 있는데 아르칸즈로 변했다고 생각해봐! 나라도 질겁했을 거야."
 "흠."
 "내가 왜 그랬는지 모르겠어."
 "흠, 흠."
 "야아, 흠 말고 다른 거 없어?"
 "어머, 어머. 그러니까 오이 얘기가 마음에 안 든다고?"
 둘은 서로 쳐다보다 웃음을 터뜨렸다.
 "오이……. 칼…… 넌 정말 못 말리는 애야!" 타라는 너무 웃다가 딸꾹질까지 했다.

칼이 손을 들자 타라는 손바닥을 마주 쳐주었다. 둘은 미소를 지었다.

"근데 말이야, 남자와 키스할 때마다 검은 여왕으로 변해버리면 너에게 남자들이 아예 접근하지 않을 수도 있겠어. 그러면 암호를 사용할 필요도 없는 거잖아." 칼이 지적했다.

타라는 한숨지었다.

"검은 여왕은…… 뭐랄까. 내 영혼의 가장 사악한 모습일지도 몰라. 나의 일부라고 봐야지. 검은 여왕은 로빈에게 벌을 주기로 작정한 것 같아. 아주 가혹할 정도로. 나는 누구에게도 그렇게 하지 못하지만, 검은 여왕은 달라."

"그걸 뭐라고 하더라? 아! 다중인격장애. 타라! 너 그런 정신분열증세가 있다고 말하는 건 아니지?"

"이건 정신병이 아니라 마법 때문에 생긴 일이야. 아직까지는 나도 통제할 수 없어서 무슨 짓을 할지 몰라. 계속 이런 식이면 정상적인 연애는 절대 할 수 없겠지."

어쨌든 감히 아무나 접근하지 못할 거라면서 친구를 위로하는데 칼의 표정이 아주 밝았다(이건 뭐지, 위로하는 거 맞나? 하는 얼굴로 타라는 눈살을 찌푸렸다). 그러고는 순찰을 돌기 위해 멀어져 갔다. 칼이 불침번을 설 차례였다.

칼은 이상한 생각이 들었다. 타라가 검은 여왕을 두려워하지 않는 것 같았다.

의문이 들었다. 타라가 잘못 생각하고 있는 거 아닐까? 검은 여왕을 타라의 일부라고 볼 수 있을까? 절친의 몸을 완전히 장악하고도 남을 정도로 아주 위험한 존재로 보였다. 타라에게 몸을 절대로 돌려주지 않으려고 할 텐데.

오락가락하던 비가 그쳤다. 칼이 무슨 걱정을 하는지 전혀 알아차리지 못한 타라는 마냥 행복했다. 모든 게 잘될 거야. 부모님이 나를 사랑해주고, 나도 부모님을 사랑하고, 나는 친구들을 사랑하고, 친구들도 나를 사랑하잖아. 머지않아 지각단층에 이를 것이고, 마지스터만 없애버리면 살기 좋은 세상이 될 거야.

다음 날 아침 일어났을 때 타라 일행은 포위되어 있었다.

수많은 동물에게.

전설의 아마존족
새로운 친구인지, 새로운 적인지
어떻게 알아낼 수 있을까

*

 동물들이 아주 멀지도, 아주 가깝지도 않은 적당한 거리에서 키 높은 풀숲에 보이지 않게 숨어 있었던 것이다. 태양이 환해지자 당연히 동물들의 모습이 드러났다. 호랑이, 사자, 곰, 늑대, 휘족제비, 족제비, 흰담비, 여우, 오소리, 고양이, 표범, 수달, 퓨마……. 갈퀴발톱과 송곳니가 무시무시한 포식동물들이었다.
 파브리스는 동물들을 발견하기 전에 이미 냄새를 맡았다. 콧구멍이 벌름벌름하면서 신호를 보냈다.
 하지만 너무 늦었다.
 동물 떼가 소리 없이 전진해왔다. 타라는 체인지라인에게 갑옷을 부탁했다.
 '도움이 필요한가, 귀여운 계집애?' 검은 여왕이 머릿속에서 조롱하듯 물었다.

'꺼져버려!' 타라는 정신적으로 응수했다. '당신 따위 필요하지 않아!'

검은 여왕의 소리 없는 웃음에 타라는 소름이 끼쳤다. 로빈은 릴란드릴의 활을 잡고 동물들을 향해 화살을 겨누었다. 파프니르는 양손에 도끼를 뽑아 들었고, 무아노와 파브리스는 야수와 늑대로 변신했다. 유전자와 관련된 변형이지 마법을 사용하는 것이 아니라서 속이 울렁거릴 일은 없었다. 야수와 늑대가 위협적인 모습으로 앞에 나섰다.

"와우!" 동물 뒤쪽에서 목소리가 말했다. "코울투크 보블마 톨크루크?"

혀 차는 소리가 많이 나는 언어였다. 타라는 한마디도 이해하지 못했지만 그 감탄조로 미루어 대충 추측했다. '와우, 쟤들 좀 봐!'

타라는 트라둑투스 주문을 날린 다음, 구토증이 올라오자 이를 악물었다. 그리고는 조심스럽게 트라둑투스의 범위를 넓히면서 모우르무르와 친구들은 동물 뒤쪽 사람들의 말을 알아듣게 하되, 저쪽에서는 아더월드의 말을 이해하지 못하게 했다.

푸르스름한 마법의 힘에 놀란 공격자들이 울창한 풀숲에서 방금 일어난 말에 올라탔다. 칼과 파브리스, 로빈과 모우르무르는 눈이 휘둥그레졌다.

여자들이었다. 키가 작은 여자, 키가 큰 여자, 뚱뚱한 여자, 날씬한 여자, 못생긴 여자, 예쁘장한 여자. 여자들이 동물 뒤에서 포위하고 있었다. 칼은 또다시 깜짝 놀랐다. 여자들 때문이 아니었다.

동물들 때문이었다.

모두 금빛 눈이었다.

"오, 발라보르의 수염21이여! 패밀리어들이잖아!"

하지만 있을 수 없는 일이었다. 패밀리어가 너무 많았다. 적어도 여자의 수보다 두세 배는 많은 것 같았다.

게다가 평범한 여자들이 아니라 전사들이었다. 더운 날씨 때문에 옷차림은 간단하지만 모두 활과 창으로 무장하고 있었다. 하지만 공격적으로 보이지는 않았다.

이쪽에서 공격했다면 여자들이 가차 없이 반격했겠지만, 아무도 움직이지 않자 여자들도 공격하지 않았다.

갑자기 원으로 둘러싸고 있던 동물들이 저마다 영혼의 동반자들 주위로 모여들었다.

그 광경에 타라와 친구들은 아연실색했다.

한 사람이 여러 마리의 패밀리어를 거느리다니!

파브리스는 충격을 받았다. 바룬의 죽음으로 얼마나 고통스러웠는데……. 눈이 믿어지지 않고 무릎이 후들거려 땅바닥에 주저앉았다.

키가 큰 늑대인간이 주저앉은 모습에 여전사들이 깜짝 놀랐는지

---

21. 충치가 있는 제과의 신 젤리소르와의 내기(무슨 내기였는지는 아무도 기억하지 못한다)에서 진 발라보르는 수염이 자라는 대로 내버려두어야 했다. 신은 아주 오랫동안 살기 때문에 수염이 아주아주 길었다. 그런데 어찌나 길게 자랐는지 방 안에 다 들여놓지 못할 정도여서 수염은 골칫거리가 되었다. 잠자는 동안 수염에 목이 졸려서 죽을 뻔했던 날, 발라보르의 아내는 면도하라고 아무리 사정해도 들어주지 않자 집을 나가기 직전 불을 질렀지만 불행히도 수염은 몇 미터밖에 줄지 않았다.

술렁거렸는데 트라둑투스 덕분에 이번에는 무슨 말인지 알아들을 수 있었다.

"왜 저러지?"

"모르겠어. 피곤한가?"

"인간 모습은 아주 잘생겼어. 이왕이면 내 앞에서 주저앉지!"

"쟤들이 오래 저러고 있을까요? 안 되는데……. 활을 당기고 있는 게 지겨워지기 시작했어요. 아이, 피곤해!"

땋아 늘인 희끗희끗한 머리, 강철색 눈의 나이 지긋한 부인이 나타나서 뭐라고 지시를 내렸다. 젊은 여전사들이 안도하면서 활을 내렸다. 사슴 가죽을 걸친 부인은 다른 여자들과는 달리 햇볕에 그을린 팔의 근육이 드러나는 타이츠 같은 티셔츠에 바지를 입고 있었다. 타라는 예순 살쯤으로 추정했는데 나이치고는 움직임이 날렵했다.

이윽고 나이 든 부인이 타라 일행을 향해 돌아섰다.

"너희는 동물들을 공격하지 않았다." 부인이 흥미롭다는 얼굴로 말했다. "너희들이 좀 전에 트라둑투스를 날렸으니까 우리가 하는 말을 알아들을 거라고 생각한다."

로빈이 깜짝 놀라서 활을 내렸다. 파프니르도 도끼들을 치웠다. 무아노 역시 원래의 모습으로 돌아왔지만, 타라는 갑옷을 그대로 입은 채 경계를 늦추지 않았다. 웬일로 모우르무르가 무리를 대표해서 앞으로 나갔다.

"그대의 마법이 빛나기를!" 모우르무르는 아더월드의 의례적인 인사말을 했다.

"응답하는 인사말이 있는데…… 기억이 안 나는군." 부인이 공손하게 대답하면서 땋은 머리를 뒤로 넘겼다. "아! '그대의 망치가 맑은 소리로 울리기를!' 이게 아닌가?"

"그건 난쟁이들의 인사말입니다. 난쟁이들을 만난 적이 있었나 보군요. '그대의 마법이 세상을 지켜주길!' 이제 기억납니까?"

"아, 그런데 여기서는 마법을 사용하면 속이 안 좋기 때문에 삼가고 있으니까 이렇게 답하겠다. '너의 마법으로 먹은 것을 전부 토해 내지 않기를!' 아틀란티스에 온 걸 환영한다!"

아더월드인들과는 달리 지구에서 자란 타라와 파브리스는 동시에 반응을 보였다. 전설의 섬 아틀란티스에 와 있다는 건가? 타라는 지난번에 왔을 때와 너무 달라 이상했지만 의문을 제기할 엄두가 나지 않았다. 활로 무장한 이들에게 포위되어 있는 마당에. 더군다나 아틀란티스에 산다는데 어떻게 감히 잘못이라고 말할 수 있겠는가.

모우르무르는 천연덕스럽게 인사하면서 물었다.

"그런데 왜 우리를 포위했습니까? 나쁜 짓을 하지 않았는데요. 우리는 공간이동의 문으로 가는 길을 찾는 여행객들일 뿐입니다."

완전히 거짓말은 아니기 때문에 진실 주문이 작용하지 않았다. 여행 중인 것도 맞고, 공간이동의 문을 찾는 것도 맞으니까.

"이미 알아차렸겠지만 여기서는 진실이 아니면 들통이 나기 마련인데 '여행객'이란 말은 일단 통과되었다. 너희가 위험한 존재들인지 확인하기 위해 우리 동물들에게 지켜보게 했는데 어제저녁까지는 너희 정체를 평가하기가 좀 힘들었다. 그런데 죽은 마법사들의 유령과 대화하는 걸 보면서…… 이상한 느낌이 들었다."

많은 여자들 앞에서 침을 흘리지 않으려고 애를 쓰면서 칼이 끼어들었다.

"실례지만 여러분은 누구세요?"

부인이 빙긋이 웃는데 자부심이 느껴지는 환한 미소였다.

"우리는 아마존족이다."

지구인들인 타라와 파브리스나 들어봤을 전설의 아마존족!

"나 알아, 아마존족!" 파브리스가 말했다.

"아, 그래?" 여자들이 옷을 조금만 입고 있어서 마음에 쏙 드는 칼이 속삭였다. "저 여자들에 대해 아주 많이 알고 싶은데."

부인이 호기심이 동한 얼굴로 파브리스를 쳐다봤다.

"아, 그런가? 우리 아마존족에 대해 알고 있는 걸 말해봐. 이들을 포위하라! 옐로우 분대는 삼분의 일만 남고 모두 말에서 내려! 지금 당장!"

아마존족 여전사들이 현란한 동작으로 단번에 뛰어내리자 말들은 유유히 풀을 뜯어 먹기 시작했다. 팔뚝에 노란색 표시가 있는 여자들 삼분의 일만 말에 앉아 있는데 아주 용맹해 보였다.

파브리스는 침을 삼키면서 본모습으로 돌아왔다. 늑대인간의 모습으로 말하는 것이 불편하기 때문이었다. 이윽고 부인이 고갯짓을 하자 파브리스는 이야기를 시작했다.

"영웅 헤라클레스의 과업 중 하나는 펜데실레이아의 여동생 히폴리테가 가지고 있던 허리띠를 훔쳐 온 것이었죠. 히폴리테는 트로이의 왕 프리아모스 편에서 아가멤논의 군대와 싸운 아마존의 여왕이었어요."

"전쟁 이야기야?" 싸웠다는 말에 솔깃해진 파프니르가 관심을 보였다.

"응." 타라가 미소를 지으면서 대답했다. "사랑 이야기도 있고."

난쟁이는 얼굴을 찌푸렸다. 아, 사랑 이야기에는 별로 관심이 없는 것이 확연했다.

"불륜의 사랑 얘기야." 파브리스가 말했다. "트로이의 왕 프리아모스의 아들 파리스가 메넬라오스(스파르타의 왕)의 아름다운 아내 헬레네를 납치하면서 전쟁이 시작되었지. 헤라, 아테나, 아프로디테가 미의 경합을 벌였는데 심판을 맡은 파리스가 황금사과를 아프로디테에게 주었고, 그 대가로 아프로디테는 지구에서 가장 아름다운 헬레네와의 사랑을 허락했거든."

"그만 됐어." 칼이 심드렁하게 말했다. "무슨 말인지 하나도 모르겠는데 그리고 황금사과는 또 뭐야? 배라면 몰라도."

"배?"

"벨 엘렌 배 디저트22라고 있잖아!"

"칼!"

"또 뭐어? 아이스크림을 무지 좋아해서 그러는데."

어이없어하는 파브리스를 보면서 타라는 웃음을 꾹 참고 말했다.

"황금사과는 펠레우스(아킬레우스의 아버지)와 테티스(바다의 여

---

22. 지구에서 이름난 벨 엘렌(belle Hélène)배 디저트인데 아더월드에서도 수입해서 즐겨 먹는다. 구운 배나 배 시럽에 바닐라 아이스크림과 뜨거운 초콜릿, 크림을 얹은 것이다.

신)의 결혼식에 불화의 여신 에리스를 초대하지 않아서 생긴 일화야. 화가 난 에리스는 장난을 치기로 작정하고 '가장 아름다운 여신에게'라고 쓴 황금사과를 향연장에 참석한 제우스 앞의 식탁에 떨어뜨렸지."

"아하!" 영리한 칼이 대충 짐작이 간다는 얼굴을 했다.

"여신들이 서로 황금사과를 가지려고 하는 바람에 '가장 아름다운 여신'을 뽑을 수밖에 없게 됐지. 그러자 난처해진 제우스는 날마다 봐야 하는 여신들과 등지는 일을 만들지 않으려고 한 인간에게 그 심판을 맡겼어. 사랑의 여신 아프로디테, 최고의 여신 헤라, 전쟁의 여신 아테나. 이렇게 세 여신이 뽑혔는데 누가 더 아름다운지 결정하기 불가능할 뿐만 아니라 제우스로서는 아내 헤라와 딸 아테나 중에서 누구를 고르기가 난처했기 때문이지."

"파리스는 트로이의 왕자였지만 트로이 멸망의 원인이 될 거란 태몽 때문에 왕위 계승 서열에서 완전히 밀려나 있었지." 파브리스가 말을 이었다. "불길한 태몽 때문에 양치기들의 손에서 자란 파리스가 가장 아름다운 여신을 심판하게 될 줄이야."

"양들과 대화를 나누며 살아온 사람은 교활함과는 거리가 먼데……." 칼이 재미있다는 얼굴로 말했다. "잘못된 선택을 한 게 뻔하군."

"파리스가 선택한 미의 기준에 대해서는 누구도 알 길이 없어." 타라가 솔직하게 말했다. "다만 헤라는 권력과 명예를, 아테나는 뛰어난 지혜를, 아프로디테는 지구에서 가장 아름다운 여자의 사랑을 주겠다고 했지. 그런데 아프로디테는 교활하게도 가장 아름다운 여자가 기혼녀라는 말은 하지 않았어. 아프로디테가 원한 대로 파리스와 헬레네는 사랑에 빠졌고, 파리스는 헬레네를 납치해서 트로이로 도망쳤지. 그러자 헬레네의 남편인 스파르타의 메넬라오스와 그리스군 총사령관 아가멤논이 트로이를 공격하면서 전쟁이 시작된 거야. 이때 아마존족이 트로이군과 함께 싸웠지만 패했고, 트로이는 멸망했지. 트로이의 왕 프리아모스, 파리스, 다른 이들도 모두 전사했어. 예지력이 있는 프리아모스 왕의 딸 카산드라가 경고했지만 아무도 귀담아듣지 않았으니. 호메로스는 『일리아드』와 『오디세이』에서 율리시스(오디세우스)의 모험을 통해 이 전쟁을 다루고 있어."

타라가 아마존족의 개입을 상기시켰을 때 뻣뻣해지던 부인이 덧붙여 말했다.

"우리 아마존족의 작은 무리가 실수로 아틀란티스 밖으로 나갔는데 살아갈 방법도 돌아올 방법도 없었다. 그래서 먹고살기 위해 용병이 되었고, 2년에 걸친 긴 전쟁으로 그들 모두 사망했다고 들었다. 그리고 트로이의 목마! 트로이 사람들이 똑똑했다면 그렇게 커다란 목마 안에 아무도 없는지 확인도 하지 않고 들여보내지 않았을 텐데!"

타라와 파브리스는 고개를 끄덕였다. 그들도 그 부분이 이상하다고 생각했었다.

"고대 문명에 대한 이야기 아주 잘 들었어." 칼이 지적했다. "근데 우리 아직 아침도 안 먹었잖아. 솔직히 내가 갖고 있는 비축 식량으로는 여기 있는 사람 모두가 먹기에 턱없이 부족한데. 이제 우리가 적이 아니라는 것이 밝혀졌는데 어떡할까요?"

부인은 빙긋이 웃으면서 눈을 지그시 감았다.

"너희가 적이 아니라고 누가 그래?"

타라 일행은 긴장하면서 경계 자세를 취했다. 하지만 잠시 침묵한 뒤에 부인이 미소를 지었다.

"너희들이 우리가 지키는 악마의 사물들에 접근한다면 적이 될 수 있다. 아마존족은 지구를 지키고, 지킴이들은 물을 지키고, 심판관들은 공기를 지키고 있다."

칼이 말하려고 하자 이 무리에서 가장 영리한 소년이라는 걸 이미 눈치챈 부인이 선수를 쳤다.

"불을 지키는 지킴이는 없다."

부인은 지킴이에 대한 말이 나오자 소스라치는 타라를 뚫어져라 쳐다보면서 말했다.

"지킴이들을 만난 적이 있구나. 이곳에서는 거짓말이 불가능하다. 지킴이들을 어떻게 만났나? 그런데 아직 살아 있다니, 불가능하다!"

부인은 '불가능'이라는 말을 엄청 좋아하는 모양이었다. 칼은 타라를 향해 씨익, 미소를 지어 보였다. 거만하고 자신만만한 부인도 머지않아 타라에게는 '불가능'이란 말이 해당되지 않는다는 걸 알게 되겠지.

"네, 신전에서 지킴이들을 만났어요." 타라는 마지못해서 대답했다. "실루르의 옥좌를 파괴했던 사람이 나예요."

칼이 피식 웃을 때 새파랗게 질린 부인이 뒷걸음쳤다.

"직계 후손!" 그제야 데미데루스의 혈통을 나타내는 그 유명한 흰 머리털을 알아본 부인이 목멘 소리로 말했다. "직계 후손이 무슨 일로 여기에? 오, 젤리소르의 충치여! 누군지 알겠습니다! 타라 덩컨 부여제!"

맙소사, 벌써 '부여제'에 대해 알고 있단 말인가? 타라는 그다음에 이어지는 검은 여왕에 대해서는 소문이 나지 않았기를 진심으로 바랐다. 검은 여왕으로 변한 타라에게 체포령이 내려졌다는……. 하지만 부인은 신경 쓸 일이 많아서 거기까지는 모르는 것 같았다.

절망이 느껴지는 얼굴로 부인이 덧붙였다.

"오랜 세월의 임무를 면해주려고 악마의 사물들을 파괴하러 오신 겁니까?"

부인의 목소리에서 불안한 음색을 듣지 않았다면 타라는 대답해주지 않았을 것이다. 아마존족이든 아니든, 이 부인이 친구인지 잠정적 적인지도 어차피 모르는 상황인데. 하지만 부인이 왜 불안해하는지 이유를 알아야 하기 때문에 타라는 솔직하게 대답해주기로 했다.

"아니에요. 나는 파괴를 막으러 온 거예요."

"슬루르크!" 한 여자가 중얼거렸다. "인사해야지, 라우라!"

옆에 있는 갈색 머리 여자가 인상을 썼다.

부인이 어찌나 느닷없이 지시를 내리는지 타라는 움찔했다.

"전사들이여, 주군이 오셨으니 위장술 종결! 2소대, 빨리 빨리! 1소대, 시작!"

순식간이었다. 짐승 가죽을 걸친 차림으로 전략에 따라 여기저기 배치되어 있던 여전사들이 '고탄성률의 고강도' 섬유 케블라로 만든 방탄조끼와 철모까지 쓴 군복에 기관총으로 완전 무장하는 사이에 주위의 수풀에서 또 한 무리의 여전사들이 나타났다. 이윽고 무표정한 얼굴에 싸늘한 눈빛, 땋아 늘인 희끗희끗한 머리, 풀밭과 같은 초록색 얼룩무늬 갑옷 차림의 부인이 철모를 벗더니 가슴에 주먹을 대는 것으로 경례를 붙였다. 어? 오무아 군대와 같은 방식의 경례였다.

"오무아 군대 블랙 섹션의 사령관 히글 5, 보고드립니다. 폐하! 분부 받겠습니다, 폐하!"

좀 전까지만 해도 고대 문명 속의 아마존족, 창과 활로 무장한 여전사들과 있었는데 한순간에 미국 SF드라마 〈배틀스타 갤럭티카〉에 나오는 것 같은 군대를 만나고 있다니.

"근데……." 타라는 무슨 말을 해야 할지 몰랐다.

"지령에 따른 위장술이었습니다, 폐하!" 히글 5가 또다시 고함을 질렀다. **"침입자들에게 수준이 낮고 무지하고 약한 군대를 상대하는 것으로 믿게 하려는 것입니다, 폐하!"**

"근데…… 타라." 칼이 능청을 떨었다. "그라옥스*처럼 소리 지르지 말고 좀 작게 하라고 말해주면 정말 고맙겠는데."

"응." 생각에 잠긴 타라는 기계적으로 대꾸했다. "편하게 말하면 좋겠는데요. 사령관, 쉬어!"

히글 5는 즉시 뻣뻣한 자세를 풀고 정상적으로 말했다.

"그럼 말씀드리겠습니다."

"그렇게 해요."

"불행히도 장거리 트란스미투스는 불가능하지만, 풀밭 전용 허브[herve]글라이더를 이용하면 며칠 걸리지 않아서 목적지까지 갈 수 있습니다, 폐하."

"아, 허브글라이더……." 타라가 말했다. "그런 게 있다면 꽤 쓸모 있겠군요."

주위에 지켜주는 전사들이 이렇게 많은데…… 타라는 갑옷을 사라지게 했다.

멋진 아마존 사령관에게 홀딱 반한 모우르무르가 말했다.

"그런데 아까는 왜 인사말을 틀리게 한 겁니까?"

"그것도 위장술입니다." 사령관이 공손하게 대답했다. "위험하지 않다는 확신이 들 때까지는 아더월드의 관습을 모르는 체해야 합니다." 사령관이 타라를 보면서 말했다. "폐하, 지각단층을 통해서 가면 악마의 사물들이 있는 신전으로 곧장 갈 수 있는데 왜 이쪽으로 오셨습니까? 여긴 멀리 떨어진 곳입니다."

"알아요." 타라는 한숨을 내쉬었다. "내가 사연이 좀 있어서요. 내가 어디인가로 좀 가려고 하면 전 세계가 합세해서 막으니……."

사령관은 눈살을 찌푸렸지만 아무 말도 하지 않았다. 타라가 방금 한 말은 '전 세계가 무기이고, 그 무기가 나를 겨누고 있다'는 식의 피해망상증 발언인데……. 사령관은 꺼림칙했다.

칼이 아침 식사 얘기를 꺼냈기 때문에 아마존 여군들이 고기와 치즈, 과일을 가져와서 식탁을 차렸다. 칼이 휘파람을 불었다.

"와우! 좀 더 일찍 오지 그랬어요? 어제 우리가 야영할 때 왔으면 좋았을 텐데."

"칼!" 무아노가 소리쳤다.

"또 뭐? 얼마나 신속한지 봐! 대단하잖아! 그래도 이해가 안 되는 것들이 있어서 설명을 듣고 싶어요." 칼이 사령관을 향해 빙그르르 돌면서 물었다.

"질문을 받겠다!"

칼이 오만상을 찌푸리면서 귀를 만지작거렸다.

"제발, 10센티미터도 안 되는 바로 코앞에서 그렇게 소리를 질러대시면 내 고막이 터진답니다. 지금껏 여기에 군대가 있다는 얘기를 들어본 적이 없어요. 나는 물론이고 내 어머니도 면허 받은 도둑이라서 우리 집은 정말 소식통이라고 할 수 있는데……."

칼은 말을 중단했다가 아주 심각한 얼굴로 결론을 내렸다.

"그런데 어떤 정보도 들은 적이 없어요. 전혀. 그래서 석연치가 않아요."

사령관이 심호흡을 하자 칼이 얼른 손가락으로 위협했다.

"아니, 살살 말해요. 또 그라옥스처럼 소리 지르려고 한다는 걸 눈치챘다고요."

사령관은 보일 듯 말 듯 고개를 약간 까딱하면서 눈곱만큼의 미소를 머금었다. 아더월드 사람들은 그리 영악한 편이 못 되기 때문에 평소에는 고지식한 사령관보다 아마존족의 거친 캐릭터로 행동하고 있었다.

"우리 블랙 섹션은 비밀정보국에 속해 있다. 신병의 복무 기간은 10년이고, 2년마다 교대를 하지. 여길 나가는 즉시 민투스 주문이 작동하기 때문에 기억이 지워지고, 다시 돌아오면 기억이 살아나게 되어 있다. 장교들은 교대 기간이 더 길고, 복무 기간도 훨씬 길다. 나는 세 번째 돌아왔고 50년 동안 복무하고 있다."

칼이 놀란 얼굴로 눈썹을 꿈틀거렸다.

"그렇게 오랫동안!"

사령관은 어깨를 으쓱했다.

"보수도 후하고, 먹는 것도 풍족하고, 비교적 대우가 좋은 직업이다. 여기서 길을 잃고 헤매는 사람들이 많은데 의도적으로 오는 자들도 있지. 그래서 오무아 제국은 아틀란티스를 지켜야만 한다. 최고 마구스 데미데루스의 명에 따라 여제가 개인 재산으로 전사들의 급료와 경비를 지불한다. 여제 이외에는 아무도 모르기 때문에 압력을 가하는 사람이라곤 없다. 다른 나라들도 전혀 모른다. 모두가 악마의 사물들을 지키는 것은 지킴이들밖에 없다고 생각한다."

"와우." 칼이 진지한 얼굴로 말했다. "그러니까 일종의 연출이네요."

"그렇다."

"그렇게 해서 5000년이나 비밀을 지켜왔다고요?"

"그렇다."

"정말 대단하세요."

"고맙다."

칼이 준 초콜릿 빵을 먹으며 듣고 있던 타라는 불현듯 오무아 제국의 비자금에 대해 알아볼 필요가 있다는 생각이 들었다. 세상에, 5000년 동안이나 비밀이 새 나가지 않다니!

"타라!" 칼이 외쳤다. "이번에도 네가 이 많은 사람들을 끔찍한 노예 생활에서 해방시킬 수 있을지 모르겠다."

"하하! 글쎄."

사령관은 잠자코 있지만 눈빛으로 보아 칼이 무슨 말을 하는지 전혀 이해하지 못한 것 같았다.

"언제부터 우리를 미행했죠?" 타라는 아마존족을 전혀 눈치채지 못한 것이 너무 이상해서 물었다.

"어제저녁에야 발견했습니다. 계속 정찰하고 있지만 워낙 넓은 땅이라서……. 폐하를 대번에 알아보지 못한 것을 용서하십시오."

타라는 이맛살을 찌푸렸다. 오늘 아침은 체면이 말이 아니었다. 어둠 속에 모닥불을 피워놨으니 좀 떨어진 거리라도 주의를 기울였다면 묶여 있는 말들을 알아볼 수 있었으련만. 그리고 사령관도 위장술을 하기 바빠서 제국의 부여제라는 걸 알아차릴 수 없었던 것이다.

"죄송한데요." 파브리스가 물었다. "왜 이 부대에는…… 여자만 있죠?"

얘가 뭐라는 거야? 사령관이 쳐다봤다.

"특별한 이유는 없다. 여자들끼리 일하는 걸 좋아하는 부대도 존재하니까. 우리 여군들은 남자들이 주의가 산만하다고 생각한다."

"하하하!" 넉살 좋은 칼이 웃었다. "파브리스, 너 무슨 이상한 상상을 한 거지?"

파브리스는 눈을 흘겼지만 아무 말도 하지 않았다. 아더월드에서는 육체적 힘보다 마법에 의존하기 때문에 남자가 특별히 여자보다 힘이 세지 않다는 걸 자꾸 잊어버렸다. 그래서 여자로만 구성된 부대를 보고 걱정했는데 그야말로 쓸데없는 생각이었다.

"그럼 남자로만 구성된 부대도 있나요? 남자 부대도 아마존이라고 부르지는 않겠죠?"

사령관이 놀란 얼굴로 쳐다봤다.

"블랙 섹션은 특별히 남자나 여자를 가리키는 게 아니라 우리 부대의 명칭일 뿐이야."

"하지만 아마존은 여성형이니까 남성형이 되면……."

파브리스는 설명이 뒤죽박죽이 되고 말았다. 사령관은 파브리스가 무슨 뜻으로 하는 말인지 알아차렸다.

"그래, 여성형과 남성형을 구분하는 언어가 있다는 거 알아. 그런데 우리는 그렇지 않아. 아마존은 중성이거든. 트라둑투스는 여성형으로 통역했겠지만."

아, 통역의 문제! 프랑스어가 몸에 밴 탓이었다. 파브리스는 마법을 싫어하는 파프니르의 마음을 이해할 것 같았다. 이젠 정말 시간이 갈수록 마법이 싫어졌다. 그래서 자신에게 가장 중요한 문제였던 패밀리어에 대해 단도직입적으로 물었다.

"패밀리어가…… 여럿이에요." 파브리스는 어물어물 말하면서 사령관 뒤에서 똘똘한 눈으로 지켜보는 호랑이와 치타 두 마리를 가리켰다.

"그게 왜?"

"불가능한 일이라고 생각했어요."

"불가능한 일이지." 사령관이 짤막하게 대답했다.

"그런데 어떻게?"

"유변동."

"네?"

"유변동, 유전자변형동물이거든. 게다가 우리는 지구를 지키는 정예군이다. 우리도 유전적으로 변형되었기 때문에 보통 인간보다 강하고 빠르고 유연하지. 마법을 사용하지 않아도. 하지만 우리의 약점은 패밀리어야. 패밀리어가 죽으면 절망에 빠지니까."

히글 5는 파브리스의 눈빛을 알아봤다.

"이미 경험했나, 그런 건가? 눈빛을 보면 안다."

파브리스가 고개를 끄덕이는데 울컥해서 까만 눈에 눈물이 글썽였다.

"네, 나의 패밀리어 바룬은 블루 매머드였어요."

"미안하다." 히글 5가 나직하게 말했다.

"괜찮습니다." 감정을 억제하면서 파브리스도 말을 받았다.

"따라서 그런 단점을 일시적으로 대처하기 위해 우리는 전사들에게 하나가 아니라 여러 마리의 패밀리어를 결합시키기로 했지. 패밀리어가 여럿이면 그만큼 결합이 약해지지만 그중 한 마리가 죽어도 동반자에게 미치는 영향이 작아지니까."

히글 5가 머리를 쓰다듬어주자 호랑이는 하얀 송곳니를 드러내면서 늘어지게 하품을 했다.

그런데 히글 5가 뜻밖의 말을 덧붙였다.

"내 패밀리어 한 마리를 줄 수도 있는데?"

대이동

**매머드 떼가 지나갈 위험이 있는 곳에서
깔려 죽지 않으려면
수면제를 삼가는 것이 좋은데**

*

파브리스는 목소리가 나오지 않았고, 매직갱과 모우르무르도 어안이 벙벙했다.

"뭐라고 하셨어요?" 금발의 지구 소년이 외쳤다.

파브리스는 목소리를 가다듬기 위해 헛기침을 하고 진지하게 다시 물었다.

"뭐라고 하셨어요?"

"지금으로서는 초극비 프로그램이라 여러 패밀리어를 드러낼 수는 없다. 호랑이 티그레는 내가 여길 나갈 때도 데리고 가는 알파 패밀리어이니까 안 되지만, 치타 두 마리, 플루토와 플루타르는 말하자면 베타 패밀리어이지. 플루타르를 줄 수 있다. 정찰을 지겨워하는 중인데다(사령관이 몸을 숙이고 파브리스에게 나직하게 말했다) 좀 게으른 녀석이라서."

파브리스는 눈물이 핑 돌았다. 감격한 파프니르는 친구의 등을 토닥였다. 몇 분 동안이었지만 벨제부트를 잃고 죽을 것같이 고통스러웠던 걸 생각하면 친구의 심정을 이해할 수 있었다.

"고맙습니다." 파브리스는 울컥했다. "그렇게 마음을 써주셔서…… 하지만 사양하겠습니다. 바룬을 잃었을 때 너무 괴로웠기 때문에 다시 시작하고 싶지 않아요."

"그렇다면 할 수 없고." 사령관이 담담하게 대꾸했다. "폐하, 이제 어떡하실 겁니까?"

"가능한 한 빨리 공간이동의 문으로 가야 해요, 사령관." 타라는 단호하게 말했다. "지금 떠날 수 있을까요?"

사령관은 고개를 끄덕였고, 몇 분 사이에 짐을 꾸리고 떠날 채비를 끝냈다. 그들은 약간 떨어진 곳에 떠 있는 허브글라이더에 올랐다. 사령관은 일부 부하들을 데리고 여제, 아니 부여제를 해치는 일이 일어나지 않는지 확인하기 위해 타라 일행과 동행하고, 말에 오른 아마존 여군들은 남아서 계속 정찰하기로 했다.

타라는 극도로 불안했다. 사령관은 아더월드에 무슨 일이 있었는지 전혀 모르는 것 같았다. 리스베스 여제는 타라에게 체포령을 내렸다는 사실을 아직 아틀란티스에 알리지 않은 것이 틀림없었다. 그래서 히글 5가 타라를 부여제로 수행할 것이 아니라 감옥으로 데려가야 한다는 걸 알아차릴 때까지는 믿고 도움을 받아도 되었다. 타라는 슬며시 한숨을 내쉬었다. 가능한 한 늦게 알기를 바라는 수밖에. 여기서 마법을 사용했다가는 먹은 것을 다 토해야 하기 때문에 사령관의 도움이 절대적으로 필요했다.

초원에서 빠르게 이동하려면 풀밭 전용 허브글라이더도 꼭 필요했다. 초록색 얼룩무늬로 위장한, 검 모양의 기구들은 유리창이 닫히자마자 광활한 초원 위를 둥둥 떠서 속력을 냈다. 정말 효과적이었다.

무아노는 빠른 속도 때문에 헝클어지지 않게 긴 머리를 묶으면서 지적했다.

"칼의 말이 맞았어. 억압받는 사람들을 해방시키고, 그 과정에서 두세 명의 폭군을 죽이는 일이 생겨야 하는데, 싸울 일이 없으니까 오히려 이상해!"

"무슨 소리!" 타라가 반박했다. "늑대인간들 말고는 다른 종족을 해방시킨 적 없어. 그리고 우리가 살려고 발버둥치다가 그렇게 된 걸 너도 잘 알면서!"

"쯧쯧." 무아노가 눈을 반짝이면서 말했다. "타라! 너한테는 '영웅 신드롬'이 있어. 반디우 대군이 노예로 만든 땅신령들을 풀어줬던 거 잊었어? 살테렌스 광산의 노예들도 해방시켰잖아. 아더월드를 여섯 번이나 구했어. 특히 드래곤들의 침략을 막았던 건 어쩌고! 그리고 늑대인간들을 구해주는 정도가 아니라 금지된 대륙 전체를 해방시켰어. 지금도 악마들로부터 우리를 지키기 위해 목숨을 걸고 싸우려는 거잖아. 네 가족과 조국을 위해, 그리고 네가 정의라고 생각하는 것을 이루기 위해. 그래서 너에게 영웅 신드롬이 있다고 말하는 거야."

타라는 친구에게 미소를 지어 보이면서 대꾸했다.

"그렇게 말하면 너도 마찬가지지! 우리 친구들 모두 함께 위험을 무릅썼는데. 칼과 로빈은 이해할 수 있어. 파프니르도 싸움이라면 무조건 뛰어드는 아이니까 못하게 막을 수 없었다고 쳐. 하지만 무아노 너는 전사가 아니잖아. 나 때문에 이렇게 걸핏하면 위험에 빠지는데 짜증 나지 않아?"

"너 때문이 아니라 상황 때문이야." 무아노는 진지하게 대답했다. "아주 골치 아픈 사건들이 자꾸 일어나니까 너도 뛰어들 수밖에 없는 거지 네가 일부러 그러는 게 아니잖아. 그리고 너는 어미 오리와 같아. 그래서 우리는 너를 졸졸 따라다니는 거고."

"잠깐, 너 방금 나를 오리에 비유했어?"

"응." 무아노는 태연하게 대답했다.

둘은 마주 보고 깔깔대고 웃었다. 타라가 반지 조각의 독 때문에 병석에 누워 있었고, 온갖 사건사고 때문에 한동안 즐거운 시간을 함께하지 못했는데 얼마 만에 이렇게 얘기하면서 편하게 웃어보는 건지.

저녁이 되자 야영을 했고, 사령관이 데려온 요리사의 솜씨가 훌륭하다는 걸 알고 모두 기뻐했다. 저녁을 맛있게 먹은 다음 그들은 불가에 둘러앉았다. 사령관이 이곳의 자연환경에 대해 설명해주었다. 이 초원에는 아주 높다고 할 수 없는 일종의 천장이 있는 셈이라서 산은 존재하지 않지만, 거대한 숲과 낮은 언덕이 있고, 데미데루스가 변화를 주고 싶었는지 장소에 따라 기후가 달랐다.

원래 서식하는 지구의 동식물에 유전자 변이를 실시했는데 동물의 종류를 제한했기 때문에 온갖 동물이 살지는 않았다. 블루릅스, 타오르미, 사카트, 브르리르, 드래코-티라노사우루스, 크라크덴트, 샤트릭스 등의 아더월드 괴물들이 없다는 걸 알고 타라는 안심했다.

"하지만 동물을 못 봤는데요." 파브리스가 불쑥 지적했다. "물론 패밀리어들을 제외하고요."

파브리스는 부러운 눈초리로 사령관의 호랑이와 치타를 쳐다봤다.

사령관 히글 5는 재미있다는 표정을 지었다. 입꼬리가 적어도 0.5밀리미터 올라갔다는 것은 미소가 틀림없었다. 사령관이 손으로 호랑이를 가리키면서 말했다.

"호랑이에게 주문을 날려봐."

"네?"

"내 패밀리어 티그레에게 주문을 날려보라고. 쓰러뜨리는 것도 좋고 아무것이나 해봐, 상관없으니까."

파브리스는 이맛살을 찡그렸다. 마법을 사용하면 어떻게 되는지 아는데……. 더군다나 여자들 앞에서 먹은 걸 다 토하고 싶지 않았다.

"어서 해봐, 아무 일 없을 테니까 걱정하지 말고. 데미데루스께서 우리는 동물들로부터, 동물은 우리로부터 자신을 지킬 수 있도록 신경을 써주셨거든."

파브리스는 구시렁거리면서 조심스럽게 호랑이에게 마비시키는 주문을 날렸다. 하지만 호랑이는 태연하게 아가리를 쩍 벌리고 하품을 했다.

마법의 광선이 호랑이를 맞고 튕겨 나가다니! 잠시 후 호랑이의 몸이 푸르스름한 빛에 휩싸였다. 호랑이는 아무렇지 않은 듯 평온하게 드러누웠다.

파브리스는 어이가 없는 얼굴로 손을 쳐다봤다. 자신의 마법이 약한 건 알지만 그래도 이 정도는 아니었는데.

"그렇게 놀랄 것 없다." 히글 5가 재미있다는 얼굴로 설명했다. "데미데루스께서는 마법으로 동물을 잡는 것은 부당하다고 생각해 동물을 보호하기로 결정하셨다. 그래서 우리는 물리적인 방법으로만 동물을 잡아야 해. 물론 그렇게 현명한 데미데루스도 전쟁 무기가 얼마나 발달할지는 예상하지 못하셨지. 동물을 잡는 데 마법을 사용할 필요는 없으니까. 아무튼 우리는 아더월드를 구해준 데미데루스의 뜻을 존중하기 위해 동물을 잡겠다고 마법을 사용하지 않아."

"하지만 내가 이해가 안 되는 건 동물의 냄새가 전혀 나지 않는다는 거예요." 파브리스가 말했다. "늑대인간의 후각은 인간의 후각보다 훨씬 예민한데 아무 냄새도 맡지 못했어요. 이건 정상이 아니에요."

"이곳의 동물들은 영악해지는 걸 배웠다. 우리 패밀리어들은 보통 포식동물보다 훨씬 영리하고 빠르고 유능해서 위장술도 아주 놀라울 정도지. 냄새나 색깔, 활동으로는 탐지하기가 어려워. 하지만 동물이 아주 많다는 건 사실이다. 아주, 아주 큰놈들이고."

파브리스는 믿지 않는다는 뜻으로 어깨를 으쓱했다. 그러고는 늑대인간의 후각은 동물의 후각에 인간의 뇌까지 합세해서 느낌을 분석하기 때문에 훨씬 섬세하다고 주장했다. 그래서 동물은 없다고 확신한다고 말하는 순간이었다.

파브리스는 소스라쳤다. 바로 눈앞에서 뭔가가 휙, 지나가는 것이 아닌가. 분명히 털 달린 짐승이었다.

"실례하겠습니다." 파브리스가 사령관에게 말하고는 늑대로 변신해서 달려 나갔다.

"기다려!" 사령관이 외쳤다.

하지만 파브리스는 개의치 않고 전속력으로 내달렸다. 냄새가 나지 않는 것은 정말 놀라웠다. 아니, 어쩌나 감지하기 힘든지 열 번은 낌새도 못 채고 지나칠 정도로 아주 아주 옅은 냄새가 났다. 파브리스는 동물의 흔적을 놓치지 않으려고 땅바닥에 코를 들이대고 미친 듯이 냄새를 맡았지만 정체를 알 수 없었다.

그래서 파브리스는 덫을 보지 못했다.

그리고 구덩이에 빠지고 말았다.

구덩이에는 날카로운 못이 잔뜩 박힌 널빤지가 놓여 있었다. 동물이든 인간이든 수많은 못에 찔렸다면 살아남을 수 없는 상황이었다. 파브리스는 무참히 찔렸지만, 세포를 태우는 유일한 금속인 은을 사용해야만 죽일 수 있는 늑대인간이기에 목숨을 보존할 수 있었다.

못 박힌 나뭇조각들이 파브리스의 몸을 관통해 장기들이 심각하게 손상되었다. 끔찍한 고통에 파브리스는 비명을 질렀다 이렇게 나비처럼 박제가 된 상태에서, 더군다나 늑대의 발로는 피가 묻어서 미끄러운 못을 뽑을 수 없었다.

누군가가 이름을 소리쳐 부르지만 파브리스는 대답할 수가 없었다. 무아노가 제일 먼저 달려왔다. 초고감도 청각이 파브리스의 비명을 감지하는 즉시 야수로 변했다.

어둠 속이라 무슨 일이 일어났는지 보이지 않지만 무아노는 피 냄새를 맡았다.

아주 많은 피. 못이 삐죽삐죽 박혀 있어서 크게 다칠 수도 있다는 걸 전혀 모른 채 무아노가 구덩이로 뛰어내리려고 할 때 불쑥 하얀 머리통이 나타났다. 빨리 따라오기 위해 뱀파이어가 즐기는 하얀 늑대로 변신한 타라였다. 어두운 곳에서 시력이 더 좋은 늑대의 주맹증 덕분에 타라는 날카로운 못들이 아주 잘 보였다.

타라는 늑대의 아가리로 무아노의 발을 물고 뛰어내리지 못하게 막았다. 무아노가 하얀 송곳니를 힐끔 쳐다보고는 반항하지 않자 타라는 야수의 발을 놓아주고 재빨리 본모습으로 돌아왔다.

"진정해. 못이 많이 박혀 있어서 너도 다친단 말이야. 나한테 맡겨, 무아노."

타라가 주문을 읊자 마법이 파브리스의 몸에 박힌 못을 모조리 절단한 다음 위로 올렸다.

타라는 파브리스를 무아노 앞에 조심스럽게 내려놓고는 토하기 위해 부리나케 뛰어갔다.

야수는 인간보다 행동이 너무 거칠어서 못들을 확 뽑으면 파브리스가 몹시 고통스러워할 텐데……. 그리고 강력한 레파루스로 응급조치를 취하려면 인간의 몸이어야 했다. 따라서 기절시키는 수밖에 없었다. 무아노는 하는 수 없이 단단한 주먹이 되게 날카로운 갈퀴발톱들을 오므렸다. 그리고는 주먹으로 결정적인 한 방을 날려서 파브리스를 기절시켰다.

바로 그 순간 칼과 친구들이 도착했다.

무아노가 날린 주먹에 쓰러진 파브리스를 보면서 칼이 외쳤다.

"와우! 얘가 또 무슨 짓을……."

그제야 파브리스의 몸에 박힌 못과 피를 보면서 칼은 목이 메었다.

"오, 아더월드의 신들이여! 이게 어떻게 된 거야?"

무아노는 대답하지 않았다. 재생 능력이 빠른 파브리스는 어느새 상처가 아물고 있어서 살에 박힌 못을 힘껏 잡아당기자 쑥 빠졌다. 의식이 없는 상태인데도 파브리스는 신음소리를 냈다. 그사이에 도착한 허브글라이더들이 무아노와 파브리스를 도와주기 위해 헤드라이트를 비춰주었다. 무아노는 또 하나의 못을 뽑는 중이라서 고갯짓으로 고마움을 표시했다. 여군들이 빙 둘러서서 유심히 지켜봤다.

마지막으로 파브리스의 몸에 깊이 박힌 네 개의 못을 다 뽑는 데 몇 분이 걸렸다. 그 일이 끝나자 무아노는 파브리스를 길게 눕혀놓고서 뼈마디 소리가 날 정도로 빠진 어깨를 맞췄다. 그리고 비뚤어진 상태로 아무는 중인 다리를 다시 부러뜨린 다음 똑바로 붙였다. 무아노는 강력한 레파루스 주문을 날리고는 토하기 위해 어둠 속으로 미친 듯이 뛰어갔다.

두려움을 모르는 여군들조차 놀랐다는 듯 한마디씩 했다.

"봤어? 늑대인간들이 해방되었다는 말만 들었지 한 번도 본 적이 없는데……. 저렇게 다쳤는데 늑대인간이니까 견뎌내는 거야."

"아무튼 우리보다 훨씬 세. 우리가 덫에 빠졌으면 죽었을 거야!"

"훌륭한 샤먼이 있는데 불러야겠다." 히글 5가 말했다.

이때 표범을 데리고 돌아온 무아노가 고개를 설레설레 저었다.

"신진대사가 되고 있으니까 물과 고기를 먹이고 푹 쉬게 놔두면 회복될 거예요. 타라, 중상이라서…… 적어도 이틀은 지나야 일어날 수 있을 거야."

타라는 의식을 잃은 파브리스를 쳐다보면서 입술을 깨물었다. 이번에도 또 나 때문에 친구가 다쳤으니. 바로 이런 것 때문에 파브리스가 아더월드를 떠났던 건데……. 타라는 죄책감으로 괴로웠다. 그러자 갈랑이 주둥이를 비벼대는 것으로 타라를 위로해주었다. 무아노에게 아무 말도 할 수가 없는 타라는 멀찍이 걸어갔다.

우울해하는 친구의 모습이 마음에 걸려서 얼른 뒤따라온 파프니르가 타라에게 말했다. 싸움에만 관심이 있는 줄 알았더니 난쟁이에게 이렇게 살뜰한 면이 있을 줄이야.

"네 잘못이 아냐. 파브리스가 조심하지 않았기 때문이지. 그리고 우리는 무슨 일이 일어날지 뻔히 알고 너를 따라온 거잖아. 그러니까 혼자 행동하려고 하지 마. 혼자 빠져나갈 궁리하고 있는 거 다 보이거든?"

깜짝 놀란 타라는 난쟁이의 키에 맞추기 위해 몸을 숙였다.

"너 돗자리 깔아도 되겠다. 그래, 바로 그 생각을 하고 있었어. 내가 잘못 생각한 거야?"

"우리는 한 팀이야, 타라." 파프니르는 차분하게 말했다. "우리 매직갱은 지금까지 많은 함정을 함께 헤쳐나갔어. 그런데 너는 왜 자꾸 세상의 짐을 혼자서 지려고 하는지 이해가 안 돼. 우리에게도 짐을 나눠줘. 참고로 난쟁이의 어깨는 아주 튼튼하거든."

타라는 미소를 지으면서 또 한숨을 내쉬었다.

"고마워, 파프니르."

"제발, 그 고맙다는 말 좀 그만해. 그리고 신 나는 싸움을 하는데 만날 똑같을 필요는 없잖아. 변화무쌍해야 스릴이 넘치지."

타라는 감동한 얼굴로 친구를 쳐다봤다. 파프니르는 벨제부트를 어깨에 올려놓으면서 말했다.

"파브리스가 낫기를 기다리면서 이틀은 여기 더 있을 거지?"

"응." 타라는 머뭇거리다 대답했다. "파브리스가 같이 떠나겠다고 한다면 기다려야지."

"알았어. 그럼 벨과 나는 여기 아마존 부대의 무기를 좀 더 자세히 봐둬야겠어."

타라는 파프니르의 뒷모습을 물끄러미 쳐다보다 파브리스가 있는 쪽으로 갔다. 칼은 덫에서 수십 미터쯤 떨어진 안전한 곳에 텐트를 쳐놓고 편안한 침대와 환자를 돌보는 데 필요한 모든 것을 준비했다. 금발 소년은 여전히 의식이 돌아오지 않은 상태였다. 무아노가 기절시켰을 때 인간의 모습으로 돌아와 있어서 그나마 다행이었다. 늑대로 남아 있었다면 무아노가 돌봐주기 너무 힘들었을 텐데. 무아노는 칼과 함께 환자의 머리맡을 지키고 있었다.

"파브리스는 좀 어때?" 타라가 물었다.

"피를 많이 흘렸어. 내 피를 수혈해주었는데 늑대인간의 몸이 피를 거부했어. 그래서 혈청을 주사하고 있는데(무아노는 파브리스의 팔에서 반짝이는 크리스털을 가리켰다) 보다시피 이건 거부하지 않아서 다행이야."

눈물이 글썽한 타라와 칼을 보면서 무아노가 덧붙였다.

"쇼크 상태에서 혈액순환 장애가 일어난 경우에 혈청 주사가 도움을 줄 수 있거든. 이 부대의 샤먼이 왔었는데 늑대인간의 신진대사를 전혀 모르기 때문에 나한테 맡겼어."

무아노는 한숨을 쉬면서 지친 손으로 이마를 문질렀다.

"이제는 기다리는 수밖에 없어."

그러고는 타라를 뚫어져라 쳐다보며 단호하게 말했다.

"이 기회에 단독 행동할 생각은 꿈도 꾸지 마. 파브리스가 조심하지 않아서 생긴 사고이지 너 때문이 아냐. 그러니까 또 슬그머니 도망치는 건 절대 안 돼. 아무튼 칼이 책임지고 너를 감시할 거니까."

"그래, 다른 사람은 몰라도 나를 따돌리지는 못해." 칼은 한 술 더 떴다. "아마존 여군들이 잡지 못하게 늑대로 변신해서 우리를 떼어놓고 너 혼자 줄행랑칠 생각이지? 우리가 다 예상했으니까 괜히 헛수고 하지 마."

타라는 입술을 깨물었다. 네 발로 달리는 것보다 훨씬 빨리 갈 수 있는 허브글라이더를 훔칠 생각을 하기 전까지는 정말 그럴 생각이었다. 생각을 다 들킨 것 같아서 머쓱한 타라는 오히려 당당하게 반격했다.

"떠날 생각이었으면 벌써 멀리 가 있을 거야. 근데 칼, 너는 도둑이면서 어떻게 내가 우리 호위대에게서 허브글라이더를 슬쩍 '빌리거나'(타라는 어깨에 앉은 축소한 갈랑을 가리켰다) 그보다 더 빠른 페가수스를 타고 날아갈 거란 생각은 안 했을까? 난 그게 더 이상하다!"

두 친구의 놀라는 얼굴을 보면서 타라는 덧붙였다.

"그리고 파프니르도 아까 나한테 똑같은 말을 했지만 우리끼리니까 하는 말인데 솔직한 것이 좀 많이 불편하다."

진실 주문 때문에 작전을 털어놓게 될까 봐 타라는 더 이상 말하지 않았다.

그러자 타라를 너무 잘 아는 칼이 한 방 먹였다.

"머릿속의 꿍꿍이 때문에?"

슬루르크!

흥! 타라는 콧방귀를 뀌면서 대꾸 없이 텐트를 나갔다. 하지만 미소 짓고 있었다. 친구들의 사랑에 감동한 타라는 울컥했다. 곧 미소가 사라졌다. 친구들을 위험에 빠뜨리는데도 이걸 사랑이라 할 수 있나…….

타라는 히글 5와 한창 얘기 중인 로빈을 발견했다. 하프엘프는 덫이 있다는 것에 불안해하고 있었다. 아마존 여군들이 만든 거라고 생각하던 타라는 사령관의 대답에 깜짝 놀랐다.

"탈영병 집단이 놓은 덫이야." 사령관이 씁쓸하게 말했다. "5000년 전에 악마들과 전쟁할 때 군대에서 달아난 탈영병의 후손들이지. 아더월드와 전혀 접촉하지 않고 어떤 신세도 지지 않아. 초원에서 농사를 짓고 사냥하면서 미개인들처럼 살고 있어. 악마들과의 전쟁으로 극도의 충격을 받은 조상들 때문에 공황장애를 겪고 있지. 이 초원에서 거의 눈에 띄지 않게 살아가는데 우리를 침입자로 간주하고 있어."

"그들이 공격도 하나요?" 로빈은 더 불안해진 얼굴로 물었다.

"천만에." 히글 5가 안심시켰다. "성가신 존재들이지만, 우리를 잡으려는 덫이 아냐. 대이동 때문에 덫을 놓은 거니까."

"대이동이라면?"

"6개월마다 매머드 떼가 이동하는데 그때마다 탈영병 집단이 새끼들을 잡으려고 덫을 놓지. 구덩이가 작아서 큰놈들은 빠지지 않으니까. 매머드의 고기와 상아를 얻기 위해서인데 매머드는 새끼라도 엄니가 있거든. 이따금 스밀로돈을 잡을 때도 있어. 가죽과 이빨, 갈퀴 발톱을 얻기 위해서.”

타라는 침을 삼켰다.

“스밀로돈이라면 칼이빨호랑이를 말하는데 여기 있단 말이에요? 위험한 동물은 없다고 생각했는데!”

히글 5가 타라를 쳐다보면서 물었다.

“우리의 패밀리어들이 어디 다른 데서 온 동물이라고 생각하세요? 물론 유전자 변이는 되었지만 다 여기서 태어난 동물들이에요.”

타라는 불안한 시선으로 주위를 둘러봤다. 타라의 불안에 민감한 체인지라인이 즉시 갑옷을 입혀주었다. 타라는 갑옷의 무게 때문에 휘청거리면서 피해망상중 보디가드에게 속삭였다.

“체인지라인, 이럴 것까지는 없어. 검 한 자루와 단도 두세 개만 있으면 충분해.”

체인지라인은 마지못해서 복종했다. 히글 5와 로빈은 멍하니 타라를 쳐다봤다. 히글 5는 순식간에 나타난 장검 한 자루, 단도가 아니라 단검 두 개의 손잡이에 부러운 눈길을 보내면서 잠자코 있었다.

훈련 기간이 고작 3년이라서 검술이 아주 뛰어나진 않지만, 칼이빨호랑이를 상대로 싸울 정도는 되지 않을까. 물론 타라의 희망 사항이지만.

“호랑이 말고 우리가 조심해야 할 동물이 또 있어요?”

“유감스럽지만 가장 공격적인 공룡들은 없애버렸습니다.” 사령관이 대답했다. “아틀란티스에 있는 동물은 전부 지구에서 태어났으니까 조심하면 별일 없을 겁니다. 녀석들은 오래전부터 우리를 공격하면 죽는다는 걸 알고 있어요. 따라서 녀석들에게는 우리가 위험한 동물이지 먹이가 아니에요. 아무튼 이런 걸 이해하지 못하는 몇몇 멍청한 동물을 제외하고."

"고마워요, 사령관. 특히 덫이 있는지 잘 살펴볼게요. 그런데 아마존 여군들은 구덩이에 빠지지 않기 위해 어떻게 하죠?"

"우리는 주로 허브글라이더로 이동하니까 걱정할 필요가 없어요. 그리고 도보나 말을 타고 정찰할 때는 탈영병 집단이 제공해준 '함정을 표시해놓은 지도' 덕분에 지금까지는 아무도 구덩이에 빠진 적이 없어요. 미처 알려줄 겨를도 없이 파브리스가 너무 갑자기 달려가는 바람에 사고가 일어난 겁니다. 그런 일이 발생할까 봐 우리가 빨리 개입했던 건데……. 폐하와 친구들이 다치지 않기를 바랐는데 파브리스의 일은 유감입니다. 그리고 복부를 봤는데 여기저기 구멍이 났는데도 정말 빠른 속도로 살이 아물고 있어서 놀랐습니다."

"네, 늑대인간은 아주 강한 종족이죠." 타라가 말했다.

갑자기 무슨 생각을 골똘히 하더니 사령관이 말했다

"폐하, 부여제로서 우리 아마존 부대에 권한이 있는 것 아닙니까?"

타라는 경계했다. 사령관이 갑자기 무슨 말을 하려는 거지?

"어떤 면에서는 그렇죠. 그건 왜요?"

"블랙 섹션의 여군들이 늑대인간이 될 수 있도록 파브리스에게 물어달라고 해도 되겠습니까? 그렇게 되면 우리 전사들이 훨씬 강하고, 민첩해지는데요."

타라의 눈이 동그래졌다. 이런 결정은 내가 내릴 일이 아닌데!

"사령관, 늑대인간이 된다는 것은 그리 간단한 일이 아니에요. 금지된 대륙에 있는 늑대인간들의 정부에 복종해야 되는데 그것은 오무아에 대한 충성에 위배될 수 있어요."

"아, 그렇게 되는……." 사령관이 생각에 잠겼다. "하지만 꼭 그래야 할까요? 나는 오무아의 시민이니까 다른 집단에 복종할 수는 없습니다. 내가 독립적으로 나의 무리를 만들면 되지 않을까요?"

타라는 눈살을 찌푸렸다.

"늑대인간들의 대통령 틸을 만날 때까지 기다려요. 그다음에 결정해도 늦지 않을 거예요. 늑대인간이 되면 대통령이 정한 법을 지켜야 해요. 수컷 알파인 틸 대통령을 거역하면 위계질서가 무너지는 거니까 그래선 안 되죠."

"그럼 늑대인간이 되기 전에 틸 대통령을 만나서 어떤 조건이 있는지 확실히 알아본 뒤에 결정하겠습니다. 만약 우리의 임무를 방해하는 것이 아니라면 늑대인간이 되겠다고 공식적으로 요청하겠습니다."

"당신이 그렇게 되면 우리에게 큰 손실이지요." 사령관이 딱 자신의 취향이라고 생각하는 모우르무르가 끼어들었다. "절대로 안 돼요, 히글! 당신과 연애를 하면 정말 즐겁고 행복할 것 같은데……. 늑대인간은 절대 안 됩니다."

사령관은 말이 나오지 않았다. 타라도 마찬가지였다. 방금 내가 무슨 말을 들은 거지? 귀가 믿어지지 않았다. 하드라의 유령 앞에서 눈물을 흘리던 모습을 본 것이 얼마 되지도 않았는데.

로빈은 정말 재미있어 죽겠다는 얼굴이었다. 오, 하프엘프!

"당신…… 지금 나를 희롱하는 겁니까?" 사령관이 쏘아붙였다.

"그래요, 당신의 마음에 들려고 애쓰는 겁니다. 내 아내 하드라의 말이 맞아요. 나는 너무 오랜 세월 홀아비로 살았어요. 당신은 아주 멋진 여성이고, 내가 발명한 무기들을 보면 마음에 쏙 들 거라고 확신하오. 당신은 죽은 아내 하드라를 많이 닮았어요. 그녀도 군인이었죠."

세상에, 아내의 유령을 만난 지 얼마나 됐다고!

너무 뜻밖의 말에 사령관은 당황했다.

"하지만…… 그러기에는 내가 너무 늙었어요!"

모우르무르는 윙크를 했다.

"아, 사랑하는데 나이가 무슨 상관있다고!"

이런 와중에 사랑 타령이라니, 더 듣고 싶지 않은 타라는 파브리스가 어떤지 보러 갔다. 로빈은 너무 웃음이 나와서 아무 말도 못하고 따라갔다.

텐트 안에 들어가 보니 파브리스가 깨어나 있었다. 눈빛은 아직 흐리지만 상처가 아무는 과정이 고통스럽기 때문에 욕설을 내뱉을 정도로 정신이 돌아와 있었다.

타라는 파브리스가 아프지 않게 조심조심 안아주면서 말했다.

"좀 괜찮아, 파브리스?"

"30톤쯤 되는 뭔가에 깔렸던 것 같아. 내가 어떻게 된 거야? 뭔가를 쫓다가 넘어졌던 것 같은데…… 그다음은 기억이 안 나."

"늑대로 변신해 있는 상태에서 중상을 입었기 때문에 살아난 것 같아." 타라는 파브리스와 옆에 앉아서 환자를 돌보는 무아노에게 설명했다. "옛날 오무아 군대에서 탈영한 병사들의 후손들이 놓은 매머드 덫에 빠진 거야. 덫을 놓아서 동물을 잡아먹고 사는 사람들인데 하필이면 네가 그 위를 지나가는 바람에."

"넘어질 때까지도 아무 냄새를 맡지 못했어." 파브리스가 말했다. "늑대의 후각을 속이다니! 그리고 뭐, 매머드 사냥? 그럼 나의 죽은 패밀리어 바룬 같은 매머드를 말하는 건가?"

매머드 얘기는 꺼내지 말걸. 타라는 괜히 말했다고 후회했다.

"블루 매머드가 아니라 지구의 매머드야. 바룬과는 다른 종이야."

파브리스는 일어나려고 했지만 움직이니까 배가 너무 아파서 포기했다. 여자들을 설레게 하는 속눈썹이 긴 까만 눈에 슬픔과 고통의 빛이 역력했다. 패밀리어를 하나도 아니고 여럿을 데리고 다니는 아마존 여군들을 보는 것만으로도 너무 힘들었는데 하필이면 매머드 덫에 빠져 죽을 뻔했다니!

"지구에서도 위험하긴 마찬가지네." 통증이 좀 가라앉자 파브리스가 말했다. "내가 왜 문지기가 되겠다고 했는지 모르겠다!"

"내 말이!" 무아노가 말을 받았다. "마법사인 이상 네가 어디에 있든 위험한 건데!"

"타라가 있는 곳이 위험하다고 말해야 맞지!" 로빈이 너무 솔직하게 끼어들었다. "타라를 알게 되면서부터 생각도 못했던 모험을 많이 했어. 마법사는 대부분 평온하게 아주, 아주 오래 사는데!"

타라는 로빈에게 싸늘한 눈초리를 던졌다. 하프엘프가 그냥 잠자코 있었으면 무아노와 파브리스가 어쩌면 화해할 수도 있는 분위기였는데. 하지만 로빈은 파브리스와 타라를 쳐다보지 않았다.

"그래, 틀린 말은 아냐." 파브리스는 한숨을 내쉬었다. "하지만 타라는 나의 절친이야. 걸어 다니는 사고뭉치라는 이유로 절친을 버리지는 않아!"

농담을 한다는 건 좋은 징조였다. 무아노는 친구들을 향해 고갯짓으로 문을 가리켰다. 말을 많이 시키면 힘드니까 파브리스가 푹 쉴 수 있게 나가라는 뜻이었다. 이틀 후에 흔들림이 심한 허브글라이더를 타고 떠나려면 건강이 완전히 회복되어야 했다.

다음 날도 그들은 이동하지 않고 파브리스의 텐트 주위에서 야영했다. 아마존 여군들은 단련이 잘 되어 있어서 식사 준비 등 몇 가지 일을 순식간에 해치웠다. 또다시 하루가 저물고 저녁 식사를 한 뒤에 그들은 칵스 달인 물, 커피, 차, 초콜릿 등을 차려놓고 모닥불 앞에 둘러앉았다. 파브리스는 혈청 주사를 맞는 것으로 만족하고 침대에 누워 있었다. 잠을 자면 그나마 통증에서 벗어날 수 있기 때문에 자고 싶은 마음밖에 없었다.

타라는 모우르무르가 사령관 옆에 앉아 있는 걸 봤다. 아주 바짝 붙어 앉아 있었고, 사령관은 많이 웃었다. 어머니는 자주 말했다. 남자가 여자를 유혹할 때 가장 좋은 방법은 여자를 웃게 만드는 것이라고.

하지만 백 퍼센트 성공은 아닌 모양이었다. 칼처럼 웃기는 애가 엘레아노라와 사귀는 데 실패한 걸 보면. 하긴 엘레아노라는 복수심에 불타서 칼의 사랑을 느낄 여유가 없었지만.

불현듯 타라는 의문이 들었다. 마지스터는 내가 정상적으로 살아가는 꼴을 절대로 볼 수 없는 편집증에 사로잡혀 있는 건 아닐까?

엘레아노라와 달리, 골치 아픈 일이 타라를 찾아다니는 것이지 타라가 그것을 찾아다니는 것이 아니었다. 타라는 땅이 꺼져라 한숨을 내쉬었다. 체인지라인이 타라의 머리를 빗어주었고, 쇠사슬 갑옷 티셔츠를 다른 재질의 옷으로 바꿔주었는데 옷에 아픈 근육을 풀어주는 기능이 있는지 등을 마사지해주었다. 타라는 행복한 신음소리를 냈다. 이럴 때는 마법이 고맙기도 했다.

파브리스의 텐트에서 나온 무아노가 합류했다.

"이렇게 마냥 기다리니까 지겹지?" 무아노가 물었다. "파브리스는 내일도 안 될 것 같은데. 내 생각에 모레는 더 아플 거야. 쉽게 옮길 수 있게 진통제를 주사할 건데 늑대의 신진대사 때문에 수면을 방해하거든."

"나는 떠나지 않아. 너희 없이 혼자 가지 않을 거야. 마지스터는 여러 번 자기와 나의 싸움이라고 믿게 해놓고는 혼자가 아니었어. 추종자들에다 그림자처럼 따라다니는 사냥꾼 뱀파이어 셀렌바까지……. 나도 너희 덕분에 혼자가 아니라는 걸 잊지 말아야지. 너희가 있어야 작전도 되고 방어도 되고 공격도 되니까. 우리가 함께였기 때문에 여러 번 아더월드를 구했는데 이틀을 못 기다리겠어? 파브리스도 기다려주길 바랄 거야."

친구들이 미소를 지었다. 이번 모험은 너무 심심하다고 생각하던 파프니르가 특히 활짝 웃었다.

갑자기 타라는 무아노에게 아주 사적인 질문을 했다. 타라 자신도 입에서 나온 말에 깜짝 놀랄 정도로 아주 사적인 것이었다.

"너는 어떻게 할 건데? 내 말은 너희 둘, 파브리스와 너는 어떻게 할 거냐고?"

무아노는 어리둥절해서 타라를 쳐다보다가 진실 주문 때문에 어쩔 수 없다는 걸 깨닫고 한숨을 내쉬었다.

"모르겠어. 이젠 정말 모르겠어. 파브리스는 마법과 아더월드를 싫어하는데 나는 아더월드 사람이고 마법사야. 나를 사랑한다면서 나 없이 살 수 없다고 해놓고서 멀리 떨어진 지구에서 살겠다며 떠나버렸어. 모순이야. 우리를 배신하고 마지스터를 따라간 적도 있고. 내가 아직 사랑하는 게 문제지만 더 이상 파브리스를 믿지 않아."

타라는 눈길을 내렸다. 로빈에 대한 자신의 감정과 똑같았다. 타라도 더 이상 로빈을 믿지 않았다. 파브리스와 달리 로빈의 경우는 정상참작을 해줘야 하지만.

로빈은 한 대 얼어맞은 것처럼 반응했다.

"무아노! 네가 더 이상 믿지 않을 경우 파브리스는 어떻게 해야 되는데?" 로빈이 괴로운 목소리로 물었다. "방법은 있어?"

무아노가 한참을 잠자코 있어서 대답하지 않을 거라고 생각했다. 그런데 실은 생각에 잠겨 있는 것이었다.

"사랑하면 그 사람을 행복하게 해주고 싶은 거야. 사랑하는 사람에게는 상처를 주지 않아. 절대로. 30년이나 엄마를 사랑하는 아빠는 한순간도 상처를 주지 않았어. 파브리스는 계속해서 나에게 상처를 주고 불행하게 만들어. 그래서 끝낼 생각이야. 파브리스가 회복되는 즉시 헤어져야지."

그렇게 말하는 무아노는 눈물을 글썽였고, 타라도 눈물이 맺혔다. 로빈에 대해 같은 생각을 하고 있는데. 유혹 주문 때문에 밀어냈고, 그다음에는 여성 악마와 밤을 보내기까지……. 이렇게 계속 실망을 주는 남자와 사랑할 수는 없었다. 로빈이 키스할 때 검은 여왕이 나타난 것은 로빈과는 안 된다는 걸 가슴속 깊은 곳에서 이미 알고 있다는 증거였다.

하지만 지금은 말하지 않을 것이다. 친구들 앞에서는 안 돼. 너무 가혹해. 로빈을 위해서도 나 자신을 위해서도.

칼과 파프니르는 잠자코 있었다. 이윽고 인내심에 한계를 느낀 파프니르가 말했다.

"난쟁이들에게는 이런 문제가 없어. 천생연분에게 성실하지 않았다가는 도끼나 망치로 머리를 얻어맞으니까. 고통의 쓴맛을 보면 정신을 차리거든!"

무아노와 타라, 칼은 웃지 않을 수 없는 반면에 타라도 안 좋은 결정을 내릴 거란 느낌에 로빈은 웃을 기분이 아니었다.

그들은 한동안 좀 더 얘기를 하다가 자러 갔다. 차례로 불침번을 서겠다고 제안했지만 아마존 여군들이 거절했기 때문에 로빈은 타라와 얘기할 기회가 없었고, 텐트로 따라갈 엄두도 나지 않았다.

로빈은 불안했다. 두 번이나 잘못 행동했다는 걸 알고 있었다. 타라에게 큰 상처를 준 건 사실이지만 두 번 다 엘프의 본능이지 인간의 본능에서 비롯된 건 아니었다. 리스베스 여제가 왜 타라의 남자로 탐탁해하지 않는지 이제 이해되었다. 엘프와 인간의 결혼은 쉽지 않았다. 로빈은 처음으로 아버지와 어머니가 사랑을 지키고 결혼하기까지 얼마나 힘들었을지 짐작이 되었다. 더군다나 아버지 탕딜루스는 백 퍼센트 순종 엘프인데.

로빈은 엘프로서도 부족하고, 인간으로서도 부족한 반쪽이었다.

그런데 엘프들의 여왕에게서 죽이라는 임무를 받고서도 로빈의 목숨을 구해주었던 존재는 발라였다.

발라는 선정적이고 충동적이고 위험하지만…… 순종 엘프였다. 로빈은 눈살을 찌푸렸다. 그런데 왜 얼마 전부터 자꾸 발라 생각이 나지?

다음 날 아침, 파브리스는 얼굴빛이 많이 좋아졌다. 무아노는 혈청 주사를 중단했다. 파브리스는 붉은 살코기를 엄청나게 먹어치우고 잠자리에 들었다. 잠을 자야 먹은 것이 소화되기 때문이었다. 오후에 일어난 파브리스는 많이 좋아졌으니까 내일은 문제없이 출발할 수 있다고 말했다.

파브리스가 쉬는 동안, 칼은 타라에게 훈련을 시키기로 했다. 근육이 뒤틀리고 끊어지듯 아팠지만 타라는 운동이 필요하다는 걸 잘 알고 있었다. 게다가 단도를 날리는 솜씨도 아직 서툴러서 목표물보다는 주위 사람들을 맞힐 위험이 있었다. 칼은 특히 맞잡고 싸우는 걸 좋아했는데 이번에는 타라가 그동안 황제에게서 받은 훈련 덕분에 칼을 여러 번 땅바닥에 패대기칠 수 있었다.

타라와 칼은 이때 깨달았다. 검은 여왕이 로빈에게서는 인간적인 특성을 지워버리더니 칼의 키를 자라게 한 걸까? 적어도 7, 8센티미터는 키가 커 있었다. 신체적인 변화가 있으면 옷이 자동으로 몸에 맞춰지기 때문에 칼은 전혀 알아채지 못했다. 그런데 타라와 몸싸움을 하는 과정에서 칼은 거의 비슷한 높이에서 타라의 얼굴을 쳐다볼 수 있었다. 얼마 전까지만 해도 타라보다 분명히 키가 훨씬 작았는데……. 검은 여왕 때문이 아니면 림보에 있을 때 키가 자란 걸까? 그 순간 칼은 키가 작을 때 몸을 숙여서 공격을 피하던 전술을 긴급 수정했다. 재빠르게 바꾼 기술 덕분에 이번에는 타라가 풀밭에 엎어졌다.

면허 받은 도둑의 기술이 흥미로웠는지 아마존 여군들이 우르르 몰려와서 칼과 타라의 훈련을 지켜봤다. 여군 여러 명이 칼에게 도전했다가 이내 후회했다. 칼은 결투를 벌일 때 봐주는 것이 없었다. 칼은 소리를 지르면서 냅다 달려드는 것이 아니라 상대를 재빠르게 먼저 제압하는 것이 목적이었다. 페인트 동작으로 속이는 것이 능한 데다 여자라고 살살 대해주는 법이 없었다. 상대는 상대일 뿐이었다. 실빈이라는 이름의 예쁘장한 궁수는 너무 오래 얼굴을 맞대고 있다고 투덜거리면서 칼에게 음흉하다고 핀잔을 주었다. 그런데 저녁에 불가에 둘러앉았을 때 타라는 칼과 실빈이 서로에게 머리를 기댄 채 이야기꽃을 피우는 모습에 미소 지었다. 칼이 엘레아노라의 비참한 죽음으로 인한 슬픔에서 조금씩 벗어나기 시작했다는 건데……. 타라는 칼에게 여자친구가 생기기를 진심으로 바랐다.

이왕이면 피에 굶주린 정신병자가 아니면 좋으련만, 이번에는 아마존 부대의 여군인데 괜찮을까.

그렇게 모두 불가에 앉아서 이야기를 나누고 있을 때 뭔가 시커먼 형체가 돌진해왔고, 즉시 보초들의 고함소리가 들렸다.

타라는 본능적으로 마법의 불을 켰다. 그런데 놀랍게도 옆에 앉은 히글 5는 태연하게 밤참을 먹고 있었다.

시커먼 형체가 복면을 벗었다. 온통 시커멓게 입었는데 이목구비가 아시아계였다. 그 옆에 하얀 사자가 한 마리 있고, 어깨 위에는 흰 머리 독수리가 앉아 있었다. 등 너머로 두 개의 검이 보이고, 허리춤에 짧은 몽둥이 두 개를 차고 있었다.

"안녕하세요." 젊은이가 공손하게 인사했다.

타라가 작동해놓은 트라둑투스 주문 덕분에 한국어라는 걸 알 수 있었다. 그런데 재미있는 건 인사말의 발음이 "아뇨 아세 오(agneau assez haut, 프랑스어로 '제법 키가 큰 양'이란 뜻인데 발음이 정말 많이 비슷하다—옮긴이)"처럼 들렸다.

"사령관님의 마법이 빛나기를!" 젊은이는 완벽한 오무아어로 인사했다. "고인에게 애도를 표하러 왔습니다. 매머드 대이동 때문에 덫을 살피러 왔다가 사고가 일어난 걸 알았습니다. 죄송합니다. 사과를 받아주십시오. 혼령을 위해 기도하겠습니다."

"자네의 마법이 세상을 지켜주길! 용선, 마음을 써줘서 고맙지만 부상자는 괜찮아. 거의 회복되고 있으니까."

아주 깍듯한 젊은이가 멀거니 입을 벌리고 있었다.

"못을 잔뜩 박아놓은 덫에 빠졌는데 어떻게……!"

"특별한 인체를 가진 부상자라서 죽지 않았네." 히글이 차분하게 말했다. "이젠 정말 덫을 표시하는 방법을 찾아야겠어. 덫은 점점 늘어날 텐데 대책이 필요해……."

용선이라는 이름에서 '용'은 한국어로 '드래곤'을 의미했다. 호기심이 동한 타라는 유심히 살폈다.

"네, 정말 고민해봐야겠습니다." 용선이 진지하게 대답했다. "죽은 사람이 없다니 천만다행이네요. 여러분을 돕는 것이 내 의무이니 같은 사고를 당하는 일이 없게 가시는 목적지까지 동행하겠습니다. 공간이동의 문으로 가시는 거 아닙니까?"

히글이 타라에게 말하기 위해 정중한 어조로 바꿨다.

"폐하, 샤먼 양용선을 소개합니다. 탈영병 집단의 2인자입니다."

"아니, 탈영병 집단보다는 반군 부족이라고 해주시면 고맙겠습니다, 사령관님. 폐하의 마법이 빛나시기를!"

"그리고 나의 부관이었습니다. 한국이라는 나라에서 성장했기 때문에 이 지구를 잘 압니다. 용선은 5년 전쯤 아시아의 지구 지킴이에게 발각되었지요."

"그대의 마법이 세상을 지켜주길!" 타라가 화답했다. 반군 부족의 2인자라는데 그리 우락부락한 인상이 아니라서 일단 마음이 놓였다.

타라가 미소를 지어 보이자 용선이 미소로 응답했다.

히글 사령관이 용선에 대해 덧붙였다.

"용선은 반군 부족에 심어둔 우리의 정보원입니다. 반군 쪽에서 눈치를 채면 스파이를 가만두지 않을 것이기 때문에 아무나 할 수 없는 일이지요. 용선은 정말 용감한 젊은이입니다."

용선은 너무나 진지하게 스파이 생활을 하게 된 이유를 설명했다.

"마법을 사용할 수 없는 이 초원에서는 아이들이 병이 나도 제대로 치료를 받지 못한다는 것, 유목 생활을 하는 탓에 노인들의 건강관리가 쉽지 않다는 것……. 우선 이런 것들이 마음에 걸렸고, 그들을 돕는 것이 의사인 나의 의무라는 생각이 들었습니다. 그래서 사령관께서 반군 부족에 잠입시킬 지원자를 찾을 때 즉시 자원했던 겁니다. 지구에서 인턴 과정까지 마쳤고, 아더월드에서 샤먼 어시스턴트로 일한 경험이 있는 내가 적임자였으니까요."

"고맙네, 용선. 자네는 아주 잘해내고 있어. 가져온 소식은?"

"5000년 전 이후로는 탈영병이 없었을 텐데 반군 부족이 수상하게 생각하지 않나요?" 타라가 끼어들었다.

"술에 취해 동료 병사를 때리는 사고를 치고 도망쳤다고 했습니다." 용선이 대답했다. "그것이 탈영한 이유라고 했더니 그들은 믿었습니다. 일단 잠입하는 데 성공한 다음에는 아마존 부대를 머리에서 지워버렸다고 말했지요. 그리고 가져온 소식을 말씀드리자면, 반군의 대장 단트릭스가 신경이 좀 예민해 있습니다. 여러분이 야영하는 곳이 매머드를 잡기 위해 우리가 덫을 놓은 장소 부근이라 불안해하던 중 누군가가 덫에 빠졌다는 걸 알고 아마존 부대의 보복을 두려워했지요. 그래서 여러분을 도와주라면서 나를 보낸 겁니다."

용선은 냉소적인 미소를 지었다.

"대장은 나의 영향력이 커지는 걸 좋아하지 않아요. 내가 덫을 놓은 지도를 아마존 부대에 제공해야 한다고 주장했고, 샤먼으로서 병자들을 치료하니까요. 따라서 아마존 부대에서 나를 죽이길 바라고 보낸 건데 내가 무사히 돌아가면 대장이 아주 실망할 겁니다."

두 사람은 미소를 지었다.

"흠." 히글이 말했다. "그렇다면 우리와 타협하지 않았다는 걸 보여주기 위해 자네의 텐트를 좀 떨어진 곳에 쳐야겠군."

"고맙습니다, 사령관님."

"10분 후에 내 텐트에서 다시 만나지."

"알겠습니다, 사령관님. 한 바퀴 순찰을 돌고 다시 오겠습니다."

복면으로 얼굴을 가린 용선은 흰머리 독수리와 하얀 사자를 데리고 어둠 속으로 사라졌다.

매직갱은 감동을 받았다. 들통이 나면 죽이려고 달려들 게 뻔한 사람들을 도와주기 위해 날마다 목숨을 걸다니! 하루 이틀도 아니고 꽤 된 것 같은데! 얼마나 대단한 용기인가!

"이게 바로 앙가주망이야." 무아노가 중얼거렸다.

"그래!" 칼이 한술 더 떴다. "날마다 매머드 고기 스테이크를 먹는다는 것만으로도 엄청난 희생정신이잖아!"

파프니르가 웃음을 터뜨렸다.

"칼, 너무 먹는 거 밝힌다. 그러다 타라의 증조할아버지처럼 된다!"

"네 발 달린 검은 털북숭이가 된다고?"

"아니, 뚱보!"

칼은 오만상을 찌푸렸다. 하지만 걱정할 필요가 없었다. 신진대사가 워낙 활발해서 소화력은 끝내주는 데다 날마다 운동을 하니까 비만이 될 위험은 없었다.

그들은 잠을 자러 갔다. 평온했지만 피곤한 하루였다.

다음 날 아침, 그들은 소스라치면서 잠을 깼다.

불길 때문이었다.

보초들이 사이렌을 울렸다. 요란한 소리에 모두 벌떡 일어났다. 얼마나 놀랐는지 가슴이 벌렁거리고 이마에 식은땀이 흘렀다.

아마존 부대는 망원경 덕분에 풀밭에 번지는 불길을 볼 수 있었다. 이어서 여기저기서 커다란 바위들이 아주 느리게 움직이기 시작했는데 문제의 바위들이…… 매머드 떼?

불길에 겁먹은 매머드들이 돌진해오고 있었다.

태양이 방금 불을 밝힌 때였다.

잠수함의 사이렌을 연상시키는 소리에 놀라 텐트를 뛰쳐나간 매직갱은 아비규환의 광경을 목격했다.

수천 마리의 매머드가 야영지를 향해 달려오고 있었다. 맙소사, 쟤들에게 깔리면 그냥 압사하는 건데……. 질겁한 아마존 여군들이 모두 허브글라이더에 태워서 달아나려고 했지만, 선두의 매머드들이 당장이라도 들이닥칠 상황이었다. 파브리스는 본능적으로 늑대로 변신했지만, 아픈 끝에 너무 힘을 썼는지 기절하고 말았다. 이번에는 무아노가 변신해서 파브리스를 어깨에 둘러멨다.

하지만 피신할 데가 없었다. 칼은 모우르무르가 하는 대로 공중 부양을 했다. 아마존 여군들은 공포에 질려서 마법을 사용할 엄두도 못 내고 있었다. 파브리스를 돌보느라고 정신이 없는 무아노는 야수의 모습이라서 공중 부양을 할 수 없었다. 그때 불쑥 나타난 용선이 유연한 동작으로 두 손에 장검을 뽑아 들고 거구의 매머드들에게 맞설 자세를 취했다.

용기는 정말 가상하지만 헛된 짓이었다. 그래봐야 짓뭉개지는 건 시간문제인데…….

타라는 선택의 여지가 없었다. 위급한 상황에 놓인 친구들과 아마존 부대를 구해야 했다.

"살아있는 돌!" 타라가 외쳤다. "도와줘. 힘을 줘!"

마법이 타라의 손으로 몰려왔고 파란빛이 번쩍였다. 아더월드 마법의 저장소인 살아있는 돌의 힘이 합세하자 타라의 쪽빛 눈이 이글거리고 흰 머리털이 지지직거렸다. 눈부신 빛의 여신 같은 타라가 공중으로 떠오르면서 마법을 날렸다.

파란 마법의 물결이 매머드 떼를 향해 몰려갔다. 불굴의 장애물과 멈출 수 없는 힘의 충돌……. 그런데 타라는 동물들이 마법의 주문으로부터 보호되어 있다는 걸 새까맣게 잊고 있었다. 매머드들을 죽이려는 것이 아니라 후퇴시켜서 멈추게 하려는 타라의 마법이 매머드 수백 마리를 후려치는 순간 두 가지 일이 동시에 일어났다.

매머드 떼가 털 달린 볼링공처럼 사방으로 흩어졌다. 그리고 동물들을 보호하는 마법이 타라의 마법을 밀어내버렸다.

맙소사, 그런데 밀어낸 방향이…… 하늘이었다. 파브리스가 호랑이에게 주문을 날렸을 때와 같은 반응이 아닌가.

하지만 타라의 마법은 파브리스보다 천 배는 더 강하다는 것이 문제였다. 마법의 에너지가 강력한 빛의 파도처럼 솟구치더니 반구형 천장, 즉 인공 하늘을 후려쳤으니!

엄청난 폭발이 일어났고, 강력한 마법의 물결이 파도처럼 모든 걸 휩쓸었다.

그리고 태양이 꺼졌다.

하권에서 계속……

아더월드의 용어 해설

아더월드_ 아더월드는 지구 표면적의 1.5배에 이르는 마법 행성으로 태양 주위를 공전하며, 하루 26시간, 1년 454일, 14개월로 이루어져 있다. 위성으로는 두 개의 달 마딕스와 타딕스가 아더월드의 주위를 돌고 있으며, 춘·추분에 조수간만의 차가 몹시 크다.

아더월드의 산들은 지구의 산보다 훨씬 더 높으며, 채굴되는 광물은 대체로 마법의 폭발성이 있어서 추출하는 것이 상당히 위험하다. 지구(육지 29%, 바다 71%)보다 바다가 차지하는 비율은 적으며(아더월드: 육지 45%, 바다 55%), 그중 두 개의 바다는 민물이다.

아더월드를 지배하는 마법은 동물상, 식물상과 마찬가지로 기후에도 영향을 미친다. 그로 인해 계절을 예측하기가 아주 힘들다(아더월드에서는 한여름에도 폭설이 내려 1미터나 되는 눈에 덮일 수 있다!).

아더월드의 7계절 분류: 계절 1 카일로스(지역에 따라 −30~−50℃까지 내려간다), 계절 2 보탄트(지구의 봄 날씨와 유사하다), 계절 3 트레보, 계절 4 파이초, 계절 5 플루초, 계절 6 모인초, 계절 7 살탄(우기).

아더월드에는 인간, 난쟁이, 거인, 트롤, 뱀파이어, 땅신령, 꼬마도깨비, 엘프, 유니콘, 키마이라, 타트리스, 드래곤 등 수많은 종족이 살고 있다.

그 밖의 다른 행성

드란보우글리스펜쉬르_ 드래곤들의 행성. 지능이 높은 거대한 파충류인 드래곤은 마법 능력을 타고나서 어떤 형상으로든 변신할 수 있으며, 대체로 인간으로 변신해 있다.

마법사들 편에 서서 림보의 악마들과 싸우고 있다. 세계의 영토를 점령하기 위해 악마들과 대립하면서 드래곤들은 지구의 마법사들과 충돌하는 순간까지는 알려져 있는 모든 세계를 정복했다. 끊임없이 악마들과 싸워야 하는 드래곤들은 지구인 마법사들과 전쟁을 벌인 뒤에 지구인들과 동맹을 맺는 것이 유리하다는 결론을 내렸다. 지구를 지배하겠다는 계획은 포기했지만, 마법사들이 지구를 지배하는 것도 인정할 수 없는 드래곤들은 지구의 마법사들에게 아더월드에서 더 많은 마법사를 양성하고 훈련시키자고 제안했다.

수년 동안 드래곤들을 경계하면서 고심한 끝에 지구의 마법사들은 결국 그 제안을 받아들이고 아더월드에 정착했다.

드래곤들은 드란보우글리스펜쉬르를 비롯해 지구, 아더월드, 마딕스와 타딕스 등 많은 행성에 살고 있으며, 특히 인간들의 일에 사사건건 참견한다. 드래곤들이 가장 끔찍하게 싫어하는 적은 림보에 사는 악마들이다.

림보_ 악마의 세계로 악마들의 영역. 림보는 서클이라고 불리는 여러 세계로 나뉘어 있으며, 서클에 따라 악마들의 능력과 학식이 차이 난다. 제1, 2, 3서클의 악마들은 거칠고 아주 위험하다. 제4, 5, 6서클의 악마들은 마법사들과 정해진 조건 내에서 서로 도움을 주고받는다(마법사는 필요한 것을 악마에게서 얻을 수 있으며 악마의 경우도 마찬가지다). 제7서클은 마왕이 군림하는 서클이다.

림보에 사는 악마들은 저주받은 태양이 제공하는 악마의 에너지를 먹고산다. 다른 세계로 가기 위해 림보를 나갈 경우엔 생명력이 강한 존재의 살과 정신을 먹어야 한다. 전 세계를 침략하던 중 갑자기 나타난 드래곤들과의 전쟁에서 패배한 뒤로 악마들은 림보에 갇히게 되었고, 마법사나 마법 능력이 있는 존재의 긴급 요청이 있어야만 다른 행성으로 갈 수 있게 됐다. 악마들은 이런 활동범위 제한을 견디기 힘들어서 끊임없이 해방될 방법을 모색하고 있다.

악마들이 지구를 침략하려는 이유는 아쿠알릭, 즉 바닷물에 중독되어 있기 때문이다. 악마들에게 바닷물은 알코올과 같은 작용을 하는데 림보에는 바다가 없다. 게다가 지구의 바닷물 맛을 특히 좋아하기 때문이다. '모든 인간을 죽이고 짠물을 실컷 마시겠다'는 것이 악마들의 신조다.

🌟 **산티보르**_ 텔레파시 능력이 있는 식물성 존재 진실의 입들이 사는 얼음 행성.

🌟 **지구**_ 인간과 비밀 임무를 맡은 마법사들이 살고 있다.

아더월드의 나라들과 종족

🌟 **간디스**_ 거인들의 나라로 수도는 제오폴. 세력 있는 그로아르 가문이 통치하며 흑장미 섬과 황무지 늪이 있다. 나라의 문장은 '주문 방지' 돌로 쌓은 벽에 아더월드의 태양이 올라앉은 형상이다.

🌟 **랑코비트**_ 인간이 지배하는 가장 큰 왕국으로 수도는 트라비아. 왕국의 문장은 은빛 초승달 아래 금빛 뿔의 하얀 유니콘이다. 베어 왕과 티타니아 왕비가 통치하고 있으며, 타라와 어머니 셀레나의 조국이다. 약 8천만의 주민이 살고 있고, 뱀파이어들을 받아들이는 드문 나라 중 하나다.

🌟 **멘탈리르**_ 보우 대륙 동쪽의 광활한 평원이며 유니콘들과 켄타우로스들의 나라. 유니콘은 생김새와 크기가 말과 같고, 이마에 나선형 뿔이 하나 있으며 발굽은 갈라져 있고 털은 흰빛이다. 지능이 떨어지는 유니콘도 간혹 있지만, 대부분은 영리하며 그 지능은 드래곤들의 지능에 견줄 수 있다. 유니콘의 이 특성을 어떤 종족의 지능이나

동물의 지능으로 분류하기는 힘들다.

켄타우로스는 반은 남자나 여자의 형상, 반은 말의 형상을 하고 있는데 두 종류가 있다. 상반신은 인간, 하반신은 말의 형상을 한 켄타우로스와 상반신은 말, 하반신은 인간의 형상을 한 켄타우로스. 켄타우로스가 어떤 마법에 걸려 있는지는 알 수 없으나 소금이나 향유 같은 생필품을 얻기 위해서가 아니면 다른 종족들과 섞이기를 싫어하는 까다로운 종족이다. 사납고 거칠어서 영역을 침범하는 이방인들을 발견하면 가차 없이 화살을 쏘아댄다. 켄타우로스의 샤먼 부족은 평원에서 하얗고 파란 맹독성 개구리 플로프들을 잡아 그 등을 핥는 것으로 미래를 점친다고 전해진다. '찌르레기 대전'이 벌어지는 동안 켄타우로스들이 엘프들에게 몰살되었다는 것은 이 방법이 100퍼센트 믿을 만한 것이 아님을 말해준다.

살테렌스_ 살테렌스들의 나라로 수도는 살라. 나라의 문장은 파라색 투명한 소금을 물고 곧추서 있는 커다란 벌레. 왕은 없고 위대한 카샤라고 불리는 족장과 재상 일파봉이 통치하며 여러 부족으로 나뉘어 있다. 노예제도를 주장하는 종족으로 사자와 표범의 잡종인 두 발 동물이다. 침투할 수 없는 사막에서 숨어 지내면서 마법의 소금 광산을 개발한다.

셀렌다_ 엘프들의 나라로 수도는 세보른. 문장은 대각선으로 시위를 메긴 두 개의 활 위로 보이는 은빛 보름달.
엘프들은 마법사들과 마찬가지로 마법에 재능이 있다. 겉모습은 인간이며 뾰족한 귀와 고양이의 눈처럼 동공이 수직으로 움직이는 크리스털 눈, 은발이 특징이다. 아더월드의 숲과 평원에서 살며 가공할 만한 사냥꾼이다. 엘프들은 전투와 싸움, 상대를 유인하는 온갖 종류의 게임을 좋아하기 때문에 그들의 에너지를 적절히 이용하기 위해 경찰국이나 국가정보국에 고용된다.

하지만 엘프들이 옥수수나 마법의 귀리를 경작하기 시작하면 아더월드의 종족들은 불안해한다. 그건 엘프들이 전쟁을 시작할 거란 뜻이기 때문이다. 실제로 전시에는 사냥할 겨를이 없기 때문에 엘프들은 곡식을 재배하고 가축을 기르며, 일단 전쟁이 끝나면 예전의 생활로 돌아간다.

또 다른 특성으로 아이들이 걸어 다닐 수 있을 때까지 남성 엘프들은 배에 달린 육아낭 같은 작은 주머니에 아기를 넣고 다닌다. 여성 엘프는 남편을 다섯 명 이상은 가질 수 없다. 엘프는 거의 죽지 않기 때문에 아이들이 별로 없다. 하프엘프 로빈은 혼혈이라는 이유로 엘프들에게 따돌림을 받고 있다.

스몰컨트리_ 땅신령, 꼬마도깨비 파보, 요정, 고블린의 나라로 수도는 스몰빌. 문장은 원 안에 도안한 꽃, 새, 거미. 땅신령은 파란색, 꼬마도깨비는 초록색, 고블린은 회색, 요정은 여러 가지 색이다.

땅신령은 작달막하고 단단한 체구이며 오렌지색 털이 나 있다. 돌을 먹고 살며, 난쟁이들과 마찬가지로 광부들이다. 땅신령의 오렌지색 털은 고성능 가스 탐지기이다. 털이 곤두서면 별 탈이 없지만, 털이 내려앉는 순간부터 땅신령은 광산에 가스가 있다는 걸 알아채고 도망치기 때문이다. 또한 알 수 없는 이유로 인해 땅신령들만 '진실의 입들'과 교감할 수 있다.

스몰컨트리의 익살꾼인 꼬마도깨비 파보들은 키디코이라는 막대사탕을 만들어낸 이들이다. 착시 현상을 일으키거나 일시적으로 보이지 않게 할 수도 있으며 금을 좋아해 비밀주머니에 숨겨둔다. 그 주머니를 찾아낸 자는 두 가지 소원을 빌 수 있고, 귀한 금을 회수하려면 반드시 그 소원을 들어줘야 한다. 하지만 꼬마도깨비들은 반대로 해석하는 데 선수여서 예측 불허의 결과가 일어날 수 있으므로 소원을 비는 것에는 항상 위험이 따른다.

요정들은 꽃을 가꾸면서 작지만 효과적인 마법을 날리며, 고블린들은 요정과 움직이는 것은 무엇이든 잡아먹으려고 한다.

오무아_ 인간이 지배하는 가장 큰 제국으로 수도는 팅가푸르. 제국의 문장은 100개의 금빛 눈을 가진 주홍빛 공작이다. 타라의 고모인 어제 리스베스틸랑넴 탈 바르미 압 산타 압 마루와 삼촌인 황제 산도르 탈 바르미 압 마르치 압 브레비스가 통치하고 있다. 제국을 설립한 최고 마구스 데미데루스의 후손들이다. 오무아에는 약 2억의 주민이 살고 있다. 다른 나라들과 교역하고 있으며, 셀렌다를 제외하고 가장 많은 수의 엘프 군단을 거느리고 있다.

크라살비_ 뱀파이어들의 나라로 수도는 우를라. 나라의 문장은 천문관측기 위에 무한을 상징하는 누운 8자와 별이 올라앉은 형상이다.

뱀파이어는 총명하고, 인내심이 많으며, 학식이 깊다. 수명이 아주 길고, 수학과 천문학에 몰두하며, 대부분의 시간을 명상하는 데 보내면서 삶의 의미를 추구한다.

아더월드의 뱀파이어는 동물의 피를 먹고 살기 때문에 가축을 키운다. 브르르르아아아, 모오오오우우우, 지구에서 수입한 말, 염소, 양 등. 하지만 몇몇 피는 금지되어 있다. 유니콘이나 인간의 피를 먹으면 미치게 되며, 수명이 절반으로 줄고, 햇빛을 쐬면 치명적인 알레르기가 일어나기 때문이다. 반면에 뱀파이어에게 물리면 독이 퍼지게 되며, 뱀파이어에게 물린 인간은 그들의 노예가 된다. 게다가 독성 피가 전이되면 뱀파이어가 되는데 이 경우의 뱀파이어는 파괴적이고 악독하기 때문에, 저주에 희생된 뱀파이어는 동족으로 구성된 특별수사대는 물론 아더월드의 모든 종족에게 쫓겨 다닌다.

크랑카르_ 트롤들의 나라로 수도는 크리아. 나라의 문장은 나무 꼭대기에 몽둥이가 걸려 있는 형상이다. 트롤 외에 식인귀, 오크, 고블린 들이 살고 있다.

트롤은 거대한 몸집에 납작한 이빨이 있는 초록빛 털북숭이로 채식주의 종족이지만, 고기를 흡수할 경우 식인귀가 될 수 있다. 식인귀가 되면 크랑카르에서 쫓겨난다. 먹고살기 위해 나무를 마구 죽이며(이것이 엘프들의 울화를 치밀게 한다), 쉽게 자제력을 잃어버리는 성향이 있어서 한번 성질이 나면 닥치는 대로 짓뭉개버리기 때문에 평판이 나쁘다.

⭐ **타트란_** 타트리스, 카흠보움, 타츠보움의 나라로 수도는 시티빌. 문장은 양피지 위에 놓인 직각자, 컴퍼스, 크리스털 볼.

타트리스는 머리가 둘인 특성을 가지고 있다. 관리 능력이 뛰어난 데다 신체적 특성 덕분에 행정관이나 정부 고위층에서 일하고 있다. 오로지 일을 중요하게 여기면서 헛된 꿈을 꾸지 않는 현실주의자들이다. 또한 꼬마도깨비 파보들이 즐겨 놀리는 대상 중 하나이며, 이 장난꾸러기들은 유머가 결핍된 종족이라는 소리를 듣지 않기 위해 수세기 동안 끈질기게 타트리스 종족을 웃기려고 애쓰고 있다. 게다가 파보들은 웃기는 데 성공한 자들 중 1등에게는 상까지 수여하고 있다.

카흠보움은 빨간 눈과 촉수들이 있는 노란색 덩어리 모습을 하고 있으며 주로 도서관 사서로 일한다. 타츠보움은 촉수로 놀라운 멜로디를 연주하는 음악가들이다.

⭐ **파트로크_** 에드라킨족이 사는 나라로 수도는 키크로크. 나라의 문장은 바람의 원소에 올라앉은 불새. 에드라킨족은 강력한 마법사들이며, 생김새는 인간과 비슷하지만 귀가 뾰족하고 털로 덮여 있는 육식동물에 가깝다. 머리털은 두상의 절반 정도까지만 자라며, 코는 거의 보이지 않는다. 다른 종족을 싫어하지만 의무적으로 여러 나라와 교역하고 있다. 에드라킨족은 아더월드를 정복하기 위해 네 번이나 침략을 시도했다.

⭐ **히믈리아_** 난쟁이들의 나라로 수도는 미나트. 대장장이 씨족이

통치하고 있다. 나라의 문장은 광산 지하의 전쟁용 모루와 쇠망치.

키와 몸통 폭의 길이가 똑같은 단단한 체구가 난쟁이들의 신체적 특징이다. 아더월드의 광부, 대장장이로 활동하고 있으며, 뛰어난 금속 가공업자, 보석 세공인도 거의 난쟁이들이다. 성격이 몹시 까다로운 것으로 알려져 있고, 마법을 싫어하며 아주 길고 복잡한 노래를 즐겨 부른다. 또한 돌을 통과하거나 돌을 용해시키는 특별한 재능을 지니고 있는데 마법과는 다른 차원의 힘이다.

아더월드와 주변 행성의 동·식물상 및 속담

가즈즈_ 사슴뿔이 달린 네 발 짐승으로 털이 빨간색(트롤들의 나라에서는 초록색)이다.

간다리_ 대황에 가까운 식물이며, 꿀처럼 단맛이 난다.

갬볼_ 마법에 흔히 이용되는 파란 이빨의 설치류 동물. 그 살가죽과 피에 마법이 침투하지 못할 정도로 땅을 깊이 파고 들어간다. 건조시키면 딱딱해졌다가 가루처럼 변하며, '갬볼 가루'는 힘든 마법을 실행할 수 있게 한다. 몇몇 마법사들은 갬볼 가루를 식용하는데, 그 가루가 환각 증세를 일으키기 때문이다. 갬볼 가루 복용은 아더월드에서 엄격하게 금지되어 있으며 위반할 경우 엄중한 처벌을 받는다.

⭐ **그라옥스_** 아더월드의 신기한 동물. 돼지처럼 생긴 보라색 동물인데 납작한 주둥이는 확성기로 변할 수 있으며 울림통 역할을 하는 커다란 갑상선종 같은 것이 있다. 짝짓기 계절에 그라옥스는 괴성을 질러서 암컷을 유혹하는데 그 소리가 어찌나 큰지 주위에 있는 동물은 모두 귀가 먹을 정도이다. 그 때문에 짝짓기 기간에 아더월드의 동물들이 대이동을 한다. 하지만 짝짓기 기간을 제외하면 보이지도 않게 아주 조용히 지낸다. 학자들은 암컷이 수컷에게 달려가는 것은 괴성에 유혹된 것이 아니라 아가리를 닥치게 하려는 것으로 보고 있다.

⭐ **글로우톤_** 털북숭이 동물. 길게 늘어나는 특성이 있어서 목을 조르는 밧줄로 사용한다.

⭐ **글루릅스_** 머리가 아주 갸름한 초록색과 갈색의 도마뱀으로 호수와 늪 근처에서 서식한다. 식욕이 왕성하며, 물속에서 숨을 쉬지 않고 몇 시간을 견딜 수 있어서 목을 축이러 오는 순진한 동물을 잡아먹는다. 물가의 은신처에 굴을 파놓고 살며, 호수 바닥의 구멍 속에 먹이를 숨겨놓는다.

⭐ **글리이르_** 새지만 날지 못한다. 포식동물들을 피하기 위해 트라둑과 같은 방식으로 생존한다. 냄새로 가장 끈질긴 흡혈파리 떼도 물리칠 수 있는 식물 예룩을 먹고 산다.

늑대인간_ 드래곤들의 왕이 납치해서 금지된 대륙에 정착한 아나자시족. 마음대로 늑대로 변신하며, 인간 모습일 때도 힘과 민첩성과 유연성이 굉장히 뛰어나다. 늑대인간은 깨무는 것으로 감염시킬 수 있다. 지구의 늑대인간들과는 달리 아더월드의 늑대인간들은 보름달에 의존하지 않고 언제든 변신할 수 있다. 타라 덩컨이 해방시켜준 늑대인간들은 아더월드 사람들의 마법 공격을 두려워하고, 금속 중에서는 은에만 약하다. 늑대인간을 죽일 수 있는 방법은 목을 베는 것이다. 알파 늑대들이 다스리고 있다.

드래코-티라노사우루스_ 뱀과 공룡의 잡종. 드래곤의 사촌이지만 지능은 많이 떨어지며, 날개가 작아서 날지 못한다. 가공할 만한 포식동물로 움직이는 것뿐만 아니라 움직이지 않는 것조차 닥치는 대로 잡아먹는다. 오무아 제국의 따뜻하고 습한 숲에서 살며, 이 지역은 관광 개발이 불가능하다.

디스쿠타리움/데비자투아르(사용하는 국민에 따라 다르다)_ 지구와 아더월드, 드란보우글리스펜쉬르, 악마들의 림보와 관련된 모든 책, 영화, 예술 작품에 관한 정보를 조회할 수 있다. 디스쿠타리움에서 나오는 목소리는 어떤 질문에도 답변을 못하는 경우가 거의 없다.

⚜️ **로미네트**_ 아더월드에서 가장 빠른 동물. 어찌나 빠른지 아무도 사진을 찍지 못했기 때문에 존재하는지 확신할 수가 없다. 털북숭이 그림자 같은 것이 휙 지나가면 사람들은 '로미네트를 본 게 틀림없어'라고 말한다. 티티족만 로미네트를 볼 수 있다고 전해진다.

⚜️ **로크 새**_ 공중에서 사는 자이언트 새로, 커다란 독수리 콘도르와 비슷하다. 인공위성을 궤도에 올려놓거나 아더월드에서 마딕스와 타딕스로 여행할 때 이용한다. 다행히 아더월드의 태양 빛을 먹고 살기 때문에 배설하지 않는다. 로크 새의 똥이 머리 위로 떨어질 일은 없다.

⚜️ **마누릴**_ 마누릴의 하얀 싹은 즙이 많아서 아더월드 사람들이 즐겨 음식에 곁들여 먹는다.

⚜️ **모오오오우우우**_ 뿔은 없고 머리가 둘 달린 고라니. 머리 하나가 먹을 때 다른 하나는 포식동물들을 감시한다. 이동할 때는 게처럼 옆으로 걷는다.

⚜️ **무슈티크**_ 벌처럼 쏘아서 아더월드 사람들의 피를 빨아 먹는 공격적인 곤충. 흡혈파리보다 크기가 더 크며, 트라둑이나 브르르르아아아에 앉아 있다가 살 속을 파고드는데 치명적인 독을 분비하기 때문에 아주

타라 덩컨 323

위험하다.

🐾 **므르르르**_ 초록색 귀가 달린 오렌지빛 고양이. 같은 능력을 가진 빨간 생쥐 뿌익을 잡기 위해 공간이동을 할 수 있다.

🐾 **므르모움**_ 나무들이 숲 모양으로 거대한 군락을 이루고 있어서 따기가 아주 힘든 과일이다. 므르모움나무는 접근하는 것이 있으면 괴상한 소리를 내면서 땅속으로 파고들기 때문에 붙여진 이름이다. 아더월드에서 산책을 하다 보면 므르모움나무 숲이 통째로 사라지고 벌판만 남는 아주 놀라운 광경을 목격할 수 있다.

🐾 **미암**_ 크기가 복숭아만 한 빨간 체리.

🐾 **발로르키데**_ 꽃이 아주 화려한 기생식물. 이름은 개화하기 전의 노란빛과 초록빛의 봉오리에서 따온 것이다. 성장 속도가 아주 빨라서 몇 계절 만에 나무 한 그루를 죽일 수 있으며, 뿌리로 이동해서 그다음 나무를 공격한다. 그래서 아더월드의 나무들은 발로르키데들이 들러붙지 못하게 부식시키는 물질을 분비하는 것으로 생존 경쟁을 벌이고 있다.

🐾 **발분**_ 거대한 고래로 붉은색이며 지구의 고래보다 두 배로 크

다. 발분은 잊지 못할 멜로디의 노래를 부르며, 젖이 아주 풍부하다. 발분의 젖으로 만든 버터와 크림은 영양가가 높은 인기 식품이어서 물에 사는 트리톤과 사이렌들과 육지에 사는 거주자들 사이에 무역 교류의 대상이 되고 있다. 노래를 아주 잘 부를 때 '발분처럼 노래 부른다'는 말로 칭찬한다.

뱅뱅_ 붉은색 나무로 인간이 이 식물에서 추출한 빨간 가루를 먹을 경우 행복을 느끼다가 황홀경에 빠져 죽음에 이른다. 트롤들은 이빨이 아플 때 복용한다.

버디 드라이어_ 바람의 원소를 이용한 무형물로 욕실에서 주로 사용한다.

베에에_ 아름다운 횐털 양. 마법 행성이 변화무쌍한 계절에 저응력이 뛰어나서 몇 시간 만에 털이 빠지거나 털을 자라게 할 수 있다. 그래서 털 깎는 시기에 사육자들이 그 특성을 이용해 날씨가 갑자기 몹시 더워졌다고 하면 베에에들은 즉시 털을 홀랑 벗어버린다. 아더월드에서 '베에에처럼 순진하다'는 표현을 쓰는 것은 여기서 유래한다.

벤드룩_ 림보의 여러 우상 중 하나인 벤드룩은 생김새가 어찌나 흉측한지 다른 우상들조차 그 끔찍한 모습에 두려움을 느낄 정도다. 벤드룩은 내장이 몸 밖으로 나와 있어 먹을 때 소화되는 과정을 구경할 수 있다.

벨루르 목재_ 내구성이 좋고, 아름다운 금빛 색깔 때문에 아더월드에서 실내 바닥재로 많이 사용한다. 겉보기에는 차가운 느낌이지만 양탄자처럼 푹신하다.

보벨_ 앵무새와 유사한 아더월드의 화려한 새로 마법사들의 마음을 사로잡는 마법 능력이 있다.

보우둘 필터_ 파란색 자루처럼 생긴 유기체. 아더월드의 항구에서 온갖 쓰레기를 먹어치우는 것으로 맑고 깨끗한 물을 유지해 준다.

본데르의 돌_ 마이크를 사용할 필요가 없을 정도로 소리를 증폭하는 특성이 있는 아더월드의 돌.

부이브르_ 야행성의 날개 돋친 도마뱀으로 길이가 30미터에 이르며, 물고기를 먹는 동물이다. 부이부르의 이마에 박힌 보석에는 독을 중화시키는 성분이 있고, 도마뱀의 부위들은 주로 묘약의 재료로 사용된다. 최초의 부이브르는 알에서 태어난 것으로 전해지고 있지만 생물학적으로 도저히 불가능한 일이다.

⭐ **북극 젤레_** 흰털의 작은 동물로 혈액 속의 동
결 방지 성분 덕분에 영하 80도의 기온에서도 살 수
있다. 젤레는 두 봄을 보내고 나서 정확하게 플루초
1일에 죽는데 그 털이 희귀하기 때문에 사냥꾼들은 기온이 영하 20도
로 오르는 북극으로 젤레를 잡으러 간다. 그러나 젤레가 구멍 속에 숨
어서 죽는 습성이 있는 데다 털이 새하얗기 때문에 찾기가 힘든 것이
문제. 빙산 속에 숨어 있다가 구멍 가까이 접근하는 것은 모조리 잡
아먹는 '크로크라'라는 일종의 바다표범들 때문에 구멍마다 손을 집
어넣는 것은 아주 위험하다.

⭐ **불비_** 아더월드에 사는 회색과 보라색의 다람쥐. 옆구리부터
발가락까지 이어지는 비막을 이용하여 이 가지에서 저 가지로 날 수
있다.

⭐ **불사르딘_** 공격을 받으면 몸이 팽창하는 특
성을 가진 일종의 정어리. 껍질은 칼이 들어가지 않
을 정도로 아주 질기다. 아더월드에서 파괴되지 않는
것을 보면 '불사르딘 같다'고 말한다.

⭐ **불새_** 깃털에 불이 붙어 있지만 신기하게도 털
이 재생된다. 아더월드의 불에 타지 않는 나무에만 둥

지를 틀며, 물을 떨어뜨리면 불새를 죽일 수 있다.

붉은 트르르_ 썩지 않는 목재. 부서지거나 맥주에 부식되지 않기 때문에 집과 술집에서 주로 사용한다.

브롤부레_ 난쟁이들이 사용하는 욕설로 세상에서 가장 비겁하고 지저분한 콧물 흘리는 찌질이를 가리킨다. 난쟁이들은 비겁한 것을 경멸하며, 광산에서는 까딱 잘못 재채기를 했다가는 수백 톤에 이르는 바위가 무너져 내릴 위험이 있어서 감기에 걸리는 걸 질색하기 때문에 생긴 욕이다. 따라서 가장 심한 욕이다.

브롤크_ 슬루르크와 같이 쓰이는 욕으로 '빌어먹을'에 해당한다.

브룩스_ 드래코-티라노사우루스의 똥만 먹고 사는 도마뱀.

브룸므_ 일종의 빨간 무로 아더월드 사람들이 즐겨 먹는다.

브르르르아아아_ 거인들의 나라 간디스에서 생산하는 엄청나게 큰 소. 털은 숱이 아주 많아서 거인들이 그 털가죽으로 옷을 지어 입는다. 몹시 공격적이어서 움직이는 것이 있으면 뭐든 덤벼든다. 제 그림자를 쫓다가 녹초가 된 브르르르아아아를 보게 되는

것은 그 때문이다. 흔히 고집불통인 사람을 '브르르르아아아 같다'고 표현한다.

🌟 **브르리르**_ 흰빛과 금빛이 어우러진 고양이과 동물로 다리가 여섯 개. 특히 브르리르를 사랑하는 오무아 제국의 여제는 이 동물들이 궁전에 갇혀 있다는 생각을 하지 않도록 주문을 걸어놨다. 그래서 브르리르들에게는 가구와 침대의자가 나무와 편안한 바위로 보인다. 브르리르에게는 궁인들이 안 보이며, 궁인들이 쓰다듬어주면 바람에 털이 살랑살랑 흩날리는 것이라고 생각한다.

🌟 **브르맥주**_ 첫 모금에 몸이 부르르 떨리기 때문에 붙여진 이름이다.

🌟 **브리양트**_ 요정의 사촌으로 아더월드의 조명기구. 대륙에 따라 날개 달린 작은 요정 형상, 날개 돋친 뱀 형상 등 여러 가지 모습이 있다. 어둠 속에서 100와트 밝기의 빛을 발하며, 거리의 가로등이 되기도 하고 투명한 스탠드나 램프의 모습으로 아더월드의 모든 가정을 밝혀준다.

🌟 **브릴**_ 브릴의 싹 요리는 아더월드에서 아주 인기가 높다. 브릴은 히믈리아에 있는 마법의 산골짜기에서 자라며 난쟁이들이 그 싹

을 수확해서 아더월드의 상인들에게 비싼 값으로 판다. 게다가 히믈리아에서는 브릴을 잡초로 여겨 먹지 않기 때문에 난쟁이들은 이 불로소득에 즐거운 비명을 지른다.

★ **브볼**_ 아더월드의 참새로, 위험이 닥치면 포식동물의 모습으로 위장하는 능력이 있어서 공격자를 달아나게 한다. 가령 포콩지르들이 공격할 경우 브볼들은 포콩지르의 천적인 에글롱의 모습을 만든다. 정말 에글롱인 줄 알고 포콩지르들이 줄행랑치면 브볼 떼는 흩어진다.

★ **블라즈**_ 청소하는 푸프푸프와 비슷하지만 블라즈는 날아다니며 아더월드의 자이언트 거미들을 공포에 떨게 한다.

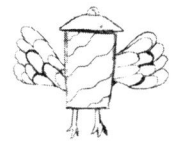

★ **블루룹스**_ 갈색 가죽배낭 같은 모습으로 흙 속에 숨어 있다가 접근하는 곤충을 잡아먹는 식물. 어린 블루룹스들이 흰개미처럼 어미 블루룹스에게 물과 먹이를 공급하며, 다 크면 둥지를 떠나 다른 데에 뿌리를 내리고 흙 속으로 파고 들어간다. 아더월드에서는 궁지에서 헤어날 방법이 전혀 없을 때를 가리켜 '블루룹스 둥지에서 헤맨다'고 표현한다.

★ **블루투르**_ 썩은 고기를 먹는 회색과 노란색 새로 무엇이든 소화할 수 있다. 블루투르가 죽어도 몇 달 동안 창자는 살아 있어서 먹은

것을 계속 소화시킨다. 블루투르의 창자는 독을 신선하게 보존하는 데 사용된다.

블를_ 대부분 물속에서 생활하다 번식기에 물 밖으로 나오는 날개 돋친 물고기. 색이 아름다워 수영장 장식용으로 쓰인다.

블리르_ 아더월드의 금빛 자두. 지구의 자두와 아주 흡사하며 더 달콤하다.

비마_ 비마법사를 축약한 것으로 비마는 마법 능력이 없는 인간들을 가리킨다.

비즈즈즈_ 빨간색과 노란색의 커다란 벌. 지구의 벌들과는 달리 비즈즈즈는 독침이 없다. 독극물을 분비해 잡아먹으려고 달려드는 포식동물을 독살하는 것이 비즈즈즈의 방어 수단이다. 비즈즈즈들이 아더월드의 마법 꽃에서 생산하는 꿀은 그 어떤 꿀에도 비길 데 없는 맛이다. 아더월드에서는 '비즈즈즈 꿀처럼 달콤하다'는 표현을 자주 사용한다.

빠그락-땅콩_ 벌어질 때 나는 독특한 소리 때문에 붙여진 이름이다. 이 땅콩에서 짜내는 기름은 향이 좋아 아더월드의 유명한 주방장이나 숙련된 가정주부들이 주로 애용한다.

🌿 **빨간 바나나**_ 색깔을 제외하고는 지구의 바나나와 똑같다.

🌿 **뿌익**_ 이 장소에서 저 장소로 순간 이동할 수 있는, 꼬리가 둘 달린 빨간 쥐. 천적은 같은 능력을 지닌 초록색 귀의 오렌지색 뚱보 고양이 므르르르이다.

🌿 **사카트**_ 맹독성의 공격적인 빨갛고 노란 곤충으로 아더월드에서 특히 좋아하는 꿀을 생산한다. 미식가들인 난쟁이들만 사카트의 애벌레를 먹을 수 있다. 다른 종족이 먹었을 경우에는 애벌레의 딱지가 인간이나 엘프의 소화액에 용해되지 않아 배 속에서 벌떼를 분봉할 위험이 있다.

🌿 **샤먼**_ 아더월드에서 의사 역할을 하는 치료사. 마법사는 누구나 다쳤을 때 레파루스 주문으로 상처를 아물게 할 수 있지만, 이 주문만으로는 치료할 수 없는 병도 많기 때문에 꼭 필요한 존재이다.

🌿 **샤트릭스**_ 일종의 하이에나. 검은색이며, 독이 든 이빨을 사용하는 아주 공격적인 동물로 밤에만 사냥한다. 길들일 수 있어 오무아 제국에서 샤트릭스들을 문지기로 이용한다.

🌿 **세르팡 밀리에르_** 황무지 늪 근처에 서식하는 뱀. 납작한 비늘 덕분에 진흙 속에서도 이동할 수 있다. 물속에 집어넣으면 빠져 버린다.

🌿 **소포르_** 향기로운 꽃들이 탐스러운 식물. 최면 작용을 하는 꽃가루로 곤충과 동물을 함정에 빠뜨린다. 곤충이나 동물이 잠들면 꽃가루를 뿌려서 번식을 도와주는 매개체로 삼는다. 얼마 후 깨어난 곤충이나 동물이 다른 소포르 군락지를 지나가면서 꽃가루를 옮기기 때문이다. 소포르는 위험한 식물이 아니지만, 매개체들을 잠들게 하기 때문에 다른 포식동물에게 쉽게 노출되어 위험에 처하게 된다. 소포르 군락지 주변에서 육식동물이 자주 보이는 것은 그 때문이다.

🌿 **스너피_** 생김새는 여우와 비슷하지만 두 발로 걸어 다니며 누더기를 걸치고 옆구리에 배낭을 달고 다닌다. 닭이나 스파슌을 훔치기 때문에 아더월드의 농부들이 아주 싫어한다. 제 몸을 복제하는 특성이 있어서 감옥에 갇혀도 탈옥할 수 있다.

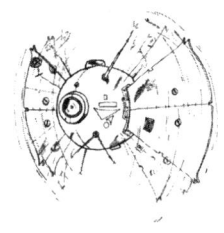

🌿 **스쿠프_** 아더월드의 기술로 생산되는 날개 달린 작은 카메라. 스쿠프는 지능을 가지고 있어서 촬영한 영상을 크리스털리스트에게 전송한다.

타라 덩컨 333

✦ **스크로뉴플루프**_ 수달과 토끼를 뒤섞어놓은 듯한 생김새. 스크로뉴플루프는 아주 어리석은 사람이나 아주 멍청한 경우를 가리킬 때 흔히 사용하는 욕이다.

✦ **스트리둘**_ 지구의 메뚜기에 해당된다. 몹시 파괴적이라 구름같이 떼를 지어 이동할 때는 삽시간에 농작물을 휩쓸어버린다. 스트리둘은 아주 풍부한 점액을 생산하기 때문에 마법에 널리 사용된다.

✦ **스파슈니어**_ 닭장처럼 스파슌을 가두어두는 우리.

✦ **스파슌**_ 금빛의 자이언트 칠면조인데 시종일관 울음소리를 내면서 거드럭거리고 다니는 통에 사냥하기가 아주 수월하다. 흔히 '스파슌처럼 어리석다' 또는 '스파슌처럼 거드름피운다'고 표현한다.

✦ **스팔렌디탈**_ 일종의 전갈이며 스몰컨트리가 원산지다. 땅신령들은 스팔렌디탈을 길들여서 말처럼 타고 다니며, 가죽이 아주 질기기 때문에 유용하게 사용한다. 새를 좋아하는(미각적 의미에서) 땅신령들은 스몰컨트리의 서식 동물을 절멸시킴으로써 곤충을 포함한 다른 동물에게 생태적 지위를 열어주었다. 천적들에게서 해방된 스팔렌디탈들은 위험 없이 자라면서 그 개체 수가 점점 더 늘어났다. 땅

신령들 때문에 스몰컨트리는 결과적으로 자이언트 전갈, 자이언트 거미, 자이언트 다족류에게 점령되었다.

스플루프 _ 엘프들의 나라 셀렌다의 숲에 서식하는 빨간 도가머리의 은빛 새. 스플루프의 알은 아주 맛있지만 건드리기만 해도 잘 깨진다. 길들일 수가 없는 새라서 알을 얻기 힘들고, 값도 아주 비싼 편이다.

슬루룹 _ 멘탈리르 평원이 원산지인 식물이며, 그 즙은 신기하게도 후추를 친 쇠고기의 깊은 맛이 난다. 고기 맛이 나는 것은 초식동물인 유니콘 떼의 공격을 피하기 위해서다. 하지만 이 독특한 맛을 발견한 아더월드 사람들이 슬루룹 즙으로 요리하는 습관이 생겼다.

아스토펠 _ 장밋빛 작은 꽃으로 냄새를 맡으면 며칠 동안 후각을 마비시킨다. 특히 아스토펠은 초식동물을 비롯한 모든 동물의 공격을 막기 위해 꽃향기로 후각을 마비시키는 능력이 발달되어 있다.

에글롱 _ 날 수 있는 포식동물로 포콩지르를 잡아먹는다.

에프리트 _ 지각단층을 둘러싼 전쟁이 일어났을 때 인간들 편에 서서 악마들과 싸웠던 악마 종족. 감사의 뜻으로 데미데루스는 마법사의 호출을 받는 에프리트에게 아더월드로 오는 것을 허락했다. 아더월드에 온 에프리트들은 자기들의 능력을 인간을 돕는 데 사용하기로 결정했고, 대부분 하인, 전령, 경찰로 일하고 있다.

⭐ **엠엠로움**_ 아더월드에서 재배하는 과일로 즙이 아주 많고, 달콤한 살구와 바나나를 섞은 맛이다. 엠엠로움나무는 침입자가 다가오는 즉시 땅속으로 사라지는 능력이 있다.

⭐ **예륵**_ 초식동물들이 도저히 먹을 엄두를 내지 못하게 썩은 냄새를 풍기는 식물. 후각이 없는 새, 글리이르만 먹을 수 있다.

⭐ **원소**_ 불, 물, 흙, 공기 등 여러 종류의 원소가 존재한다. 성질이 포악한 불의 원소를 제외하고 원소들은 대체로 다정하며 일상생활에서 아더월드 사람들을 도와준다.

⭐ **위베른족**_ 드래곤들의 시중을 드는 자이언트 도마뱀으로 금빛 비늘이 덮여 있고, 회전하는 엉덩이 덕분에 두 발로 걸어 다닐 수 있다. 드래곤보다는 덜 영리하며, 유머 감각은 전혀 없다. 드래곤의 세포 실험 과정에서 태어났으며, 드래곤의 먼 사촌으로 볼 수 있다.

🌿 **유니콘_** 갈라진 쌍발굽과 이마에 뿔이 하나 달린 말. 멘탈리르 평원에서 자라는 지혜의 풀 덕분에 아주 영리한 동물이다.

🌿 **자이언트 강철나무_** 마법을 사용하지 않고서는 파괴할 수 없다. 키가 무려 300미터까지 자랄 수 있으며 야생 페가수스들이 둥지를 짓는다.

🌿 **자이언트 거미_** 스팔렌디탈과 마찬가지로 스몰컨트리가 원산지이다. 땅신령들이 말처럼 타고 다니며, 그 거미줄은 아주 질긴 것으로 유명하다. 여덟 개의 다리와 여덟 개의 눈, 전갈처럼 독침이 있는 꼬리가 달려 있는 것이 특징이다. 아주 영리하며, 잡아먹기 전에 먹이에게 수수께끼를 내는 것이 취미이다.

🌿 **젤리소르_** 림보에서 숭배하는 신. 입김이 어찌나 센지 향기가 나는 천으로 주둥이와 얼굴을 가려야만 신전으로 들어갈 수 있다. 악취 때문에 젤리소르의 신전에서는 파리도 살 수 없다. 다른 신들과 회의가 있을 때는 실내 공기를 고려하여 송곳니를 깨끗이 닦고 들어가야 하며, 젤리소르 옆에서는 담배를 피울 수 없다.

🌿 **주르스탈_** 텔레크리스털이 방송하는 아더월드의 뉴스이며, 마법사와 비마는 크리스털 볼과 크리스털 전광판으로 받아 본다.

진비지블_ 보이지 않게 모습을 감출 수 있는 카멜레온. 오무아 황실과 여제를 위해 일하는 살아 있는 녹음기이자 스파이이다.

진실의 입_ 아더월드에서 가까운 얼음 행성 산티보르 원산의 식물성 존재. 텔레파시 능력이 있어서 어떤 거짓말도 탐지할 수 있다. 말을 못하기 때문에 진실의 입들의 생각을 읽어낼 수 있는 파란 땅신령을 통해 의사소통한다.

진흙먹보_ 간디스의 황무지 늪에 사는 털북숭이 동물이며 진흙에 들어 있는 영양소와 곤충, 수련을 먹고 산다. 진흙먹보들의 원시족은 아더월드의 다른 거주자들과 거의 접촉이 없다.

차우프_ 아더월드에서 가장 어설픈 동물. 머리에 나 있는 노란색 깃털과 트럼펫 모양의 빨간색 코, 코끼리와 하마를 섞어놓은 모습의 잿빛 털북숭이로, 여섯 개의 다리가 서로 걸리는 바람에 3미터도 못 가서 넘어지기 일쑤이다. 그래서 차우프를 노리던 포식동물들이 깔려 죽는 일이 자주 일어난다.

첼프_ 림보의 동물로 액체가 가득 찬 풍선 형태를 하고 있다. 포식동물을 피하기 위해 날아가거나 겁이 났을 때 액체를 투하하는데 냄새가 몹시 고약하다. 림보에서 '오늘 아침에는 첼프 향기가 나네요?'

하고 말하면 칭찬이다. 악마들이 첼프 향기를 좋아하기 때문이다.

✦ **친파프_** 콜라, 사과, 오렌지 맛이 나고, 콜라처럼 거품이 생긴다. 상쾌하게 해주고 활력을 주는 청량음료.

✦ **카멜레_** 하트 모양의 식물로 잎은 식용한다. 계절과 장소에 따라 색이 변한다. 카멜레 잎만 섭취하고도 생존한 여행자가 많아서 '여행자의 식물'이라고 불린다. 치즈 샌드위치 맛과 비슷하다.

✦ **카멜린_** 환경에 따라 색이 변하는 특성에서 이름이 유래한 희귀종 식물. 멘탈리르 평원에서는 파란색이고, 살테렌스 사막에서는 금빛이나 흰색이다. 꺾거나 옷감으로 짜도 그 특성은 유지되기 때문에 활용 가치가 높다.

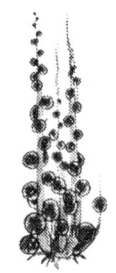

✦ **칵스_** 근육을 풀어주는 효능이 있는 약초로, 달여 마시며 잠자기 직전에만 복용하라고 되어 있다. 근육에 영향을 준다고 하여 아더월드에서는 '몰몰'이라고도 부른다. '이런 칵스 같은 놈!'이라고 말하면 아주 흐늘흐늘한 사람을 가리킨다.

✦ **칸타루프_** 공격적인 식충식물이며, 주로 곤충과 설치류 동물을 잡아먹는다. 꽃잎의 색은 다양하지만 항상 눈에 거슬리는 빛깔이며,

날카로운 가시를 사용하여 마치 작살로 찍듯이 먹이를 잡는다. 크기는 큰 개만 해서 꺾기가 힘들고, 아더월드의 특선 요리에 들어가는 재료로 사용한다.

칼로르나_ 숲에 피는 매혹적인 꽃. 달콤한 장밋빛과 흰빛 꽃잎으로 아더월드의 초식동물과 모든 동물에게 특선 요리를 제공해준다. 멸종을 피하기 위해서 칼로르나는 세 개의 꽃잎을 포식동물의 접근을 감지할 수 있는 탐지기로 만들었다. 커다란 눈 모양의 이 꽃잎들 덕분에 칼로르나는 재빨리 모습을 감출 수 있다. 그런데 불행히도 호기심이 많은 칼로르나는 그 꽃잎들을 세우고 있다가 포식동물을 제때에 피하지 못하는 경우가 종종 있다. 호기심이 많은 사람을 보고 '칼로르나 같다'고 말하는 것은 바로 그 때문이다.

케빌리아_ 광채가 나는 투명한 보석. 다이아몬드와 비슷하지만 훨씬 반짝거리며, 파란빛, 초록빛, 장밋빛, 노란빛, 빨간빛 등 빛깔도 훨씬 짙다. 케빌리아는 아더월드에서 가장 귀한 보석이다. 엄청난 가치를 지니고 있다는 표현을 할 때 아더월드에서는 '케빌리아 같은 영향력이야'라고 말한다.

켈트릴_ 가볍고 아주 단단해서 갑옷과 보호대를 만드는 데 사용하는 은빛 금속. 난쟁이들이 만들어서 엘프와 인간에게 아주 비싼 값으로 판다.

크라켄_ 시커먼 다리들이 위협적인 자이언트 문어. 엄청난 크기 때문에 아더월드의 바다에서 발견되지만, 민물에서도 살 수 있다. 뱃사람들에게는 위험한 존재로 널리 알려져 있다.

크라크덴트_ 트롤의 나라 크랑카르 원산의 장밋빛 털북숭이 동물. 앞뒤가 분간되지 않지만, 세 배 크기로 늘어나는 입을 갖고 있어 무엇이든 거의 한입에 덥석 집어삼키므로 상당히 위험하다. 아더월드를 방문한 많은 관광객들이 "어머 어쩌면 이렇게 귀여울까!" 하고 감탄하다가 목숨을 잃었다.

크레크레크레_ 레몬빛 털의 설치류 동물로 생김새는 토끼와 비슷하다. 빛깔이 화려한 아더월드의 환경을 이용해서 포시동물들을 아주 쉽게 피한다. 고기는 맛이 없는데도 굶주린 여행가나 사냥꾼이 먹기도 한다. 아더월드에서는 크레크레크레를 사로잡아서 사육한다.

크렐_ 아더월드의 금빛 미모사나무. 놀랍게도 지나가다가 건드리는 동물이나 사람들의 감정을 색깔로 반영한다.

크로그로세이유_ 갈증을 풀어주는 청량음료. 아더월드 사람들이 즐기는 탄산음료 중 하나다.

크로쉬엥_ 살테렌스 사막의 재칼. 크로쉬엥은 무리를 지어 사냥한다.

크로아_ 두 가지 색의 개구리. 크로아는 글루룹스들의 주식이며, 신경을 거스르는 독특한 울음소리 때문에 쉽게 찾을 수 있다.

크로우즈_ 향기가 짙은 야생 장미의 일종으로 꽃의 색깔이 다채롭다.

크로크-르캥_ 아더월드의 바다 포식동물인 일종의 상어. 날카로운 이빨을 무기로 주저치 않고 크라켄을 공격한다. 크로크-르캥은 아더월드의 바다에서 크라켄과 함께 뱃사람들에게 위협적인 존재이다.

크루이크크크_ 빨간 상아가 돋친 파란색 잡식성 포유류 동물. 성질이 포악한 것으로 알려져 있으며, 고기가 맛있어서 사육한다. 야생 크루이크크크 떼는 삽시간에 밭을 황폐하게 만들어놓는다. 그래서 아더월드의 농부들은 곡물을 지키기 위해 크루이크크크 퇴치 주문을 사용한다.

크르룩_ 바닷가재와 게의 잡종으로 집게발 열 개가 달려 있다. 아더월드 사람들이 즐겨 먹는다.

크리크리_ 보랏빛과 노란색의 메뚜기. 이 곤충들이 수풀 속에서 울기 시작하면 어찌나 요란한지 잠을 잘 수가 없다.

키디코이_ 장난꾸러기 꼬마도깨비 파보들이 만들어낸 막대사탕. 겉을 빨아 먹으면 속에서 예언 글귀가 나타난다. 이 예언은 항상 실현되지만 그 순간에는 당사자가 이해하지 못하는 경우가 대부분이다. 모든 국가의 최고 마법사들은 그 기능을 이해하기 위해 신비한 키디코이를 연구하고 있지만 성과를 얻지 못했다. 파보들이 그 비밀을 잘 지키고 있기 때문이다.

키마이라_ 아더월드 군주들의 고문관 역할을 하며, 사자 머리에 염소의 몸, 드래곤의 꼬리로 이뤄져 있다.

타로데르_ 자는 동물의 살 속에 유충을 넣어서 번식하는 벌레. 타로데르에게 물리면 통증이 심하므로, 유충이 몸속으로 퍼지기 전에 즉시 소독해야 한다. '타로데르 같다'고 하면 들러붙는 사람을 가리키는 모욕적인 말이다.

타오르미_ 얼굴이 개미처럼 생긴 쥐인데 깨물면 굉장히 아프다. 개미집처럼 생긴 타오르미 굴 하나가 이동할 때 숲 전체가 쑥대밭이 될 수 있다. 타오르미는 아더월드의 동물이 좋아하는 꿀을 생산하지만, 그 꿀을 얻으려면 목숨을 걸어야 한다.

타춤_ 노란색 꽃이며, 꽃가루는 아더월드의 후추로 사용된다. 자극성이 아주 강해서 타춤의 냄새를 맡으면 어떤 상태의 코든 뻥 뚫린다.

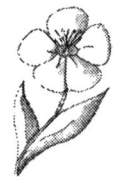

타크_ 초록색 또는 회색 쥐로 항구 주변에서 많이 발견된다. 타크들이 며칠 만에 배를 갉아 먹기 때문에 선원들이 아주 싫어한다.

타트롤_ 지구와 아더월드는 측량 단위가 서로 다르다. 타트롤은 킬로미터, 바트롤은 미터에 해당한다. 1트롤은 3미터, 1바트롤은 1미터 50센티미터, 1타트롤은 1킬로미터 500미터.

탈루디_ 눈이 셋 달린 모자 모양의 작은 동물이며 무엇이든 녹화하는 능력이 있다. 촬영한 것을 보려면 머리에 쓰면 된다.

테오디르_ 드래곤들이 즐겨 마시는 일종의 샴페인. 인간들은 부동액 맛을 느낀다.

⭐ **토예_** 마늘과 양파의 맛이 섞인 식물로 아더월드 사람들이 향신료로 사용한다.

⭐ **토쿨린_** 보석으로 이뤄진 꽃이며 수시로 색이 변한다. 보석-꽃은 아더월드에서 가장 아름다운 꽃이며, 위험한 파트로크 섬에서만 재배되기 때문에 구하기가 몹시 힘들다.

⭐ **톨리스_** 아더월드의 아몬드.

⭐ **트라둑_** 살코기와 털가죽을 얻기 위해 켄타우로스들이 키우는 동물. 악취를 풍기는 특성이 있어서 포식동물들로부터 자신을 보호한다. 그러나 트라둑의 냄새를 맡지 않기 위해 콧구멍을 막을 수 있는 늑대 크르르렉은 예외다. 아더월드에서 '병든 트라둑 같은 악취가 난다'라는 표현은 모욕으로 받아들여진다.

⭐ **트란를쿠르의 드루프_** 드루프는 남성의 생식기관을 가리키며, 트란를쿠르는 여신들이 특히 좋아하는 신이다.

⭐ **트리_** 작은 새로 아더월드의 숲에서는 루비 빛깔이고, 트롤들의

숲에서는 초록 빛깔이다. '트리이이이이' 하면서
우는 독특한 울음소리를 따서 붙인 이름이다.

트리크로크_ 표적을 정확하게 찾는 마법의 무기로
세 개의 치명적인 침이 달려 있다. 공격자가 표적을 죽이
고 싶은가, 잠들게 하고 싶은가에 따라 세 개의 침에 독이
나 마취제가 생성된다.

트실_ 살테렌스 사막의 벌레. 모래 속에 숨어서 동물이 지나가
기를 기다리다 동물에 들러붙어서 살갗이든 딱딱한 껍질이든 뚫어버
린다. 그 알들은 혈관을 침투해서 숙주의 몸속에 퍼진다. 100시간이
지나면 알들이 부화하며, 새로 태어난 트실들이 숙주의 몸을 먹는다.
아더월드에서는 트실로 인한 죽음이 가장 끔찍한 죽음 중
하나다. 이런 이유로 살테렌스 사막을 여행하는 사람은
거의 없다. 일반적인 트실에 대한 해독제는 존재하는 반
면에 금빛 트실에 대한 해독제는 없어서 공격을 받으
면 죽음을 면할 길이 없다.

페가수스_ 날개 돋친 말. 지능은 개의
지능에 가깝다. 발굽은 없지만 갈퀴발톱이 있
어서 어디든 쉽게 올라앉을 수 있다. 야생 페
가수스는 키가 무려 300미터까지 자라는 자
이언트 강철나무에 거대한 둥지를 짓고 산다.

포콩지르_ 아더월드의 포식동물로 날개를 회전시키는 놀라운 능력이 있다. 이름은 자이로스코프에 올라앉은 것 같은 모습에서 유래한다.

푸프푸프_ 발이 여섯 개 달리고 커다란 뚜껑이 있는 작은 상자로 아더월드의 청소기이다. 바닥에 떨어지는 모든 쓰레기를 집어삼킨다. 마법과 과학기술로 만들어진 푸프푸프는 안드로메다은하의 블랙홀과 연결되는 작은 공간이동의 문을 통해 쓸모없는 쓰레기를 자동으로 배출한다.

프르루트_ 아더월드의 식충식물로 하이에나와 포식동물을 유인하기 위해 짐승의 썩은 고기 냄새를 피운다. 동물이 다가와서 촉수에 닿는 순간 꿀꺽 삼킨다. '트라둑처럼 악취가 난다'는 표현과 함께 '프르루트처럼 악취가 난다'는 표현도 많이 쓰인다.

플로프_ 맹독성의 하얗고 파란 개구리로 멘탈리르의 평원에서 볼 수 있다.

피크크크_ 이름이 가리키는 대로 피크크크는 흡혈파리처럼 피를 빨아 먹고 사는 아더월드의 곤충이다. 피크크크의 독침에 쏘이면 트라둑이나 모오

오오우우우, 베에에는 몸속의 피를 다 토해낸다. 다행히 피크크크는 늪 주위에 서식하면서 알을 낳는다.

하르퓌아_ 욕설로만 의사를 전달하는 여자 모습의 새. 매우 더러우며 산에서 생활한다. 갈퀴발톱에 있는 독은 해독제가 존재하지 않기 때문에 마법사들이 독을 사용하기 위해 많이 찾는다.

호프호프_ 아더월드의 신기한 동물. 지구의 캥거루처럼 펄쩍펄쩍 뛰는데 어디서나 시종일관 그렇게 뛰어서 전진한다. 그래서 언제, 어디로 뛸지 종잡을 수가 없다. 아더월드에서는 몹시 흥분해서 펄펄 뛰는 사람을 보면 '호프호프처럼 돌았다'고 한다. 지구의 춤과 혼동하면 안 된다.

흡혈파리_ 물리면 통증이 몹시 심하다. 많은 동물이 긴 꼬리를 발달시켜서 흡혈파리를 죽이는 데 사용한다.

히드라_ 아더월드에는 머리가 세 개, 다섯 개, 일곱 개 달린 히드라가 있으며, 강이나 호수에서 산다.

랑코비트의 덩컨 가문 가계도

-5015년 파이초 25일(아더월드력)을 기준으로 작성-

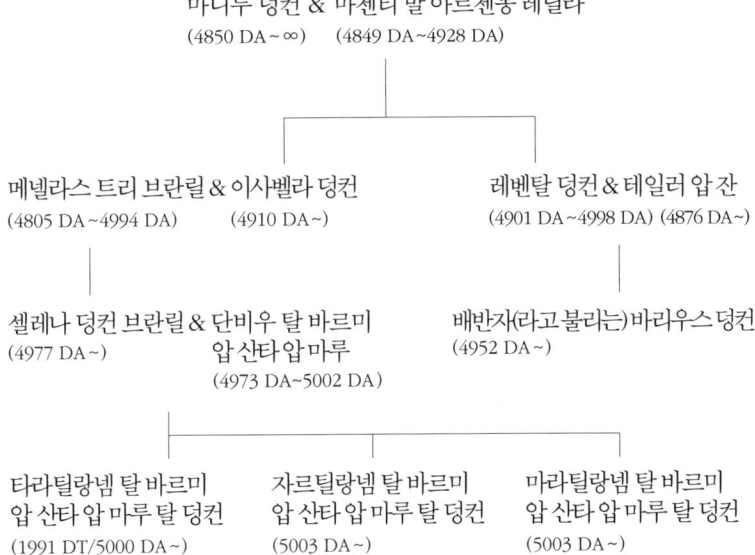

DA = 아더월드력
DT = 지구력

오무아 제국의 탈 바르미 압 산타 압 마루 가문 가계도

-5015년 파이초 25일(아더월드력)을 기준으로 작성-

'불의 주먹' 데미데루스, 오무아 제국의 시조
(-2984 DT~)

5000년 이후의 후손

오무아 여제
리스베스틸랑넴 & 다릴 크라투스
탈 바르미 압   (4950 DA~5005 DA)
산타 압 마루
(4970 DA~)

전 오무아 황제
단비우 탈 & 셀레나 덩컨
바르미 압   (4977 DA~)
산타 압 마루
(4973 DA~5002 DA)

**오무아 여제의 이복오빠,
이복형제 단비우를 계승한
현 오무아 황제**
산도르 탈 바르미 압 마르치
압 브레비스 (4958 DA~)

타라틸랑넴 탈 바르미
압 산타 압 마루 탈 덩컨
(1991 DT/5000 DA~)

자르틸랑넴 탈 바르미
압 산타 압 마루 탈 덩컨
(5003 DA~)

마라틸랑넴 탈 바르미
압 산타 압 마루 탈 덩컨
(5003 DA~)

DA = 아더월드력
DT = 지구력